La fortune des Stanton

GINNA GRAY

La fortune des Stanton

Jade

Titre original :
THE TROPHY WIFE
publié par MIRA®

Traduction française de SEMA KILICKAYA

Photos de couverture
Propriété : © MIKE DOBEL / MASTERFILE
Mimosa : © VINCENZO LOMBARDO / GETTY IMAGES

83-85, boulevard Vincent-Auriol, 75646 PARIS CEDEX 13.
ISBN 978-2-2808-4766-7 — ISSN 1773-7192

1

Il lui fallait un miracle, et vite !

Assise à son bureau dans sa maison de Houston, une demeure de pierre grise nichée entre les immenses chênes et les pins du quartier résidentiel de River Oaks, Elizabeth Stanton tournait et retournait le problème dans sa tête.

Son père, son grand-père et toute la lignée masculine des Stanton depuis le début du XIXe siècle avaient travaillé à ce bureau en acajou massif. Un meuble imposant derrière lequel Elizabeth avait l'air minuscule et complètement perdu.

Perdue, c'était bien ainsi qu'elle se sentait. Dans la situation difficile où elle se trouvait, elle ne savait vers qui se tourner.

Le regard fixé sur le bilan financier que son banquier venait de lui transmettre, elle attendait elle ne savait quoi. Qu'espérait-elle ? Que les chiffres allaient se modifier comme par miracle ?

Non, il fallait bien l'admettre : elle était complètement fauchée. Bon sang ! Qu'allait-elle faire maintenant ?

— Va au diable, Edward Culpepper ! maugréa-t-elle entre ses dents.

Désemparée, elle se leva et repoussa son fauteuil si brusquement qu'il alla heurter le buffet en acajou qui se trouvait juste derrière elle. En d'autres temps, Elizabeth se serait inquiétée des dégâts éventuels causés au patrimoine familial, mais aujourd'hui elle était dans un tel état d'agitation qu'elle n'y prêta même pas attention.

Elle se mit à arpenter la pièce aux murs lambrissés avant de s'arrêter devant la porte-fenêtre qui menait à la terrasse. Il n'y avait pas grand-chose à voir à cette époque de l'année. Quelques semaines auparavant, le mois d'octobre s'était terminé avec un vent du nord qui avait fait chuter les températures d'un étouffant 35,5 °C à presque 0 °C. Depuis, la région n'avait cessé de subir l'assaut du froid.

Dehors, les rafales de vent secouaient les arbres, faisant virevolter des myriades de feuilles de chêne et d'aiguilles de pin. L'herbe avait jauni. Les massifs d'azalées, disposés en forme de papillons et d'arcs-en-ciel, étaient maintenant complètement nus, tout comme les buissons de lilas des Indes et de laurier-rose qui composaient la haie autour de la propriété.

Le regard d'Elizabeth se posa sur Dooley Baines, le jardinier et homme à tout faire des Stanton. Luttant contre le vent, il était en train de recouvrir les plants fragiles du jardin en prévision des fortes gelées qui étaient attendues cette nuit-là.

La jeune femme aurait été incapable de dire depuis quand Dooley et sa femme Gladys, leur cuisinière et gouvernante, travaillaient pour eux. Il lui semblait qu'ils avaient toujours habité dans l'appartement situé au-dessus du garage. C'était là qu'ils avaient élevé leurs deux enfants jusqu'à leurs études universitaires auxquelles le père d'Elizabeth avait financièrement contribué. Oui, les Baines faisaient partie de la famille, et ils étaient loin de se douter que leur employeur était au bord de la faillite.

Heureusement ! se dit la jeune femme en observant le vieil homme au dos voûté par des années de labeur s'affairer dans son jardin bien-aimé.

La propriété d'Elizabeth, ainsi que celle de la plupart de

ses voisins, couvrait plusieurs hectares. Par-dessus la haie, à travers les branches dénudées des arbres, on apercevait le toit en ardoise de la demeure des Whittington.

Mimi Whittington était la meilleure amie d'Elizabeth, l'une des rares personnes sur qui la jeune femme pouvait compter dans les bons moments comme dans les mauvais.

Là, c'était assurément un mauvais moment.

Comme par enchantement, la silhouette de Mimi se matérialisa soudain. Elle se faufila à travers la trouée dans la haie et approcha de la terrasse.

C'était le chemin habituellement emprunté par les deux amies. Au grand désespoir de Dooley, car au fil des années ce manège avait créé un trou dans la palissade et marqué la pelouse, réduisant à néant tous les efforts du vieil homme pour faire de ce lieu un endroit digne de figurer dans les revues spécialisées. Ses protestations n'avaient servi à rien. De guerre lasse, il avait transformé cette brèche en un passage voûté. Il avait également placé des dalles pour créer un chemin menant de l'ouverture jusqu'à la terrasse afin de permettre les allées et venues quotidiennes qui ne manquaient pas de se produire chaque fois qu'Elizabeth se trouvait dans sa maison de Houston.

La jeune femme ne put réprimer un sourire en voyant Mimi perchée sur des talons aiguilles, une main retenant fermement le col de son manteau de zibeline qui lui arrivait à la cheville. Ça lui ressemblait bien de porter de la fourrure pour une simple visite au milieu de l'après-midi ! Dessous, on apercevait des cuissardes noires et une ample chemise aux motifs mauves, dorés et noirs. A chaque mouvement, ses cheveux blonds dansaient au vent.

Mimi interpella Dooley et lui fit signe de la main. Puis, tournant la tête vers la maison, elle aperçut Elizabeth debout derrière les portes-fenêtres du bureau.

En la voyant approcher, Elizabeth lui ouvrit la porte, et

son amie entra, apportant dans son sillage une rafale de vent glacial et des effluves de parfum Chanel.

— Bon sang, ça caille dehors ! s'exclama-t-elle avec son accent traînant typique de l'est du Texas. Je suis gelée. On se croirait presque au pôle Nord !

Elle retira sa zibeline et la balança sur le dossier d'une chaise, comme s'il s'était agi d'une vieille guenille. Puis, des deux mains, elle remit un peu d'ordre dans ses cheveux blond platine, en un geste qui fit cliqueter les nombreux bracelets d'or qu'elle portait aux poignets.

— Regarde comme je suis décoiffée ! Dire que je suis allée chez M. André pas plus tard que ce matin après le cours de danse. S'il me voyait maintenant, le pauvre vieux aurait une attaque !

Elizabeth réprima un sourire et l'envie de lui dire qu'on ne voyait guère la différence, étant donné que sa coiffure du moment était un *décoiffé* savamment étudié. D'ailleurs, on ne savait jamais quel style Mimi adopterait d'une semaine à l'autre ni de quelle couleur seraient ses cheveux.

— Au fait, ce n'est pas parce que tu as manqué le cours de danse ce matin que tu es quitte ! Tu devras tout rattraper demain, et, crois-moi, je te ferai bosser, ma belle !

— Je n'en attendais pas moins de toi, espèce d'esclavagiste ! s'exclama Elizabeth en roulant des yeux et en feignant la contrariété.

Elle n'avait que neuf ans lorsque son amie lui avait donné son premier cours de danse. Ça faisait vingt ans maintenant qu'elle la rejoignait pour leur séance quotidienne dans le studio que feu M. Whittington avait fait aménager pour son épouse sous les toits de la maison. Beaucoup de gens considéraient Mimi comme une femme paresseuse et gâtée, et ses gestes empreints de langueur ne faisaient que les conforter dans cette impression. Il suffisait, cependant, de voir avec quelle énergie elle se dépensait lors de ces cours de danse pour comprendre que Mimi était tout sauf paresseuse. Elizabeth reconnaissait que cette discipline était excellente pour les maintenir en forme.

Avec un frisson, Mimi présenta ses mains devant les flammes qui crépitaient joyeusement dans la cheminée. Elle portait de faux ongles rouges, et chacun de ses doigts, pouce compris, était orné d'une bague. Les pendentifs en diamant accrochés à ses oreilles étaient si longs qu'ils lui arrivaient presque aux épaules. Ils se balançaient et étincelaient de mille feux à chaque mouvement de sa tête.

— Mmm, c'est simplement divin ! murmura-t-elle en se tournant pour se chauffer le dos.

— Alors ? Comment s'est passée ton entrevue avec Walter et John ? J'espère que John a trouvé un moyen de récupérer ton argent et de faire enfermer ce monstre !

Elizabeth eut un faible sourire en voyant son amie réagir si vivement. Bien que Mimi eût dix ans de plus qu'elle, elles avaient sympathisé presque au premier regard. Mimi disait même qu'elles avaient dû être amies dans une vie antérieure et que leur amitié était faite pour durer éternellement. Une amitié qui en surprenait plus d'un, tant les deux femmes étaient différentes.

Alors qu'Elizabeth était d'une nature calme et réservée, son amie, elle, avait un tempérament impétueux. On la décrivait volontiers comme quelqu'un d'extravagant et d'imprévisible qui aimait choquer. Mimi assumait volontiers ces épithètes. Esprit libre, le cœur sur la main, elle était dotée d'un sens de l'humour parfois leste, et sa situation financière lui assurait une grande liberté d'action. Elle faisait fi des conventions, et gare à celui qui aurait osé s'en offusquer !

Elle avait rencontré Horace à l'époque où elle participait à des concours de danse de salon.

— Les seuls atouts que j'avais étaient un joli minois et un corps du tonnerre, avouait-elle sans vergogne. Je les ai mis à profit pour gagner le maximum d'argent sans avoir à trahir mes principes et sans que ma mère, de là-haut, n'ait à rougir de moi. Les concours de danse et la scène à Las Vegas, c'était quand même mieux que bosser dans un minable bar à strip-tease ou dans des fast-foods.

Quand, à l'âge de dix-neuf ans, elle avait épousé Horace Whittington, âgé de cinquante-deux ans, toute la bonne société de Houston l'avait cataloguée comme étant une aventurière.

En apparence, cette union avait tout de l'histoire classique : un homme vieillissant qui, de façon pathétique, tente de retrouver sa jeunesse en épousant une jeune femme vénale.

Peu de gens s'étaient rendu compte, à l'époque, que Mimi aimait sincèrement Horace — « Big Daddy », ainsi qu'elle le surnommait. Elle l'avait aimé de tout son être. Quoi de surprenant à cela? Horace Whittington était un homme profondément gentil, bon, honnête, loyal et généreux.

Il avait aussi beaucoup de charme et d'allure. Avec son mètre quatre-vingts, son corps svelte, ses tempes argentées, ses yeux bleus pétillants d'humour dans un visage hâlé et buriné, il ressemblait à un acteur d'Hollywood.

Certains auraient aimé pouvoir snober Mimi, mais ils n'avaient jamais osé. La famille Whittington était beaucoup trop puissante.

« Maintenant que Big Daddy est parti, avait confié Mimi à Elizabeth, peu de temps après la mort d'Horace, il y a des vieilles peaux qui aimeraient bien me retirer ma carte de membre du country club de River Oaks. Mais tu penses bien qu'elles n'en ont pas le courage! Pas tant que j'aurai l'argent de Big Daddy. Tu sais que ces cinglées du comité adorent organiser des bals avec tout le tralala ou lancer des souscriptions pour une cause quelconque — ce que Big Daddy appelait "la Cause du mois". La contribution de la Fondation Whittington à ces fêtes s'élève à plus de un million de dollars par an, alors tu imagines ! Les aristos ne veulent peut-être pas de moi, mais une chose est sûre : ils veulent l'argent des Whittington. Ils sont donc prêts à serrer les dents et à me supporter. En ce qui me concerne, je me fiche pas mal d'être membre ou non. Si je garde ma carte, c'est juste pour les faire rager. Je sais que ça les fout en rogne de devoir côtoyer une moins que rien. »

Elizabeth avait protesté, mais elle savait que Mimi n'était pas loin de la vérité.

Même si le personnage ne plaisait pas, ses détracteurs avaient été contraints d'admettre que le mariage Whittington était réussi. Horace et Mimi avaient été inséparables pendant les vingt et un ans de leur union.

Pendant des mois après l'attaque soudaine qui avait emporté son mari, Mimi était restée inconsolable. C'était la seule fois où Elizabeth l'avait vue pleurer, et ça lui avait brisé le cœur de la voir si malheureuse.

Et puis, peu à peu, Mimi avait repris le dessus : elle avait même retrouvé la verve et le panache qui la caractérisaient.

— Big Daddy n'aimerait pas que je passe le reste de ma vie à broyer du noir, avait-elle déclaré un jour de sa voix traînante. S'il me voyait de là-haut en train de me lamenter, il réussirait à persuader saint Pierre de le laisser redescendre pour venir me botter les fesses.

Mimi avait raison. S'il y avait une chose qu'Horace désirait par-dessus tout, c'était le bonheur de sa femme. Elizabeth ne pouvait pas en dire autant de son propre mari !

En dehors de Mimi, seules deux autres personnes connaissaient l'exacte vérité sur la trahison de son ex : John Fossbinder, son avocat, et Walter Monroe, son banquier, devenu également son conseiller financier depuis un an. Les autres supposaient qu'Edward s'était montré infidèle et qu'Elizabeth l'avait jeté dehors avant de demander le divorce.

C'était, d'ailleurs, ce qui s'était passé. Enfin, à quelques détails près. Elizabeth avait réussi à tenir secrète l'exacte vérité, mais elle savait que le scandale finirait par éclater un jour ou l'autre. Elle ne pourrait pas l'étouffer éternellement. Pas plus qu'elle ne pouvait continuer à vendre le patrimoine familial pour faire face aux dépenses et faire croire que la fortune des Stanton était encore intacte.

Secouant la tête, Elizabeth regarda son amie d'un air désemparé. Celle-ci savait qu'elle venait d'avoir une entrevue avec son banquier et son avocat. Pendant des heures, ils avaient cherché un moyen de récupérer la fortune des Stanton.

— J'aurais aimé te dire que la situation est en train de s'arranger. Malheureusement, c'est loin d'être le cas. Depuis un an, John retourne le problème dans tous les sens. Il a exploré toutes les voies possibles. En vain. Apparemment, je ne dispose d'aucun recours. D'après John, ce qu'Edward a fait n'est pas moral — c'est même presque criminel. Mais il a été malin. Juridiquement, je ne peux rien faire. Impossible de récupérer mon argent.

— Pas moral ? Rien que ça ? Ce salaud vous a mis sur la paille, ta tante et toi. Il vous a volées, et ça pratiquement depuis le jour où ton père est mort et où tu as hérité des deux tiers de ses biens. Les actes de la société montrent bien qu'il a détourné les fonds Stanton. Et il a continué à se servir dans la caisse jusqu'à son départ pour je ne sais où avec cette fille. Si ce n'est pas un crime, alors dis-moi ce que c'est ! Tu veux que je te dise ? Ce dégonflé mérite la prison à vie !

Elizabeth jeta à Mimi un regard désabusé.

— Dégonflé ? Il ne l'était pas quand il nous a volées, ma famille et moi, avant de filer avec mon ennemie jurée !

Mimi poussa un gros soupir.

— Chérie, ce n'est pas une preuve de sa force de caractère ! Ça montre juste quel minable petit voleur il est. Et puis quel manque de goût de te préférer Nathalie !

Elizabeth ne put s'empêcher de sourire devant la véhémence de son amie. Cette dernière n'aurait jamais mentionné le prénom de la maîtresse d'Edward si elle-même n'avait pas abordé le sujet. Elizabeth avait bien conscience que le silence que son amie s'imposait relevait de l'exploit. L'injustice dont elle était victime mettait Mimi dans une rage extrême, et elle avait désespérément besoin de donner libre cours à sa colère.

— Je ne comprends pas ce qu'il a pu lui trouver ! continua Mimi avec colère. Nathalie Brussard est peut-être jolie et friquée, mais quelle enflure !

— D'accord avec toi.

Depuis leur plus jeune âge, Nathalie éprouvait de la jalousie à l'égard d'Elizabeth. Une jalousie presque maladive, dont la jeune femme ne comprenait pas les raisons. Les Bussard étaient riches et influents. Les deux jeunes filles avaient bénéficié des mêmes privilèges, fréquentant les mêmes écoles privées et les mêmes clubs fermés.

En terminale, Elizabeth avait été élue reine de l'année. Si l'adolescente avait fait peu de cas de cette distinction, consciente de sa futilité, Nathalie, elle, en avait conçu une rage profonde. C'était à partir de ce moment que sa jalousie s'était transformée en haine. Elizabeth aurait été bien en peine de dire pourquoi. Après tout, Nathalie n'avait rien à lui envier. Avec ses cheveux bruns et ses yeux noirs, elle avait tout de la femme fatale.

Ça ne l'avait toutefois pas empêchée de désirer tout ce qu'Elizabeth possédait : vêtements, voiture, un rôle dans une pièce au lycée… Même ses amis, elle s'efforçait de les lui prendre. Et avec Edward, elle avait finalement réussi.

L'infidélité et la désertion d'Edward avaient d'abord

paralysé Elizabeth, mais ce n'était rien, comparé au choc qu'elle avait éprouvé au moment du divorce en découvrant la perfidie de son mari. A l'exception de la ferme familiale et de la maison à Houston, son époux avait fait main basse sur presque tous les biens des Stanton, transférant l'ensemble de sa fortune sur un compte secret en Suisse.

— Tu veux dire que John ne peut rien faire ? Absolument rien ? demanda Mimi, ramenant ainsi son amie au moment présent.

— Apparemment, non.

— Merde alors ! s'exclama Mimi en se laissant choir sur le pouf de cuir placé devant la cheminée.

Elle poussa un profond soupir avant de reprendre :

— S'il t'a dit ça, c'est forcément vrai. Il est imbattable quand il s'agit de défendre les intérêts de ses clients. S'il existait un moyen, il l'aurait trouvé.

Elizabeth retourna vers la fenêtre. Dooley était toujours dehors. Le ciré boutonné jusqu'au cou et la casquette enfoncée sur les oreilles, il était en train de fixer les bâches qui recouvraient les plants, à l'aide de pieux.

— Le plus dur sera d'expliquer tout ça à tante Talitha, murmura la jeune femme.

— Quoi ? Tu ne lui as encore rien dit ?

Le visage crispé, Elizabeth secoua la tête.

— Je lui ai juste confié que nos investissements n'allaient pas très fort. Que pouvais-je faire d'autre, Mimi ? Elle a quatre-vingts ans. Elle a toujours vécu dans cette maison et à Mimosa Landing. Tout comme moi, d'ailleurs. J'ai peur qu'elle n'ait une crise cardiaque en apprenant l'ampleur des dégâts.

— A ta place, je ne la sous-estimerais pas. Elle a les épaules solides.

Elizabeth poussa un soupir.

— Tante Talitha et moi avons commis l'erreur de lui

signer une procuration qui lui permettait de disposer de tous nos biens à l'exception de Mimosa Landing et de cette maison. C'est tout ce qu'il nous reste, à présent.

— Alors, vous avez fait ça ! Quand tu m'as dit que tu t'en remettais à Edward, j'ai pensé qu'il te conseillait dans tes investissements et dans la gestion de ton portefeuille.

— A l'époque, ça me semblait une bonne chose, expliqua Elizabeth, le regard toujours rivé sur Dooley. Je lui faisais entièrement confiance. C'était mon mari, après tout. Ses parents et les miens étaient des amis de longue date, et je le connaissais depuis toujours. Je n'avais aucune connaissance dans le domaine des affaires ou de la finance. Contrairement à Edward, qui avait, en plus, un diplôme de droit. Ça semblait logique qu'il prenne les choses en main. On peut dire qu'il ne s'en est pas privé ! ajouta-t-elle en secouant la tête.

— Oh, trésor ! Dommage que tu ne sois pas venue consulter Big Daddy. Il t'aurait dit ce qu'il me disait toujours : « Mimi chérie, quand je casserai ma pipe et que tu récupéreras mon argent, ça attirera tous les bons à rien. Il y a un principe simple à garder en mémoire si tu veux t'en tirer : ne jamais laisser personne signer les chèques à ta place. » Conseil que j'ai suivi. Je vérifie chaque chèque.

Elizabeth se retourna.

— Ça me servira de leçon, dit-elle en se mettant à arpenter la pièce. Si seulement Ian était encore en vie, on n'en serait pas là !

Toute sa vie, le frère cadet d'Elizabeth avait été élevé dans l'idée que, un jour, il gérerait la fortune de la famille. Personne — y compris la jeune femme — n'avait jugé utile qu'elle étudie la finance et les affaires à l'université. De même que personne n'avait envisagé la possibilité que Ian soit fauché à l'âge de vingt ans par un conducteur ivre.

— Allons, trésor ! Ne me dis pas que tu penses vraiment ça. Un serpent sera toujours un serpent, qu'il soit dans le jardin ou dans le salon. Edward aurait quand même réussi à vous rouler. Et il t'aurait aussi trompée, avec Nathalie ou une autre. Et tu sais pourquoi ? Parce que c'est dans la nature de ce salopard. C'est juste un connard qui se la joue, une ordure en qui tu ne peux pas avoir confiance !

Elizabeth poussa un soupir.

— Tu as raison. Ce n'est pas en me lamentant sur ce qui aurait pu être que je vais m'en sortir. Il va falloir prendre les choses comme elles sont et trouver une solution.

Un lourd silence s'ensuivit, au cours duquel les deux jeunes femmes réfléchirent à la situation. On entendait seulement le crépitement du feu dans la cheminée et, dehors, le sifflement du vent.

Ce fut Mimi qui rompit le silence.

— Oh, ma chérie, ça m'embête vraiment de te voir dans ce pétrin. Pourquoi refuses-tu que je te prête l'argent dont tu as besoin ? Tu sais que je suis pleine aux as.

Elizabeth s'assit sur un pouf en face de son amie, et elle l'enveloppa d'un regard chaud et reconnaissant.

— Mimi, on en a déjà parlé plusieurs fois. C'est très gentil à toi, mais tu sais que je ne peux pas accepter. Ce n'est jamais bon de mélanger argent et amitié. C'est mon père qui me l'a appris. De toute façon, ça ne résoudrait pas mon problème. Je me débrouille depuis quelques mois en vendant les objets de valeur de la famille, surtout les bijoux. Pas plus tard que le mois dernier, j'ai vendu la rivière de diamants de mon arrière-arrière-grand-mère Ida.

— Quoi ? Tu as fait ça ?

Elizabeth hocha la tête.

— Je n'avais pas le choix. Mais c'est comme mettre un emplâtre sur une jambe de bois : ça ne sert pas à grand-chose, malheureusement.

— Ça va si mal que ça ? Je pensais que tu avais juste un problème de trésorerie. J'étais loin de me douter que la situation était aussi grave. Après tout, la fortune des Stanton était immense !

— Disons que, pour le moment, j'ai plus de dépenses que de recettes. Beaucoup plus, même !

— Oh, chérie, je suis vraiment désolée !

— Ce qui est fou, c'est que tante Talitha et moi ne sommes pas démunies. Au contraire. Je possède encore cette maison et Mimosa Landing. Pour le moment, du moins. La ferme est dans le rouge depuis quatre ans. La récolte n'a pas été bonne. Il y a d'abord eu la sécheresse, puis, l'année d'après, un ouragan qui a tout détruit sur son passage. Sans parler des sauterelles. Je ne m'en faisais pas trop jusqu'à cette année où j'ai découvert qu'Edward avait volé presque toute la fortune de ma famille. Les dépenses de la ferme n'ont jamais été aussi élevées qu'en ce moment. Nos machines agricoles sont vétustes. Truman a réussi à faire tenir la moissonneuse jusqu'au printemps dernier, mais on ne pouvait plus continuer avec. Alors, il a fallu en racheter une, ainsi qu'un tracteur. Ça nous a coûté la bagatelle de cent cinquante mille dollars. J'ai dû hypothéquer cinquante hectares de terrain pour que la banque accepte de m'accorder un prêt. D'accord, ce terrain ne faisait pas partie de Mimosa Landing au départ, mais ce sera quand même un crève-cœur de s'en séparer.

— Ça risque d'arriver bientôt ?

— Oh, oui ! J'ai une grosse échéance le mois prochain et pas de quoi l'honorer.

— Tu ne peux pas essayer de te débrouiller pour payer au moins les intérêts ? Si tu y arrivais, je suis sûre que Walter te consentirait une avance.

Elizabeth secoua la tête.

— Impossible. Je ne sais même pas comment financer la prochaine récolte ni même comment payer le personnel dans quelques jours.

— Alors, qu'est-ce que tu comptes faire ?

— Je suppose qu'il va falloir vendre la maison. Je pourrais en tirer quelques millions. Cela dit, je ne sais pas combien de temps ça nous permettra de tenir. Il faut tellement d'argent pour entretenir une exploitation agricole ! Surtout lorsqu'il s'agit d'un endroit aussi immense que Mimosa Landing.

— Tu veux vendre la maison ? Tu ne peux pas faire ça ! Je serais perdue sans toi !

— Je sais. Tu me manqueras aussi, mais je n'ai pas vraiment le choix. Il n'est pas question de renoncer à la ferme ni même à un hectare du domaine. Pas de mon vivant, en tout cas !

La ferme appartenait à la famille d'Elizabeth depuis près de deux siècles. Chaque génération avait contribué à faire fructifier la fortune des Stanton en investissant dans différents domaines. Mais c'était le corps de ferme d'origine qu'Elizabeth — tout comme ses ancêtres — avait à cœur de préserver.

Mimosa Landing était son héritage, son patrimoine. Cette terre avait été nourrie du sang, de la sueur et des larmes de ses ancêtres. Elle ne pouvait pas tout laisser tomber maintenant. Elle se devait de préserver Mimosa Landing envers et contre tout.

— D'accord, si tu veux jouer les Scarlett…, fit Mimi d'un ton taquin. Je comprends ton attachement à la ferme. Mais il doit bien exister un moyen de sauver Mimosa Landing autrement qu'en vendant la maison. Si tu fais ça, la rumeur de ta faillite va se répandre comme une traînée de poudre.

— Je m'en contrefiche ! L'argent et le niveau de vie qui va avec m'importent peu. Je peux me passer d'un certain confort, mais jamais je ne supporterais l'idée de perdre Mimosa Landing.

Le regard empli de crainte, Elizabeth se mordilla la lèvre inférieure.

— Toi aussi, tu vas me manquer, Mimi. Je veux que tu le saches.

Du regard, elle embrassa l'élégante pièce lambrissée de noyer. Le mobilier avait été transmis de génération en génération, chacune apportant sa touche personnelle. Certains meubles, comme le bureau du vieil Asa, étaient plus anciens que la demeure elle-même.

C'était une grosse bâtisse qui, en dépit de ses formes lourdes, ne manquait pas d'élégance. Depuis sa construction par l'arrière-grand-père d'Elizabeth au début du XXe siècle, et pour des raisons de commodité liées aux affaires, la famille avait toujours partagé son temps entre Houston et Mimosa Landing. Aux yeux d'Elizabeth, le domaine était presque aussi précieux que la ferme.

— Mon arrière-grand-père a fait construire cette maison alors que le quartier de River Oaks commençait seulement à se développer. Ça va me briser le cœur de la vendre. Mais ce qui m'inquiète le plus, c'est le sort de Dooley et Gladys. Ils ne sont pas encore en âge de prendre leur retraite, et d'ailleurs ils n'en ont pas envie. Qui me dit que les nouveaux propriétaires les garderont ?

— Mon Dieu, c'est vrai ! Je n'avais pas pensé à ça. J'imagine mal cet endroit sans eux.

— Je sais. Ils ont vécu presque toute leur vie d'adulte dans l'appartement au-dessus du garage. Pour eux, c'est leur maison. Je ne supporte pas l'idée qu'ils puissent en être chassés.

— Moi non plus. Mon Dieu, c'est vraiment moche !

— Que faire pour se sortir de ce mauvais pas ? Si je ne vends pas, je ne pourrai payer ni le personnel ni les impôts.

Un coup frappé à la porte les interrompit dans leur conversation.

— Excusez-moi, mademoiselle Elizabeth, fit la gouvernante en passant la tête par l'entrebâillement de la porte, mais il y a quelqu'un qui demande à vous voir.

— Qui est-ce, Gladys ?

Prenant une expression pincée, la vieille femme croisa les bras sur sa poitrine opulente.

— Je ne l'ai encore jamais vu, répondit-elle sans chercher à cacher sa méfiance.

Gladys se targuait de connaître — ne fût-ce que de vue — chaque membre de la bonne société de Houston, son arbre généalogique ainsi que le moindre commérage à son propos.

— Je lui ai demandé si vous l'attendiez. Il m'a répondu que non, mais qu'il était important qu'il vous parle. Il dit s'appeler Max Riordan.

— Oh ! là, là ! murmura Mimi d'une voix sensuelle.

— Maxwell Riordan ?

— Oui, c'est ça. Tenez, voici sa carte, ajouta Gladys en entrant dans la pièce.

Tout chez elle — depuis ses lèvres pincées jusqu'à la raideur de son maintien — reflétait sa désapprobation. Même le crissement de ses chaussures plates à semelle de caoutchouc semblait exprimer la réserve que lui inspirait le visiteur. Gladys et Dooley se montraient très protecteurs, non seulement envers le domaine, mais également envers Elizabeth.

— Il n'a pas l'air d'être un escroc, mais si vous voulez que je le renvoie…, proposa la gouvernante.

Elizabeth savait qu'il suffisait d'un mot pour que Gladys s'exécute. Jetant un coup d'œil à la carte, elle hésita un instant.

— Je vais le recevoir, déclara-t-elle finalement. Faites-le entrer dans le salon, Gladys, et dites-lui que je ne serai pas longue. Oh, et apportez-nous du café, s'il vous plaît.

— Bien, mademoiselle.

— Qu'est-ce que Maxwell Riordan peut bien me vouloir ? lança Elizabeth, une fois la gouvernante partie.

— J'aimerais bien le savoir, moi aussi ! s'exclama Mimi en glissant un regard plein de sous-entendus en direction de son amie. Il y aurait quelque chose entre toi et ce beau mec, quelque chose que tu aurais oublié de me dire ?

Elizabeth avait rencontré l'homme d'affaires à peu près un an auparavant, puis elle l'avait de nouveau croisé, à plusieurs reprises. Ce n'était donc qu'une simple connaissance.

On le considérait comme quelqu'un d'à part. On ne manquait jamais de l'inviter aux bals de charité, en raison de sa fortune colossale, mais il restait en marge de la bonne société de Houston.

Les conversations qu'Elizabeth avait eues avec lui s'étaient limitées à quelques échanges polis. Et il n'était pas du genre à faire des visites de courtoisie.

— Tu dis qu'il est beau, fit-elle à l'adresse de Mimi. Ce n'est pas le terme que j'emploierais. Je dirais plutôt qu'il a un physique dangereux.

— Justement, trésor. C'est ce qui fait son charme. Il est diablement sexy ! Il fait un peu brut de décoffrage, mais c'est un mâle, un vrai ! Rien que de penser à lui, ça me donne des frissons !

— Mimi Whittington, attention à toi ! Ma parole, on dirait que tu ne penses qu'au sexe, depuis la mort d'Horace.

— Peut-être. En tout cas, je ne suis pas la seule à le trouver bien. Je suis allée déjeuner au club, la semaine dernière, et les filles qui se trouvaient à ma table — Trudy, Delia, Blair, Madison, Becca —, enfin toutes, elles se pâmaient devant lui. On a longuement discuté pour essayer de savoir ce que ça ferait d'avoir Max Riordan dans son lit.

— Ah, bon ? Elles n'hésiteraient pas à coucher avec lui alors qu'elles ne sont pas prêtes à l'accepter dans le club en dépit du fait qu'il habite à River Oaks ?

— Tu ne trouves pas ça tordant ? répondit Mimi en riant.

— Ces filles n'ont vraiment rien d'autre à faire ! lança Elizabeth en levant les yeux au ciel.

Elle savait que ces jeunes femmes n'avaient pas un mauvais fond. Mais en dehors du tennis, du golf, des déjeuners entre copines et des bals de charité, il n'y avait pas grand-chose dans leur vie. Heureusement, Elizabeth, elle, avait Mimosa Landing. La gestion de la propriété l'occupait presque entièrement.

— Tu sais comment elles sont, répliqua Mimi avec un geste de mépris de sa main surchargée de bagues. A en croire les ragots, Max est terriblement riche. Malheureusement — et il est en train de s'en rendre compte —, il faut plus qu'une immense fortune pour se faire accepter par ces gens-là. Nous savons toutes les deux que si j'ai pu devenir membre du country club, c'est bien parce que Big Daddy avait le fric, le bras long et surtout le nom qu'il fallait. Sans oublier, bien sûr, qu'il a bénéficié du soutien de ta famille. Manque de chance pour Max, personne ne semble savoir d'où il vient ni comment il a construit cette fortune. On prétend qu'il a passé du temps au Proche-Orient et en Amérique du Sud. Brud Paine semblait dire qu'il s'était fait des tunes grâce au trafic de drogue, ajouta Mimi sur le ton de la confidence.

Elizabeth écarquilla les yeux.

— Ah, bon ?

— Mmm. Mais je ne sais pas si c'est vrai. Tu connais Brud. Il ne supporte pas qu'un autre homme ait la cote auprès des femmes. Une chose est sûre, cependant : Max n'a ni le vernis ni la sophistication d'un type qui serait né dans un milieu aisé. Et, crois-moi, je sais de quoi je parle ! Bon sang, il m'a fallu un an pour apprendre quelle fourchette utiliser et à quoi servait un rince-doigts. Et puis tu sais comment les vieilles familles d'ici regardent les nouveaux riches.

Elizabeth opina de la tête. Elle ne croyait pas à la notion de *classe*, contrairement à certains de ses pairs. La première maison de son arrière-arrière-arrière-grand-père Asa Stanton était une cabane au sol en terre battue, sur les rives du fleuve Brazos. Les parents d'Elizabeth ainsi que ses grands-parents avaient toujours pris soin de leur rappeler, à elle et à son frère, leurs origines modestes. « Ne jamais mépriser autrui en raison de ses origines sociales ! » Telle était la leçon qu'ils leur avaient toujours enseignée. La fortune dont ils jouissaient n'était pas un acquis irrévocable, mais un don qu'ils devaient au dur labeur des générations précédentes. C'était aussi un devoir que, à leur tour, Elizabeth et Ian auraient envers leur descendance.

« Gardez toujours ces deux préceptes à la mémoire, n'avait cessé de leur répéter leur père, pendant leur enfance. Le premier, c'est que les privilèges vous donnent des droits mais aussi des devoirs. Le second, c'est qu'il ne faut jamais juger un homme à l'épaisseur de son portefeuille, mais plutôt à ses actes. »

Deux principes qu'Elizabeth avait toujours cherché à respecter. Elle avait voté en faveur de l'adhésion de Max Riordan au Country Club de River Oaks, mais elle devait reconnaître que le rejet de sa demande par un autre membre ne l'avait pas émue outre mesure.

Elle n'aurait su dire ce qui en lui la mettait mal à l'aise. En tout cas, cela n'avait à voir ni avec ses origines ni avec son statut de nouveau riche. Chaque fois qu'elle se trouvait en sa présence, elle se sentait — comment dire ? — pas tout à fait nerveuse, mais à cran.

Mettant un terme à ces réflexions, elle finit par se lever avec un soupir.

— Je crois que je ferais mieux d'aller voir ce qu'il me veut. Tu viens ?

Mimi secoua la tête.

— Non, il vaut mieux que je t'attende ici. C'est toi qu'il est venu voir. Il risque de ne pas apprécier mon intrusion. Mais dès qu'il sera parti, dépêche-toi de venir me rapporter ce qu'il t'aura dit !

Avant de sortir, Elizabeth s'arrêta pour dévisager son amie.

— Comme si tu n'allais pas écouter à la porte !

— Qui ça, moi ?

Ecarquillant ses yeux bruns, Mimi plaça une main sur son cœur et battit des cils. On lui aurait donné le bon Dieu sans confession.

— Tu crois que je serais capable d'une chose pareille ?

Elizabeth se mit à rire.

— Fais-moi plaisir, essaie d'être discrète, d'accord ?

2

Max se tenait devant la fenêtre, le dos tourné à la porte et le regard fixé sur la vaste étendue du domaine Stanton. Cet endroit avait beaucoup d'allure, se dit-il. L'allure que donne l'argent. Mais ce n'était pas tout. On sentait qu'il y avait là une longue histoire familiale, dont les racines allaient chercher loin et profond dans la terre. Tout comme ces immenses chênes qui se dressaient dans le parc et qui devaient être plusieurs fois centenaires. Leur tronc était tellement énorme qu'il aurait fallu deux ou trois hommes se donnant la main pour en faire le tour.

C'était exactement ce que Max recherchait depuis toujours. Le sentiment de sérénité et d'appartenance que dégageait ce lieu.

Au début, il avait cru que ces choses-là viendraient avec la richesse. Il avait donc tout mis en œuvre pour se bâtir un immense empire, et il y était parvenu des années auparavant, sans pour autant trouver ce qu'il cherchait.

Se détournant de la fenêtre, il examina le salon dans lequel il se tenait : une pièce élégante, au charme intemporel et discret.

Il avait payé un architecte d'intérieur une petite fortune pour s'occuper de la décoration de son appartement. De l'avis général, c'était très réussi. Pour Max, cependant, l'endroit manquait d'âme. Comme si personne n'y habitait.

C'était vrai, d'une certaine façon. L'appartement, situé à

moins de deux kilomètres de là, n'était pour lui qu'un lieu de passage, une sorte d'hôtel où il allait dormir, se doucher et se raser. Il n'y passait que très peu de temps, en somme.

La propriété Stanton était tout le contraire. On s'y sentait chez soi. Tout y était parfait, jusqu'au moindre détail, depuis le mobilier ancien jusqu'au tapis oriental. Des tentures en brocart drapaient les portes-fenêtres. Le haut plafond était orné de moulures au dessin compliqué. Même la bonbonnière en cristal, posée sur la table basse, et les divers bibelots disposés çà et là témoignaient de ce goût et de ce raffinement. Oui, on était vraiment loin de cette impression de stérilité qui émanait de son appartement.

Un bruit de talons sur le sol marbré de l'entrée le tira de ses réflexions. Se retournant, il vit Elizabeth Stanton entrer.

— Monsieur Riordan, désolée de vous avoir fait attendre, dit-elle avec un sourire poli.

— Ce n'est pas grave, répondit-il en l'examinant sans vergogne, tandis qu'elle s'approchait de lui.

Même chez elle par un après-midi d'automne venteux, elle avait cette élégance qui lui était habituelle. Le chemisier de satin bleu-vert qu'elle portait par-dessus un pantalon de tweed marron rehaussait l'éclat de ses yeux. Ses bijoux en or étaient simples et discrets : une paire de boucles d'oreilles et une montre au bracelet de cuir marron.

— Asseyez-vous donc ! dit-elle en lui indiquant d'un geste le canapé.

Chaque fois qu'il l'avait croisée à des soirées, elle avait les cheveux attachés. Mais, aujourd'hui, ils étaient détachés, et les mèches épaisses retombaient librement sur ses épaules. Une coiffure simple en apparence, mais nul besoin d'être un professionnel pour se rendre compte que la coupe avait été réalisée par des mains expertes.

Quand la jeune femme prit place dans l'un des fauteuils de style XVIIIe qui flanquaient la cheminée, ses cheveux glissèrent tel un rideau de soie acajou avant de reprendre leur forme initiale lorsqu'elle se redressa.

Le visage fermé, la gouvernante entra d'un pas lourd, avec un plateau chargé d'un service à café en porcelaine. Après l'avoir posé bruyamment sur la table, elle se redressa non sans avoir auparavant jeté un regard perçant à Max.

— Désirez-vous autre chose ? demanda-t-elle en se tournant vers Elisabeth.

— Non, ce sera tout, Gladys, merci.

Prenant une expression pincée, la vieille femme jeta au visiteur un nouveau regard.

— Si vous avez besoin de moi, n'hésitez pas à m'appeler, reprit-elle.

La proposition ressemblait plutôt à une mise en garde.

— Je n'y manquerai pas, répondit Elizabeth.

Quelle vieille bique ! se dit Max tandis qu'elle s'éloignait, raide comme un piquet.

Il la suivit du regard jusqu'à la porte qu'elle referma d'un geste sec.

— Comment prendrez-vous votre café, monsieur Riordan ? demanda alors Elizabeth.

— Noir.

La jeune femme fit le service avant de se rasseoir dans son fauteuil. Puis, tout en buvant une gorgée de café à la crème, elle observa son hôte par-dessus le bord de la tasse.

— Je dois vous avouer que j'ai été très surprise lorsque Gladys m'a annoncé votre visite. Je me demande bien de quoi vous souhaitez me parler.

— Je ne vais pas y aller par quatre chemins, fit Max qui avait horreur de tourner autour du pot, de même qu'il détestait perdre son temps à faire la conversation.

Lorsqu'il s'agissait de passer à l'acte, il avait l'habitude de foncer. Il lui vint soudain à l'esprit que ces manières pouvaient rebuter la jeune femme. Il s'empressa donc d'ajouter :

— Je veux dire, si vous êtes d'accord.

— Faites, je vous prie.

— Eh bien voilà : je suis au courant de votre situation financière.

A ces mots, Elizabeth, qui avait été jusque-là très affable, se raidit. Elle redressa son petit menton délicat, et un masque de froideur couvrit son visage.

Se penchant en avant, elle posa sa tasse et sa soucoupe sur la table basse avec des gestes contrôlés. Puis, se redressant, elle croisa les mains sur ses genoux et darda sur Max un regard bleu-vert qui étincelait comme de la glace par un matin de givre. Elle avait l'air digne et aristocratique.

— Puis-je vous demander d'où vous tenez cette information strictement confidentielle ?

— Je siège au conseil d'administration de votre banque.

— Vraiment ? Et depuis quand ?

— Depuis presque un an. Quand votre ex-mari est parti, on m'a demandé de le remplacer. Cela n'a rien de surprenant étant donné que je suis l'un des principaux actionnaires de la banque. A l'époque, une lettre a été envoyée à tous les clients pour annoncer ma nomination.

— Je vois. Ce courrier a dû m'échapper.

Ou peut-être n'avait-elle tout simplement pas pris la peine de le lire, se dit Max. Mais pouvait-on vraiment le lui reprocher, compte tenu de tout ce qu'elle avait subi l'année précédente ?

— Je ne suis pas de ceux qui acceptent un siège à un conseil d'administration pour simplement empocher le chèque qui va avec et somnoler aux réunions, reprit Max. Je suis un homme d'affaires. Je suis directement intéressé par la santé financière de la banque, et je surveille étroitement tous mes investissements. En l'occurrence, le contrôle fréquent des comptes principaux fait partie de mes attributions.

Il marqua une pause pour boire une gorgée de café avant de planter son regard dans celui d'Elizabeth.

— Imaginez quelle a été ma surprise lorsque je me suis aperçu que vos comptes étaient à zéro. Les registres de la banque montrent que, à intervalles réguliers, Edward Culpepper a effectué des retraits de tous vos comptes. J'ai alors demandé à notre directeur des investissements de contrôler votre portefeuille d'actions, et nous avons découvert qu'il avait été entièrement vidé. Vous êtes pour ainsi dire ruinée.

Le visage d'Elizabeth resta de marbre. Max lut cependant de l'inquiétude dans ses yeux.

Après un moment de silence tendu, elle avoua dans un soupir :

— Je vois. C'était certainement stupide de ma part, mais j'espérais disposer d'un peu plus de temps avant que l'état de ma situation financière n'éclate au grand jour.

— Le secret est encore bien gardé pour le moment, ne vous inquiétez pas. A la banque, personne n'est au courant, à l'exception de Walter Monroe et de moi-même.

— Je suppose que vous êtes venu m'annoncer que la banque va bientôt saisir le terrain que j'ai hypothéqué au printemps dernier ?

Son calme apparent était démenti par la peur et le désespoir que l'on pouvait lire dans ses yeux très expressifs.

— Pas du tout. Ce n'est pas l'objet de ma visite, répondit Max.

Aucun muscle de son visage ne bougea, mais elle cilla à plusieurs reprises. Son soulagement était presque palpable. Au bout de quelques secondes, elle leva vers lui un regard perplexe.

— Mais alors, je ne comprends pas. Pourquoi êtes-vous venu si ce n'est pas pour saisir mes terres ?

— En fait, je suis venu vous proposer une porte de sortie.

— Ah, bon ? Et pourquoi feriez-vous ça ? Vous me connaissez à peine.

— C'est vrai. Mais je ne suis pas ici par philanthropie, dit-il de cette manière toujours aussi brusque qui lui était caractéristique. Je suis venu vous proposer un marché.

Il but d'un trait le reste de son café, reposa la tasse sur le plateau, puis s'installa confortablement dans le canapé tendu de brocart. Le bras négligemment allongé sur le dossier, il fixa la jeune femme sans ciller.

— Je suis d'avis qu'un mariage entre nous servirait vos intérêts et les miens, annonça-t-il.

Pour la première fois depuis qu'il la connaissait, il la vit se décomposer. Elle écarquilla les yeux et ouvrit la bouche, mais aucun son n'en sortit. Elle était tellement sidérée que, pendant quelques instants, elle ne put que le regarder d'un air totalement incrédule.

— P... pardon ? bégaya-t-elle enfin.

— Je sais que je vous ai choquée, mais si vous prenez la peine d'étudier mon offre, je suis sûr que vous n'y trouverez que des avantages.

— Monsieur Riordan, je ne peux vraiment pas...

Il l'arrêta d'un geste.

— Ecoutez plutôt ce que j'ai à vous dire, vous voulez bien ?

Après une seconde d'hésitation, elle acquiesça d'un air hébété.

— Les vieilles familles aisées de Houston représentent pour moi des investissements potentiels, expliqua l'homme d'affaires. Cela fait des années que j'essaie d'entrer dans ce cercle. Sans succès. Dans ce milieu très fermé, on a du mal à accepter les étrangers. J'ai besoin de vos relations et de votre position sociale pour y arriver. De plus, ajouta-t-il de façon prosaïque, je suis arrivé à un âge où je veux un foyer et une compagne. J'aime les femmes et j'aime faire l'amour, dit-il comme s'il parlait de la pluie et du beau temps. Mais je n'ai ni le temps ni la patience de sacrifier à tous ces chichis qu'un homme et une femme se sentent obligés de faire et qu'on appelle « cour ». Si vous voulez mon avis, tout ça n'est qu'une perte de temps. Je suis bon juge en matière de caractère, et je sais quel genre de femme j'aime. Je vous ai observée et j'en suis arrivé à la conclusion que vous seriez l'épouse idéale pour moi.

Il marqua une pause. Elizabeth Stanton était effectivement parfaite. Il aurait aimé lui dire qu'il avait trouvé admirable la dignité avec laquelle elle avait supporté la défection d'Edward Culpepper ainsi que les ragots qui s'étaient ensuivis, mais il se retint. Inutile de remuer le couteau dans la plaie. Par ailleurs, et c'était aussi important pour lui, elle semblait être le genre de femme distante qui se suffisait à elle-même. Il ne serait donc pas obligé de lui consacrer beaucoup de temps.

— En ce qui vous concerne, vous y trouverez votre compte, reprit-il. Tout d'abord, je vais vous sortir de vos problèmes financiers. Je sais que votre ferme est en déficit depuis quatre ans. Je propose de créer un trust qui vous donnera la garantie de ne jamais la perdre. Je crois que vous l'appelez Mimosa Grove ou quelque chose de ce genre.

— Mimosa Landing, murmura-t-elle.

— Bien. Avec votre permission, je vous aiderai à reconstituer le portefeuille de placements Stanton.

Elizabeth se raidit et lâcha :

— Ah ! ça, non ! Je ne laisserai plus jamais personne contrôler les actions de la famille !

— Je ne vous le demande pas, répliqua-t-il en la dévisageant longuement. Je suis au courant des manigances d'Edward et de son abus de confiance. Mais avouez que c'était votre faute. Il ne faut jamais donner entière procuration à personne. Et quand je dis personne, c'est *personne*.

— Ça m'a servi de leçon.

Remarquant la pointe d'amertume dans sa voix, Max retint la remarque acerbe qu'il s'apprêtait à faire.

— Je propose seulement d'agir en tant que conseiller. Tout ce qui vous appartient restera à votre nom. Vous contrôlerez et signerez tous les documents relatifs à votre portefeuille. Je vous tiendrai, bien sûr, vous et votre avocat, informés de chaque transaction que je projetterai de réaliser. Je vous assure que la décision finale vous reviendra. Il y aura, bien sûr, un contrat de mariage qui définira tous les détails, mais voici en substance le marché que je vous propose. Prenez la peine d'y réfléchir : vous verrez que ce mariage ne présente que des avantages pour nous deux.

Il se tut et attendit sa réponse.

Elizabeth le dévisageait d'un air abasourdi. Elle n'en croyait pas ses oreilles. Voilà que cet homme qu'elle connaissait à peine se présentait chez elle pour lui proposer le mariage comme il aurait proposé n'importe quel autre marché. Comme si c'était la chose la plus naturelle au monde, il lui offrait de partager sa vie et son intimité. Avait-il perdu la raison ?

Apparemment, non. Il se tenait assis là, sans aucun signe de nervosité, l'observant de son air tranquille, et attendant sa réponse.

Maxwell Riordan était un homme impressionnant. Elizabeth comprenait pourquoi les femmes le trouvaient attirant, même s'il n'était pas beau à proprement parler. Ses traits trop rugueux, comme taillés à coups de hache, ne correspondaient pas aux canons de la beauté classique. Cependant, il se dégageait de lui une impression de force et de vigueur masculine. C'était le genre d'homme qui ne passait pas inaperçu.

Il devait mesurer à peu près un mètre quatre-vingt-cinq. Les épaules larges, il avait la musculature d'un homme qui avait été habitué — à un certain moment de sa vie, du moins — à la pénibilité du travail physique. Ses grandes mains calleuses en étaient la preuve.

Le teint mat, les cheveux aile de corbeau, il avait des yeux d'un bleu perçant. Son visage était marqué par une balafre qui allait de son sourcil droit jusqu'à sa joue gauche en passant par l'arête du nez.

Sa tenue vestimentaire et son élocution étaient irréprochables, se dit Elizabeth. Mais son ton bourru et ses manières directes lui donnaient un côté discourtois. Ses vêtements taillés sur mesure et choisis avec beaucoup de goût ne suffisaient pas à masquer son manque de délicatesse. Il y avait assurément quelque chose de dur en lui.

Il était beaucoup trop… agressif, trop dangereux, décida-t-elle. Trop mâle…

— Je vois, dit-elle enfin. Je dois avouer, monsieur Riordan, que je ne m'attendais pas à une telle proposition.

— Désolé si je vous ai paru trop abrupt. Cela semble être l'un de mes principaux défauts. Du moins me le reproche-t-on assez souvent. Mais j'ai toujours été comme ça. Je provoque les événements, ce qui m'a permis de devenir riche. Comme je vous l'ai dit, je n'ai ni le temps ni la patience de vous faire la cour. Vous avez attiré mon attention lors de notre première rencontre et je vous ai observée, depuis.

En entendant cela, Elizabeth sentit un frisson la parcourir. L'idée qu'il ait pu l'observer depuis tout ce temps était vraiment déconcertante.

— J'ai mené ma petite enquête, reprit Max. Je sais, par exemple, que vous avez toujours été fidèle à votre ex-mari, et que les gens vous apprécient, à l'exception de Nathalie Brussard. Vous avez la réputation d'être honnête, gentille et affable. Je sais également que le personnel que vous employez ici et à Mimosa Landing — que ce soit vos jardiniers, vos gouvernantes ou vos métayers — sont chez vous depuis des années. Ce simple fait en dit long sur vous.

— Vous appelez ça une petite enquête ? lança Elizabeth d'un air indigné.

Max haussa les épaules.

— Je suis un homme prudent. Mais ne vous inquiétez pas : je n'ai récolté sur vous que d'excellents témoignages. C'est ce qui me fait dire que nous sommes faits l'un pour l'autre.

— Vraiment ?

Elizabeth commençait à recouvrer ses esprits. Elle se redressa soudain de toute sa taille.

— Si j'ai bien compris, dit-elle, je vous épouserais pour votre argent et vous, vous m'épouseriez pour ma position sociale. Ah, et aussi parce que vous recherchez une partenaire sexuelle permanente. Je ne me trompe pas ?

Sans se laisser démonter par son ton sarcastique, Max haussa de nouveau les épaules.

— On peut dire les choses ainsi.

Elizabeth hésitait entre l'amusement et l'indignation.

— Je vois. J'aimerais vous poser une question par simple curiosité. Supposez que j'accepte votre proposition, combien de temps pensez-vous qu'un tel mariage pourrait tenir ?

— Jusqu'à ce que la mort nous sépare. C'est bien là la formule consacrée, n'est-ce pas ? Cependant, si ça vous rassure, nous ajouterons à notre contrat une clause temporelle de cinq ans. C'est suffisant pour voir si nous pouvons nous entendre ou non. D'ici là, j'espère que je vous aurai aidée à reconstituer votre portefeuille d'investissements et que moi-même, j'aurai mes entrées dans la haute bourgeoisie de Houston. Au bout de ces cinq ans, chacun sera libre de partir de son côté, sans rancune. Vous aurez le trust pour votre ferme et les revenus de ce trust. Quant à moi, j'aurai des investisseurs.

— Si vous avez autant d'argent que vous le dites, pourquoi en vouloir encore ?

— Ce n'est pas une question d'argent. Ça ne l'est plus depuis que j'ai réalisé mes premiers millions de dollars. C'est plutôt le jeu. J'ai ça dans la peau. J'aime monter des marchés et les faire fructifier. C'est le challenge qui m'intéresse. Les profits ne sont que secondaires.

— Je vois, dit Elizabeth.

Mus par un sens des responsabilités envers leurs descendants, les Stanton avaient toujours travaillé dur pour augmenter le patrimoine familial. Max semblait fonctionner différemment. On aurait dit qu'il était complètement possédé. C'était un bourreau de travail qui ne vivait que pour les affaires.

— Je dois avouer, monsieur Riordan, que j'ai déjà eu des demandes en mariage autrement plus romantiques.

Il y avait notamment son vieil ami Wyatt Lassiter. Depuis plusieurs mois maintenant, il revenait à la charge au moins une fois par semaine.

— Désolé, mais je ne suis pas du genre romantique.

— Moi, si. C'est bien là le problème. Pardonnez-moi, monsieur…

— Appelez-moi Max.

— Très bien, Max. Je crains de ne pouvoir accepter votre proposition.

Il la fixa longuement, comme il savait si bien le faire. Un regard appuyé dont le bleu semblait vouloir vous transpercer jusqu'à l'âme.

— Dois-je en conclure que vous avez épousé Edward Culpepper par amour ?

— Exactement.

— Hum… L'amour… Ce n'est pas ce qui assure la réussite d'un mariage : vous êtes bien placée pour le savoir.

Elle eut l'impression de recevoir une gifle, mais ne se départit pas de son calme.

— Peut-être, mais épouser quelqu'un pour son argent, cela me semble si… bas.

— Bas ? Pour moi, il n'y a rien de plus honnête ni de plus franc. De plus, cela sert nos intérêts à tous les deux. Laissez-moi vous rappeler que cette notion de mariage d'amour date seulement de ce siècle. Auparavant, les mariages étaient toujours arrangés pour des raisons qui n'avaient rien à voir avec les sentiments. Gain financier ou politique, alliances familiales, recherche d'un compagnon, d'une certaine sécurité, nécessité de s'assurer une descendance, et j'en passe. Cette pratique a toujours cours dans certains pays. Dans la plupart des cas, ces unions marchent bien. A mon avis, si l'on se marie en ayant des attentes réalistes, il y a de fortes chances pour qu'elles soient satisfaites.

— Vous parlez de satisfaction. Où est le bonheur dans tout ça ?

— Je suppose qu'un attachement mutuel naîtra avec le temps.

— Et dans le cas contraire ?

— Le respect est une notion importante. Je peux vous promettre que jamais je ne vous serai infidèle. Vous ne connaîtrez pas avec moi l'humiliation que vous a fait subir Edward. Vous avez ma parole.

Max glissa une main dans la poche intérieure de son veston, et en retira une carte de visite qu'il tendit à la jeune femme.

— Vous pouvez me joindre à l'un de ces numéros, dit-il. Le premier, c'est ma ligne directe au bureau. Seules quelques personnes la connaissent. L'autre, c'est mon domicile et le dernier, bien sûr, mon portable. Prenez le temps de réfléchir, puis appelez-moi pour me donner votre réponse.

« C'est tout vu », songea Elizabeth. Mais elle se força à sourire et déclara :

— Très bien.

— Promettez-moi de bien réfléchir avant de prendre votre décision, répéta-t-il comme s'il avait lu dans ses pensées.

— Je vous le promets, dit la jeune femme en se levant pour signifier que l'entretien était terminé.

— J'attends donc votre réponse.

« Il est tellement froid », songea Elizabeth en le raccompagnant à la porte. Voilà un homme qui ne s'embarrassait pas de sentiments. Pour lui, le mariage n'était qu'un marché parmi d'autres !

Avec un soupir, elle referma la porte sur lui et, s'adossant contre l'épais battant en acajou, ferma les yeux. Elle se sentait étrangement ébranlée. Quelle impudence ! Cet homme était imprévisible. Lorsque Gladys l'avait annoncé, elle avait été surprise et intriguée, se demandant quel pouvait bien être l'objet de sa visite. Elle était loin de s'attendre à une demande en mariage !

Les portes de la salle à manger s'ouvrirent soudain et Mimi fit irruption dans le vestibule, faisant sursauter Elizabeth. Elle avait été tellement stupéfiée par la proposition de Max qu'elle en avait oublié la présence de son amie.

A en juger par l'expression de son visage, cette dernière avait écouté à la porte.

— Mon Dieu ! Il t'a proposé le mariage ! J'ai failli éclater de rire quand il a lâché cette bombe. J'ai eu du mal à me retenir de foncer dans le salon pour lui dire ma façon de penser. Quel culot, quand même !

Elizabeth jeta vers son amie un regard désabusé.

— Tu ne m'avais pas dit qu'il était à tomber par terre ?

— Si. D'ailleurs, c'est vrai. Mais ce n'est pas une raison pour que tu l'épouses ! Pour qui il se prend ? Non mais quelle idée ! Te proposer de l'épouser pour son argent et te dire que ce qui l'intéresse, c'est ta position sociale ! Sans compter qu'il veut avoir une maîtresse sous la main ! Rien que pour ça, il aurait mérité une bonne paire de gifles. Est-ce qu'il est aveugle ou tout simplement stupide ? Il ne voit donc pas à quel point tu es sublime ?

— Au moins, il s'est montré honnête, fit remarquer Elizabeth en reprenant la place qu'elle avait occupée lors de la visite de Max. Tu veux du café ?

— Non, merci, répondit sèchement Mimi en se mettant à faire les cent pas devant la cheminée. Je veux savoir ce que tu as l'intention de faire.

— Exactement ce que j'ai promis : réfléchir sérieusement, puis appeler Max pour lui donner ma réponse.

Elizabeth ajouta un nuage de crème à son café, puis elle adressa un sourire à son amie.

Mimi la regarda, les yeux écarquillés.

— Ne me dis pas que tu as l'intention d'accepter !

— Pourquoi pas ? Max est riche, beau, et capable de m'aider à sortir de mes difficultés financières. On peut voir ça comme une solution idéale. En tout cas, reconnais que son offre est généreuse. On ne me proposera sans doute jamais aucun autre marché de ce genre !

— Une offre ? Un marché ?

Mimi était complètement scandalisée. Elle se planta devant Elizabeth, les poings sur les hanches.

— Tu as donc perdu la tête ? On parle de mariage, ici, pas d'une fusion de sociétés ! Comment peux-tu envisager, ne serait-ce qu'une seconde, d'accepter cette proposition ridicule ?

Complètement remontée, elle se remit à arpenter la pièce en faisant de grands gestes de la main.

— Bon sang, tu connais à peine cet homme ! On le décrit comme un entrepreneur, un roi de l'investissement, un as des affaires, mais personne ne sait ce qu'il fait, au juste. Qui te dit que ce n'est pas un trafiquant de drogue ou un… un gangster ! Ou même un tueur en série !

— Franchement, Mimi, dit Elizabeth en riant, tu as une sacrée imagination !

La jeune femme n'avait pas ri d'aussi bon cœur depuis des mois. Comme ça faisait du bien ! La sensation était agréable et lui procurait un véritable soulagement. Grâce à Maxwell Riordan, l'étau qui l'oppressait venait de se desserrer.

Mais sa réaction amusée produisit l'effet inverse sur son amie. S'arrêtant net devant elle, Mimi la foudroya du regard.

— Bon sang, je ne trouve pas ça drôle !

Elizabeth décida alors qu'il était temps de mettre un terme à la plaisanterie.

— Ne t'en fais pas, voyons ! Bien sûr que je vais refuser sa proposition. Je te faisais juste marcher.

Mimi lui jeta un regard soupçonneux, puis elle se laissa choir sur le canapé, posa ses longues jambes de danseuse sur les coussins, et poussa un soupir théâtral.

— Ouf ! Quel soulagement !

— Cela dit, reprit Elizabeth, Riordan a apporté une solution à mon dilemme.

— Comment ça ?

— Le mariage, ce n'est pas une si mauvaise idée, après tout.

Mimi se redressa brusquement.

— Quoi ? Elizabeth Victoria Stanton, je suis choquée !

La jeune femme haussa les épaules.

— Comme Max me l'a fait remarquer, les gens se marient pour toutes sortes de motifs. Il avait aussi raison en ce qui nous concernait, Edward et moi. J'étais amoureuse de lui, et il avait juré qu'il m'aimait. Ça ne l'a pas empêché de me tromper, de me voler jusqu'au dernier centime et de me briser le cœur. Peut-être ferais-je mieux de me marier pour des raisons pratiques.

— Oh, trésor ! Il ne faut pas dire ça !

— Et pourquoi pas ? Je ne vois pas où est le mal dans la mesure où les choses sont claires pour tout le monde et où tu n'attends rien d'autre qu'un compagnon fidèle.

— Je ne suis pas d'accord. Ce serait te faire une profonde injustice à toi-même. Suppose que tu rencontres quelqu'un d'autre après et que tu tombes réellement amoureuse ? Tu serais coincée dans un mariage sans amour.

Elizabeth hocha la tête en signe de dénégation.

— Ça ne risque pas d'arriver. Même si j'ai dit à Max que j'étais romantique, la vérité c'est que je ne crois plus en l'amour. J'avais déjà décidé de ne plus jamais me remarier. Mais aujourd'hui, je suis prête à y réfléchir. Un mariage avec un homme riche est peut-être la seule solution à mes problèmes.

— Il doit bien exister un autre moyen ! répliqua Mimi d'une voix presque désespérée.

— Si tu as une suggestion, je suis prête à t'écouter, répondit Elizabeth en regardant Mimi ouvrir et fermer la bouche à plusieurs reprises, à la recherche d'une alternative.

Reposant sa tasse et sa soucoupe sur la table basse, elle se redressa et fixa sur son amie un regard désabusé.

— Tu vois, il n'y a pas d'autre solution.

Mimi dut se rendre à l'évidence avec un soupir.

— Je suppose que tu as raison.

— Si je dois me marier pour sauver Mimosa Landing, autant que ce soit avec quelqu'un que je connais.

— Tu penses à un autre homme que Max ?

— En fait, oui. Comme tu le sais, Wyatt Lassiter ne cesse de me supplier de l'épouser.

Mimi fit la grimace.

— Quoi ? Qu'est-ce qui ne va pas ?

— Tu veux dire : en dehors du fait que c'est un raseur de première ? Et qu'il est arrogant ? Et que c'est un petit garçon pourri gâté qui vit de l'argent de papa et maman ?

— Ce n'est pas vrai ! Wyatt travaille.

— Ah oui ? Il est soi-disant avocat chez Fossbinder, Lassiter et Drummond, mais je doute qu'il passe plus de dix heures par semaine à l'étude. Sans son père qui est associé au cabinet, il ne ferait même pas partie du personnel. Je te jure, trésor, tu as vraiment un goût des plus douteux en matière d'hommes. D'abord Edward, et maintenant Wyatt.

— Je n'ai pas dit que j'étais attirée par Wyatt, précisa Elizabeth. Seulement, je pense que c'est un choix sûr. Nous sommes amis. Je le connais pratiquement depuis toujours.

— Edward aussi, tu le connaissais bien, non ?

— C'était un amour de jeunesse. J'étais complètement aveugle. Wyatt sait que je ne l'aime pas d'amour. J'ai été suffisamment claire avec lui sur ce point, mais il dit que ce n'est pas grave. Il affirme qu'il m'aime pour deux. Il est persuadé qu'avec le temps je finirai par l'aimer, moi aussi.

— Ça ne m'étonne pas. Vu la taille de son ego, il a du mal à concevoir qu'une femme ne s'évanouisse pas à ses pieds.

— Wyatt est quelqu'un de suffisant et d'égocentrique, mais il y a pire. Je sais que ça va te sembler égoïste, mais s'il est prêt à m'accepter et à me sortir de mes dettes, je serai une bonne épouse pour lui. Je le jure.

Mimi connaissait suffisamment son amie pour savoir qu'elle avait pris sa décision et qu'il n'y avait plus rien à faire. Levant vers elle ses yeux d'un bleu limpide, elle la regarda avec tristesse.

— Je sais que tu seras une bonne épouse, trésor. Je le sais, dit-elle, résignée.

3

— M. Lassiter, annonça Gladys depuis la porte du salon.

Aussitôt, Elizabeth redressa les épaules et prit une profonde inspiration. Pendant à peu près une semaine, elle avait réfléchi à sa situation, puis elle en était arrivée à la conclusion qu'elle n'avait pas d'autre choix. Il n'était plus question de revenir en arrière.

— Faites-le entrer, Gladys.

Quelques secondes plus tard, Wyatt Lassiter, son ami de longue date, faisait son apparition dans le salon.

— Elizabeth, ma chérie, j'ai été ravi d'avoir ton message ! De toute façon, je comptais passer te voir aujourd'hui avec l'espoir que tu ne serais pas encore repartie pour Mimosa Landing.

Il lui prit les mains et l'attira à lui pour l'embrasser sur la joue. Puis, se reculant légèrement, il l'examina de la tête aux pieds.

— Tu es superbe, comme d'habitude !

— Merci, dit la jeune femme en retirant ses mains, troublée de constater que la proximité de Wyatt l'avait laissée complètement indifférente. Elle ne ressentait pour lui ni attirance, ni répulsion, ni plaisir. Rien.

— Tu ne veux pas t'asseoir ?

Avec son côté maniéré, Wyatt prit délicatement le tissu de son pantalon entre le pouce et l'index, puis il s'assit avant de remettre en place les plis avec les mêmes gestes précautionneux. Elizabeth s'installa dans l'un de ses fauteuils préférés de style XVIIIe.

— Ah, voilà Gladys avec le café ! lança-t-elle avec soulagement.

La gouvernante disposa cérémonieusement le plateau sur la table basse, échangeant au passage quelques mots polis avec Wyatt. Elizabeth profita de cette interruption pour détailler son invité, tout en se demandant pourquoi elle ne ressentait aucune attirance pour lui.

Pourtant, c'était un bel homme, d'une beauté plutôt aristocratique. Et, dans leur milieu social, on le considérait comme un bon parti.

Il était très apprécié des femmes. A trente-neuf ans, cependant, il n'était toujours pas marié. Un coup de peigne adroit masquait le fait que ses cheveux blonds étaient clairsemés. De même que ses costumes taillés sur mesure cachaient sa bedaine naissante, qui rappelait celle de son père, Henry. Malgré ces défauts physiques, cet homme était encore séduisant. Séduisant et très riche.

Peut-être était-ce en raison de la différence d'âge qu'Elizabeth n'avait jamais éprouvé d'attirance pour Wyatt ? Il était de dix ans son aîné, et elle n'avait jamais pensé à lui comme à un petit ami possible. Probablement parce qu'elle le connaissait depuis trop longtemps. C'était ce qui avait également dû se passer entre Edward et elle. Le fait de se connaître depuis l'enfance avait dû émousser passion et romantisme.

Mais cela importait-il vraiment ? Wyatt n'avait jamais éveillé de flamme en elle, d'accord, mais ils avaient beaucoup de points communs, et ils réussiraient probablement à s'entendre en tant que mari et femme.

Qui cherches-tu à convaincre ? Les autres ou toi-même ? demanda une petite voix intérieure qu'elle préféra ignorer.

Ils devraient signer un contrat de mariage, bien sûr. L'idée de Max Riordan était excellente.

Elizabeth servit le café avec des gestes délibérément lents. Lorsque Gladys quitta la pièce et qu'ils furent confortablement installés, elle sut qu'elle ne pouvait plus tergiverser.

— Tu dois te demander pourquoi je t'ai demandé de venir.

Wyatt but une gorgée de café avant de la gratifier de son plus beau sourire.

— N'importe quel prétexte est bon pour te voir.

— Merci, murmura Elizabeth en fixant sa tasse, comme pour y puiser du courage.

Elle releva enfin la tête, et planta son regard dans les yeux noisette de Wyatt.

— Je me demandais si tu voulais toujours m'épouser.

Le visage de son ami s'illumina.

— Mais bien sûr ! s'exclama-t-il en reposant sa tasse et sa soucoupe sur la table basse. Dois-je comprendre que tu as décidé d'accepter ma demande ?

— Peut-être bien.

— Oh, chérie ! Tu fais de moi l'homme le plus heureux de la Terre !

Il fit mine de se lever, mais elle l'arrêta d'un geste.

— Attends. Ne dis rien pour le moment. Il y a d'abord quelque chose que tu dois savoir.

Il se rassit, un sourire amusé sur les lèvres.

— Très bien. Peu importe ce que tu me diras, ça ne changera rien, je peux te l'assurer.

— Ecoute-moi avant de t'engager. D'accord ?

— O.K.

— Tout d'abord, je voudrais que tu saches que je t'aime beaucoup mais que je ne suis pas amoureuse de toi. Je te l'ai déjà dit, mais je veux être sûre que les choses soient claires.

— Je n'ai aucune inquiétude à ce sujet. L'amour viendra après.

— Il faut aussi que je sois honnête envers toi… Ça concerne ma situation financière.

Pour la première fois depuis qu'il était arrivé, elle vit son expression s'assombrir.

— Que veux-tu dire ?

— Ce n'est pas encore public, mais ça ne tardera pas à l'être. J'ai récemment découvert qu'Edward avait fait main basse sur les actions Stanton et qu'il avait tout transféré sur un compte privé en Suisse.

— Quoi ? Comment ce minable…, commença Wyatt en serrant les mâchoires de colère. Ça ne m'étonne guère, après tout. Je n'ai jamais aimé ce type, surtout après qu'il t'a volée à moi.

— Pardon ? Que veux-tu dire par « volée » ? demanda la jeune femme, mi-troublée, mi-amusée.

— Trésor, je t'avais choisie comme la future Mme Wyatt Lassiter, alors que tu n'étais encore qu'une petite fille. Pourquoi crois-tu que je sois resté célibataire aussi longtemps ? J'attendais que tu grandisses pour te faire la cour. Mais je n'en ai pas eu l'occasion : tu t'es tout de suite fiancée à Edward. Crois-moi, j'étais furieux. Et ravi, l'année dernière, lorsqu'il t'a plaquée. Même si j'étais désolé qu'il t'ait fait de la peine, s'empressa-t-il d'ajouter. Mais j'ignorais qu'il s'était adonné à des malversations financières. Quel salaud !

Clignant les paupières, Elizabeth le dévisagea, bouche bée. Parmi toutes les femmes qu'il connaissait, c'était elle qu'il avait choisie. Comme on distinguerait une vache dans un troupeau. Sans aucune considération pour ses sentiments à elle. Devait-elle se sentir flattée ?

Wyatt se leva et se mit à arpenter la pièce.

— Quel est le montant des dommages ?

— C'est énorme, répondit Elizabeth en guettant sa réaction. A l'exception de cette maison et de Mimosa Landing, toute la fortune Stanton a disparu.

Wyatt s'immobilisa et la regarda d'un air incrédule. Elle aurait juré qu'il avait pâli.

— Mon Dieu ! Tu as dû consulter John. Quel est votre plan d'action pour récupérer ton argent ?

— Pour le moment, il n'y a rien à faire. Ce n'est pas faute d'avoir essayé, mais Edward a bien calculé son coup. Apparemment, je n'ai aucun recours légal.

C'était comme si Wyatt venait de recevoir un coup de massue sur la tête. Jamais elle ne l'avait vu aussi ébranlé. Il se passa les doigts dans les cheveux, en un geste inconscient qui dérangea ses mèches soigneusement disposées.

— Je vois. Eh bien, heu… Ça change tout, n'est-ce pas ?

— Oui, je suppose.

Elle le suivit du regard, tandis qu'il allait et venait dans la pièce. Plongé dans ses pensées, il fronça les sourcils et se frappa la paume de son poing. Ce n'était pas la réaction qu'elle espérait. Une vague sensation de malaise s'empara d'elle.

— Vu ta réaction, je suppose que ma situation financière rend ta demande en mariage caduque.

Elle le vit ciller. Puis il s'assit à côté d'elle et lui prit les mains.

— Elizabeth, ma chérie, je veux que tu saches que je suis fou de toi, et que je donnerais presque tout pour faire de toi mon épouse.

La jeune femme haussa un sourcil.

— Mais ?

Poussant un soupir, il lui jeta un regard chargé de regrets.

— Comprends-moi, s'il te plaît. Je dois penser à ma famille. Je suis censé faire un bon mariage. C'est valable pour tous les Lassiter, homme ou femme. Ce qui veut dire que je dois épouser une personne dotée d'une éducation irréprochable et d'une très bonne position sociale et... financière. Toi, bien sûr, tu remplis les deux premiers critères sans problème. Cependant, ma famille n'admettrait jamais que je me marie avec quelqu'un qui n'apporterait rien à la fortune des Lassiter.

— Je vois, fit Elizabeth en retirant sa main. Dans ce cas, la discussion est close.

— Pas forcément. Il faudrait d'abord savoir s'il n'y a vraiment rien à faire. J'avais prévu que nous habiterions dans cette maison, mais il faudra peut-être songer à la vendre. Tu pourrais en tirer quelques millions. Il y a aussi Mimosa Landing. Les grandes parcelles de terre comme celle-là, au bord du fleuve Brazos, se font rares, de nos jours. Si tu acceptais de me céder le ranch — ce serait ta dot —, je pense que ma famille accepterait notre mariage.

Un petit sourire ironique apparut sur les lèvres d'Elizabeth.

— Vraiment ? Comme c'est généreux de leur part ! Malheureusement, il ne faut pas y compter.

— Mais, chérie, c'est la solution idéale !

— Pour toi, peut-être. Je suis désolée, Wyatt. J'ai déjà perdu presque tout ce que je possédais en en confiant la gestion à quelqu'un d'autre. C'est une erreur que je ne renouvellerai pas.

Il se rassit, avec une expression offensée.

— Tu hésites à me faire confiance ? Je ne suis pas Edward Culpepper, tu sais ?

— C'est vrai. Mais ce domaine appartient à ma famille

depuis plus de cent quatre-vingts ans. Les Stanton ont sué sang et eau pour le faire fructifier. Je n'ai pas l'intention de renoncer au moindre hectare. Je ferai tout, absolument tout, pour que la propriété reste dans ma famille.

Wyatt prit un air pincé.

— Vraiment, Elizabeth ! Je pensais que tu avais davantage de bon sens. Tu te laisses guider par tes sentiments. C'est juste de la terre, pas le tombeau de tes ancêtres. Il faut considérer le côté pratique des choses, surtout si tes finances sont aussi mal en point que tu le dis.

Penchant la tête de côté, Elizabeth le regarda longuement. Pourquoi ne s'en était-elle pas aperçue plus tôt ? Il voulait Mimosa Landing. Et il était prêt à l'épouser pour l'obtenir.

— Tu as raison, concéda-t-elle finalement. Il faut se montrer pratique dans cette situation. Je ferai ce que j'ai à faire.

Wyatt prit un air soulagé.

— Bien. Quand j'annoncerai à mon père que tu me cèdes Mimosa Landing, je suis sûr qu'il ne trouvera rien à dire à notre union.

Il s'approcha d'elle et lui tapota le genou.

— Je savais que je pouvais compter sur ton bon sens.

— Tu ne m'as pas très bien comprise. Il n'y aura pas de mariage entre nous.

— Mais tu viens juste de dire…

— J'ai dit que j'allais me montrer pratique. Mais c'est moi qui dicterai les conditions.

— Elizabeth chérie, écoute-moi…

Wyatt fit de son mieux pour la faire changer d'avis, prenant tour à tour un ton enjôleur puis suppliant, et tentant de faire appel à ce qu'il appelait son bon sens. Plusieurs fois, il faillit perdre patience. Mais Elizabeth ne se laissa pas démonter.

L'écoutant parler, elle se dit que même si elle n'avait pas déjà pris sa décision, elle aurait quand même refusé sa demande en raison du ton condescendant qu'il usait à son égard. Pour la première fois, elle se rendit compte qu'il lui parlait comme à une jeune écervelée qui aurait eu besoin d'être guidée.

Finalement, lassée de cette discussion qui n'en finissait pas, elle se leva.

— Excuse-moi, Wyatt, mais j'ai des coups de fil à passer.

— Très bien. Peut-être ferais-je mieux de te laisser y réfléchir à tête reposée, dit-il d'un ton arrogant. Je suis sûr que tu finiras par changer d'avis.

Elizabeth se contenta de sourire.

Après avoir refermé la porte derrière lui, elle appuya le front contre l'épais panneau d'acajou et poussa un soupir. Etrangement, elle se sentait soulagée.

Puis, se redressant, elle retourna dans le salon, toujours perdue dans ses pensées. Par l'une des portes-fenêtres, elle regarda Wyatt monter dans sa Mercedes et démarrer.

Quel culot ! se dit-elle. La croyait-il stupide au point de lui céder Mimosa Landing ? Jamais elle ne ferait une chose pareille !

Cela dit, elle ne pouvait pas vraiment lui en vouloir. Elle-même, elle avait failli accepter sa demande en mariage pour des raisons purement financières.

Oui, mais lui, il prétendait l'aimer !

Elizabeth poussa un nouveau soupir. Peu importe. Elle savait ce qu'il lui restait à faire.

Quittant le salon, elle longea le grand couloir central jusqu'au bureau où elle s'installa à sa table de travail pour appeler Mimi. Celle-ci répondit dès la première sonnerie.

— Salut, trésor ! Quoi de neuf ?

— Tu as la voix tout endormie. J'espère que je ne t'ai pas

réveillée, fit Elizabeth, qui savait que Mimi avait l'habitude de faire une petite sieste après le déjeuner.

— Non, j'étais juste allongée. Je lisais *Glamour*. Il y a une pub de Tiffany pour une broche en diamants. Je me disais que je pourrais peut-être prendre l'avion jusqu'à New York pour aller y jeter un œil, ce week-end. Ces broches vont être à la mode, cette saison. J'espérais même te convaincre de m'accompagner. On en profiterait pour aller au théâtre. Qu'en penses-tu ?

— Désolée, mais ce ne sera pas possible.

— Si c'est une question d'argent, je t'offre le billet.

— Non, ce n'est pas ça. Enfin, pas tout à fait. Ecoute, Mimi, j'ai besoin que tu me rendes un service.

— Trésor, tu sais que tu peux compter sur moi.

— J'ai quelques questions à te poser.

— Je t'écoute.

— Ta proposition de prêt est-elle toujours valable ?

— Et comment !

— Bien. Deuxième question : connais-tu un bon détective privé ?

Elle sentit le changement immédiat dans l'attitude de Mimi.

— Sur qui veux-tu qu'il enquête ?

— Max Riordan. J'ai l'intention d'accepter sa proposition.

— *Quoi ?* Tu plaisantes, j'espère ? Tu ne sais rien de lui.

— C'est bien pour ça que je veux engager un détective privé. J'ai besoin de vérifier deux ou trois choses avant de prendre ma décision.

— Il faut qu'on en discute. Donne-moi dix minutes, le temps de m'habiller, et je suis chez toi.

Cinq minutes à peine s'étaient écoulées que Mimi faisait irruption dans le bureau par la porte-fenêtre. Elle était ébouriffée et ne portait aucune trace de maquillage, ce qui montrait à quel point la situation lui paraissait urgente.

— Qu'est-ce que c'est que cette histoire à propos de Maxwell ? Tu ne vas pas épouser un homme dont tu ne sais rien !

Elizabeth haussa les épaules.

— Tu sais, on croit parfois connaître les gens, et puis on a des surprises !

Elle lui relata la conversation qu'elle avait eue avec Wyatt et comment il avait réagi en apprenant ses déboires financiers.

— Reconnais que si je dois faire un mariage de raison, autant que ce soit avec Max Riordan. Au moins, ça servira nos intérêts à tous les deux, et il ne me fera pas sentir que je lui suis redevable.

— Présentée comme ça, l'offre de Max est effectivement plus intéressante que celle de Wyatt. Mais je ne peux pas accepter l'idée que tu t'embarques dans un mariage sans amour. Enfin, trésor, c'est déjà difficile de vivre avec un homme qu'on aime, alors quelqu'un qu'on n'aime pas... Je n'ose imaginer !

— Si tu as une meilleure solution, je suis tout ouïe.

Mimi fit une grimace.

— Bon sang, j'aimerais bien en avoir une !

L'homme qu'Elizabeth engagea était un ancien inspecteur du département de police de Houston. Il s'appelait Donald Summers, et il lui fallut à peine une semaine pour mener une enquête complète sur Max.

A presque soixante ans, M. Summers était un homme de grande taille, avec des cheveux poivre et sel, un visage épanoui marqué par les rides et un regard chaleureux. Bien que son gabarit fût impressionnant, ses manières posées inspiraient la confiance.

Une fois à la retraite, il avait monté une agence en compagnie d'un de ses anciens collègues. Les deux hommes avaient la réputation d'être consciencieux, honnêtes et discrets.

D'après Mimi, ils avaient déjà travaillé pour plusieurs personnes qu'elle connaissait, la plupart du temps dans des affaires de divorce ou des enquêtes préliminaires à des embauches.

— Finalement, ça n'a pas été bien compliqué, dit M. Summers, tandis qu'Elizabeth étudiait le rapport qu'il lui avait remis. C'est un livre ouvert que la vie de votre M. Riordan. Un livre qui raconte l'histoire d'une réussite à l'américaine. Des affaires honnêtement menées, pas de sociétés de façade, pas de dessous-de-table, rien de louche. J'ai bien cherché mais je n'ai rien trouvé. Parmi les gens avec qui il a l'habitude de traiter, il a la réputation d'être réglo. Apparemment, il n'est pas du genre patient et il manque de tact. Il n'est pas tendre en affaires. Il se montre exigeant mais toujours juste. Comme vous pouvez le constater d'après les chiffres de la page quatre, sa fortune est constituée d'actions, de biens immobiliers, de concessions de pétrole, d'usines. C'est l'actionnaire principal d'un gros labo pharmaceutique. Il possède le quart d'une compagnie maritime ainsi que d'autres entreprises. Elles sont listées dans le rapport. C'est un self-made-man extrêmement riche, avec une réputation solide et un passé financier de premier ordre. Tous les banquiers et les financiers qui le connaissent le regardent avec une admiration mêlée d'effroi. Ils sont tous d'accord pour dire que lorsqu'il s'agit d'affaires et de finances, cet homme est tout simplement un génie. En ce qui concerne ses origines, il vient d'un milieu ouvrier. M. Riordan a eu ce que l'on pourrait appeler une enfance nomade, avec un père qui travaillait comme ouvrier dans les gisements pétrolifères et une mère au foyer. Le vieux a roulé sa bosse sur les plates-formes pétrolières un peu partout dans le monde, et il a toujours emmené sa femme et son fils avec lui. A l'exception d'une période de quatre ans dans les marines, entre l'âge de quinze et de vingt-cinq ans Max a passé tous ses étés dans les gisements pétrolifères où il a travaillé comme débardeur. Ça lui a permis de payer ses études universitaires quand les bourses ne suffisaient pas. Il est diplômé en ingénierie du pétrole et en économie. Double licence de l'université Texas Tech. Il a toujours fait partie des étudiants les plus brillants et il a obtenu une maîtrise en commerce à l'université de Stanford. Son père est mort il y a une dizaine d'années. Il est en excellents termes avec sa mère et subvient à ses besoins plus qu'il ne faut. Elle vit dans une de ces maisons de retraite pour riches, un endroit très classe. Elle s'appelle Iona Belle Riordan. Elle ne s'est jamais remariée.

M. Summers referma son dossier.

— Bref, je dirais que c'est un type bien. Je n'hésiterais pas à lui faire confiance. En fait, j'aimerais bien qu'il me conseille pour mes placements boursiers. J'espère que ce rapport vous satisfait.

— Oui, oui, c'est parfait. Merci, monsieur Summers.

Après avoir raccompagné le détective jusqu'à la porte, Elizabeth regagna son bureau et chercha la carte de Max. Autant appeler tout de suite avant de changer d'avis.

Il répondit aussitôt.

— Oui ? fit-il sèchement.

Le ton était tellement peu amène qu'Elizabeth tressaillit et faillit raccrocher. Elle se rendit compte qu'elle tremblait. Agacée, elle redressa les épaules.

— Max ? Elizabeth Stanton à l'appareil. J'ai... j'ai réfléchi à notre conversation de l'autre jour et... et j'ai décidé de l'accepter.

Il y eut un moment de silence. Puis, d'une voix quelque peu radoucie, Max déclara :

— J'arrive tout de suite.

— Tu vas où ?

Assis face à l'imposant bureau de Max, Troy Ellerbee, son bras droit, fronça les sourcils en le voyant se lever après avoir raccroché.

— Tu ne peux pas partir maintenant. Je te rappelle que nous avons une réunion avec Dewitt Scarborough et son avocat dans… deux heures et quarante-quatre minutes, fit-il après avoir consulté sa montre.

— En sortant, je demanderai à Carly de reporter la réunion. Ce que j'ai à faire maintenant est plus important, répondit Max d'un air absent.

Il se rendit dans la salle de bains adjacente à son bureau et vérifia son allure dans le miroir. Troy le suivit. Max rajusta sa cravate et se donna un coup de peigne.

— Que veux-tu dire par *plus important* ? lui demanda son assistant, depuis la porte. Qu'est-ce qui peut être plus important que le marché Scarborough ? On cuisine le vieux Scarborough depuis plus d'un an pour qu'il accepte de vendre ce terrain.

Passant devant Troy, Max ouvrit la porte du vestiaire et en sortit son pardessus.

— Bon sang, Max ! Tu m'écoutes ? Si tu reportes à la dernière minute, on risque de perdre ce marché. Tu sais quel fichu caractère il a. Pour l'amour du ciel ! Qu'est-ce qui peut être aussi important ?

— Je me marie.

— Ce n'est pas une raison pour…, commença Troy avant de s'interrompre, les yeux écarquillés. Quoi ? s'exclama-t-il. Qu'est-ce que tu viens de dire ?

— J'ai dit que j'allais me marier, répéta Max sans prêter attention à l'agitation de son assistant.

Mais où diable avait-il mis cette bague ? se demanda-t-il en cherchant dans ses poches. Les sourcils froncés, il tâcha de se rappeler, puis claqua des doigts. Bien sûr ! Le coffre !

Il traversa le bureau d'un pas énergique, alla soulever le tableau qui cachait le coffre, et tourna le bouton.

Là encore, Troy le suivit.

— Tu te maries ? Et avec qui ? Quand as-tu décidé ça ? Je n'étais même pas au courant que tu sortais avec quelqu'un.

Max sortit le petit écrin de velours et le plaça dans la poche intérieure de sa veste. Puis il fit de même avec le contrat de mariage qu'il avait prévu, referma le coffre et remit le tableau à sa place.

— J'épouse Elizabeth Stanton. Ce soir, j'espère. Si son emploi du temps le permet.

— *Elizabeth Stanton !* Mon Dieu ! Tu as perdu la tête ?

— Pourquoi es-tu si choqué ? C'est bien toi qui m'as dit que la seule façon de se faire accepter par la société huppée de Houston, c'était d'épouser *une des leurs.* Elizabeth Stanton est la personne idéale.

— Bon sang ! J'ai dit ça pour plaisanter ! Je ne pensais pas que tu me prendrais au mot.

— Je sais. Mais en y réfléchissant bien, je me suis dit que ce n'était pas une si mauvaise idée. Ces gens-là forment un cercle très fermé, surtout les descendants des Trois Cents qui sont venus coloniser le Texas avec Stephen F. Austin au XIXe siècle. Ce sont ceux-là qui ont tendance à refouler les nouveaux arrivants. Une union avec Elizabeth m'ouvrira leurs portes, et, j'espère aussi, leurs coffres.

— De là à l'épouser ! Bon sang, Max ! Combien de temps

crois-tu que cette union durera après qu'elle se sera rendu compte que tu ne l'as épousée que pour ses relations ?

— Elle le sait déjà. J'ai joué cartes sur table.

Troy avait l'air complètement ahuri.

— Et elle est d'accord ?

— Pourquoi ne le serait-elle pas ? répliqua Max en se dirigeant vers la porte. Ce mariage nous arrange tous les deux. Grâce à son ex-mari, Elizabeth est financièrement dans la panade. Elle m'épouse pour mon argent, et moi, pour sa position sociale. Nous savons l'un et l'autre à quoi nous en tenir. Maintenant, tu voudras bien m'excuser, mais je dois aller la voir pour régler certains détails.

Parvenu à la porte, Max se retourna et vit Troy, qui le regardait d'un air hébété.

— Reste dans les parages. Je te demanderai peut-être d'être mon garçon d'honneur.

— D'accord. Tout ce que tu voudras, marmonna Troy.

Elizabeth ne s'attendait pas que Max laisse tout en plan pour venir la rejoindre aussitôt. Après avoir raccroché, elle jeta un regard affolé autour d'elle. Il ne tarderait pas à être là. En effet, son bureau, situé à Greenway Plaza, n'était pas loin de River Oaks.

Elle partit à la recherche de Gladys et lui dit qu'elle attendait la visite de M. Riordan d'un moment à l'autre. Puis elle s'empressa de monter à l'étage pour se refaire une beauté et reprendre ses esprits.

Lorsqu'elle redescendit quinze minutes plus tard, ce fut pour trouver Max, qui attendait déjà dans le salon. Debout devant la cheminée, il étudiait le tableau — une peinture à l'huile — accroché au-dessus de la cheminée. Lui jetant un coup d'œil par-dessus son épaule, il indiqua la toile du menton.

— C'est quelqu'un de votre famille ?

— Oui. Mon arrière-arrière-grand-mère Ida Stanton.

— Les bijoux qu'elle porte sont magnifiques.

— Merci, fit Elizabeth en levant un regard nostalgique vers le portrait de sa trisaïeule.

Celle-ci avait posé dans une tenue très habillée de style victorien — une robe de soie lie-de-vin, garnie de dentelle écrue. Autour de son cou et à ses oreilles, on pouvait voir les fameux diamants Stanton.

— C'est mon arrière-arrière-arrière-grand-père, Asa Stanton, qui les a fait faire pour sa femme, Camille, à l'occasion du vingt-cinquième anniversaire de leur mariage. Elle les a ensuite remis à leur fils Jonathon pour qu'il les offre à son épouse, Ida O'Keefe, le jour de leur mariage. Depuis, ils sont transmis de génération en génération.

— Donc, ce sont des bijoux de famille. J'ai hâte de les voir sur vous !

— Heu… je crains que ce ne soit pas possible. Je les ai vendus au printemps dernier afin de pouvoir payer le personnel et acheter une nouvelle moissonneuse pour Mimosa Landing.

A ces mots, Max haussa les sourcils, mais, au grand soulagement d'Elizabeth, il ne fit pas de remarque. Le fait de devoir renoncer aux diamants Stanton avait été un véritable crève-cœur. Elle n'avait pas envie de ressasser le sujet.

Elizabeth invita Max à prendre place sur le canapé avant de s'asseoir dans le fauteuil qu'elle affectionnait en particulier.

— Je ne m'attendais pas que vous laissiez tout en plan pour vous précipiter ici, dit-elle.

— Cela ne pose aucun problème. J'aimerais régler l'affaire le plus rapidement possible. Les semaines à venir vont être très chargées pour moi. Il y a un peu plus d'une semaine, j'ai demandé à mon avocat de préparer un contrat de mariage au cas où vous diriez oui.

Il sortit le document de sa poche et le lui tendit.

— Si vous contactez tout de suite votre propre avocat pour qu'il valide le contrat, nous pourrions le signer et aller nous marier à Las Vegas ce soir.

Le regard stupéfait d'Elizabeth allait de Max au document. Elle cligna les yeux plusieurs fois, trop abasourdie pour pouvoir parler. Cet homme était un véritable rouleau compresseur. Il ne s'embarrassait pas de vaines paroles. Aucune finesse, aucun tact…

— Vous plaisantez, j'espère ! dit-elle finalement d'un air consterné. Las Vegas ? Cette usine à mariages ? Jamais je ne ferai une chose aussi… vulgaire.

— Ne me dites pas que vous envisagez un de ces mariages prétentieux qui prennent une plombe à préparer, répliqua Max. Parce que si c'est le cas, laissez-moi vous prévenir tout de suite : c'est hors de question. Je n'ai ni le temps ni la patience pour tout ce tralala.

— Non, bien sûr que non. Je n'ai pas l'intention de préparer une grande cérémonie. Vu les circonstances, ce ne serait guère approprié. Cependant, si nous devons nous marier, j'insiste pour que les convenances soient respectées. Je pense qu'il nous faudrait quelque chose de bon goût, soit ici, soit à Mimosa Landing, et nous inviterions nos familles respectives et nos amis les plus proches. Croyez-moi, lorsque les gens apprendront que nous nous marions, il y aura déjà suffisamment de ragots comme ça sans qu'en plus nous les alimentions en allant nous marier à Las Vegas.

— Je suppose que vous avez raison. Cependant, je n'ai pas envie de faire traîner les choses. Combien de temps vous faut-il pour préparer cette petite cérémonie ?

— Eh bien, nous devons d'abord consulter nos avocats et nous mettre d'accord sur le contrat prénuptial. Ensuite, il y aura les prises de sang et la publication des bans, le pasteur, les invitations, les fleurs et le buffet. Ah oui ! Nous devrons aussi acheter les alliances.

— J'allais oublier, dit Max en sortant la petite boîte à bijoux de sa poche. Je l'ai achetée la semaine dernière. Le bijoutier chez Tiffany m'a dit qu'elle vous irait, ajouta-t-il en lui lançant l'écrin.

Elizabeth l'attrapa d'un air perplexe.

— Qu'est-ce que... ?

— Une bague de fiançailles. Allez-y, ouvrez.

— Une bague de fiançailles ? répéta Elizabeth en redressant le menton d'un air hautain. Etiez-vous tellement sûr que j'allais dire oui ?

Max haussa les épaules.

— Je trouve que c'est payant d'avoir une approche positive devant chaque transaction. De toute façon, le bijoutier m'a dit que j'avais trente jours pour la lui rapporter.

— Je vois.

Elizabeth baissa les yeux vers l'écrin, souleva le couvercle d'un geste sec et poussa une exclamation de surprise. Niché dans le velours bleu, un magnifique solitaire étincelait de mille feux. La pierre était de taille, mais son élégance et sa simplicité, si caractéristiques de chez Tiffany, lui conféraient une sobriété certaine. Elizabeth n'avait pas pensé aux alliances, et elle ne s'attendait certainement pas que Max lui offre une bague de fiançailles.

Cependant, elle devait admettre que cette bague correspondait exactement à ses goûts et qu'elle-même n'aurait pas mieux choisi. Elle était tellement belle qu'elle ne parvenait pas à en détacher le regard ni à prononcer un mot.

Enfin, comme le silence s'éternisait, Max lui dit :

— Le diamant ne fait que deux carats. J'en ai vu de plus gros, mais ils m'ont semblé trop voyants. Si vous le trouvez trop petit, vous pouvez toujours l'échanger ou choisir une autre bague.

— Oh, non ! Non. Elle est très belle. Elle est parfaite, il n'y a rien à dire.

Elle la glissa à son doigt, puis leva les yeux vers Max et lui adressa un sourire hésitant.

— Merci.

Elle s'attendait presque qu'il réponde par un baiser symbolique ou du moins par quelques mots gentils, mais il se contenta d'un simple :

— Pas de quoi.

Bon sang ! se dit-elle. Ils venaient de se fiancer. Il lui avait offert une bague qui coûtait une petite fortune. Dans quelques jours, ils allaient se marier et passer le reste de leurs jours ensemble, et tout ce qu'il trouvait à dire, c'était « pas de quoi » ! Cet homme avait-il donc un cœur de pierre ?

— Je demanderai à mon avocat de préparer les documents concernant Mimosa Landing, fit-il en sortant son organiseur électronique.

Avec son stylet, il appuya sur quelques boutons.

— Voyons voir, nous sommes lundi. Nous devrions pouvoir tout régler en une semaine, ce qui signifie que nous serons mariés samedi. Qu'en dites-vous ?

— Vous voulez dire samedi *qui vient* ? demanda Elizabeth d'une petite voix aiguë.

— Oui. Il n'y a pas de raison de repousser encore, si ?

— Heu, non… Je suppose que non. C'était juste que… je ne pensais pas que les choses iraient si vite.

— Très bien. Ce sera donc samedi. Si vous n'y voyez pas d'inconvénient, nous prendrons l'avion pour New York où nous passerons une petite lune de miel. Je dois m'y rendre pour affaires, de toute façon… Pourquoi ne pas téléphoner à votre avocat pour voir s'il peut nous rencontrer cet après-midi ? Si c'est oui, dites-lui de nous retrouver à mon bureau à Greenway Plaza le plus tôt possible. J'ai déjà prévenu le mien. Il attend que je lui fasse signe. Dès que nous serons parvenus à un accord concernant le contrat de mariage et une fois que nous l'aurons signé, nous irons faire nos prises de sang. Et alors, les réjouissances pourront commencer !

4

Trois heures plus tard, assise dans le luxueux bureau de Max, à Greenway Plaza, Elizabeth avait l'impression d'être emportée par une force incontrôlable.

Une force du nom de Maxwell Riordan, se dit-elle avec un petit sourire.

Non pas que Max fût dominateur. Attentif à ses désirs, il lui demandait souvent son avis ou ce qu'elle préférait. Mais c'était un homme énergique, habitué à tout gérer. Il émanait de lui une impression de force et d'autorité. Le voir à l'œuvre était impressionnant.

Elizabeth avait téléphoné à son avocat John Fossbinder pour lui annoncer son mariage. John avait aussitôt deviné la raison qui la poussait à épouser Max, et il avait tenté de l'en dissuader.

De son côté, Max avait tout de suite compris la teneur de leur conversation, et il avait pris le combiné des mains de sa fiancée.

Quelques mots lui suffirent pour convaincre l'homme de loi de venir les retrouver à son bureau.

Lorsque Elizabeth et Max arrivèrent à Greenway Plaza, John les attendait déjà en compagnie de l'avocat de Max, Harry Ackerman.

Harry était le genre d'homme à qui il ne serait même pas venu à l'idée de soigner sa mise, tellement il était accaparé par son travail. Par conséquent, il avait toujours l'air d'être débraillé.

Sa cravate était de travers, le col de sa chemise rebiquait, et les verres de ses lunettes étaient tellement sales que la jeune femme se demanda comment il faisait pour voir clair. Quant à ses cheveux, ils étaient… hirsutes.

En comparaison, John semblait sortir tout droit d'un magazine de mode.

Grand et mince, il était impeccablement coiffé. Vêtu d'un complet griffé, d'une chemise blanche et d'une cravate en cachemire choisie avec goût, il était l'image même du gentleman sophistiqué.

Quand les présentations furent faites, John se tourna vers sa cliente, la mine soucieuse.

— Elizabeth, es-tu sûre de vouloir ce mariage ? Tu connais à peine cet homme.

— En fait, John, j'en sais plus que tu ne le crois. Je ne suis pas stupide au point de m'engager à la légère. J'ai mené ma propre enquête. M. Riordan est un homme intègre, et il constitue un excellent parti.

— Quoi ? Vous avez enquêté sur moi ?

Elizabeth sourit en voyant le visage déconfit de Max.

— Je n'ai fait que vous rendre la monnaie de votre pièce, répondit-elle.

Max la scruta longuement de son regard bleu électrique, puis ses lèvres frémirent.

— Touché, reconnut-il de bonne grâce.

Ils se mirent ensuite au travail, et Elizabeth comprit très vite pourquoi Max avait choisi Harry Ackerman comme avocat. En dépit de son apparence débraillée, c'était un brillant juriste, tout aussi talentueux que John, qui était lui-même considéré comme l'un des meilleurs hommes de loi de Houston.

Le contrat que Me Ackerman avait élaboré sembla à Elizabeth

plus que généreux, et elle soupçonna John de penser la même chose. Cependant, impossible de déchiffrer son expression tandis qu'il parcourait le document. Elle était prête à signer le protocole en l'état, mais John se sentit obligé de marquer des points pour sa cliente. Par conséquent, pendant une heure et demie qui parut à Elizabeth une éternité, les deux avocats reprirent le contrat ligne par ligne.

Lorsqu'ils furent enfin d'accord sur chaque détail, Harry annonça :

— Eh bien, nous y sommes. Pour résumer en termes clairs, voici les clauses principales. Article premier. Avant le mariage, Max s'engage à ouvrir un fonds en fidéicommis dont le montant aura été convenu entre les deux parties. Ce fonds servira uniquement à la gestion de Mimosa Landing. Elizabeth en sera l'exécutrice. Ce fonds ainsi que ses produits lui appartiendront à elle seule ainsi qu'à ses héritiers à perpétuité. Article II. Vous vous engagez à rester mariés pendant au moins cinq ans. Si, à expiration de ce délai, l'un de vous souhaite mettre un terme à cette union, libre à vous de vous séparer — à l'amiable, nous l'espérons. En cas de séparation, le trust restera — comme cela a déjà été indiqué — propriété d'Elizabeth. Par ailleurs, Max lui versera une somme équivalant à vingt pour cent de sa valeur nette au moment de la séparation. Il s'engage également à ne rien réclamer sur les avoirs Stanton. Article III. La dissolution du mariage avant les cinq ans prévus ne pourra se faire qu'en cas d'infidélité commise par l'une des parties. Si le contrevenant est Max, les termes du contrat resteront inchangés.

— Cela ne se produira pas, l'interrompit Max en tournant son regard vers Elizabeth, qui était assise en face de lui. J'honore toujours mes engagements.

Harry s'éclaircit la gorge.

— Eh bien, continuons… Cette clause est également

valable dans le cas où Elizabeth serait infidèle, à ceci près qu'elle ne toucherait pas les vingt pour cent prévus. Voilà, je pense que nous avons fait le tour de la question, conclut l'homme de loi en rassemblant la liasse de documents.

— Pas tout à fait, intervint John. Que se passera-t-il si nous avons des enfants ? Qui en aura la garde ?

Harry prit un air songeur.

— Hum... Je suppose que c'est le moment d'aborder le sujet. Mademoiselle Stanton, qu'en pensez-vous ?

La question prit Elizabeth par surprise. Elle n'avait pas songé un instant que Max et elle puissent avoir des enfants, ni qu'il puisse en vouloir.

— Honnêtement, je ne pense pas que le problème se posera un jour. Aucun enfant n'est né de mon mariage avec Edward, et pourtant je souhaitais vivement fonder une famille, dit-elle en tentant de contrôler son émotion.

L'aveu de cet échec personnel était humiliant, mais elle tenait à se montrer honnête avec Max. Elle ne voulait surtout pas qu'il l'accuse d'avoir dissimulé quoi que ce soit.

Prenant une profonde inspiration, elle se força à poursuivre :

— J'ai subi plusieurs tests, il y a quelques années. Apparemment, il n'y a pas de raison pour que je sois stérile. Cependant, je n'ai jamais pu avoir d'enfant, et les médecins m'ont dit que je n'en aurais probablement jamais.

Regardant Max droit dans les yeux, elle ajouta :

— Je comprendrais très bien que cette information vous incite à changer d'avis.

Max prit le temps de réfléchir avant de répondre :

— A dire vrai, je n'avais pas envisagé cette possibilité. Je serai également honnête. Les enfants n'ont jamais été ma priorité. J'ai toujours pensé que, le moment venu, je me marierais et que je fonderais une famille, mais ce n'est pas vital pour moi. Cependant, si nous avions des enfants et que nous devions nous séparer, il me semble logique — vu mon emploi du temps — que ce soit vous qui en ayez la garde. Bien sûr, il faudra être souple au niveau du droit de visite.

Une fois de plus, Elizabeth fut surprise de voir à quel point Max pouvait se montrer raisonnable et magnanime. L'éventualité d'avoir un enfant était faible, certes. Elle était, cependant, soulagée à l'idée que, si ce miracle se produisait, ils n'auraient pas à se disputer pour la garde, en cas de divorce.

— Si cela vous convient, mademoiselle Stanton, nous ajouterons une clause conditionnelle au contrat de mariage, dit Harry.

— Oui, cela me va très bien.

— Eh bien, nous en avons donc terminé. Je vais faire rédiger un nouveau contrat que vous pourrez signer tous les deux demain.

Ils sortirent tous du bureau de Max.

Une fois devant la réception, l'homme d'affaires s'arrêta pour parler à sa secrétaire, et John en profita pour attirer Elizabeth à l'écart.

— Tu fais une terrible erreur, murmura-t-il. Accorde-toi un peu de temps. Nous finirons bien par trouver un moyen.

— Je suis pressée, John. Ça fait un an que nous cherchons, toi et moi, une solution pour sortir de ce cauchemar financier. Je suis aux abois, maintenant. Je ne peux plus me permettre d'attendre. J'apprécie le fait que tu t'inquiètes pour moi, ajouta-t-elle en lui tapotant le bras. Mais je t'assure que ça va aller. Vraiment. Je te demande juste une chose, c'est de garder ça pour toi.

John se redressa de toute sa hauteur, froissé qu'elle ait pu, même un instant, douter de sa discrétion.

— Cela va sans dire. De toute façon, je suis tenu par le

secret professionnel. Cet arrangement te convient vraiment ? ajouta-t-il avec un regard inquiet.

— Oui.

Ce n'était pas tout à fait vrai. Elle était nerveuse et pleine d'appréhension, mais elle n'osa pas en faire part à John.

— Vous êtes prête ? demanda Max en la prenant par le coude.

Avant qu'elle n'ait pu répondre, une porte s'ouvrit, livrant passage à un homme dont le visage lui était vaguement familier. Il ne lui fallut que quelques secondes pour se rappeler qu'elle l'avait vu en compagnie de Max à des œuvres de charité. Il devait s'appeler Trent ou... plutôt Troy... En tout cas, il était le bras droit de son fiancé.

— Max ! Dieu merci, te voilà ! fit l'homme en saluant Elizabeth d'un signe de tête. Désolé de vous interrompre, mademoiselle Stanton, mais c'est urgent.

— Je vous en prie, répondit gracieusement Elizabeth.

Mais l'homme avait déjà reporté son attention sur Max.

— Je t'ai appelé sur ton portable, mais ça ne répondait pas. Je venais voir si Carly savait comment te joindre. Nous devons absolument parler.

— Pas maintenant, Troy. Je raccompagne Elizabeth chez elle.

— Bon sang, Max ! Ecoute-moi. Le vieux Scarborough est en route. Il ne voulait pas remettre le rendez-vous. Il a dit que si tu n'étais pas là à son arrivée, le marché tomberait à l'eau.

— Mince ! marmonna Max. Tu crois qu'il était sérieux ?

— Et comment !

Elizabeth posa la main sur le bras de Max.

— Ne vous inquiétez pas pour moi. Je suis sûre que John pourra me raccompagner.

— Bien entendu ! déclara l'avocat.

Max leva un sourcil.

— Vous êtes certaine ? fit-il à l'adresse d'Elizabeth.

— Oui, bien sûr. Faites donc ce que vous avez à faire et ne vous inquiétez pas pour moi.

— Très bien. Je vous appellerai demain et nous irons faire nos prises de sang.

Elizabeth acquiesça avant de prendre le bras de John.

Les sourcils froncés, Max les regarda s'éloigner. Il n'aimait pas l'idée de la laisser partir avec son avocat. Ce dernier n'avait pas caché sa désapprobation concernant leur mariage. Max savait que Fossbinder essaierait de la faire changer d'avis, mais il ne pouvait pas se permettre de perdre un marché de plusieurs millions de dollars et réduire ainsi à néant plusieurs mois de négociations.

— Tu as donc décidé d'aller jusqu'au bout de cette folie, constata Troy, dès qu'ils se retrouvèrent seuls dans la salle de conférences.

— Si c'est à mon mariage que tu fais allusion, la réponse est oui. Nous venons d'établir le contrat de mariage.

— Tu as eu au moins le bon sens de faire ça !

Troy se passa une main nerveuse dans les cheveux.

— Bon sang, Max…

— Laisse tomber, Troy ! On en a déjà parlé. Je sais ce que je fais. Et si ça peut te rassurer, j'ai choisi Elizabeth parce que je la trouve séduisante. Elle correspond à tous mes critères. Elle a la réputation d'être douce et agréable. En plus, elle est belle. Elle est parfaite.

« Ou presque », ajouta-t-il pour lui-même.

Il alla se poster devant la grande baie de la salle de conférences et regarda la ville qui, dix-huit étages plus bas, s'étalait sur des kilomètres et des kilomètres. Le soleil se couchait dans une apothéose de couleurs, nimbant les nuages d'un dégradé d'orange, de rouge, de rose et de pourpre. C'était l'heure de pointe et, dans la lumière vaporeuse du crépuscule, l'autoroute commençait à se charger de tous ces travailleurs qui rentraient chez eux. La lumière des lampadaires, mêlée à celle des phares, créait des taches de plus en plus nombreuses. Le flot de véhicules s'étirait comme une longue rivière de diamants dans un sens et un collier de rubis dans l'autre.

Max repensa au solitaire qu'il avait offert à Elizabeth… et à son déconcertant aveu concernant les enfants.

Le sentiment de profonde déception qui s'était emparé de lui lorsqu'il avait appris la probable stérilité d'Elizabeth l'avait pris par surprise.

Pourtant, il avait été sincère avec elle. Jusqu'à présent, il n'avait jamais vraiment pensé au mariage ni aux enfants. Il s'était toujours dit qu'il y songerait le moment venu. Ce moment était arrivé. Si les enfants n'avaient jamais fait vraiment partie de ses projets, pourquoi se sentait-il brusquement si vide à la perspective de ne pas en avoir ?

C'était vraiment curieux.

Pour Elizabeth, le reste de la semaine passa comme dans un tourbillon, et le samedi après-midi arriva très vite.

Assise devant sa coiffeuse à Mimosa Landing, elle regardait sans la voir l'image que lui renvoyait son miroir. Dans quelques minutes, elle serait Mme Maxwell Riordan.

A cette idée, elle sentit son estomac se nouer. Fermant les yeux, elle prit une profonde inspiration.

— Tu peux toujours changer d'avis, trésor.

Tressaillant, elle ouvrit brusquement les yeux et aperçut Mimi dans son miroir, adossée à la porte fermée de la chambre.

— Tu n'as même pas besoin d'aller le voir, continua son amie. Un seul mot de toi et je mets tout le monde à la porte.

— Non !

Inclinant la tête sur le côté, Mimi observa le visage blême de son amie.

— Tu es décidée à aller jusqu'au bout, n'est-ce pas ?

— Oui.

— Rien ne te fera changer d'avis ?

— Non.

— Alors, que fais-tu, assise là en peignoir ? Tout le monde t'attend en bas. Tante Talitha commence à se faire du mouron. La cérémonie religieuse est censée commencer dans dix minutes.

— Mon Dieu ! Il est déjà si tard ?

— Je crains que oui. Si tu es décidée à aller jusqu'au bout de ce marché à la noix, alors il est temps de t'habiller et de lancer le spectacle. Allez, trésor, laisse-moi t'aider.

Elizabeth avait l'impression d'être dans un état second. Mimi l'aida à mettre la robe de soie champagne que Martha, la gouvernante, avait déposée sur son lit.

Depuis le retour d'Elizabeth, deux jours plus tôt, Mimosa Landing ressemblait à une ruche en pleine activité. Le fleuriste s'était affairé toute la matinée pour décorer le salon et la salle à manger, tandis que le traiteur avait investi la cuisine, au grand désespoir de Martha. Arrivés en avance, Gladys et Dooley avaient écouté les doléances de la gouvernante et fait de leur mieux pour l'apaiser.

— Est-ce que Clinton et Camille sont là ? demanda Elizabeth en enfilant ses escarpins.

— Pas que je sache. Tu les attendais ?

— En fait, non. Je les ai appelés à plusieurs reprises et je suis toujours tombée sur le répondeur. Ils doivent être en voyage.

Elizabeth avait promis à Max qu'ils ne seraient pas nombreux. Effectivement, la jeune femme avait invité le personnel de ses deux maisons, sa grand-tante, Talitha Stanton, Mimi,

John Fossbinder et son épouse, Marie, son banquier, Walter Monroe, ainsi que la femme de celui-ci, Anna.

En dehors de sa grand-tante, les seuls parents vivants d'Elizabeth étaient ses petits cousins, Camille Moseby Holt Edwards Kincaid Lawrence et le frère de celle-ci, Quinton Moseby. Elizabeth était surprise que ni l'un ni l'autre n'aient répondu à ses messages. Surtout Camille, qui ne refusait jamais une occasion de venir séjourner à Mimosa Landing.

Elle s'était sentie obligée de les inviter, mais en fait, c'était aussi bien que sa cousine soit absente, songea-t-elle en mettant ses boucles d'oreilles en nacre.

Elle s'était toujours bien entendue avec Quinton. On ne pouvait pas en dire autant de sa sœur. Elizabeth était d'un tempérament doux. Cependant, quand Camille se trouvait dans les parages, elle avait l'impression d'être comme un chat que l'on aurait pris à rebrousse-poil.

Pourtant, ce n'était pas faute d'avoir essayé. Par égard pour tante Talitha, elle avait fait tout ce qui était en son pouvoir pour ne pas rompre ce lien familial, même distant.

Dommage que Quinton ne soit pas là ! Mais bon, quel soulagement aussi de ne pas avoir à supporter les jérémiades et les allusions perpétuelles de Camille ! Elle était déjà suffisamment tendue comme ça.

Du côté de Max, il y avait sa mère, Iona Riordan, son assistant, Troy Ellerbee, Harry Ackerman et sa femme, sa secrétaire Carly Womack et deux ou trois autres membres de son personnel.

Elizabeth avait fait la connaissance de la mère de Max quelques instants plus tôt. Quand tante Talitha avait appris que les deux femmes ne s'étaient pas encore rencontrées, elle avait insisté pour accompagner Iona à l'étage et faire les présentations.

Iona Riordan était une petite femme enjouée qui semblait

transportée d'allégresse à la perspective que son fils unique abandonne enfin son statut de célibataire.

Elle n'était pas plus grande qu'Elizabeth, mais elle devait bien peser quinze kilos de plus. Avec son tailleur de soie bleue et son petit chapeau rond assorti, elle ressemblait à un merle dodu, songea la jeune femme. Pendant leur brève conversation, Elizabeth fut surprise d'apprendre que Iona ne voyait pas souvent son fils. Peut-être qu'ils n'étaient pas en aussi bons termes que semblait le croire le détective Summers ? Chez les Stanton, l'usage voulait qu'on ne se sépare pas des anciens.

— Te voilà prête, déclara Mimi.

Se reculant légèrement pour l'examiner, elle retint son souffle.

— Mon Dieu, que tu es belle ! s'exclama-t-elle d'un ton admiratif.

— Allons, arrête ça ! la sermonna tante Talitha depuis le pas de la porte. Si tu continues, on va toutes se mettre à pleurer.

— C'est vrai, reconnut Mimi. Allez, c'est parti ! Tu as tout ce qu'il te faut ? Quelque chose d'usagé, quelque chose de non utilisé, quelque chose d'emprunté, quelque chose de bleu ?

Elizabeth partit d'un rire presque hystérique.

— Etant donné les circonstances, dit-elle, je me demande s'il faut vraiment s'embêter avec tout ça.

— Cesse de raconter des bêtises ! Ce n'est pas parce que c'est ton second mariage qu'il faut renoncer à nos traditions, déclara tante Talitha d'un ton péremptoire.

La vieille dame entra dans la chambre et referma la porte derrière elle.

— Je suis montée pour te dire que Clinton venait d'appeler. Il était en Grèce chez sa sœur. Il est rentré ce matin. Il est désolé de ne pas pouvoir assister à ton mariage.

D'un pas lent mais majestueux, elle s'avança jusqu'au milieu de la pièce. Bien qu'elle eût maintenant besoin d'une canne pour marcher, elle avait toujours un port altier. C'était une femme à la taille élancée, et il émanait d'elle une sorte de noblesse un peu surannée.

A quatre-vingts ans, elle n'avait rien perdu de son épaisse chevelure, si caractéristique des Stanton, même si les reflets d'un beau brun avaient laissé la place au gris de l'âge. Depuis plus de dix ans maintenant, la vieille dame portait ses épaisses tresses argentées relevées en couronne sur la tête, ce qui ne faisait qu'accentuer son côté majestueux.

Elizabeth lui vouait une affection sincère. Ne souhaitant pas la bouleverser, elle ne lui avait pas révélé l'ampleur de la trahison d'Edward ni la nature de son arrangement avec Max. Pour la vieille dame, ce mariage était un mariage d'amour.

— Eh bien ? Que fais-tu encore plantée là ? Allez, dépêche-toi !

— Ne vous inquiétez pas, tante Talitha, intervint aussitôt Mimi de sa voix traînante. Tout est prévu. La robe est neuve, donc voilà pour le *non-utilisé*. Ce sont les perles de ta maman que tu portes là, n'est-ce pas ? C'est bien ce que je me disais, fit-elle en voyant Elizabeth acquiescer. Donc, les boucles d'oreilles, c'est pour ce qui est *usagé*. Et j'ai apporté quelque chose qui est à la fois *emprunté* et *bleu*.

— Qu'est-ce que c'est ? demanda Elizabeth en regardant l'objet que Mimi faisait tourner autour de son index.

— C'est la jarretière bleue que j'ai portée le jour de mon mariage avec Big Daddy. J'espère qu'elle te portera chance.

— Mimi, je ne pense pas que…

— Parfait ! C'est une excellente idée que tu as eue là, Mimi ! déclara tante Talitha. Bon, pourquoi tu traînailles encore, Elizabeth ? Allez, mets donc cette jarretière et allons-y ! Ton adorable fiancé t'attend en bas. Il commence à s'impatienter.

— Dites donc, tante Talitha, j'ai l'impression que vous en pincez pour le marié ! lança Mimi d'un air taquin.

— Mmm ! Ce n'est pas parce que je suis une vieille fille de quatre-vingts ans que je ne sais pas reconnaître un beau garçon quand j'en vois un. J'ai toujours eu un faible pour les hommes virils. Si j'avais cinquante ans de moins, j'essaierais peut-être de le piquer à Elizabeth.

Son regard se fit rêveur.

— D'une certaine manière, il me rappelle mon Martin, ajouta-t-elle avec un soupir nostalgique.

Elizabeth et Mimi échangèrent un regard, mais ne dirent rien. Elles connaissaient toutes les deux la seule grande histoire d'amour de grand-tante Talitha, qui, à dix-huit ans, s'était fiancée à Martin Delany. Dix jours avant la date du mariage, alors que les faire-part avaient été envoyés et que tout avait été arrangé, Martin avait été tué en plein combat pendant la guerre de Corée. Il était en train d'effectuer ce qui était censé être sa dernière mission lorsqu'il était tombé avec son peloton dans une embuscade.

Tante Talitha ne s'était jamais vraiment remise du décès de son bien-aimé Martin, et elle n'avait jamais cherché à se marier, par la suite.

— Voilà, tout est prêt. Tiens, tes fleurs, dit Mimi en lui tendant le bouquet rose et crème orné de gypsophile.

— Oh, ma chère enfant ! Tu es tellement belle ! murmura tante Talitha d'un air attendri.

Les yeux embués, elle se pencha et appuya sa joue diaphane contre celle de sa petite-nièce. Elizabeth se sentit enveloppée par les effluves familiers des sachets de lilas et de lis que sa grand-tante glissait entre son linge.

— Je te souhaite tout le bonheur possible, mon petit. Tu mérites d'être heureuse, chuchota la vieille dame.

Elle se tapota les yeux à l'aide d'un mouchoir brodé de dentelle avant de se redresser.

— Laisse-moi le temps de descendre par l'ascenseur. Dès que je serai assise, je demanderai au pianiste de commencer à jouer la marche nuptiale, et tu pourras descendre avec Mimi.

La cérémonie se déroula sans accroc. On avait poussé les meubles du salon pour mettre des rangées de chaises pliantes sur lesquelles les invités avaient pris place. Le révérend Harvey, Max et son ami Troy attendaient debout devant la cheminée.

Si Max fut impressionné, il n'en laissa rien paraître. Son visage aux traits durs arborait la même expression de sévérité qu'à l'accoutumée. Il ne broncha pas en voyant Elizabeth entrer dans la pièce.

La jeune femme était dans un tel état d'hébétude qu'elle n'entendit pas le révérend lui demander si elle consentait à prendre Max pour époux. Elle se retrouva soudain avec une alliance au doigt, tandis que le père Harvey les déclarait mari et femme. Elle ne reprit pied dans la réalité que lorsqu'elle entendit le pasteur déclarer :

— Vous pouvez embrasser la mariée.

Elle écarquilla les yeux, paniquée, quand Max prit ses lèvres.

Elle s'attendait à un baiser symbolique pour satisfaire à la tradition, mais ce fut, au contraire, un baiser sensuel et profond, qui dura si longtemps que certains des invités s'esclaffèrent, puis se mirent à applaudir. Quand, enfin, Max redressa la tête et mit fin à leur étreinte, Elizabeth fut prise d'un vertige. Chancelante, elle s'agrippa à son bras.

Impossible de deviner son état d'esprit. Imperturbable,

il se tourna avec un sourire pour recevoir les félicitations et les vœux de bonheur des uns et des autres.

Puis tout le monde se dirigea vers la salle à manger, où les traiteurs avaient dressé un somptueux buffet. Pendant l'heure qui suivit, Elizabeth circula parmi ses invités et réussit même à converser avec eux. Mais son état de nervosité était tel qu'elle aurait été bien en peine de dire avec qui elle avait discuté, et de quoi.

L'heure du départ arriva trop vite. Se glissant à ses côtés, Max lui murmura à l'oreille :

— Il vaut mieux ne pas tarder. Je ne voudrais pas arriver trop tard à New York.

Elizabeth sentit son estomac se nouer encore un peu plus.

— Très bien, dit-elle avec un pâle sourire. Je monte me changer. Dooley a déjà placé mes valises dans votre voiture. Je ne serai pas longue.

Max l'accompagna jusqu'au pied de l'escalier. Le visage pensif, il la regarda monter les marches.

« Bon sang, quelles jambes elle a ! », songea-t-il.

— J'espère que vous vous rendez compte de la chance que vous avez, fit soudain une voix à ses côtés.

Se retournant, il aperçut Mimi Whittington, qui se tenait sur le seuil entre le hall et le salon, une flûte de champagne à la main. Elle s'avança vers lui d'une démarche langoureuse. S'arrêtant au bas de l'escalier, elle trempa les lèvres dans son verre avant de répéter sa question, un sourcil levé.

Max suivit son regard, mais Elizabeth avait déjà disparu en haut des marches.

— C'est vrai, j'ai de la chance. C'est une jolie femme.

— Elle est beaucoup plus que jolie. Vous êtes bigleux ou quoi ? Elle est tout simplement superbe ! Mais ce n'est pas à ça que je faisais allusion. Elizabeth est non seulement belle, mais elle est aussi intelligente et d'une gentillesse sans pareille. Elle a un cœur aussi gros que le Texas.

— Ah, bon ? fit Max en se demandant où la jeune femme voulait en venir.

La réponse ne tarda pas à venir.

— Je vous connais à peine, dit Mimi en le toisant, mais vous me faites l'impression d'être un gars bien.

— Merci, fit-il en grimaçant un sourire. J'aime à le croire.

— Faites en sorte de ne pas me décevoir, dit-elle en pointant un ongle vernis de rouge sur la poitrine de Max. Car je vous préviens, mon vieux : si vous la rendez malheureuse, c'est à moi que vous aurez à faire !

Sans lui laisser le temps de répondre, elle tourna les talons et alla rejoindre les autres invités dans le salon.

On aurait pu croire à une plaisanterie ou à une exagération, mais il ne fallait pas s'y tromper. La lueur dans les yeux de Mimi montrait à quel point elle était sérieuse.

Max secoua la tête, se demandant comment les deux femmes avaient pu devenir amies. On n'aurait pas pu trouver deux personnes plus différentes l'une de l'autre, se dit-il. Elizabeth était raffinée et élégante, tandis que Mimi avait une personnalité exubérante et tapageuse. Elle pouvait même être vulgaire, à certains moments. Jamais il n'aurait pu imaginer qu'elles étaient liées d'amitié. Et pourtant, c'était bien le cas.

— Je suis prête, annonça Elizabeth d'une voix incertaine.

— Bien, dit Max en se retournant pour la regarder descendre l'escalier.

Elle avait troqué sa robe pour une jupe droite en daim, des bottes à talons qui lui arrivaient jusqu'aux genoux, un pull marron à col roulé orné d'une broche en forme de papillon.

Une veste en tweed dans les tons de l'automne complétait le tout. Comme d'habitude, elle était parfaite.

— Tu es ravissante, lui dit son mari en la prenant par la main.

Elizabeth eut l'air surpris. Elle le remercia poliment, mais la lueur de méfiance dans son regard n'échappa pas à Max, qui fronça les sourcils. Pourquoi réagissait-elle ainsi ? se demanda-t-il.

La prenant par le coude, il lui jeta un regard empli d'espoir.

— Tu sais, on pourrait filer, ni vu ni connu. Ça nous éviterait tout le tralala.

Elle le regarda, épouvantée, comme s'il venait d'énoncer une hérésie.

— Quoi ? Il n'en est pas question ! Ce serait impoli. Je ne ferai jamais une chose pareille à mes invités. De plus, tante Talitha et Mimi seraient anéanties.

— Je me doutais bien que tu répondrais ça, fit-il d'un ton résigné. Allons-y. Plus vite on se débarrassera de cette corvée, plus vite on pourra se mettre en route.

Ils retournèrent donc dans le salon et prirent congé de chacun. Lorsque le tour de tante Talitha et de Mimi arriva, Elizabeth s'agrippa à elles, luttant contre l'envie de courir s'enfermer dans sa chambre.

Ce fut Max qui mit fin aux embrassades. S'approchant d'Elizabeth, il lui passa un bras autour de la taille.

— Il est temps d'y aller, murmura-t-il.

Le cortège s'était rassemblé sous la véranda et sur la pelouse. Une pluie de riz accueillit les mariés lorsqu'ils sortirent pour monter dans la BMW noire de Max.

La voiture était déjà bien engagée dans l'allée qui menait vers la sortie quand, soudain, une voix provenant de l'arrière fit sursauter Elizabeth :

— Heureusement, c'est fini.

Se retournant d'un bond, elle découvrit Troy Ellerbee assis juste derrière elle. Il la regardait d'un air froid.

— Que… que faites-vous là ? bégaya-t-elle.

Ce fut Max qui répondit à sa place :

— J'ai oublié de te dire que Troy nous accompagnait.

La jeune femme reporta son regard sur celui qui était désormais son époux.

— Il nous accompagne ? Tu veux dire jusqu'à Houston ?

— Non, jusqu'à New York. Je t'ai dit que j'avais un rendez-vous d'affaires très important, lundi. J'ai besoin de mon assistant.

Elizabeth se rendit compte que Troy l'observait d'un air suffisant. Se redressant sur son siège, elle fixa la route devant elle.

— Je vois, dit-elle.

Mais, en réalité, elle ne voyait rien du tout. Quel genre d'homme était Max pour emmener son assistant avec lui en voyage de noces ? La réponse était évidente. Comme aurait dit Mimi, seul un mari qui n'avait *rien à cirer* de sa femme aurait pu faire ça.

Ce fut à peine si Max lui adressa la parole pendant le reste du trajet jusqu'à l'aéroport international de Houston.

Une fois à bord de son jet privé, il la présenta à son pilote, Tom Givens, avant de lui faire faire un tour rapide de l'appareil. A l'arrière se trouvaient la chambre à coucher ainsi qu'une salle de bains adjacente. Elle découvrit également le salon, le bar et la cabine de pilotage. Pendant ce tour éclair du propriétaire, Elizabeth eut l'impression que Max brûlait d'impatience de retourner à son travail.

— Voilà. Tu as tout vu, sauf la soute à bagages. Mets-toi à l'aise. Nous n'allons pas tarder à décoller.

Il s'assit à une petite table en compagnie de Troy, et les

deux hommes entamèrent une discussion sans plus lui prêter attention.

Se sentant de trop, la jeune femme prit place dans un siège et boucla sa ceinture. Max et Troy étaient maintenant tellement absorbés par leur conversation qu'ils semblaient en avoir oublié jusqu'à son existence. Ils ne réagirent même pas quand le jet décolla.

Elle aurait pu tout aussi bien ne pas être là, se dit Elizabeth dont la mauvaise humeur allait en grandissant. Elle tenta de lire, mais les seuls magazines à bord traitaient de finance. Elle les feuilleta sans trop de conviction.

C'était vraiment insultant ! Ce n'était pas parce que leur mariage n'était pas un mariage d'amour qu'il devait l'ignorer ainsi. Après tout, dans quelques heures, ils allaient coucher ensemble… A cette idée, Elizabeth frissonna.

En raison du changement de fuseau horaire, il était presque minuit lorsqu'ils se présentèrent à la réception de l'hôtel Ritz-Carlton. Le personnel les salua avec déférence, puis les félicita comme il se doit lorsque Max eut annoncé que Mlle Stanton était devenue l'après-midi même Mme Riordan.

Le réceptionniste se tourna vers son prestigieux client :

— Votre suite est prête, monsieur. Oh, et avant que je n'oublie, il y a plusieurs messages pour vous, ajouta-t-il en lui tendant une liasse de papiers.

Elizabeth sentit la panique la gagner. Troy allait-il partager la même suite qu'eux ? Il n'aurait plus manqué que ça !

Elle fut soulagée en entendant Max demander :

— Avez-vous prévu une suite plus petite au même étage pour M. Ellerbee ?

— Oui, monsieur.

Si le réceptionniste trouvait curieux que Max eût amené son assistant avec lui pendant sa lune de miel, il n'en montra rien.

Quand ils sortirent de l'ascenseur, Troy donna un petit coup de coude à Max.

— Tu devrais rappeler tout de suite Aramoto, lui conseilla-t-il. Il m'a laissé trois messages à ce sujet.

— Je n'y manquerai pas. J'ai moi-même quatre messages de sa part.

Pleine d'appréhension, Elizabeth marcha en silence aux côtés des deux hommes. Arrivés devant la suite que le couple devait occuper, ils s'arrêtèrent tous les trois.

— A demain, patron, dit alors Troy.

Pour la première fois depuis leur départ de Mimosa Landing, il se tourna vers Elizabeth.

— Bonne nuit, madame Riordan.

Son ton était poli, son expression, indéchiffrable, et son regard, froid comme la glace.

— Appelez-moi Elizabeth, je vous en prie.

— Oui, bonne idée ! renchérit Max d'un air absent.

Toujours occupé à parcourir ses messages, il ne semblait pas se rendre compte de la froideur que son assistant manifestait à l'égard de la jeune femme.

— Après tout, vous allez être amenés à vous voir souvent, ajouta-t-il. Laissons tomber les formalités.

— Très bien. Bonne nuit, Elizabeth, murmura Troy avant de tourner les talons pour regagner sa chambre.

La jeune femme le suivit des yeux. Manifestement, il ne la portait pas dans son cœur, et elle se demandait bien pourquoi.

Max ouvrit la porte de leur suite et s'écarta pour la laisser passer mais, au moment même où elle s'apprêtait à franchir le seuil, il s'exclama :

— Oh, mais j'allais oublier !

— Max ! Qu'est-ce que tu fais ? s'écria Elizabeth tandis qu'il la soulevait dans ses bras.

— Rien que mon devoir de marié, expliqua-t-il en

entrant dans la chambre dont il referma la porte d'un coup de pied.

Assaillie par une myriade de sensations nouvelles, Elizabeth se sentit prise d'un vertige. Elle eut soudain conscience de plusieurs éléments à la fois : la chaleur de Max, la puissance de ses bras, la largeur de ses épaules, son odeur si virile…

Soudain, il fronça les sourcils.

— Bon sang ! Tu ne manges donc rien ? Tu dois peser à peine cinquante kilos toute mouillée.

Profondément troublée par ce contact si rapproché de leurs corps, Elizabeth sentit le rouge lui monter aux joues. Il la portait comme il aurait porté un enfant.

— Mais si, je mange ! Je pèse exactement cinquante-deux kilos. Et ce n'est pas très élégant de faire des réflexions sur le poids d'une dame !

— Ah, bon ?

Ils se trouvaient maintenant au centre de la luxueuse suite, et là, pour la première fois de la journée, il la regarda avec intensité.

Fascinée, Elizabeth retenait son souffle. Elle avait l'impression d'avoir un nouvel homme devant elle, comme si, d'un simple geste, le chef d'entreprise aux manières dures et distantes s'était transformé en un amant sensuel et séducteur.

Elle frissonna, et son cœur se mit à battre plus fort devant la lueur qui s'était allumée dans ses yeux.

— Heu, tu peux… me reposer, maintenant, bredouilla-t-elle, toujours incapable de détourner les yeux.

— Pas tout de suite…, murmura-t-il tandis que son regard se posait sur ses lèvres.

Les paupières mi-closes, il approcha dangereusement son visage du sien.

Au même moment, la sonnerie du téléphone retentit et Elizabeth sursauta.

— Bon sang ! jura-t-il en jetant un regard noir au combiné, comme s'il se demandait s'il devait répondre ou arracher la prise du mur.

Avant qu'il n'ait pu se décider, on entendit frapper à la porte. Max laissa échapper un chapelet de jurons, mais, cette fois, il reposa Elizabeth.

— Ça doit être le portier avec nos bagages, dit-il. Tu veux bien ouvrir pendant que je vais répondre au téléphone ? Je suis sûr que c'est Aramato qui appelle.

Tâchant tant bien que mal de calmer les battements de son cœur, la jeune femme s'empressa d'ouvrir la porte. L'employé de l'hôtel entra et déposa les valises sur le lit. Max était complètement absorbé par sa conversation téléphonique. Une fois de plus, il semblait avoir oublié son existence.

Peu désireuse d'attirer son attention, elle trouva refuge dans la chambre, où elle défit ses bagages et ceux de Max. Après avoir sorti une longue chemise bleu nuit de soie et dentelles assortie d'un négligé, elle se dirigea vers la salle de bains. Elle en émergea vingt minutes plus tard dans un tel état de nervosité qu'elle dut s'arrêter avant d'ouvrir la porte. Fermant les yeux, elle posa une main sur son ventre et prit une longue inspiration pour tenter de se calmer. Ils étaient mariés, maintenant, et le sexe faisait partie du contrat. Inutile d'en faire une montagne et de jouer les mijaurées, se dit-elle.

Elle prit une profonde inspiration avant d'ouvrir la porte d'un coup sec. Elle fit un pas dans la chambre et s'arrêta net. La pièce était vide.

Elle se dirigea vers les doubles portes qu'elle entrebâilla légèrement. Max était encore au téléphone. Il avait ôté la veste de son complet ainsi que sa cravate. Le col de sa chemise était ouvert et ses manches, remontées. Elizabeth remarqua le duvet sombre qui recouvrait sa poitrine et ses avant-bras. Il émanait de lui une impression de puissance et d'énergie. Il avait quelque chose de… dangereux. Comme un léopard aux aguets, songea-t-elle avec un vague sentiment de malaise.

Elle tendit l'oreille. Impossible, cependant, de comprendre ce qui se disait. A en juger par l'état d'agitation dans lequel se trouvait Max et les jurons qu'il laissait échapper de temps à autre, elle devina que la conversation était houleuse. Il allait et venait dans la pièce, tout en faisant de grands gestes de la main et en passant les doigts dans ses cheveux de jais.

Elizabeth referma doucement la porte. Elle ôta ensuite son négligé qu'elle posa sur le canapé, et se glissa entre les draps. Adossée aux oreillers, les doigts croisés sur les couvertures, elle jeta un regard autour d'elle. La pièce était somptueuse.

Elle prit ensuite l'un des magazines qui se trouvaient sur la table de chevet et le feuilleta négligemment avant de le reposer avec un soupir.

Un coup d'œil à l'horloge lui indiqua que cela faisait plus d'une heure qu'elle attendait ainsi. L'irritation remplaça l'appréhension qu'elle éprouvait à l'idée de passer la nuit avec Max. Tout de même ! Ne venir qu'en deuxième position après un marché financier et ce le soir de votre nuit de noces, c'était vraiment insultant ! songea-t-elle avec mauvaise humeur.

Rejetant les couvertures, elle se leva et alla ouvrir les doubles portes d'un geste sec. Les poings sur les hanches, elle foudroya Max du regard.

Ce petit rappel à l'ordre n'eut guère d'effet sur lui. Il était complètement absorbé par sa conversation téléphonique.

C'était vraiment gonflé ! se dit la jeune femme qui, pour marquer sa colère, claqua la porte avant de regagner le lit.

— Qu'il aille au diable ! marmonna-t-elle en se tournant

pour trouver une position confortable. Il n'a qu'à faire l'amour avec un contrat !

En entendant la porte claquer, Max se rappela enfin qu'Elizabeth l'attendait dans la chambre. Il consulta sa montre et fit la grimace. Il ne s'était pas rendu compte du temps qui s'était écoulé.

Il fit de son mieux pour abréger la conversation, mais, comme à l'accoutumée, M. Aramoto, qui avait besoin d'être rassuré quant au dernier marché qu'il avait signé avec Max, pinaillait sur le moindre détail. Il semblait avoir oublié que Riordan lui avait déjà fait gagner des millions. M. Aramoto était connu pour avoir du mal à se séparer ne fût-ce que d'un centime. Il fallait toujours le cajoler et le tranquilliser à chaque étape d'une transaction. Vingt minutes passèrent encore avant que Max puisse enfin raccrocher.

— Bravo, Riordan ! marmonna-t-il. C'est une superfaçon de commencer ton mariage !

Il jeta un coup d'œil à sa montre et fit la grimace. Il pouvait difficilement en vouloir à Elizabeth d'être en colère. Bon, d'accord, il n'était pas du genre à faire dans la dentelle, mais de là à ignorer la mariée lors de la nuit de noces… Non, vraiment, il n'y avait pas de quoi être fier !

Il éteignit les lumières du salon et se dirigea vers la chambre. Près de la porte, il marqua une pause, sûr d'essuyer le courroux de son épouse. Inspirant profondément, il se décida enfin à entrer et fut accueilli par le silence le plus total. Point de remarque acerbe ni de regard chargé de colère. La chambre était plongée dans la semi-obscurité. Seule la lampe de chevet était encore allumée. Les draps remontés jusqu'au menton, Elizabeth dormait profondément.

Debout près du lit, Max la regarda, se remémorant les paroles de Mimi juste après la cérémonie. Cette femme avait un certain culot, se dit-il. Il ne comprenait toujours pas comment Elizabeth et elle avaient pu se lier d'amitié. Cependant, son instinct lui disait que sa description du caractère d'Elizabeth était juste.

Oui, il pouvait s'estimer heureux. Non seulement Elizabeth possédait les relations dont il avait besoin, mais c'était également une sacrée belle femme !

Fallait-il considérer ça comme un plus ? Peut-être que non, se dit-il. Après tout, il ne l'aurait certainement pas choisie s'il n'avait pas été attiré par elle. Il y avait bien d'autres jolies femmes dans la société huppée de Houston. Il aurait pu épouser l'une d'entre elles. La vérité, c'est qu'il avait été attiré par elle dès leur première rencontre.

Max retira ses boutons de manchettes en or et les posa sur sa table de chevet. A l'époque, il avait été vraiment déçu d'apprendre qu'elle était mariée et, qui plus est, à Edward Culpepper.

Max n'avait jamais apprécié cet homme qu'il trouvait prétentieux au possible et qui ne lui inspirait ni respect ni confiance. Il avait été renforcé dans la piètre opinion qu'il avait de lui lorsqu'il avait appris qu'Edward s'était enfui avec Nathalie Brussard et la fortune d'Elizabeth.

Le regard de Max s'attarda sur son visage démaquillé et adouci par le sommeil. Comment ne pas croire que sa beauté extérieure ne reflétait pas celle de son âme ? Avec son opulente chevelure acajou éparse sur l'oreiller, elle ressemblait à un ange.

Décidément, Edward Culpepper n'était qu'un pauvre idiot ! se dit-il encore en admirant les longs cils fournis et recourbés de son épouse. Ses lèvres entrouvertes aux formes douces et pleines étaient une invite à laquelle il était difficile de résister.

Sans la quitter des yeux, il ôta ses vêtements et les posa sur un fauteuil à proximité.

C'était leur nuit de noces. Il était en droit de la réveiller pour consommer leur mariage, se dit-il. Si elle était aussi gentille que tout le monde le prétendait, elle ne trouverait rien à redire.

Debout près du lit, il hésita. Elle semblait tellement menue. Et si paisible. La semaine avait été longue et éprouvante pour elle. Entre ce mariage précipité, le stress des derniers jours, la cérémonie en elle-même et le décalage horaire, elle devait être épuisée.

Il se glissa à ses côtés et la regarda de nouveau. Bon sang ! Elle était la féminité incarnée ! Tout en elle était fin et délicat, même la courbe de sa joue et son petit nez droit. Avec un soupir résigné, il se pencha vers elle et l'embrassa doucement sur le front.

— Bonne nuit, Elizabeth, murmura-t-il.

5

A quelques rues de là, une Lexus gris métallisé montait la rampe mal éclairée qui menait à un parking désert. Quelques ampoules nues diffusaient çà et là des flaques de lumière jaunâtre sur le sol en béton. Seuls le ronronnement du moteur et le crissement des pneus venaient rompre le silence de la nuit.

La Lexus quitta la rampe au troisième étage. Suivant les instructions qu'on lui avait données, le conducteur se dirigea vers le milieu du parking et se gara près de l'ascenseur sans pour autant arrêter le moteur. On ne sait jamais…

Baissant la vitre, il jeta un regard autour de lui et frissonna. Même par les journées les plus ensoleillées, les parkings ne sont pas des endroits gais, mais à 1 heure du matin, c'était carrément sinistre.

Un orage avait éclaté un peu plus tôt, et l'humidité semblait suinter des murs en béton. L'air était lourd et imprégné d'une odeur d'essence, d'huile et de pluie.

De plus en plus nerveux, le conducteur s'agita sur son siège en cuir. Décidément, cet endroit était vraiment lugubre ! se dit-il. Et calme. Trop calme…

Finalement, ce n'était peut-être pas une bonne idée d'accepter un rendez-vous ici. Ils auraient pu se rencontrer dans un lieu plus… civilisé, comme un bar chic où ils auraient pu prendre un verre. Dans cette ville, personne ne faisait attention à personne. Les New-Yorkais étaient passés maîtres dans l'art de ne s'occuper que de leurs propres affaires.

Un coup de Klaxon provenant de la rue le fit sursauter.

Bon sang ! Les gens ne dormaient donc jamais dans cette ville ?

Les minutes passèrent avec une lenteur désespérante. L'homme commençait à se dire qu'on lui avait posé un lapin lorsqu'il entendit le bruit reconnaissable d'un moteur bien réglé. Une voiture montait lentement la rampe.

Quelques secondes plus tard, une Sedan noire s'arrêta en face de lui, et la vitre côté passager descendit lentement.

— Vous avez quelque chose pour moi ? demanda une voix froide et sinistre.

— Vous êtes Angelo ?

— C'est ça.

L'homme descendit de son véhicule et tendit la main pour ouvrir la portière côté passager. Il en fut empêché par le faisceau aveuglant d'une lampe torche.

— Holà ! Reste où tu es !

— Mais…

— Crois-moi, il vaut mieux pour toi comme pour moi que tu ne voies pas mon visage. Contente-toi de me passer les instructions. Doucement et gentiment.

— Très bien. Vous trouverez tout ce qu'il vous faut là-dedans, répondit le conducteur de la Lexus en lui tendant par la vitre à demi baissée une serviette noire. Une photo de la cible, l'adresse de la maison à Houston et celle du ranch, des indications pour vous y rendre, un numéro de téléphone où me joindre, si nécessaire. Et votre salaire. La moitié maintenant, le reste quand vous aurez fini le travail.

Plaçant la lampe torche entre ses lèvres, le conducteur de la Sedan ouvrit la mallette et compta les liasses de billets qui s'y trouvaient. Rien que des coupures de mille dollars.

Satisfait, il reprit sa lampe pour en diriger le faisceau sur la photo que l'autre lui avait donnée.

— Hum. Jolie femme. Vous êtes sûr que vous voulez la tuer ? demanda-t-il d'une voix dépourvue d'émotion.

— Oui. J'en suis sûr.

Le conducteur de la Lexus devina que le tueur à gages haussait les épaules.

— C'est votre fric, après tout.

— Vous allez avoir du mal à la tuer parce que c'est une femme ?

— Pas du tout. Mais je trouve dommage de buter une belle nana comme ça. Je me demande si je ne vais pas m'amuser un peu avec elle, avant. Histoire de tâter la marchandise…

— Ce ne sera pas nécessaire. Je veux qu'on la tue, pas qu'on l'humilie.

Le conducteur de la Lexus reçut de nouveau le faisceau de la lampe torche en pleine figure. La voix du tueur à gages se fit plus menaçante :

— Il n'y a que le boulot pour lequel vous me payez qui vous regarde. Le reste, c'est mon affaire !

A l'idée de ce qui attendait probablement Elizabeth, le conducteur de la Lexus sentit une vague nausée lui soulever le cœur. Mais ce n'était pas le moment de faire marche arrière ou d'éprouver des remords.

— Combien de temps cela va-t-il vous prendre ?

— Le temps qu'il faudra.

— J'aimerais que ce soit réglé le plus vite possible.

— Faites la queue comme tout le monde. J'ai d'abord deux autres boulots à faire pour M. Voltura. Le grand patron n'aime pas qu'on le fasse attendre.

— Vous ne comprenez pas. Elle est ici. A New York. Si vous la butez dans les jours qui viennent, vous n'aurez pas à prendre l'avion jusqu'à Houston.

— Ici ? Où ça ?

— Au Ritz-Carlton. Elle vient de se marier. Elle est descendue à l'hôtel avec son mari : Max Riordan.

Un lourd silence s'ensuivit, pendant lequel le tueur à gages sembla réfléchir aux paroles de son client.

— Vous savez quoi ? dit-il finalement. Donnons-nous deux jours. Si je peux la coincer seule, je lui fais son affaire, sinon vous n'aurez plus qu'à attendre votre tour.

— Combien de temps, à votre avis ?

— Si je la loupe ici et que je dois aller à Houston, ça me prendra… disons un mois. Six semaines. En tout cas, inutile de paniquer et de m'appeler à tout bout de champ. Je n'aime pas être bousculé. Je fais du bon boulot, et je peux vous garantir que personne ne remontera jusqu'à vous.

Sur ces mots, la Sedan repartit silencieusement. En quelques secondes, ses phares arrière disparurent et le conducteur de la Lexus se retrouva seul au milieu du parking désert, glacé jusqu'aux os.

— Eh bien, ça y est, tu l'as fait ! murmura-t-il comme pour lui-même.

Les mots retentirent tels des boulets de canon. Il n'y avait plus de retour en arrière possible.

Elizabeth Victoria Stanton Riordan serait bientôt morte.

6

Blottie sous les couvertures, Elizabeth dormait, un sourire béat sur les lèvres. Elle s'étira, goûtant au bien-être que lui procurait la source de chaleur qu'elle sentait contre son dos. Elle ouvrit les yeux, battit des paupières plusieurs fois et examina la chambre. Son sourire se figea et elle fronça les sourcils.

Mais où diable se trouvait-elle ?

C'est alors que tout lui revint à la mémoire.

Elle se raidit aussitôt. Avec d'infinies précautions, elle tourna la tête et regarda par-dessus son épaule. Max dormait à côté d'elle, allongé sur le dos. Mon Dieu, c'était donc lui qui dégageait cette chaleur si agréable !

Les couvertures rabattues jusqu'aux hanches, il lui offrait le spectacle de sa quasi-nudité. Le regard méfiant d'Elizabeth se posa sur la toison brune qui couvrait sa poitrine, et suivit le sillon de boucles foncées qui descendait jusqu'à son nombril. Il dormait, un bras en travers de son ventre plat, l'autre au-dessus de la tête.

Avec des gestes extrêmement lents et sans cesser de jeter des coups d'œil par-dessus son épaule, la jeune femme recula de façon à atteindre le bord du lit. Tout doucement, elle se redressa, mit les jambes par terre, puis se leva.

Aussi silencieuse qu'un chat, elle rassembla ses vêtements et, sur la pointe des pieds, se dirigea vers la salle de bains.

Une fois la porte refermée, elle s'appuya contre le battant et poussa un soupir de soulagement. Elle y était arrivée !

Elizabeth était loin d'être innocente. Elle savait que le mariage ne tarderait pas à être consommé. Elle en acceptait l'idée, mais elle préférait éviter que ce soit dans la lumière crue du petit matin.

Rapidement, elle ôta sa chemise de nuit, sortit son shampoing et son gel douche avant d'entrer dans la luxueuse cabine vitrée où elle tourna les multiples boutons. L'eau jaillit des deux pommes de douche placées dans le plafond, et de plusieurs buses encastrées dans les parois de la cabine. La jeune femme versa une noisette de shampoing dans le creux de sa main et se frotta vigoureusement les cheveux. Elle comptait bien être douchée et habillée avant le réveil de Max.

Après s'être lavé les cheveux et le corps, elle leva le visage vers le jet et ferma les yeux. Elle savourait la sensation de l'eau sur sa peau lorsque la porte de la cabine s'ouvrit brusquement. Elle poussa un petit cri, tourna la tête, et vit Max entrer, complètement nu.

Instinctivement, elle se recroquevilla et croisa les mains sur ses seins.

— Ma... aax ! Qu'est-ce que tu fais ? Tu vois bien que je suis sous la douche !

— Je sais, fit-il en la prenant par la taille pour se coller contre elle. Je me suis dit que je pourrais t'y rejoindre.

Il se rapprocha encore, laissant ses mains glisser sur la peau humide de son ventre frémissant. Elizabeth sentit la pression légère mais insistante de sa virilité tout contre elle. Baissant la tête, Max lui mordilla l'oreille droite.

— Mmm, on te mangerait..., murmura-t-il en promenant sa langue sur l'ourlet de son oreille. Et tu sens si bon...

— Mais, Max, je n'ai... Je ne... je veux dire...

Il eut un petit rire.

— Qu'est-ce qui ne va pas, trésor ? Tu n'as encore jamais pris de douche avec un homme ?

— Non ! Bien sûr que non !

— Même pas avec Edward ?

— Qui ? Oh ! Heu, non… Il… nous…

— Eh bien, il est encore plus crétin que je ne le croyais. En plus d'être un prétentieux de première.

— C'est vrai, mais… Oh ! Mais qu'est-ce que tu fais ?

— J'approfondis tes connaissances. Chut…, murmura-t-il tandis que ses mains, remontant sur sa peau humide, venaient se refermer sur ses seins. Détends-toi, laisse-toi aller.

Ses lèvres lui effleurèrent l'oreille, le cou, l'épaule avant de remonter de l'autre côté. Elle sentit la chaleur de son souffle et en éprouva des frissons.

— Mais, Max, ce n'est pas…, protesta-t-elle, le souffle coupé.

Elle émit un petit gémissement de plaisir lorsque la main de Max descendit plus bas pour se glisser entre ses cuisses.

— Nous… Nous nous connaissons à peine !

— Raison de plus pour faire connaissance ! répliqua-t-il, un rire dans la voix.

Tout en parlant, ses doigts continuaient leur exploration.

Pantelante de désir, Elizabeth tenta de reprendre ses esprits. Son cerveau, cependant, ne répondait plus. Elle n'était plus que sensations.

Un nouveau gémissement lui échappa quand, enfin, les doigts de Max trouvèrent ce qu'ils cherchaient. Toute protestation s'évanouit sur ses lèvres. Telle une fleur qui se fane sur sa tige, elle laissa aller la tête sur la poitrine de son mari. Elle tenait à peine sur ses jambes. Sa respiration se fit haletante. Elle ferma les yeux et entrouvrit les lèvres.

Max continua ses caresses, comme s'il voulait graver dans sa mémoire ses courbes féminines.

— Bon sang ! Tu as un corps magnifique ! lui chuchota-t-il à l'oreille. Je croyais que tu étais maigrichonne, mais tu es splendide. Parfaitement bien proportionnée.

— Maigrichonne ? Comment ça, maigrichonne ? rétorqua Elizabeth, faisant mine de se fâcher afin de calmer ce feu qui menaçait de la consumer. Laisse-moi te dire que…

— Allons, chérie, pas la peine de monter sur tes grands chevaux ! fit Max d'une voix traînante. C'était censé être un compliment.

Avec un petit rire, il tendit la main et saisit le flacon de gel douche.

— Pour me racheter, je vais te laver le dos.

— Je… je l'ai déjà fait. J'étais sur le point de sortir de la douche quand tu…

— Quand j'ai fait irruption ? C'est ça ? Dans ce cas, c'est toi qui vas me laver, dit-il sans se laisser démonter.

Il lui mit le flacon de gel entre les mains et se tourna.

— Commence par le dos.

— Te… te laver ?

Bouche bée, elle regardait le dos de son mari. Max était large d'épaules et tout son corps était musclé. Elle se dit qu'elle n'avait jamais vu des fesses aussi fermes. Son regard descendit le long de ses jambes athlétiques où l'eau avait plaqué les poils courts et foncés.

Avec un sourire entendu, Max lui jeta un coup d'œil par-dessus son épaule.

— Qu'est-ce que tu attends ? Allez, mets un peu de gel et fais mousser.

Tremblant intérieurement, Elizabeth ne bougea pas. La bouche sèche, elle ne parvenait pas à détacher son regard du corps si viril de Max. Finalement, ne sachant comment se sortir de cette situation si embarrassante, elle obtempéra et déposa une noix de gel dans la paume de sa main.

Le regard toujours fixé sur ce corps nu qui n'était qu'à quelques centimètres d'elle, elle hésita encore. Des filets d'eau coulaient le long du dos de Max. Il avait la peau beaucoup plus mate que la sienne. Sous la chaleur du jet d'eau, elle avait pris une teinte rosée. A l'exception d'un grain de beauté situé près de l'omoplate droite, c'était une peau parfaite au grain uni et doré.

Mon Dieu, comme il est beau ! songea la jeune femme, complètement désemparée.

Elle prit une profonde inspiration et avança les mains vers lui. Puis elle commença à lui masser le dos avec des mouvements circulaires.

— Mmm… C'est bon, ça… Maintenant plus bas, lui dit-il.

Il se tenait les bras le long du corps, les jambes écartées. Elisabeth tenta de puiser en elle quelque sentiment d'indignation.

Mais ses efforts ne furent suivis d'aucun effet.

Le regard fixé sur les fesses musclées de son époux, elle sentit une vague de chaleur la submerger, et crut chanceler lorsqu'elle posa les mains sur sa peau si ferme. Avec des gestes hésitants, elle lui massa les fesses et remonta le long de ses hanches.

Enhardie par les gémissements de plaisir qu'il laissait échapper, elle glissa la main devant. Ses doigts dansèrent un instant sur les os de ses hanches, descendirent dans le creux situé juste au-dessous, encore un peu plus bas…

Soudain paniquée, elle recula.

Afin de masquer son embarras, elle se baissa rapidement et se mit à lui savonner les jambes jusqu'aux orteils.

— Mmm, c'est bien…

La prenant par surprise, Max se retourna soudain et lui saisit les coudes pour la relever.

— C'est presque fini, murmura-t-il d'une voix rauque. Il ne reste plus que le devant.

— Le devant ? Mais je ne pourrai jamais !

— Vas-y.

Il lui prit les mains, et la força à les mettre sur son torse.

— Lave-moi, Elizabeth.

Troublée, tous ses sens en éveil, la jeune femme leva les yeux vers lui, incapable de prononcer un mot. Le visage aux traits durs de Max semblait brûler d'une passion contenue. Une lueur brillait dans son regard assombri par le désir.

Elle déglutit avec peine.

D'un geste hésitant, elle plaça les mains contre son torse. Comme mus d'eux-mêmes, ses doigts se glissèrent dans la toison bouclée et trouvèrent les mamelons. Max retint son souffle. Aussitôt, Elizabeth retira sa main comme si elle s'était brûlée.

— Ne t'arrête pas ! ordonna-t-il d'une voix rauque, presque gutturale.

Lui attrapant les poignets, il l'obligea à le toucher de nouveau.

La jeune femme tremblait tellement qu'elle crut qu'elle allait tomber. Prenant sur elle-même, elle lui savonna les pectoraux, les biceps et les aisselles. Sans pouvoir détacher son regard du sien, elle glissa les mains sur ses côtes, son diaphragme. Ses doigts firent le tour de son nombril, mais se refusant à aller jusqu'à la partie la plus intime de son corps.

— Touche-moi, murmura-t-il péniblement.

Prenant ses mains dans les siennes, il les plaça sur son membre dressé. Il grogna et serra les dents quand il sentit les doigts fins d'Elizabeth se refermer délicatement sur lui.

La jeune femme ferma les yeux pour les rouvrir aussitôt en entendant Max dire d'une voix rauque :

— Regarde-moi.

Prisonnière de son regard, elle le lava avec des gestes sensuels. L'air entre eux semblait vibrer et chatoyer, comme lorsque des vagues de chaleur s'élèvent au-dessus du désert.

Elizabeth eut l'impression que son corps se liquéfiait. Tous ses sens en émoi, elle brûlait d'un désir ardent comme elle n'en avait jamais éprouvé auparavant.

Soudain, incapable de résister plus longtemps aux délices de cette torture, Max lui écarta les mains.

— C'est l'heure de rincer, annonça-t-il.

L'enlaçant par la taille pour la soutenir, il présenta son corps devant le jet d'eau.

La mousse glissa sur eux et disparut par la bonde.

Une fois rincé, Max tourna Elizabeth vers lui.

— Tu m'as complètement excité, chuchota-t-il. Tu le sais ?

Incapable de parler, elle secoua la tête en signe de dénégation.

— J'ai eu envie de toi au premier regard. Tu ne peux pas savoir à quel point j'ai été déçu d'apprendre que tu étais mariée.

Plaçant ses deux mains autour de sa taille, il la souleva aussi facilement qu'il aurait soulevé un enfant. Instinctivement, Elizabeth lui agrippa les épaules pour ne pas perdre l'équilibre.

— Mets les jambes autour de moi, ordonna-t-il dans un murmure sensuel.

Elle obtempéra, et il l'appuya contre la paroi carrelée de la cabine de douche.

Sans la quitter du regard, il la fit lentement glisser sur la faïence humide, et Elizabeth, les yeux écarquillés, ne put retenir un petit cri en sentant le sexe de Max presser le sien, presser le point le plus sensible de son corps, celui qui brûlait et frémissait de désir. Presque sans s'en rendre compte, elle lui planta ses ongles dans la peau.

Il continua à la faire glisser le long de la paroi, la pénétrant avec une lenteur difficilement supportable. Il fut bientôt complètement en elle.

Le temps sembla se figer. Pendant un instant, ils restèrent là, immobiles et silencieux, le regard perdu dans celui de l'autre. Finalement, Max se pencha vers elle et l'embrassa tendrement.

— Bonjour, ma femme, murmura-t-il contre ses lèvres.

Il commença alors à bouger. Ses mouvements, d'abord lents, devenaient, à chaque coup de reins, plus puissants, plus rapides et plus insistants.

Elizabeth avait perdu tout contrôle d'elle-même. Les bras autour du cou de Max, la tête enfouie dans son épaule, elle s'agrippait à lui. Jamais elle n'avait connu une expérience aussi érotique. Jamais elle n'avait éprouvé un plaisir aussi intense. Pour la première fois, elle découvrait que l'on pouvait s'aimer avec liberté et passion. Elle découvrait le plaisir. La perfection.

Une spirale de sensations monta en elle, menaçant d'exploser. Elle avait conscience de la froideur des carreaux lisses dans son dos, de la chaleur de l'eau, de la fermeté du corps de Max contre le sien, du contact de leurs deux peaux.

Elle avait aussi vaguement conscience du bruit de la douche, de leur respiration haletante et des battements de son cœur. Mais elle était tellement tournée vers ce plaisir de plus en plus intense que rien d'autre ne comptait. Prisonnière de son propre désir, elle goûtait aux sensations exquises qui secouaient son corps frêle.

Max était dans le même état qu'elle. Mû par cet instinct qui remonte à la nuit des temps, il renouvelait avec obstination ses coups de reins qui l'enfonçaient chaque fois davantage en elle, dans une tentative frénétique d'atteindre le plaisir suprême. Il lui prit les fesses entre ses mains, se pressant davantage contre elle et ponctuant chaque mouvement d'un gémissement guttural.

Les sensations qui traversaient Elizabeth étaient si exquises que cela en devenait presque douloureux. Leurs corps assoiffés cherchaient frénétiquement à atteindre le paroxysme.

Ils y parvinrent enfin. Ce fut l'apothéose. Elizabeth n'avait jamais rien ressenti de tel. Même si elle en avait été consciente, elle n'aurait jamais pu empêcher le cri de plaisir qui s'échappa de ses lèvres. Un plaisir dont l'intensité la transperça jusque dans l'âme.

Son orgasme sembla déclencher celui de Max, qui, avec un grondement sourd, s'enfouit davantage en elle.

Pantelants, ils s'effondrèrent alors l'un sur l'autre, trop épuisés pour bouger. Les bras et les jambes toujours autour de Max, Elizabeth se sentait complètement vidée.

— Ça va ? lui demanda-t-il finalement, dans un murmure.

— Heu… oui…, chuchota-t-elle, toujours immobile.

Max s'écarta légèrement pour la regarder.

— Tu es sûre ? insista-t-il en remettant en place une mèche de ses cheveux humides.

Ayant recouvré ses esprits, Elizabeth éprouvait maintenant un sentiment de gêne qui allait croissant. Les joues brûlantes, elle baissa la tête.

— Oui, ça va. Tu… tu peux me poser par terre, maintenant.

Max s'exécuta, mais garda un bras autour de sa taille. Heureusement, d'ailleurs, car elle était dans un tel état de faiblesse que ses jambes se dérobèrent sous elle et qu'elle faillit tomber.

— Laisse-moi te laver, proposa Max qui, sans attendre

sa réponse, la savonna avant de se laver, lui aussi. Il se comportait avec un tel naturel qu'Elizabeth se demanda avec combien de femmes avant elle il s'était douché ainsi. Cette idée la fit brutalement revenir à la réalité.

Trop heureuse d'échapper à l'intimité de la cabine de douche, elle s'empressa de sortir pour se sécher, prenant soin d'éviter le regard de son mari. Elle enfila ensuite un peignoir en éponge épaisse et en noua la ceinture autour de sa taille. Saisissant une grosse brosse ronde et le sèche-cheveux, elle commença à faire son brushing avec des gestes beaucoup plus vigoureux qu'à l'accoutumée. Le bruit du séchoir empêchait toute conversation. Heureusement, se dit-elle. Elle aurait été bien incapable de faire face à Max pour le moment. Elle était bouleversée par la façon dont elle avait réagi à ses caresses, et elle n'aspirait qu'à se retrouver seule pour mettre un peu d'ordre dans ses pensées. La sonnerie du téléphone tomba donc à pic.

— Je vais répondre dans le salon ! cria Max.

Il sortit de la salle de bains, laissant la jeune femme à son brushing. Lorsqu'elle eut terminé, elle passa la tête par la porte. Aucun signe de Max. Un bruit de voix lui indiqua qu'il se trouvait dans le salon. Profitant de son absence, elle ôta son peignoir et s'habilla.

Elle se sentait maintenant beaucoup plus calme et plus sûre d'elle. Elle venait juste de commencer à appliquer son fond de teint lorsque Max revint.

— C'était Troy, dit-il. Il sera là dans dix minutes. Nous avons besoin de vérifier les derniers détails avant notre rendez-vous de cet après-midi.

— Je vois, répondit Elizabeth, toujours incapable de croiser son regard.

Elle ne pouvait cependant éviter son reflet dans le miroir.

Sans s'embarrasser de pudeur, il ôta son peignoir et le

jeta sur un fauteuil. Le souffle coupé, Elizabeth suivit ses mouvements dans la glace. Complètement nu, il traversa la chambre et prit un caleçon dans la commode.

Fermant les yeux, elle frissonna. Dieu, il était vraiment impressionnant ! Il avait un tel corps qu'il aurait pu poser pour Michel-Ange !

Mais ce n'était pas seulement son physique qui était fascinant. Tout en lui — ses gestes, sa façon de marcher, de se tenir, de parler — inspirait le respect. Il émanait de lui une assurance et une autorité naturelles.

— Je sais que notre lune de miel est un peu… spéciale, reprit-il en enfilant son pantalon, mais ce marché est vraiment très important. Je ferai de mon mieux pour en finir au plus vite. Comme ça, nous pourrons aller dîner quelque part. Et si tu veux, je demanderai au concierge de nous réserver des places pour une pièce de théâtre. Qu'en dis-tu ?

— C'est une bonne idée, merci, répondit-elle d'un ton très poli qui attira son attention.

— Tu ne m'en veux pas de te laisser toute seule ?

Avant qu'elle ait pu répondre, il sortit son portefeuille du tiroir de la commode et en retira une carte.

— Tiens, voici ma carte de crédit. Fais-toi plaisir avec.

— Max, je n'ai pas besoin de ta carte de crédit. Et ne t'inquiète pas pour moi, d'accord ? Je suis une grande fille. Je peux m'occuper toute seule.

Elle s'abstint de lui dire qu'elle avait justement besoin de solitude pour réfléchir, ce dont elle semblait être incapable en sa présence. A croire qu'il dégageait des ondes magnétiques qui interféraient avec ses propres pensées. Il y avait tant de… dynamisme et de force en lui. Chaque fois qu'elle se trouvait en sa présence, elle se sentait nerveuse et son corps se mettait à vibrer d'une manière fort agaçante.

— De toute façon, je préfère aller au musée plutôt que faire du shopping. Il y a une exposition que j'aimerais voir au Metropolitan. Peut-être que j'appellerai mon cousin Quinton pour qu'il vienne déjeuner avec moi.

— Je ne savais pas que tu avais des cousins. Je pensais que tes parents étaient enfants uniques.

— Oui, effectivement. Quinton et Camille sont mes petits-cousins. Leur grand-mère était Mariah Stanton. Elle et ma grand-tante Talitha étaient jumelles. C'étaient les sœurs de mon grand-père. Mais elles avaient davantage l'âge d'être celles de mon père. Je n'ai jamais connu tante Mariah personnellement. Elle et son mari ont perdu la vie dans une avalanche pendant qu'ils skiaient en Suisse.

— Je vois, fit Max en s'approchant de la glace pour boutonner sa chemise.

Elle sentit la chaleur de son corps dans son dos et ne put retenir un frisson.

— Comment cette branche de ta famille a-t-elle fini par atterrir à New York ? Ça fait un sacré bout de chemin entre cette plantation texane du XIXe et Manhattan. A la fois en termes de distance, de culture et de style de vie. Même si ce déménagement ne remonte qu'à une cinquantaine d'années.

— Oui, tu as raison. Mariah et son mari n'ont eu qu'un seul enfant : un garçon nommé Colin. Elle lui a laissé ce qu'il lui restait, notamment un immeuble de quatre étages à New York. Pour cette branche de la famille, c'est devenu leur maison.

Rapprochant son visage du miroir, Elizabeth commença à appliquer son fard à paupières.

— En ce moment, Quinton est seul à habiter l'immeuble, mais comme il adore voyager, il s'y trouve rarement. Camille passe son temps à déménager, en fonction de ses nouveaux maris.

La remarque fit rire Max.

— Combien de maris a-t-elle eus jusqu'à présent ? demanda-t-il.

— Quatre. Sans compter les nombreux petits amis qu'elle a quittés les uns après les autres. Je n'ai pas fait le compte. Camille est très volage, expliqua Elizabeth sèchement. Comme tu as dû le remarquer, on ne s'entend pas très bien, alors que j'adore Quinton.

— Eh bien, passe-lui un coup de fil. Et prends quand même ça, au cas où tu changerais d'avis en ce qui concerne le shopping, ajouta-t-il en glissant la carte de crédit dans son sac.

Elizabeth s'empressa de partir avant l'arrivée de Troy. Dans le taxi qui la menait au musée, elle s'interrogea sur l'opportunité d'appeler son cousin. Elle ne se sentait pas d'humeur sociable, mais, d'un autre côté, c'était vraiment triste de se retrouver seule pendant sa lune de miel. Finalement, elle se décida à téléphoner et tomba sur Quinton qui, bien que rentré de voyage la veille, était en train de faire ses valises pour repartir. Il lui dit qu'il ne pouvait pas l'accompagner au musée, mais qu'il la retrouverait avec plaisir pour le déjeuner dans un charmant petit bistro dont il lui indiqua l'adresse.

Cette évocation rappela à Elizabeth qu'elle n'avait rien avalé depuis la veille. Elle fit donc une halte pour prendre un petit déjeuner dans l'un de ses cafés préférés. Puis, bien que le temps fût glacial, elle décida de se rendre au musée à pied.

Elle passa les heures suivantes à se promener de galerie en galerie. Elle adorait les musées, mais aujourd'hui elle aurait été bien incapable de dire ce qu'elle y avait vu.

Malgré tous ses efforts, elle n'arrivait pas à oublier son étreinte torride avec Max. Qu'avait-il donc pour la mettre dans cet état ? Elle ne s'était jamais abandonnée ainsi. Et en plus, avec un homme qu'elle connaissait à peine !

Elle s'était mariée en se disant qu'il lui faudrait subir les étreintes de son époux bon gré mal gré, en serrant les dents, un peu comme ces dames victoriennes qui, au siècle passé, accomplissaient leur devoir conjugal sans le moindre désir. Comme elle s'était trompée ! Il avait suffi que Max la touche pour qu'elle perde tout sens des convenances.

Décidément, elle n'y comprenait rien. Elle avait apprécié les étreintes d'Edward, elle les avait trouvées agréables. Du moins au début de leur mariage. Mais jamais il ne l'avait mise dans un tel état. Le côté sexuel était quelque chose dont elle aurait très bien pu se passer avec son premier mari.

Après le musée, elle se dirigea vers le restaurant. Quinton n'était pas encore là, ce qui n'était pas surprenant car la ponctualité ne faisait pas partie des qualités de son cousin. Elle s'installa à une table près de la cheminée et commanda un thé. Elle était en train de parcourir le menu quand Quinton fit irruption. Comme à l'accoutumée, il se confondit en excuses, usant de tout son charme pour se faire pardonner.

— Désolé d'être en retard ! Il y avait une circulation folle. Je déteste conduire en ville. En plus, j'ai dû galérer pour trouver une place de parking !

Lui prenant les deux mains, il se pencha pour l'embrasser sur le front. Ses mains à lui étaient glacées. Elizabeth sentit les effluves de l'après-rasage coûteux qu'il utilisait.

— Tu es superbe ! lui dit-il.

— Merci, fit la jeune femme avec un sourire chaleureux.

Plongeant son regard dans ces yeux bruns qui brillaient en permanence d'une lueur malicieuse, Elizabeth se dit qu'elle avait finalement bien fait de l'appeler. S'il existait une personne capable de lui remonter le moral, c'était Quinton.

Son cousin était d'un tempérament joyeux. Toujours très courtois, il avait le chic pour faire croire aux femmes les plus communes qu'elles étaient uniques et qu'il les trouvait fascinantes. Blond, les yeux marron et les traits bien dessinés, c'était décidément un bel homme. Elizabeth s'était souvent demandé comment il avait pu arriver à la quarantaine sans se marier. Ce n'étaient pas les occasions qui lui manquaient, pourtant !

Elizabeth remarqua les regards dérobés de la clientèle féminine. Quinton s'habillait toujours avec goût. Il portait aujourd'hui un pull-over fauve avec une veste en daim au-dessus d'un jean, ce qui lui conférait une allure à la fois chic et décontractée.

— Alors ? fit-il en dépliant sa serviette. Que fais-tu là, alors que tu viens de te marier ? Ton nouveau mari est idiot ou quoi ? J'espérais du progrès par rapport à Edward.

— Max avait un rendez-vous d'affaires très important. Et je pensais que tu appréciais Edward.

— Pour moi, c'était un abruti de première, mais comme je t'aime, j'ai toujours essayé d'être sympa avec lui. Tu veux mon avis ? Il t'a rendu service en partant avec Nathalie Brussard.

Quinton afficha une expression de dégoût.

— Je n'aime pas dire du mal des femmes, mais celle-là le mérite bien.

Elizabeth se mit à rire.

— Merci, ça me fait du bien de te l'entendre dire.

— Je peux recommencer quand tu veux : tu n'as qu'à demander. Mais assez parlé de Nathalie et de ton abruti d'ex-mari. Je veux tout savoir sur le nouveau. En tout cas, cette réunion à laquelle il assiste doit être sacrément importante pour qu'il interrompe sa lune de miel avec une créature aussi sublime que toi. Qu'est-ce qu'il fait donc ?

Elizabeth joua avec son verre à eau.

— Max est dans la finance, répondit-elle vaguement. Il trouve des marchés.

Le serveur vint prendre leur commande. Lorsqu'il fut parti, Quinton adressa à sa cousine un grand sourire.

— Dis-moi, il est riche ?

— Quinton ! On ne pose pas ce genre de questions !

— Réponds-moi quand même !

— Tu es vraiment terrible !

Elle baissa les yeux vers son menu, bien décidée à ignorer la question. Mais elle ne put réprimer un sourire.

— Je sais que je suis terrible ! concéda-t-il en s'amusant à hausser les sourcils de façon théâtrale. Mais tu m'aimes, n'est-ce pas ? Donc tu répondras à ma question.

Elizabeth se mit à rire.

— Il est *terriblement* riche.

— Eh bien, cousine, chapeau !

Il leva son verre et ils trinquèrent.

— Que ta vie soit pleine de bonheur, d'amour, de sexe torride et de fric !

— Je veux bien boire à ça ! répondit-elle en levant sa tasse à thé. Comment va Camille ? demanda-t-elle ensuite, non pas par intérêt mais par politesse.

— Tu connais ma sœur. Elle et Léon sont mariés depuis seulement trois ans, et leur mariage bat sérieusement de l'aile. Elle n'a pas arrêté de parler de divorce pendant tout le temps que j'étais chez eux.

— Mon Dieu ! Et Léon ? Qu'en dit-il ?

— Le pauvre ! Il est loin de se douter de ce qui se trame. Il est à ses pieds : il l'idolâtre complètement. C'est sûrement pour ça qu'elle en a assez de lui.

— Tu penses vraiment qu'elle va divorcer ?

— Tu peux me croire, trésor. Je m'attends à la voir débarquer d'un jour à l'autre avec une montagne de valises. On peut cependant lui reconnaître une chose, c'est qu'elle a su trouver chaque fois un homme plus riche que le précédent. Léon lui versera une belle pension alimentaire.

Ils continuèrent à converser agréablement pendant tout le déjeuner. C'était comme s'ils s'étaient quittés quelques jours auparavant, alors qu'en réalité ils ne s'étaient pas vus depuis plusieurs mois.

Sans entrer dans les détails, Elizabeth avait mis son cousin au courant de l'escroquerie d'Edward. Elle était tentée maintenant de lui parler des raisons qui l'avaient poussée à épouser Max, mais une sorte de loyauté envers celui qui était devenu son mari l'en empêcha. Une chose aussi personnelle ne pouvait être confiée qu'à Mimi.

Ils terminèrent leur repas et quittèrent le restaurant. Elizabeth décida d'accompagner Quinton jusqu'à sa voiture. La minuscule banquette arrière de son véhicule de sport croulait sous les valises. Quinton partait rendre visite à des amis, à Miami Beach.

Le vent était vif et mordant. Il n'allait pas tarder à neiger. Frissonnant, Elizabeth remonta le col de son long manteau bordé de vison. Debout à côté du bolide de son cousin, elle se balançait d'une jambe sur l'autre pour lutter contre le froid qui lui engourdissait les membres.

— Eh bien, cousine, c'était vraiment super de te revoir ! dit Quinton avec un sourire chaleureux.

Il tendit la main et lui replaça une mèche de cheveux derrière l'oreille.

— Sérieusement, trésor, reprit-il, je te souhaite vraiment une longue et heureuse vie avec Max. Dis-lui de ma part que s'il ne te traite pas correctement, je me déplacerai personnellement jusqu'à Houston pour lui mettre mon poing dans la figure.

Elizabeth s'esclaffa en tentant d'imaginer son cousin, mince et élégant, en venir aux mains avec son mari. Il ne ferait certainement pas le poids, en face de Max.

— Je ne manquerai pas de le lui dire.

Ils s'étreignirent, puis Quinton monta dans sa voiture.

Debout sur le bord du trottoir, Elizabeth le regarda s'éloigner, tout en songeant qu'elle avait bien fait de l'appeler. Son insouciance et sa bonne humeur avaient le don de lui remonter le moral.

Une rafale de vent froid la fit frissonner. Elle rabattit la capuche bordée de fourrure de son manteau et descendit du trottoir pour héler un taxi.

— Attention ! cria soudain une voix derrière elle.

Instinctivement, Elizabeth se retourna.

Ce qui suivit se déroula rapidement, même si la jeune femme eut l'impression d'assister à la scène au ralenti. Une voiture fonçait droit sur elle. Elle eut le temps de voir le visage du conducteur ainsi que celui d'une vieille dame qui, sur sa gauche, se précipitait vers elle, les mains tendues.

D'autres cris fusèrent. La vieille dame attrapa le manteau d'Elizabeth et tira de toutes ses forces pour la faire reculer. Mais elle ne fut pas assez rapide. Il y eut un bruit sourd lorsque la Sedan heurta Elizabeth qui sentit sa hanche droite exploser de douleur.

Elle se retrouva ensuite allongée par terre aux côtés de la vieille dame. Les badauds s'étaient rassemblés autour d'elles.

— Vous avez vu ça ? Le gars a fait exprès de lui foncer dessus !

— C'est vrai, il s'est précipité droit sur elle.

— Il faut appeler la police.

— Quelqu'un a pris son numéro d'immatriculation ?

— Oui, moi.

— Tiens, voilà un flic !

— Police ! Que se passe-t-il ici ? Reculez. Allons, circulez !

Elizabeth releva la tête et découvrit le visage empreint de sollicitude d'un jeune officier de police.

— Vous allez bien, madame ?

— Heu, oui, je crois. Grâce à cette dame. Vous m'avez sauvé la vie, madame. Je ne vous remercierai jamais assez.

Tentant de se relever, elle poussa un cri de douleur.

Le jeune officier s'accroupit pour se mettre à sa hauteur.

— Vous êtes blessée ?

— Bien sûr qu'elle est blessée ! fit sèchement la vieille dame en se relevant avec l'aide de quelques curieux. Elle a été heurtée par une voiture. C'est un miracle qu'elle n'ait pas été tuée.

— *Sí*, confirma un Hispanique dans la foule. Ce n'était pas un accident non plus. Cet homme, il a essayé de l'écraser.

— Vous êtes sûr ? demanda le policier.

— *Sí*, je suis sûr.

— Moi aussi, fit un autre témoin. Le gars était au volant de sa voiture, il attendait en faisant tourner son moteur. Le chauffeur de taxi n'a pas arrêté de klaxonner derrière lui pour qu'il bouge…

— C'est moi qui ai klaxonné, dit celui qui avait relevé la plaque d'immatriculation. Cet abruti bloquait la circulation.

— C'est exact. La dame est descendue du trottoir pour appeler le taxi de ce monsieur. C'est alors que le conducteur de la voiture noire a foncé droit sur elle.

— Si cette dame ne l'avait pas tirée en arrière, pour sûr qu'elle se serait fait écraser, affirma un autre homme.

— Je vais appeler une ambulance, dit le policier.

— Non, c'est inutile, je vais bien, déclara Elizabeth. Il m'a juste frôlée.

Pour prouver ses dires, elle tenta de se relever encore une fois, mais la douleur qui l'élança sur le côté la cloua par terre.

— Il n'y a peut-être rien de grave, mais il vaut mieux s'en assurer.

Quelques minutes plus tard, Elizabeth se retrouva allongée

dans une ambulance. Alors qu'on la transportait à l'hôpital, elle s'inquiéta de la réaction de Max. Il n'allait pas apprécier d'être ainsi dérangé dans son rendez-vous d'affaires, elle en était certaine.

Aux urgences, elle passa des radios, et les blessures superficielles qu'elle avait à la main droite et au genou droit furent nettoyées et pansées.

Alors qu'elle attendait les résultats de ses radios, un homme vêtu d'un complet sombre s'approcha d'elle.

— Madame Riordan ?

— Oui.

— Je suis l'inspecteur Gertski de la police métropolitaine de New York. Désolé de vous déranger. J'aimerais vous poser deux ou trois questions. Etes-vous en état de me parler ?

L'inspecteur Gertski était un homme d'un certain âge, aux cheveux blonds et clairsemés et à la bedaine naissante. Ses manières étaient posées, presque humbles. Mais il ne fallait pas s'y tromper. Derrière le calme apparent de ce regard brun, on sentait l'intelligence d'un esprit vif.

— Faut-il que la police s'en mêle ? demanda Elizabeth. Ce n'était probablement qu'un accident.

— Pas d'après les témoignages. A New York, il est difficile de trouver un témoin qui accepte de s'impliquer. Alors, quand on en a quatre dont les déclarations concordent, cela attire forcément notre attention. Par ailleurs, nous prenons ce genre d'affaires très au sérieux. Comme tous les témoins s'accordent à dire que le conducteur de la voiture semble avoir délibérément foncé sur vous, pour nous c'est une tentative d'homicide volontaire.

— Oh, mon Dieu ! chuchota Elizabeth.

— Connaissez-vous quelqu'un qui souhaiterait vous nuire ?

— Non. Non, personne. Je n'habite même pas ici. Je vis

à Houston… En plus, j'ai vu le visage du conducteur. Ce n'est pas quelqu'un que je connais.

— Vous avez déjà entendu parler de tueurs à gages ?

Décontenancée, Elizabeth ne put que rire.

— Voyons, c'est… c'est absurde.

— Peut-être bien que oui, peut-être bien que non, murmura l'inspecteur. Je vois que vous portez une alliance. Votre mari aurait-il de bonnes raisons de vous faire disparaître ?

— Oh, non, je ne pense pas. Nous sommes ici en lune de miel. Nous nous sommes mariés hier après-midi.

— Ah, bon ? fit Gertski en jetant un regard autour de lui. Où est-il ?

— Heu… Max avait un rendez-vous d'affaires très important, aujourd'hui.

— Je vois… A-t-il été prévenu de votre présence ici ?

— Heu… En fait, non. Je ne voulais pas l'inquiéter, étant donné que ma blessure n'est pas très importante.

En vérité, sa hanche la faisait atrocement souffrir, mais elle ne voulait pas ennuyer Max avec ça. Après tout, leur mariage était un mariage d'affaires et non d'amour.

— Et l'argent ? M. Riordan aurait-il quelque chose à gagner si vous veniez à disparaître ?

— Non, pas du tout. Je peux vous l'assurer. Max et moi sommes mariés sous le régime de la séparation des biens.

— Vraiment ? Et l'assurance ? Pensez-vous qu'il ait pu signer une assurance décès juste avant de vous épouser ?

— Non, non, je vous assure, vous faites fausse route. Mon mari est un homme riche. Il n'avait aucune raison de m'épouser pour me faire assassiner le lendemain.

— Je vois. Je vais tout de même avoir besoin de son nom et d'un numéro où le joindre.

Comme elle n'avait cessé d'appeler Max la semaine précédente, Elizabeth connaissait maintenant le numéro de son portable par cœur, mais elle n'avait pas l'intention de le communiquer à ce détective.

— Très bien. Mon mari s'appelle Maxwell Riordan. Nous sommes descendus au Ritz-Carlton et vous pourrez certainement le joindre là-bas, demain.

Avec un peu de chance, songea-t-elle, j'intercepterai l'appel ou, mieux, nous serons peut-être déjà en route pour le Texas.

— Dites-moi tout ce dont vous vous souvenez, reprit l'officier de police d'un air faussement bonhomme.

Elizabeth avait l'impression que, sous ses apparences de douceur, ses manières presque de grand-père, le détective cachait une dureté et une détermination de bulldog.

— Il n'y a pas grand-chose à dire, inspecteur. Tout s'est passé si vite. Je ne sais même pas quelle est la marque de la voiture. Je me rappelle seulement que c'était un véhicule sombre avec des vitres teintées.

— Cela correspond à la déposition des quatre témoins. Et le conducteur ? Vous dites que vous avez eu le temps de voir son visage ?

Elizabeth frissonna.

— Oui. Les vitres latérales étaient fumées mais pas le pare-brise. Je l'ai vu seulement l'espace d'une seconde, mais jamais je ne pourrai oublier son visage. Son expression était tellement froide ! Aussi froide que celle d'un cadavre.

Quand Elizabeth rentra à l'hôtel, il était presque 5 heures. L'antalgique que le médecin urgentiste lui avait donné ne faisait déjà plus effet, et sa hanche l'élançait de nouveau.

Rendue groggy par les médicaments et les épreuves de l'après-midi, elle n'aspirait qu'à ôter ses vêtements, avaler un autre cachet et se mettre au lit. Elle espérait que Max n'avait pas trouvé de places pour le théâtre. Sinon, il n'aurait plus qu'à y aller avec Troy. Elle était trop épuisée pour sortir.

La nuit commençait à tomber et il n'y avait toujours aucun

signe de Max. Elizabeth alluma plusieurs lampes dans le salon et boitilla jusqu'à la chambre à coucher. Tandis qu'elle accrochait son manteau, elle remarqua que celui-ci était déchiré sur le devant. Il y avait également une longue traînée de salissure, et deux boutons manquaient. Trop lasse pour s'en soucier, elle enleva ses vêtements et ses bottes.

Elle sortit une chemise de nuit propre de la penderie, prit dans son sac à main le tube de cachets que le médecin lui avait donné et, en slip et soutien-gorge, elle se dirigea vers la salle de bains.

En apercevant son reflet dans la glace, elle fit une grimace. Son visage était blême et elle était échevelée, mais ce n'était rien comparé à l'état de sa hanche. La contusion avait pris un sale aspect violacé tirant sur le noir. De la taille d'une assiette, l'ecchymose s'étalait, depuis son nombril jusqu'à sa colonne vertébrale, couvrant ainsi toute sa hanche droite.

La jeune femme émit un petit grognement. Impossible que Max ne s'en rende pas compte ! se dit-elle en examinant l'hématome de près. Elle allait être obligée de lui parler de l'incident.

Cette perspective lui déplaisait au plus haut point. Elle n'avait nulle envie d'être un fardeau pour lui dès le premier jour... Bon, elle allait s'arranger pour aborder le sujet à un moment approprié et sur le ton de la légèreté.

Elle avala un antalgique, se brossa les dents et se rinça le visage. Elle était en train de se sécher lorsque la porte de la salle de bains s'ouvrit.

Avec un petit cri, Elizabeth se retourna d'un bond, tenant instinctivement la serviette devant ses seins. Max entra.

— Ah, te voilà ! Désolé d'être en retard. La réunion a duré...

Il s'interrompit net, le regard rivé sur sa hanche.

— Bon sang ! Qu'est-ce que... ?

7

Elizabeth le regarda d'un air désolé.

— Heu… En fait, ça n'est pas aussi grave que ça en a l'air. Je t'assure.

— Vraiment ? On dirait qu'un char t'est passé dessus !

— En réalité, c'était une Sedan, répondit la jeune femme avec un petit sourire.

Son trait d'humour n'eut pas l'effet escompté. Max fronça davantage les sourcils.

— Comment ça ?

— Je… J'ai eu un petit accident.

— Quel genre d'accident ?

— Rien d'important : c'est pour ça que je n'ai pas jugé utile de te prévenir. Je suis descendue du trottoir et je suppose que je n'ai pas fait assez attention. Une voiture m'a heurtée.

Le regard de Max se posa un instant sur l'énorme ecchymose.

— Tu as été *heurtée* par une voiture, et tu estimes qu'il n'y a pas lieu de me prévenir ?

Avant qu'elle puisse répondre, il aperçut le tube de cachets posé sur le lavabo.

— Qu'est-ce que c'est ? fit-il en s'en emparant.

— Juste des antalgiques pour calmer la douleur. On me les a prescrits aux urgences.

Elle vit ses yeux s'agrandir. Cette fois-ci, il était vraiment hors de lui.

— Tu as été transportée aux urgences et tu ne m'as pas appelé ? Mais pourquoi ?

— Je... Je ne voulais pas te déranger dans ta réunion.

— Bon sang, Elizabeth... !

Ils furent interrompus par la sonnerie du téléphone. Sans quitter sa femme des yeux, Max décrocha d'un geste sec.

— Oui ? fit-il d'une voix peu amène.

Soulagée d'avoir un instant de répit, Elizabeth se retourna et enfila un peignoir en éponge. En proie à la plus grande confusion, elle tenta de réfléchir à quelque chose qui pourrait désamorcer la situation. En vain. Elle s'était imaginé qu'il se mettrait en colère si jamais elle le dérangeait dans sa réunion. Elle ne s'attendait donc pas à une telle réaction.

— Je vois, dit Max à son interlocuteur, en continuant de regarder Elizabeth comme s'il avait envie de l'étrangler. Oui, ce sera parfait. Je vous attends.

Il raccrocha et annonça d'une voix faussement calme :

— C'était l'inspecteur Gertski. Il souhaite me parler de la tentative de meurtre dont ma femme a été victime.

— Oh ! fit Elizabeth en refoulant ses larmes.

Elle se mordilla les lèvres pour les empêcher de trembler. Entre ses soucis d'argent, la demande en mariage de Max, le stress des semaines passées, le mariage et l'épreuve d'aujourd'hui, elle sentait qu'elle était sur le point de craquer.

— « Oh ! » C'est tout ce que tu as à dire ? rétorqua Max en secouant la tête. Décidément, c'est de mieux en mieux ! D'abord, tu me dis que tu as eu un « petit accident de rien du tout ». Ensuite, tu finis par admettre que c'était suffisamment grave pour justifier un passage aux urgences. Et j'apprends maintenant qu'un type a essayé de te tuer au volant de sa voiture. Bon sang, Elizabeth ! Tu vas me dire ce qui se passe, à la fin ?

— Je ne sais pas ! cria-t-elle, incapable de se contenir plus longtemps.

Elle redressa le menton et fixa sur lui un regard noir.

— Je suis fatiguée, Max. J'ai mal et je viens de passer une horrible journée. Alors, s'il te plaît, arrête de me hurler dessus !

Sa vision se brouilla. Une larme jaillit, puis une autre, et elle se mit à pleurer.

Max prit une expression horrifiée.

— Allons, ne pleure pas. Enfin, arrête ! fit-il d'une voix suppliante.

— Je… je ne pleure pas, affirma Elizabeth entre deux sanglots. Je ne… je ne… pleure jamais.

En dépit de la tension palpable qui s'était installée entre eux, Max ne put s'empêcher d'esquisser un sourire.

— Oui, tu as raison, où avais-je la tête ? Une dure à cuire comme toi ne pleure jamais. Ce sont tes yeux qui fuient, n'est-ce pas ?

— Ce n'est pas drôle ! cria-t-elle en se mettant à pleurer de plus belle.

— Bon sang ! Viens là, dit Max en s'approchant d'elle pour la prendre dans ses bras.

Il la serra contre son torse et se mit à la bercer doucement.

— Allons, Elizabeth, calme-toi, murmura-t-il. Je suis désolé. Je n'aurais pas dû te crier dessus.

Devant cette tendresse qu'il exprimait de façon maladroite, Elizabeth craqua. Elle prenait sur elle depuis si longtemps qu'elle se sentait à bout de forces. S'effondrant contre lui, elle agrippa le col de sa chemise à deux mains et laissa libre cours à ses larmes. Des larmes déchirantes, qui secouaient son corps frêle. Max la laissa pleurer sans dire un mot, se contentant de lui masser légèrement le dos avec des gestes apaisants.

Pour Elizabeth, les bras de Max étaient comme le dernier refuge existant au monde. Blottie contre lui, elle se laissa envelopper par ce sentiment de chaleur et de sécurité que lui procurait sa présence rassurante.

— Oh, Max… J'ai eu tellement… tellement peur !

— Je sais, chérie, je sais. Mais tu es en sécurité, maintenant.

— Ce regard qu'il fixait sur moi ! C'était tellement…

— Quoi ? Tu veux dire que tu as vu le visage du type qui a essayé de t'écraser ?

Elle acquiesça d'un simple signe de tête.

Max resta silencieux, mais manifestement il était en train d'analyser chaque détail de ce qu'elle lui avait dit.

Ayant donné libre cours aux émotions qu'elle avait jusqu'à présent refoulées, la jeune femme finit par se calmer. Soudain très embarrassée, elle quitta les bras de Max et prit un Kleenex.

— Je suis désolée. Ce n'est pas dans mes habitudes, marmonna-t-elle en se tapotant les yeux.

— Ce n'est pas grave. Tu avais de bonnes raisons.

Il attendit qu'elle ait fini de se moucher, puis demanda :

— Dis-moi seulement pourquoi tu ne m'as pas appelé.

Elizabeth pressa les doigts contre ses tempes.

— Ça t'ennuie si nous poursuivons cette conversation dans la chambre ? Ma hanche me fait horriblement mal.

— Zut ! Tu n'aurais pas pu le dire plus tôt ? Tu veux un cachet ?

— Non. J'en ai pris deux juste avant que tu n'arrives.

— Alors, laisse-moi te mettre au lit.

Avec d'infinies précautions, il la souleva dans ses bras et la porta jusque dans la chambre. Avant qu'elle n'ait pu deviner ses intentions, il lui retira son peignoir.

— Oh ! fit-elle en croisant instinctivement les bras sur sa poitrine nue.

Elle sentit une vague de chaleur l'envelopper des pieds à la tête.

L'ombre d'un sourire fit frémir les lèvres de Max.

— Hé, pourquoi es-tu si pudique ? N'oublie pas que je suis ton mari. Autant t'habituer à l'idée que je te voie nue. J'avoue même que je multiplierai les occasions…

Il passa un doigt le long de l'élastique de son slip.

— Joli coordonné, dit-il sans la quitter des yeux.

Elizabeth eut l'impression que sa peau brûlait là où il l'avait touchée. La lueur qu'elle vit dans son regard enflamma ses joues déjà cramoisies. Elle se sentait comme grisée. Assaillie par de nombreuses émotions, ne sachant que dire, elle resta clouée sur place, tandis que Max lui enfilait une chemise de nuit et la mettait au lit.

— Voilà. Tu te sens mieux, maintenant ? demanda-t-il après l'avoir couverte jusqu'à la taille.

— Oui, merci, marmonna-t-elle.

Les médicaments commençaient à faire effet, et elle avait du mal à garder les yeux ouverts.

Max s'installa sur le bord du lit. Sentant la chaleur de son corps si près du sien, Elizabeth rouvrit aussitôt les yeux : toute envie de dormir s'était évanouie.

— Maintenant, raconte-moi en détail ce qui s'est passé après que tu as quitté l'hôtel, ordonna Max. Et tâche de ne rien omettre.

La jeune femme prit sur elle pour paraître calme. Croisant les mains au-dessus des couvertures, elle commença :

— Très bien. Je suis allée en taxi prendre le petit déjeuner dans un café que je connais. Ensuite, j'ai marché jusqu'au musée…

La jeune femme raconta ainsi le déroulement de sa journée jusqu'au moment de l'accident.

Lorsqu'elle eut terminé, Max la dévisagea en silence.

— Et pas un instant tu n'as pensé à m'appeler ? demanda-t-il finalement.

— Je te l'ai déjà dit. Je ne voulais pas te déranger.

— Elizabeth, tu es ma femme. S'il t'arrive quelque chose, je veux être au courant.

— Ecoute, j'ai pensé que si tu avais demandé à ton assistant de t'accompagner pendant ta lune de miel, c'était pour régler des affaires de première importance et que, par conséquent, tu n'apprécierais pas de devoir interrompre une réunion pour t'occuper de moi.

Il la scruta encore longuement.

— Touché. Je suppose que c'est ce que je mérite.

— Oh, non, Max ! Ce n'est pas ce que je voulais dire ! Je ne m'attends pas que tu t'occupes de moi. Notre mariage n'implique pas ce genre de relations.

— Que veux-tu dire à propos de *notre mariage* ?

— Eh bien, tu sais… Ce n'est pas un mariage normal… romantique, je veux dire. Si nous sommes partis en lune de miel, c'était juste pour sauver les apparences.

Il la regardait toujours intensément. On voyait au frémissement des muscles de sa mâchoire qu'il n'était pas très content.

Il rompit enfin le silence.

— Tu te trompes sur toute la ligne. Je me fiche pas mal des apparences. Si je t'ai amenée ici, c'est pour que nous prenions le temps d'apprendre à nous connaître. Je pensais que les lunes de miel servaient à ça.

— Oui, bien sûr. Quand on est amoureux.

Max leva les yeux au ciel, comme s'il avait été sur le point de perdre patience.

— Je croyais que nous avions réglé cette question. Ecoute, nous ne sommes peut-être pas amoureux — si tant est que quelqu'un sache ce que ça veut dire. Et alors ? A mon avis, c'est un sentiment autour duquel on fait beaucoup de tralala. Dieu merci, je n'ai jamais été amoureux. Admiration et respect mutuels, loyauté et honnêteté — voilà, à mon sens, ce qui importe, que ce soit dans un mariage ou dans une transaction financière.

Elizabeth le regarda, hébétée.

— Tu considères notre mariage comme une transaction financière ?

— Oui. D'une certaine façon. Comme dans toute fusion de sociétés, nous avons uni nos forces parce que cela sert nos intérêts mutuels. A une différence près, bien sûr : le mariage offre des avantages en nature autrement plus agréables que toutes les transactions financières que l'on puisse imaginer, ajouta-t-il avec un regard séducteur.

Du bout des doigts, il lui caressa la joue, s'attardant sur le coin de ses lèvres.

— Des avantages en nature comme ceux auxquels nous avons goûté ce matin, continua-t-il d'une voix encore plus douce. Toute la journée, je n'ai pensé qu'à renouveler l'expérience. Mais, étant donné ton état, il va falloir que je prenne mon mal en patience, je suppose.

Elizabeth ne dit rien, mais elle avait les joues en feu.

Max sembla soudain se rendre compte que ce n'était peut-être pas une très bonne idée de comparer leur mariage à une transaction financière.

— Il y a encore d'autres avantages, bien sûr ! s'empressa-t-il d'ajouter. Comme celui d'avoir un compagnon, quelqu'un sur qui on peut compter. Ce genre de choses, tu vois ?

La jeune femme le dévisageait en silence. Mal à l'aise, il se passa une main dans les cheveux.

— Ecoute, Elizabeth, je suis un excellent homme d'affaires. Par contre, je ne suis pas bon du tout pour les trucs qui tournent autour des sentiments. Tu sais, parler des émotions, de ce qu'on ressent… Ça, je ne sais pas le faire. Mais ça ne veut pas dire que je n'éprouve rien pour toi.

— Je vois. En somme, tu es en train de me dire que je suis tout aussi essentielle à tes yeux qu'un marché que tu viendrais de signer. Je comprends. Après tout, tu as fait un investissement important en m'épousant.

Max fronça les sourcils.

— Ce n'est pas ce que…

— Ne t'inquiète pas. Dorénavant, je te tiendrai informé de tout ce qui m'arrivera.

— Bien… Non, attends ! Ce n'est pas ça… Bon sang, Elizabeth, tu déformes tout !

— Mais tu viens juste de dire…

— Peu importe ! l'interrompit Max en levant de nouveau les yeux au plafond.

Il poussa un soupir et reprit :

— Tu veux m'obliger à le dire ? D'accord. Alors, écoute bien parce que je ne le répéterai pas.

Il la regarda droit dans les yeux.

— J'avais deux raisons de t'épouser. La première, tu la connais : elle est liée à mes affaires. La seconde est plus… personnelle. En fait, je t'ai épousée parce que… parce que tu me plais.

Elizabeth le regarda, hébétée.

— Qu'est-ce que tu dis ?

— J'ai dit que tu me plaisais. J'aime tout en toi. Ton physique, ton caractère, ton intelligence, la douceur de ta voix, ta grâce, tes cheveux sublimes…

Comme pour souligner ses propos, il effleura les mèches éparses sur l'oreiller.

— J'aime aussi ton parfum doux, fleuri et si féminin.

La jeune femme était trop stupéfaite pour parler. Ce n'était pas une déclaration d'amour à proprement parler, mais, de la part d'un homme tel que Max, il ne fallait pas trop en demander.

Elizabeth se jura alors de tout mettre en œuvre pour être une épouse aussi parfaite que possible. Elle ferait de son mieux pour honorer sa part du contrat. Il voulait avoir son entrée dans la vieille bourgeoisie aisée de Houston ? Elle lui en ouvrirait les portes ; elle lui expliquerait comment aborder untel ou untel, quelle stratégie adopter en fonction des différentes personnalités qui composent cette société huppée.

— Tout ça, ajouté à l'immense respect et à l'admiration que j'ai pour toi, m'a semblé constituer des bases solides pour un mariage, reprit Max.

Elizabeth lui jeta un regard dubitatif.

— Tu as du respect pour moi ?

— Bien sûr. Je t'ai observée toute cette année. Tu as eu des moments difficiles quand Edward est parti avec Nathalie Brussard. Les ragots sont allés bon train. Pour couronner le tout, tu as découvert qu'il t'avait complètement roulée et qu'il ne te restait plus un sou. Malgré tout, tu as tenu bon et tu es passée à travers ces épreuves avec une classe et une dignité étonnantes.

Elizabeth haussa les épaules.

— Que pouvais-je faire d'autre ?

Max eut un sourire désabusé.

— Tu aurais pu t'enterrer. L'amertume et la colère auraient pu te pousser à la vengeance. Tu aurais pu traîner Edward et sa maîtresse dans la boue. Mais tu n'as rien fait de tout ça. Tu as gardé la tête haute et tu as laissé la tempête passer avec tous ses commérages, sans jamais faire un seul commentaire. A mes yeux, c'est vraiment admirable.

Elizabeth haussa de nouveau les épaules.

— Ne m'accorde pas tant de crédit. C'est juste ma façon de traiter les problèmes. Une sorte de réaction instinctive.

— Justement. C'est ça que je trouve admirable.

Il resta un instant à l'observer, comme s'il attendait qu'elle dise quelque chose, mais elle garda le regard rivé sur ses doigts qui tripotaient la couverture.

— Revenons au sujet qui nous préoccupe. Je suppose qu'ils t'ont fait des radios, à l'hôpital ?

— Oui. Le médecin a dit que j'avais eu de la chance. Je n'ai rien de cassé. C'est juste une vilaine ecchymose. S'il n'y avait pas eu cette vieille dame pour me tirer en arrière, la voiture m'aurait heurtée de plein fouet.

— Tu as pris son nom ? J'aimerais la remercier.

— Non, mais la police doit l'avoir.

— Tu as raison, j'en prends note pour ne pas oublier, fit-il en sortant son agenda électronique dont il ne se séparait jamais. Voyons maintenant ce que t'a dit le médecin.

— D'éviter de rester debout pendant quelques jours, de mettre des compresses si ça s'avérait nécessaire et de prendre des antalgiques en fonction de la douleur.

On frappa soudain à la porte.

— Mince, j'ai failli oublier ! Ça doit être l'inspecteur Gertski.

— Il vient ici ? Ce soir ?

Max se leva. Elizabeth voulut l'imiter, mais il l'en empêcha d'une main ferme.

— Où crois-tu aller comme ça ?

— Je vais parler à l'inspecteur.

— Certainement pas ! Tu vas gentiment rester là.

— Mais, Max…

— Ce n'est même pas la peine d'y penser, Elizabeth. Le médecin t'a dit de ne pas rester debout, et c'est ce que tu vas faire, dit-il d'un ton qui n'admettait pas de réplique. Si ce flic a besoin de te parler, je l'amènerai ici. En attendant, je veux que tu te reposes.

— Mais…

Il se pencha soudain vers elle et lui prit les lèvres en un doux baiser qui coupa court à toute protestation. Se reculant légèrement, il plongea alors son regard dans le sien.

— Il n'y a pas de mais ! chuchota-t-il. Allez, essaie de dormir.

— D'accord, répondit-elle finalement.

A dire vrai, elle n'avait ni le courage ni l'envie de protester. La fatigue et les médicaments la rendaient somnolente. C'est à peine si elle arrivait à garder les yeux ouverts, et tout son corps n'aspirait qu'au sommeil.

— Je ne pense pas en avoir pour longtemps, fit Max depuis le seuil de la chambre. Quand il sera parti, je nous commanderai à dîner. Au fait, qu'est-ce qui te ferait plaisir ?

— Oh, quelque chose de léger. Une salade ou un bol de soupe.

— D'accord.

Max referma la porte de la chambre, puis se dirigea à grandes enjambées vers la porte d'entrée.

Il aperçut par le judas un homme d'un certain âge, au crâne dégarni et à la bedaine naissante. Debout dans le couloir, il regardait le décor opulent qui l'entourait. Max ouvrit la porte.

— Vous devez être l'inspecteur Gertski.

— Oui. Et vous monsieur Riordan ?

— C'est ça. Entrez. Ma femme vient de me raconter ce qui s'est passé.

— Comment va-t-elle ?

— Elle est sonnée et couverte de bleus. Sinon, elle va bien.

— Tant mieux. C'est une femme vraiment charmante.

— Je sais. Asseyez-vous donc, inspecteur.

Lorsqu'ils furent installés, Max demanda :

— En quoi puis-je vous être utile ?

— Tout d'abord, afin de me permettre de vous rayer de

la liste des suspects, permettez-moi de vous poser quelques questions. J'espère que vous n'en prendrez pas ombrage.

— Non, allez-y. Je n'ai rien à cacher.

— Où vous trouviez-vous cet après-midi à 13 h 25 ?

— En rendez-vous d'affaires avec mon assistant, Troy Ellerbee, et un financier du nom de Lloyd Baxter. Le rendez-vous avait lieu dans le bureau de Baxter, dans le Colfax Building.

— Je vois. Si j'interroge M. Baxter et M. Ellerby, ils pourront confirmer vos dires ?

— Absolument.

— Avez-vous engagé quelqu'un pour tuer votre femme ?

Si le détective pensait pouvoir le désarçonner avec une question aussi directe, il en fut pour ses frais. Le visage de Max resta impassible.

— Non. Enfin, mon vieux, nous nous sommes mariés hier !

— Oui, c'est ce que m'a dit votre femme. Connaissez-vous quelqu'un qui pourrait vouloir sa mort ?

— Absolument pas. Les gens qui connaissent Elizabeth n'éprouvent que de l'admiration pour elle.

— Je vois.

Gertski pinça les lèvres et resta un moment silencieux, perdu dans ses pensées.

— Pardonnez ma curiosité, inspecteur. Mais faites-vous toujours autant d'efforts pour résoudre les délits de fuite ? Je veux dire, il y a tellement de crimes sordides tous les jours dans cette ville. Comment se fait-il que vous accordiez autant d'importance à une affaire somme toute insignifiante ?

— Pour être honnête, ce n'est pas ce que nous faisons d'habitude. La police de New York n'a pas suffisamment d'hommes pour se permettre d'enquêter sur tous les accidents de la circulation. Mais, dans le cas présent, il apparaît de plus en plus, au vu des différents témoignages recueillis, que c'est l'affaire d'un tueur à gages.

Max fronça les sourcils.

— Qu'est-ce qui vous permet de dire ça ?

— Le chauffeur de taxi qui se trouvait juste derrière la Sedan a relevé le numéro d'immatriculation. Nos hommes ont vérifié. Les plaques ont été volées ce matin sur une camionnette bleue garée dans le Queens. A l'heure qu'il est, le conducteur de la Sedan a dû remettre ses propres plaques. Impossible de remonter jusqu'à lui. C'est une pratique de professionnel, aucun doute là-dessus.

— Je vois, murmura Max.

— Nous avons quatre témoins. Ils sont tous d'accord pour dire que le conducteur de la Sedan semblait attendre le moment opportun pour foncer sur votre femme. Comme il refusait d'avancer et qu'il bloquait la circulation, les automobilistes qui se trouvaient derrière lui se sont énervés. Ce sont leurs coups de Klaxon qui ont attiré l'attention des témoins. Quand Mme Riordan est descendue du trottoir, le conducteur de la Sedan a appuyé sur la pédale d'accélérateur et a foncé droit sur elle.

Max secoua la tête.

— Je ne comprends pas. Elizabeth est une personne appréciée et respectée. Il n'y a absolument aucune raison pour que quelqu'un souhaite sa mort.

Gertski réfléchit à ces paroles.

— Eh bien, c'est peut-être une erreur. Tous les témoins disent que votre femme portait un manteau beige dont elle avait relevé la capuche. Le type a pu la prendre pour quelqu'un d'autre.

— Ça doit être ça, dit Max, visiblement soulagé.

— Votre femme est la seule à avoir vu le visage du suspect. Pourriez-vous l'accompagner au poste demain ? J'aimerais lui soumettre quelques photos de criminels recherchés.

— Entendu, nous passerons demain.

Une fois le détective parti, Max alla se poster devant la fenêtre et regarda les lumières de New York. Il avait commencé à neiger — de gros flocons qui, d'ici au lendemain matin, habilleraient la ville d'un manteau blanc.

Max se sentait inquiet à l'idée qu'un fou se trouvait quelque part dans la nature et qu'il avait essayé de s'en prendre à Elizabeth. Il avait dû se tromper de personne, en effet. C'était la seule explication possible.

D'un pas agité, il alla regarder derrière l'autre fenêtre. Il était trop à cran pour vraiment apprécier la beauté du paysage. Il se sentait partagé entre plusieurs sentiments contradictoires.

Bon sang, Elizabeth lui avait toujours fait l'effet d'une femme autonome. C'était d'ailleurs l'une des raisons qui l'avaient poussé à la demander en mariage, songea-t-il avec mauvaise humeur. Il s'était dit qu'elle mènerait son petit bonhomme de chemin sans trop exiger de lui, et c'était bien ce qu'elle avait fait aujourd'hui.

Alors, pourquoi avait-il été profondément contrarié de constater qu'elle ne s'était pas tournée vers lui ? Ce qui l'ennuyait encore plus, c'était de savoir qu'elle n'avait pas osé lui demander aide et réconfort.

Max secoua la tête. Il avait tout planifié. Il s'était dit que ce mariage leur serait mutuellement bénéfique et qu'avec le temps ils apprendraient à s'apprécier. Voilà que, au bout d'une journée seulement, il se sentait déjà protecteur et exclusif à son égard. Décidément, il n'y comprenait rien.

Agacé, il se dirigea à grandes enjambées vers la chambre à coucher. Seule la lampe de chevet de son côté à lui était allumée. La lumière qu'elle diffusait était suffisante pour voir qu'Elizabeth dormait profondément. Debout à côté du lit, il la contempla, assailli par des émotions nouvelles.

Elle était incroyablement belle, et elle avait l'air fragile.

A la seule idée qu'on pouvait lui vouloir du mal, il se sentit des envies de meurtre. Pourquoi diable quelqu'un aurait-il voulu sa mort ? C'était absurde.

Le lendemain matin, Elizabeth fut tirée du sommeil par des éclats de voix. Elle bâilla, puis écarta sa lourde chevelure de devant ses yeux, et jeta un coup d'œil au réveil. Mon Dieu ! Avait-elle dormi aussi longtemps ? Il était 8 heures passées.

Avec des gestes hésitants, elle appuya sur sa hanche, et constata que la douleur était nettement moins forte que la veille.

Le murmure de voix dans la pièce voisine augmenta, attirant son regard endormi vers la porte. Apparemment, Max et son assistant étaient en train de se disputer.

Elizabeth n'était pas en état de s'en soucier. Chassant les deux hommes de ses pensées, elle repoussa les couvertures et quitta le lit. Une fois debout, elle se sentit toute raide et courbatue, et un vertige l'obligea à se rasseoir sur le lit.

Elle ne savait quels antalgiques on lui avait prescrits. En tout cas, ils lui avaient fait de l'effet. C'est à peine si elle se rappelait sa conversation de la veille avec Max. Elle savait que l'inspecteur Gertski était passé. Ses souvenirs s'arrêtaient là. Il lui semblait vaguement que Max était revenu la réveiller et qu'il avait insisté pour qu'elle avale un bol de soupe. Rien d'autre.

Elle aurait été bien incapable de dire s'ils avaient discuté pendant le repas. A peine avait-elle fini sa soupe qu'elle s'était rendormie.

Profitant de ce qu'elle était seule, Elizabeth boitilla jusqu'à la salle de bains, et une bonne douche l'aida à se réveiller complètement. Elle se sécha ensuite les cheveux, qui retombèrent sur ses épaules en mèches lourdes et brillantes. Puis, après s'être maquillée, elle enfila un pantalon en tweed marron et un pull à col roulé couleur crème, et compléta sa tenue du jour par des boucles d'oreilles, un collier et un bracelet en or.

A travers la porte fermée, elle entendait encore des éclats de voix, mais ils semblaient maintenant moins virulents. Elizabeth hésita. Devait-elle rester dans la chambre ou en sortir au risque d'interrompre une discussion importante ? Finalement, elle opta pour la seconde solution. Elle n'allait pas rester coincée toute la journée à cause d'eux, tout de même !

Les deux hommes s'interrompirent net en la voyant apparaître.

— Elizabeth ! s'exclama Max. Qu'est-ce que tu fais debout ? Le médecin t'a bien dit de ne pas forcer !

Elle vit Troy serrer les lèvres. C'est à peine s'il lui accorda un regard.

— Bonjour, marmonna-t-il d'une voix à peine audible.

— Bonjour, répondit-elle en se forçant à prendre un ton aimable.

Puis, se tournant vers son mari, elle déclara :

— Le médecin ne m'a pas dit de rester couchée. Je peux me lever.

— Comment va ta hanche ?

— Beaucoup mieux, répondit Elizabeth en s'asseyant dans un fauteuil.

Elle allongea les jambes sur un pouf.

— Troy et moi nous apprêtions à sortir. Nous avons rendez-vous avec Lloyd Baxter. Je serai rentré à midi.

Troy fronça les sourcils.

— A mon avis, dit-il, ça va durer nettement plus longtemps.

Max le foudroya du regard.

— Je serai là à midi, répéta-t-il.

Sous son regard appuyé, Troy finit par baisser les yeux. Il ne protesta pas, mais Elizabeth remarqua qu'il serrait les dents très fort. Muré dans un silence glacial, il rassembla les documents et les dossiers éparpillés sur la table.

— Après le déjeuner, je t'emmènerai au commissariat, reprit Max à l'attention d'Elizabeth. Gertski veut que tu jettes un coup d'œil à quelques portraits de criminels.

— Ça, c'est un emploi du temps superrentable, murmura Troy.

Seule Elizabeth comprit le sens de ses paroles.

— Qu'est-ce que tu dis ? fit Max.

— Rien, répondit son assistant en rangeant les documents dans sa serviette.

Quand les deux hommes furent prêts à partir, Elizabeth fit mine de se lever, mais Max l'en empêcha en posant une main sur son épaule.

— Non, reste assise et détends-toi.

Puis, se penchant sur elle, il lui donna un long baiser.

— N'hésite pas à appeler la réception si tu as besoin de quelque chose, d'accord ? murmura-t-il. Je reviendrai à midi.

A peine la porte refermée sur les deux hommes, Elizabeth se renversa dans le fauteuil et ferma les paupières. C'est alors qu'elle entendit frapper à la porte. Elle poussa un grognement. Qui cela pouvait-il bien être ? Elle s'extirpa du fauteuil et claudiqua jusqu'à la porte. Se dressant sur la pointe des pieds, elle colla son œil contre le judas et étouffa un cri.

La main sur la bouche, elle se recula vivement, les yeux écarquillés d'épouvante.

Le conducteur de la Sedan se tenait derrière la porte !

Il frappa de nouveau. Elizabeth ne bougea pas. Puis, avec

effroi, elle vit le bouton de la porte bouger. Mon Dieu ! Il essayait de forcer la serrure !

Suffoquant, la jeune femme recula et jeta un regard autour d'elle. Elle devait absolument se cacher, mais où ?

8

A mi-chemin dans l'ascenseur, Max s'aperçut qu'il avait oublié des documents.

— Zut ! J'ai laissé le nouveau devis dans le télécopieur après l'avoir faxé. Attends-moi dans le hall : je remonte le chercher. Je n'en ai pas pour longtemps, dit-il lorsque l'ascenseur arriva au rez-de-chaussée.

— D'accord, répondit Troy d'un ton sec.

Le regardant sortir de l'ascenseur, Max poussa un soupir. Troy lui en voulait encore. Max lui avait annoncé son intention de reporter son rendez-vous avec Baxter afin de pouvoir passer la journée avec Elizabeth, mais Troy s'y était violemment opposé. En dix années de collaboration, c'était leur première dispute véritable.

— Vous montez ? lança un homme depuis le hall.

Max acquiesça et garda le doigt appuyé sur le bouton d'ouverture des portes. L'homme entra dans l'ascenseur, en compagnie d'une femme, et appuya sur le bouton du quatrième.

Max répondit à leurs remerciements d'un signe de tête, mais ses pensées étaient encore tournées vers Troy. Il savait que son assistant s'était opposé à son mariage avec Elizabeth depuis le début, mais ce n'était que ce matin qu'il s'était rendu compte de la profondeur de son ressentiment. Il était allé jusqu'à accuser la jeune femme d'avoir fabriqué de toutes pièces l'histoire du type à la Sedan, ou du moins d'en avoir exagéré l'importance.

— Tu ne vois pas qu'elle te manipule ? Il ne lui suffit pas de t'avoir épousé pour ton argent, elle veut aussi que tu sois à ses pieds. C'est toujours comme ça avec ce genre de femmes.

— Que veux-tu dire par *ce genre de femmes* ? avait demandé Max, en sentant la colère le gagner.

— Riches, pourries-gâtées. Celles qui ont tout ce qu'elles veulent sur un plateau depuis la naissance et qui grandissent en pensant que la Terre tourne autour d'elles.

— Elizabeth n'est pas comme ça.

— C'est ce que tu crois, avait répliqué Troy avec un petit rire méprisant. Ecoute, Max, je n'ai rien de personnel contre Elizabeth, mais une femme — n'importe quelle femme — va te prendre du temps. Et le temps, c'est de l'argent : tu me l'as assez souvent répété.

Ce n'était jamais très agréable de se voir jeter à la figure ses propres paroles, songea Max. Il ne pouvait guère en vouloir à son assistant d'avoir si bien retenu la leçon.

— C'est vrai, avait-il reconnu. Cependant, comme j'ai plus d'argent qu'il ne m'en faut, je pense pouvoir m'accorder un peu de temps avec ma femme.

— Alors, tu es prêt à risquer de perdre ce marché rien que pour elle ? Même si le flic pense qu'il y a eu erreur sur la personne ?

L'ascenseur s'arrêta et le couple en sortit. Tout à ses pensées, Max remarqua à peine leur départ.

Troy et lui étaient finalement parvenus à un accord. Max avait alors rappelé Baxter pour convenir d'un nouveau rendez-vous à 10 heures.

L'ascenseur s'arrêta et Max en sortit. En tournant dans le couloir, il aperçut un homme grand et corpulent qui s'avançait vers lui d'un pas lourd. Le type avait la tête baissée et le col de son pardessus remonté.

Max fronça les sourcils. Quelque chose ne tournait pas rond… Les deux hommes se saluèrent d'un signe de tête. L'autre, cependant, évita soigneusement le regard de Max, ce qui ne fit qu'ajouter à son malaise. Un homme qui ne vous regarde pas dans les yeux, ce n'est jamais très bon.

Dans la suite, il n'y avait aucun signe d'Elizabeth. Etait-elle retournée se coucher ? Sa hanche devait la faire souffrir plus qu'elle ne voulait l'admettre… Il ouvrit l'un des battants de la porte qui menait à la chambre à coucher, et la première chose qu'il vit fut le lit vide.

— Elizabeth ? appela-t-il en s'avançant dans la pièce.

Du coin de l'œil, il perçut un mouvement. Se retournant, il découvrit derrière la porte sa femme qui s'élançait en tenant très haut au-dessus de sa tête un vase de cristal. Elle l'abattit sur lui de toutes ses forces, et il n'eut que le temps de lever le bras pour parer le coup.

— Aïe ! hurla-t-il tandis que le vase le heurtait au niveau de l'avant-bras. Bon sang, Elizabeth ! Qu'est-ce qui t'arrive ? Tu as failli me casser le bras !

— Max ?

Les yeux écarquillés, elle s'immobilisa et le regarda, hébétée. Puis elle lâcha le vase qu'elle tenait encore entre les mains, et se jeta dans ses bras.

— Max ! Oh, Max ! Dieu merci !

— Hé ! Calme-toi, voyons ! fit-il tandis qu'elle s'agrippait à lui. Mais bon sang, tu trembles ! Qu'est-ce qui ne va pas ? Qu'est-il arrivé ?

— Il… il… était… ici…

— Qui ça ?

— Cet homme… Oh, Max ! gémit-elle avant d'éclater en sanglots.

— D'accord, calme-toi d'abord. De qui parles-tu ?

— Du conducteur de la Sedan.

Aussitôt, Max se raidit.

— Tu veux parler du type qui a essayé de t'écraser ?

Elle fit oui de la tête.

— Tu es sûre que c'était lui ? Ça ne pouvait pas être un employé de l'hôtel ?

— Non, je sais de quoi je parle. C'était lui. Je ne pourrai jamais oublier son visage. Il... il a frappé à la porte juste après votre départ. J'ai regardé par le judas et je l'ai vu. J'ai eu tellement peur ! Il faut me croire, Max : c'était lui !

— Je te crois. Chut, allons, calme-toi. Tu es en sécurité, maintenant.

— Comme je ne répondais pas, il a essayé de forcer la serrure. Alors, j'ai pris un vase pour me défendre et je me suis cachée derrière la porte. Je ne savais pas quoi faire d'autre.

Max se rappela l'homme qu'il avait croisé dans le couloir.

— Est-ce un grand gars baraqué avec un manteau de cuir noir ?

— Oui, c'est bien lui ! s'exclama la jeune femme en se reculant légèrement pour regarder son mari. Tu l'as vu ?

— Oui. Je l'ai croisé dans le couloir. Il a dû avoir peur en entendant l'ascenseur s'arrêter à l'étage. Bon sang ! J'ai tout de suite senti en le voyant que quelque chose ne tournait pas rond, mais je n'arrivais pas à savoir ce dont il s'agissait exactement. Maintenant, je comprends ce que c'était. Notre suite est tout au bout du couloir. Par conséquent, ce type n'avait rien à faire là.

— Comment m'a-t-il retrouvée ? s'écria Elizabeth. Pourquoi fait-il ça ?

— Je ne sais pas, mais je vais m'arranger pour le découvrir, répondit Max en voulant écarter Elizabeth.

Mais elle s'accrocha à lui.

— Où vas-tu ? Ne me laisse pas seule ici !

— Pas de panique ! Je ne vais nulle part. Je vais juste passer quelques coups de fil. D'abord, à Gertski. Va t'allonger si tu veux : je serai dans le salon, juste à côté.

— Non ! Je veux rester avec toi !

Sa pâleur l'inquiéta. Il aurait été plus raisonnable qu'elle aille s'étendre, mais il lut la terreur dans ses yeux.

— Bon, d'accord, viens avec moi.

La soulevant dans ses bras, il la porta dans le salon et la déposa sur le canapé. Pour la rassurer, il s'assit à ses côtés et lui prit la main. Elle tremblait encore.

Max appela ensuite, dans l'ordre, Gertski, Troy, le directeur de l'hôtel, son pilote et enfin Lloyd Baxter. Il venait à peine de raccrocher lorsqu'on frappa à la porte. Elizabeth sursauta comme si on lui avait tiré dessus.

— Pas de panique ! Ça doit être Troy, lui dit son mari en dégageant sa main avec difficulté.

Avant d'ouvrir, il vérifia par le judas que c'était bien son assistant.

Troy entra en trombe, rouge de colère.

— Qu'est-ce qui se passe encore ? Si on ne part pas maintenant, on va être en retard.

— J'ai déjà appelé Baxter pour reporter le rendez-vous de ce matin. Il t'attend à 14 heures cet après-midi.

— Moi ? Tu veux dire que je vais y aller seul ? s'écria Troy en jetant un regard de reproche à Elizabeth. Je savais que je ne devais pas te laisser remonter seul. C'est elle qui t'a fait reporter le rendez-vous, hein ? Bon sang, Max, tu…

— Ferme-la et écoute !

Sans entrer dans les détails, Max lui expliqua ce qui était arrivé. Lorsqu'il eut fini, Troy le regarda d'un air sceptique.

— Allons, tu ne crois pas vraiment à cette histoire, n'est-ce pas ?

— Bon sang, Troy. J'ai vu ce type de mes propres yeux ! Je l'ai croisé dans le couloir.

— Ça ne veut rien dire. C'était sans doute un client de l'hôtel.

— Tu peux me dire ce qu'il faisait au bout du couloir ? Il n'y a pas d'autre porte que la nôtre.

— Qui sait ? Il était peut-être perdu... Ecoute, ce marché est vraiment important. Si nous arrivons à persuader Baxter d'investir dans l'affaire, nous pourrons lancer le projet dès la semaine prochaine, à Dallas.

— Je n'ai pas reporté ce rendez-vous de gaieté de cœur, mais Elizabeth est ma femme, et je ne peux pas la laisser se débrouiller toute seule dans une affaire comme celle-ci.

— Excusez-moi, mais je suis la principale concernée dans cette affaire. Je ne veux être un fardeau pour personne, intervint Elizabeth en ignorant le grognement dubitatif de Troy.

Tremblant intérieurement à l'idée de ce qu'elle allait suggérer, elle continua :

— Mettez-moi dans le premier avion pour Houston et vous pourrez retourner à vos affaires.

— Non, répondit Max sur un ton catégorique.

— Comment ça, non ? s'écria Troy. C'est bien la première chose sensée que j'ai entendue depuis que je suis entré dans cette suite. Renvoie-la chez elle et reprenons le travail.

Avant que Max ait pu répondre, on frappa un autre coup à la porte. Il vit les pupilles d'Elizabeth se dilater de peur.

— Ne t'inquiète pas. C'est sans doute le directeur de l'hôtel. Je l'ai prévenu de ce qui se passait et de notre prochain départ. Il m'a dit qu'il monterait avec notre facture. Des femmes de chambre vont également venir nous aider à faire nos bagages.

Troy prit un air scandalisé.

— Tu t'en vas ? Tout de même, Max, tu ne crois pas que tu en fais trop ?

— Non. Et je compte sur toi pour conclure l'affaire Baxter. Arrange-toi pour obtenir son accord écrit. Une fois le marché conclu, appelle-moi sur mon portable. Si nous sommes encore à l'aéroport, tu pourras repartir avec nous. Dans le cas contraire, tu prendras un vol commercial pour Houston.

Troy ouvrit la bouche pour protester, mais Max l'arrêta d'un geste :

— Non, je ne veux plus rien entendre. Ma décision est prise.

Il se dirigea vers la porte sans quitter Troy des yeux.

— Arrange-toi pour être dans le bureau de Baxter à 14 heures.

Le directeur de l'hôtel était accompagné de deux femmes de chambre et d'un homme d'âge mûr qu'il présenta comme étant le responsable de la sécurité de l'hôtel. Sans attendre qu'on leur en donne l'ordre, les deux femmes se dirigèrent vers la chambre et commencèrent à faire les bagages. Au même moment, Gertski arriva.

Il prit des notes tandis que Max lui racontait en détail ce qui s'était passé.

— Je me demande comment ce type a fait pour me retrouver, dit Elizabeth quand Max eut terminé.

— Il vous a certainement suivie jusqu'à l'hôpital, puis jusqu'à l'hôtel. Un billet glissé discrètement à un employé lui aura ensuite permis d'obtenir le numéro de votre suite. Mais pourquoi fait-il ça, c'est encore un mystère.

Après avoir rangé son carnet, l'inspecteur alla vérifier la serrure. Il s'accroupit pour examiner le pêne, la gâche et le cadre de la porte. Puis il sortit une petite lampe torche et appela le chef de la sécurité.

— Eh bien ! s'exclama M. Greer.

— Qu'est-ce qu'il y a ? demanda Max.

— Des traces d'outil dans le mécanisme intérieur. Quelqu'un a vraiment essayé de crocheter la serrure.

— Nous quittons l'hôtel, annonça Max.

— Je vous comprends, monsieur Riordan, dit l'inspecteur. Si ce type cherchait à tuer ma femme, je ferais probablement la même chose. Mais cela nous aiderait vraiment que vous ameniez Mme Riordan au poste pour qu'elle puisse regarder quelques photos. Pour le moment, nous n'avons guère d'indices.

— A supposer qu'Elizabeth reconnaisse quelqu'un, cela suffirait-il à l'arrêter ?

— Heu… non. Il nous faudrait d'autres preuves avant de pouvoir procéder à…

— C'est bien ce que je pensais. Désolé, inspecteur, mais compte tenu des risques, ça n'en vaut pas la peine. Nous allons quitter la ville. Maintenant. Avant que ce taré ne réussisse son coup.

L'homme dans la voiture noire surveillait l'entrée du Ritz-Carlton. Il vit une limousine s'arrêter devant la porte, et plusieurs hommes, dont des employés de l'hôtel, y firent monter la *cible* ainsi que son nouveau mari. Un homme un peu moins grand, dégarni, portant un imperméable qui avait connu de meilleurs jours, rejoignit le couple dans la limousine.

Le conducteur de la Sedan émit un grognement de mépris. Ce type-là sentait le flic à dix mètres.

La limousine quitta le bord du trottoir, et le véhicule noir s'engagea à sa suite, en laissant une distance suffisante entre eux. Le tueur à gages sortit son portable et composa un numéro.

— Angel à l'appareil, dit-il d'un ton sec. J'ai fait deux

tentatives, mais la cible a eu du bol chaque fois. Elle doit avoir les chocottes maintenant, parce qu'elle et son mari viennent de quitter l'hôtel. On dirait qu'ils se dirigent vers l'aéroport.

— Que s'est-il passé exactement ?

— Je vous l'ai dit. La salope a eu du bol.

— Comment ça ?

Angelo serra les mâchoires, et il y eut un long silence. Il n'aimait pas qu'on le questionne. La seule personne à qui il acceptait de rendre des comptes, c'était le grand *boss*, Tony Voltura. Il décida, néanmoins, de faire une exception puisqu'il faisait précisément ce travail à la demande du grand *boss*.

— J'ai essayé de l'écraser avec ma voiture, hier, mais une vieille a eu le temps de la tirer en arrière. La voiture n'a fait que l'effleurer. Elle a été sérieusement sonnée, mais rien de bien grave. Aujourd'hui, je me suis caché dans la cage d'escalier de l'hôtel et j'ai attendu que son mari s'en aille. Puis je suis allé frapper à sa porte plusieurs fois. Elle n'a pas répondu. Je me suis dit qu'elle dormait, et j'ai essayé de forcer la serrure. J'étais sur le point de réussir quand l'ascenseur s'est arrêté à leur étage. C'était le mari. J'ai dû me tirer le plus vite possible avant qu'il se demande ce que je faisais là. La cible a dû me voir par le judas. En tout cas, peu de temps après, il y avait plein de monde dans leur suite : le directeur de l'hôtel, la sécurité, des policiers. Il y a même un flic dans leur voiture, maintenant.

— Merde ! s'exclama le client. Qu'est-ce que vous comptez faire maintenant ?

— Elle se méfie. Je pense donc qu'il va falloir rester tranquille pendant un ou deux mois, histoire de lui faire croire que le danger est passé. Pendant ce temps-là, je m'occuperai de mes autres missions. Elle finira bien par baisser sa garde. J'interviendrai à ce moment-là.

— Vous ne pouvez rien faire de mieux ?

Il y eut un lourd silence, puis le tueur à gages reprit la parole dans un murmure glacial :

— Si ma façon de travailler ne vous convient pas, vous n'avez qu'à trouver quelqu'un d'autre.

— Non, non, ce n'est pas ce que je voulais dire ! Votre plan est parfait. Vous avez raison. Quand Elizabeth sera de nouveau chez elle et qu'elle verra qu'il ne se passe rien, elle sera moins méfiante et elle finira par faire une erreur.

— Bien, fit Angelo en prenant à droite. Je vous appellerai quand j'aurai décidé d'aller à Houston.

La limousine s'arrêta devant un immeuble qui ne payait pas de mine.

— Où sommes-nous ? Pourquoi nous arrêtons-nous ? demanda Elizabeth en regardant autour d'elle avec inquiétude.

Max posa la main sur sa cuisse.

— Pas de panique. Ça ne nous prendra qu'une minute. L'inspecteur va rester avec toi pendant ce temps-là.

Il sortit de la limousine, puis se retourna vers Gertski :

— Appartement 3B, c'est ça ?

— Oui. Elle s'appelle Minnie Phelps.

— Où va-t-il ? demanda Elizabeth en regardant Max monter les marches deux par deux.

— Chez la vieille dame qui vous a sauvé la vie. Votre mari m'a demandé son nom et son adresse. Il veut la remercier personnellement et lui donner une récompense.

Elizabeth se tourna vivement vers Gertski.

— Ah, bon ?

— Oui.

— Je suis vraiment contente ! dit-elle en sentant un sentiment de chaleur l'envelopper. A voir le quartier, je pense qu'une petite aide financière ne lui fera pas de mal. J'espère que Max sera généreux.

L'inspecteur sourit.

— Ne vous inquiétez pas pour ça. J'étais à côté de lui quand il a rédigé le chèque. Je n'ai pas pu faire autrement que de voir le montant. A mon avis, les soucis financiers de Mme Phelps sont terminés.

Ils virent bientôt Max sortir de l'immeuble en compagnie d'une petite femme corpulente qui portait un tablier par-dessus une robe imprimée, et qui tenait d'une main les pans d'un vieux châle qu'elle avait ramenés sur ses épaules pour se protéger du froid mordant. De l'autre main, elle faisait des gestes tout en parlant avec volubilité.

Max ouvrit la portière arrière de la limousine.

— Montez dans la voiture, madame Phelps. Nous serons mieux à l'intérieur pour discuter.

La vieille dame s'exécuta sans cesser de parler.

— Mon Dieu ! Regardez-moi ça ! s'exclama-t-elle en admirant le luxueux intérieur de la voiture tandis que ses mains fripées caressaient les sièges. Mais c'est du vrai cuir ! Et ça, c'est un bar ? Oh, mon Dieu ! Mes amies ne me croiront pas quand je leur raconterai ça !

— Mme Phelps voulait s'assurer que tu allais bien, dit Max à sa femme, tout en reprenant sa place.

— Oui, c'est vrai, confirma la vieille dame. Ils vous ont fait monter dans l'ambulance tellement vite que je n'ai même pas eu le temps de voir comment vous alliez ni de vous demander votre nom. Je pensais que je n'aurais plus jamais de vos nouvelles. Et voilà que ce séduisant mari que vous avez sonne à ma porte et me donne un chèque d'un montant comme je n'en ai jamais eu !

Elizabeth se pencha en avant et prit les mains de Minnie entre les siennes.

— Vous en méritez chaque centime. Je ne sais pas

comment vous remercier. Si vous ne m'aviez pas tirée en arrière, je crois que je serais morte à l'heure qu'il est. Je vous serai éternellement reconnaissante.

Mme Phelps lui pressa les mains.

— C'est moi qui vous suis reconnaissante. A vous et à votre mari. Cet argent est un vrai don du ciel pour une vieille retraitée comme moi. Que Dieu vous bénisse tous les deux.

Ils continuèrent à parler encore un moment, puis, après lui avoir promis de l'appeler la prochaine fois qu'ils viendraient à New York, ils repartirent, tandis que la vieille dame, radieuse, leur faisait un signe d'au revoir avant de rentrer chez elle.

Elizabeth posa sa main sur le bras de Max.

— C'est très gentil ce que tu as fait. Merci beaucoup.

— Je prends soin de ce qui m'appartient, répondit-il en haussant les épaules.

Tom Givens, le pilote de Max, avait refait le plein, et l'appareil était prêt à décoller. Au lieu de se rendre dans le salon des VIP, Max ordonna au chauffeur de la limousine de les conduire jusqu'au pied de son jet.

Elizabeth fut aussitôt sur le qui-vive. Même si elle savait que ce n'était qu'un leurre, elle se sentait davantage en sécurité dans la voiture.

— Reste tranquille, lui dit Max tandis qu'il sortait de la limousine avec Gertski.

Puis, pendant qu'il s'entretenait avec Tom Givens, l'inspecteur contrôla les alentours. Elizabeth vit le visage souriant de Tom prendre une expression de gravité. Il commença, lui aussi, à jeter des regards méfiants autour de lui.

— La voie est libre, dit enfin Gertski.

Max alla aussitôt ouvrir la portière arrière du véhicule.

— On y va, fit-il d'un ton sec.

Elizabeth glissa sur le bord du siège. Elle s'apprêtait à descendre de la voiture quand Max la souleva dans ses bras.

— Max ! Je peux marcher !

Ignorant ses protestations, il la porta jusqu'au pied de l'escalier aussi facilement que s'il avait transporté un enfant.

Max porta Elizabeth jusque dans la petite chambre qui se trouvait à l'arrière de l'appareil, et la déposa sur le lit.

Debout près de la porte, Gertski déclara :

— Je suppose que le moment de se dire au revoir est venu. Je vous tiendrai au courant s'il y a du nouveau. Je suis vraiment désolé que votre lune de miel ait été gâchée, madame Riordan, mais vous devriez être en sécurité maintenant.

9

Dès qu'elle fut dans l'avion, Elizabeth se sentit rassurée. Mais ce n'était rien comparé au soulagement qu'elle éprouva lorsque l'appareil s'élança sur la piste dans un bruit strident de moteur. Quand ils eurent atteint la bonne altitude, le jet se redressa et prit la direction ouest-sud-ouest.

— Au revoir, New York ; bonjour, Houston ! fit la voix traînante de Tom Givens dans l'Interphone.

Par le petit hublot placé à côté du lit, Elizabeth regarda le paysage urbain rapetisser. Elle ôta alors ses bottes à hauts talons. Puis, avec un énorme soupir, elle s'appuya contre la pile d'oreillers disposés contre le montant du lit et ferma les yeux. Pour la première fois depuis deux jours, elle se sentait complètement en sécurité.

Après que l'avion eut atteint sa vitesse de croisière, Max la rejoignit.

— Tu vas bien ?

— Très bien, répondit-elle avec un sourire.

— Bien. Repose-toi. Appelle si tu as besoin de quelque chose.

Il se tourna pour partir, mais elle l'arrêta :

— Max, on peut parler ?

— Bien sûr ! Qu'est-ce qui te préoccupe ?

— Plusieurs choses, en fait.

— D'accord. Quel sujet veux-tu aborder en premier ?

Ses manières brusques d'homme d'affaires habitué à traiter les questions par ordre de priorité la firent sourire.

— Pourquoi ne pas t'asseoir à côté de moi et te détendre ? A moins, bien sûr, que tu n'aies du travail, ajouta-t-elle en jetant un coup d'œil vers la cabine principale.

— Non. Rien qui ne puisse attendre.

Il avait déjà ôté son pardessus, sa veste et sa cravate. Il retira ses boutons de manchettes en or et les glissa dans sa poche. Puis il s'assit en face d'elle et commença à remonter les manches de sa chemise.

— Alors ? Vas-y, je t'écoute.

— Eh bien, tout d'abord, je me demandais quel était ton emploi du temps de la semaine prochaine.

— Pourquoi ? fit-il.

Visiblement, il n'avait pas l'habitude de rendre compte de ses faits et gestes.

— Détends-toi. Je ne cherche pas à te fliquer. Je veux juste commencer à remplir ma part du contrat. Pour ça, j'ai besoin de savoir quand tu peux te rendre disponible pour des mondanités ou quand nous pouvons recevoir à la maison.

Il la dévisagea longuement en silence. Puis, finalement, il dit :

— Je suppose que par « la maison » tu veux parler de River Oaks ou de Mimosa Landing ?

— Excuse-moi. Je pensais effectivement que tu emménagerais chez moi… Nous aurions peut-être dû en parler avant le mariage.

— Non, il n'y a pas de problème. En fait, je préfère ta maison à mon appartement.

— Tant mieux ! s'exclama-t-elle sans chercher à cacher son soulagement. Parce que, pour tout te dire, je ne pourrais jamais me résoudre à vendre cette maison. Ça m'obligerait à mettre Gladys et Dooley à la porte, et je ne pourrais jamais leur faire ça.

Max pencha la tête sur le côté, une lueur de curiosité dans le regard.

— Ça fait longtemps qu'ils travaillent pour toi, non ?

— Pas seulement pour moi. Ils ont commencé au service de mes parents alors qu'ils venaient juste de se marier.

Fronçant le nez, elle lui décocha un regard circonspect.

— Je crois qu'ils considèrent la maison de Houston comme la leur.

— Je comprends. De toute façon, j'ai déjà téléphoné à ma secrétaire pour lui demander de reporter mes rendez-vous. Pendant les semaines à venir, Troy devra se débrouiller seul.

— Il risque de ne pas apprécier.

— Aucune importance. Nous sommes amis depuis l'université. Et puis je le paie pour qu'il obéisse à mes ordres, pas pour commander à ma place. Il n'est pas question pour moi de te laisser seule avant d'être vraiment sûr que tu ne cours plus aucun danger.

Ces mots lui firent chaud au cœur.

— Merci, Max, dit-elle, à la fois soulagée et reconnaissante. J'apprécie ce que tu fais. Je dois reconnaître que je me sens vraiment plus en sécurité quand tu es là.

— Je savais en m'engageant dans cette affaire que le mariage comportait des devoirs et des obligations. Or, je remplis toujours mes obligations.

Pourquoi se sentait-elle blessée tout à coup ? Elle savait bien que c'était le sens du devoir qui le poussait à agir ainsi…

— J'apprécie quand même ce que tu fais, déclara-t-elle.

Le silence sembla s'éterniser. Après quelques instants, elle commença à se sentir mal à l'aise, et elle s'éclaircit la gorge.

— Oui, eh bien… heu… comme tu le sais, c'est Thanksgiving, après-demain.

— Ah, bon ? Je n'avais pas fait attention.

Elizabeth le regarda, bouche bée.

— Comment ça ? Tu ne savais pas que jeudi, c'était Thanksgiving ?

Max haussa les épaules.

— Je suppose que j'avais autre chose en tête. Qu'y a-t-il de si important ?

— Eh bien, c'est une fête familiale que les Stanton ont toujours fêtée avec le cérémonial qui s'impose.

— D'accord, nous fêterons Thanksgiving, alors.

— Le problème, c'est que personne n'attend notre retour. Nous n'avons donc rien prévu.

— Et alors ? Tu n'as qu'à faire ce qu'il faut. Tu as deux jours pour ça.

Elizabeth le foudroya du regard.

— Qu'est-ce qu'il y a ? demanda-t-il aussitôt. Qu'ai-je dit de mal ? Appelle Gladys et dis-lui que nous fêterons Thanksgiving à la maison.

Elizabeth leva les yeux au ciel, comme pour demander de l'aide.

— Gladys et Dooley sont en vacances, cette semaine. Chez un de leurs fils, à Lubbock. Je pourrais appeler Martha. Elle est célibataire et elle n'a pas de famille proche. Si elle n'a rien prévu de son côté, je pourrais peut-être lui demander de nous improviser un petit repas.

— Vas-y, appelle-la.

— Quoi ? Maintenant ?

— Oui, fit-il en lui tendant son téléphone portable. Dis-lui que nous serons là-bas jeudi. Demain, nous serons occupés à régler certaines questions juridiques.

— D'accord. Je vais voir ce que je peux faire. Et ta mère ? Tu crois qu'elle sera chez elle, jeudi ?

— Non. Sa croisière ne se termine pas avant la mi-janvier.

— Et Troy ?

Même s'il ne la portait pas dans son cœur, elle se dit qu'il n'aurait pas été juste de le laisser tout seul à cette occasion.

— Il a de la famille. Son père et une belle-mère qu'il méprise. Il faudra que j'insiste pour qu'il aille leur rendre visite. Ça ne va pas être facile parce qu'il est aussi accro que moi au boulot, mais je finirai bien par le convaincre.

— Je vois. Donc il n'y aura que nous deux, Mimi et tante Talitha. Au fait, Mimi se trouve encore à Mimosa Landing. Elle m'a dit qu'elle y resterait jusqu'à notre retour pour tenir compagnie à tante Talitha.

— Bien, fit Max avec un signe en direction du portable. Vas-y, appelle-les.

Tandis qu'Elizabeth passait son coup de fil, Max retira ses chaussures et s'allongea confortablement pour la regarder. Pendant tout le temps que dura son appel, elle sentit son regard qui la scrutait.

— Martha, je sais que je vous préviens à la dernière minute, mais faites de votre mieux. Je vous promets une prime en conséquence.

Il y eut une pause pendant qu'Elizabeth écoutait ce qu'on lui disait à l'autre bout du fil. Elle fit une grimace.

— Je sais que vous ne demandez jamais aucune prime. Mais, si vous refusez, je ne pourrai pas vous faire travailler un jour de vacances.

Les deux femmes continuèrent à argumenter pendant encore quelques minutes, puis finalement la conversation se termina.

— Alors ? fit Max lorsque Elizabeth eut raccroché.

— Tu as entendu. Martha fait toujours des difficultés quand je propose de lui payer des heures supplémentaires.

Elle nous considère, tante Talitha et moi, comme sa famille. Et pourtant, elle n'accepterait jamais de s'asseoir avec nous au repas de Thanksgiving. Quant à tante Talitha et Mimi, elles voulaient savoir pourquoi nous rentrions plus tôt que prévu. J'ai dit que nous leur raconterions à notre retour.

— Hum… Mais c'est d'accord pour Thanksgiving ?

— Oui. Martha est aux quatre cents coups, bien sûr, ce qui signifie qu'elle est aux anges. Elle adore cuisiner, en particulier quand il y a panique à bord. Je la vois d'ici en train de s'agiter dans la cuisine pour faire une liste de ce dont elle a besoin. Je me demande si je ne vais pas appeler le directeur du supermarché à Brenham, où elle fait ses courses, pour les prévenir qu'elle va bientôt débarquer comme une tornade.

Devant le silence prolongé de Max, elle tourna la tête vers lui et haussa les sourcils.

— Qu'y a-t-il ? Pourquoi me regardes-tu de cette façon ?

— Par curiosité. Tu es aussi proche de tous tes employés ?

— Je ne sais pas, je n'y ai jamais réfléchi. Je suppose que oui. Pourquoi ? Tu as des critiques à formuler ?

— Non, aucune. Je suis juste surpris. J'apprends chaque jour des choses à ton sujet, murmura-t-il.

— Ah, bon ? fit-elle en relevant le menton fièrement. Qu'est-ce qui ne va pas ? Ça ne cadre pas avec l'idée que tu te faisais de moi ?

— Quelque chose comme ça, oui, reconnut-il.

Elizabeth soutint son regard aussi longtemps qu'elle le put, mais il ne se laissa pas démonter par son expression offusquée. Elle finit par détourner les yeux et demanda :

— Es-tu libre samedi prochain ? La tradition veut que les Van Cleaves donnent une réception au Country Club, le premier samedi de décembre. Dans la bonne société de Houston, ça marque le début des réceptions d'hiver. J'ai reçu mon invitation il y a à peu près une semaine.

— Ah, bon ? fit Max avec une moue désabusée. La mienne a dû se perdre dans le courrier.

— Oui, eh bien, je ne sais pas quoi te dire. Les Van Cleaves sont des snobs de première. Ils ne sont texans que depuis la deuxième génération. Pourtant, à les entendre parler, on croirait que leurs ancêtres ont fait Alamo[1]. Mimi les trouve puants de snobisme.

Un petit sourire fit frémir les lèvres de Max.

— Cette femme a le chic pour dire les choses comme elle les sent.

— Quoi qu'il en soit, la nouvelle de notre mariage a déjà dû faire le tour de Houston. La réception des Van Cleaves semble être l'occasion idéale pour faire notre première apparition publique ensemble.

— Et ta hanche ? Tu penses qu'elle sera guérie d'ici samedi ?

— Bien sûr !

— Dans ce cas, ça me va.

— Bien. C'est donc entendu, dit-elle en jouant avec son alliance. Tu as conscience, n'est-ce pas, qu'au cours des prochains mois nous allons être submergés d'invitations. Non seulement c'est le début de la saison des réceptions, mais les gens vont être curieux de nous voir ensemble. Tu peux me croire, pendant que nous parlons, les langues vont bon train à notre sujet. Les commérages sont presque un sport parmi les membres du Country Club. Mes amis et

1. En 1836, bataille qui a opposé la république du Mexique aux rebelles texans.

mes connaissances vont être à l'affût du moindre signe de désaccord entre nous. Toute la boue qu'ils pourront remuer, ils la remueront.

— Hum… Je n'avais pas pensé à ça. Merci pour le tuyau.

Il prit un air songeur.

— Il faudra donc que nous donnions en public l'image d'un couple uni, dit-il enfin.

— En somme, tu ne veux pas que les raisons véritables de notre mariage s'ébruitent, c'est bien ça ?

— Cela ne regarde que nous.

Au moins, il lui épargnait cette humiliation publique, se dit Elizabeth en poussant un long soupir de soulagement.

— En ce qui concerne les invitations que nous allons recevoir, je te laisse le soin de faire le tri. J'ai une totale confiance en ton jugement. Dans ton entourage, tu sais qui a le portefeuille le plus rembourré et qui serait prêt à investir. Préviens-moi seulement des dates auxquelles je dois me rendre disponible.

— D'accord.

— Alors, en avons-nous terminé avec les mondanités ?

— Je pense que oui. Pour le moment, du moins.

— Bien. Alors, si tu es d'accord, j'aimerais que l'on discute toi et moi de ton portefeuille d'actions. J'ai quelques suggestions à vous soumettre, à toi et à ton avocat.

— Comme… ?

— Eh bien, la première…

Pendant l'heure qui suivit, confortablement allongés sur le lit, Elizabeth et Max passèrent en revue les performances de toutes les actions de la jeune femme. Il ne leur fallut pas longtemps pour se mettre à converser avec aisance comme s'ils étaient des amis de longue date.

Max avait des raisons particulières et justifiées pour lui conseiller de renoncer à certaines actions et de réinvestir l'argent dans d'autres, notamment dans l'affaire que Troy et lui étaient en train de monter. C'était un projet qui consistait à racheter tout un lotissement dans un quartier à l'abandon du centre-ville de Dallas pour y construire des appartements de standing, des boutiques de luxe, des pistes de jogging et des bureaux.

— Le but est d'attirer de jeunes professionnels et des DRZE, expliqua-t-il.

— Des DRZE ? C'est quoi ?

— Double Revenu Zéro Enfant. Ce sont de jeunes couples qui ont décidé soit d'avoir des enfants sur le tard, soit de ne pas en avoir du tout. Nous ciblons une clientèle de personnes branchées qui veulent habiter en plein centre-ville et se rendre à pied partout, y compris sur leur lieu de travail, tout en habitant un appartement de luxe. J'ai déjà entrepris les démarches pour acheter le lotissement. Ce projet comporte davantage de risques que les autres, mais il devrait rapporter beaucoup. C'est pourquoi je pense qu'il te conviendrait.

— Ça me paraît très intéressant.

— Super. Tu devrais appeler Fossbinder et lui demander un rendez-vous pour demain.

Elizabeth s'exécuta, et le rendez-vous fut pris en quelques secondes.

— Demain, 14 heures, annonça-t-elle à Max en lui rendant son portable.

Un silence s'ensuivit. Finalement, cédant à la curiosité, Elizabeth tendit la main vers la cicatrice qui coupait le sourcil de Max. Du bout des doigts, elle en suivit le tracé par-dessus l'arête du nez jusqu'à la joue droite.

— Tu t'es fait ça dans un accident de voiture ?

— Non. C'est un souvenir de ma folle jeunesse.

— Oh, je vois !

— Pourquoi ? Ça te gêne ?

— Non. En fait, la plupart des femmes fantasment sur ce genre de cicatrices.

— Ah, bon ? Tu en fais partie ?

Elizabeth eut un sourire.

— Disons que je n'ai pas encore décidé. Alors, tu vas me dire ce qui t'est arrivé, oui ou non ?

Max haussa les épaules.

— Je venais de quitter les marines et je devais commencer la fac à l'automne. J'avais un petit job d'été. Je travaillais sur une plate-forme pétrolière au large de la Louisiane. Après deux semaines de boulot, je suis allé à un bal avec quelques gars de l'équipage. C'était un de ces endroits bruyants où l'on joue un peu de zydeco, un peu de country et un peu de rockabilly. Nous, tout ce qu'on voulait, c'était boire quelques bières et baiser.

Elizabeth sentit ses joues rosir, mais Max continua :

— J'avais vingt-deux ans. Je faisais mes premières frasques. Bref, j'ai dragué une jolie Cajun qui se trouvait seule au bar. Comment aurais-je pu savoir qu'elle et son petit copain venaient de se disputer ? Quand il a débarqué et qu'il m'a vu avec sa copine, il n'a pas vraiment apprécié. J'étais plus costaud que lui, je pensais avoir le dessus. Un ou deux coups de poing avant de poursuivre la danse avec la fille. Au cas où ça t'intéresse, fit-il avec un regard en coin, je parle d'une gigue texane.

— Vraiment ? fit-elle en tentant de réprimer un sourire.

Malgré tous ses efforts, elle n'arrivait pas à imaginer Max avec son air féroce et passionné tourbillonnant sur une piste de danse.

— Ce que je n'avais pas prévu, c'est que ce Cajun au sang chaud reviendrait avec une bouteille de bière cassée contre le comptoir du bar. Du premier coup, il m'a ouvert le visage. Ça m'a rendu fou furieux. J'ai foncé et j'ai réussi à lui mettre quelques coups avant que mes copains n'interviennent. S'ils ne l'avaient pas fait, je pense que je me serais vidé de mon sang.

— Tu veux dire que tu t'es vraiment battu ? Dans un bal ?

Max remarqua son expression choquée.

— A mon avis, tu n'as jamais mis les pieds dans un vrai bal de péquenauds. Je me trompe ?

— Heu, non, pas vraiment, mais…

— C'est bien ce que je pensais. Crois-moi, ça n'a rien à voir avec les réceptions mondaines auxquelles tu es habituée.

Elizabeth ne trouva rien à dire, et ils restèrent tous les deux silencieux.

— En parlant d'accident, comment va ta hanche ? demanda Max.

— Je crois que c'est en voie de guérison. Je n'ai mal que quand je suis debout.

— C'est vrai ?

Il releva la tête et planta son regard dans le sien. Il brûlait d'un feu contenu. Elizabeth comprit que la balle était dans son camp. Il lui suffisait de dire quelques mots pour éteindre ce désir. Elle savait qu'il la laisserait tranquille. C'était ce que ces quelques jours de vie commune lui avaient appris à propos de l'homme qu'elle venait d'épouser.

Il n'avait cessé de lui montrer à quel point son bien-être lui importait. Etait-ce parce qu'il la considérait comme une transaction financière assez onéreuse dont il fallait prendre soin, ou bien par sens du devoir, ou encore parce qu'il était naturellement protecteur envers les femmes ? Elle n'aurait su le dire. Ce dont elle était sûre, par contre, c'est qu'il ne l'aurait jamais forcée à faire l'amour. Elle n'avait qu'à arguer la fatigue ou une indisposition pour qu'il fasse marche arrière, sans protester.

En plongeant son regard dans l'azur de ses yeux, Elizabeth

se rendit compte qu'elle ne voulait pas le repousser. Après tout ce qui s'était passé, elle avait besoin de sa chaleur et du contact de sa peau pour se sentir vivante et désirée. Elle le gratifia d'un sourire et murmura :

— Au lit, je n'ai pas mal.

Max n'avait pas besoin qu'on l'encourage davantage.

— C'est vrai ? dit-il d'un ton tellement suggestif qu'Elizabeth sentit un frisson la parcourir.

Soudain intimidée, elle ne put que hocher la tête.

— Je crois que je ferais mieux de jeter un coup d'œil à ce bleu. Pour être sûr…

Joignant le geste à la parole, Max lui écarta la main et fit glisser ses doigts le long de la ceinture de son pantalon bleu marine. Avec des gestes précis et adroits, il défit le bouton et descendit la fermeture.

— Soulève un peu les hanches.

Il descendit le pantalon jusqu'à ses genoux, puis se leva pour se mettre debout devant le lit.

Avant qu'elle n'ait pu deviner ses intentions, il saisit les jambes du pantalon et tira.

— Oh, Max ! Mais que… ?

Ignorant ses protestations, il s'assit de nouveau sur le lit, et lui enleva son pull-over. Sans plus de cérémonie, il le balança par-dessus son épaule afin qu'il rejoigne le pantalon.

Assise au milieu du lit, Elizabeth ramena instinctivement les genoux contre sa poitrine et entoura ses jambes de ses bras.

— Tu n'avais pas besoin d'enlever mon pull pour examiner ma hanche, lui fit-elle remarquer avec un regard malicieux.

— Je sais, répondit-il en l'enveloppant d'un regard sensuel, tandis qu'il retirait son propre pantalon et déboutonnait sa chemise.

Le plus naturellement du monde, il ôta son caleçon, revint s'allonger à côté d'elle et l'attira vers lui.

— Inutile de te cacher, tu sais ? J'ai déjà vu tout ce qu'il y avait à voir, dit-il de sa voix traînante, en lui écartant les bras. Montre-moi donc ce bleu.

Au comble de l'embarras, Elizabeth resta immobile, tâchant d'apaiser son tremblement intérieur. Elle se sentait complètement vulnérable et exposée. Si Max remarqua son malaise, il n'en laissa rien paraître.

Il baissa les yeux vers sa hanche, et son expression sensuelle se transforma en un froncement de sourcils. Le bleu avait viré au noir.

— Bon sang ! s'exclama-t-il. On dirait que ça a empiré. Tu as mal ?

Elizabeth secoua la tête.

— Juste un peu.

A sa grande surprise, Max s'agenouilla sur le lit, baissa la tête et déposa un doux baiser sur l'ecchymose. Elle frissonna sous la douceur de la caresse. Il leva les yeux vers elle et sourit.

Se baissant de nouveau, il égrena une série de baisers le long de la marque, jusqu'au nombril, puis descendit jusqu'au slip bleu marine qu'elle portait.

Devant cette frontière de soie et de dentelle, Max releva la tête, et son regard sensuel remonta jusqu'au soutien-gorge assorti.

— Bon sang ! Tu as des sous-vêtements supersexy ! Je ne me serais jamais douté que sous ces dehors de dame élégante, tu pouvais porter des dessous aussi affriolants !

Sous son regard brillant qui semblait vouloir dévorer chaque centimètre de sa peau, Elizabeth sentit tout son corps s'enflammer.

— Ils n'ont rien d'affriolant, protesta-t-elle.

— Ça doit dépendre de la personne qui les porte. Crois-moi, sur toi, ils sont tout ce qu'il y a de plus sexy !

D'un geste adroit, il défit le soutien-gorge, libérant ses seins soyeux. Il eut un sourire appréciateur.

— Et tu es encore plus sexy sans, murmura-t-il d'une voix rauque avant de se pencher pour prendre entre ses lèvres le mamelon tendu.

Sous la caresse, Elizabeth se cambra tout en poussant un petit gémissement. Sans lâcher le mamelon, Max en profita pour faire glisser le slip jusqu'à ses chevilles. Envahie par le désir, la jeune femme s'empressa d'ôter cette dernière barrière de tissu.

Instinctivement, elle plongea ses doigts dans la chevelure de Max et retint sa tête contre son sein. Après quelques instants, il abandonna le premier mamelon pour se saisir du second.

Ses lèvres entrouvertes glissèrent depuis le renflement nacré jusqu'à la douce vallée entre ses seins. Du bout de la langue, il dessina de petits cercles humides.

Elizabeth frémit.

— Tu aimes ? chuchota-t-il.

— Ou… oui…

Sa bouche remonta vers le creux de son cou et y déposa une pluie de baisers.

— Et ça ?

— Oui. Oh… oui !

Il lui mordilla le lobe de l'oreille, et elle sentit qu'il souriait lorsqu'elle poussa un gémissement de plaisir.

— Mmm… ça aussi, tu aimes, n'est-ce pas ?

— Ou… oui, je… Oh !

Soudain, il la saisit par la taille et, roulant sur le dos, il la maintint au-dessus de lui. Pendant un instant, il resta ainsi, la tenant à bout de bras. En voyant la confusion sur le visage d'Elizabeth, il sourit de nouveau.

— Max, que… ?

Sans la quitter des yeux, il la fit lentement descendre sur lui. Elle écarquilla les yeux lorsqu'elle sentit la pression de son sexe sur le sien. Lentement, la soumettant à la plus exquise des tortures, il la pénétra par petits à-coups. Elle ferma les yeux et gémit, avide de conclure leur étreinte. Mais Max s'y refusa.

— Non. Regarde-moi. *Regarde*-moi !

Elizabeth obtempéra et vit le regard de Max chavirer tandis que, centimètre par centimètre, il continuait de la pénétrer. Elle eut le souffle coupé lorsqu'elle le sentit complètement en elle.

Quand elle fut bien sur lui, il fit glisser ses mains et lui saisit les hanches. Avec une infinie douceur, il guida ses mouvements, imprimant à leurs deux corps unis un va-et-vient d'abord lent, puis de plus en plus rapide et frénétique.

S'agrippant aux épaules de Max, Elizabeth rejeta la tête en arrière et ferma les yeux. Très rapidement, le plaisir devint trop intense, trop exquis, intenable. Puis ce fut l'apogée, comme elle n'en avait jamais vécu. Elle entendit, comme provenant de très loin, le gémissement aigu qui s'échappa de ses lèvres.

Elle s'effondra alors sur la poitrine de Max, à bout de souffle, épuisée et comblée, continuant à le retenir entre ses cuisses frémissantes.

Il resta quelques instants immobile en elle, à lui caresser le dos à un rythme hypnotique.

— Ça va ? lui demanda-t-il finalement.

— Mmm…, ce fut tout ce qu'elle réussit à dire.

Il lui souleva alors légèrement les hanches et elle ouvrit les yeux.

— Oh, mais tu n'as pas… Tu…

Max eut un petit rire.

— Ne t'inquiète pas pour moi.

Sans desserrer leur étreinte, il la fit rouler sur le dos. S'appuyant sur les avant-bras, il contempla son visage empourpré, et un sourire sensuel se dessina sur ses lèvres.

— C'étaient juste les préliminaires, dit-il.

Il commença à bouger. Instinctivement, Elizabeth mit ses jambes autour de lui.

— Oui, c'est ça, lui dit-il d'une voix sensuelle et encourageante.

Son regard hypnotique retenait le sien tandis que le mouvement de ses reins devenait plus rapide et plus puissant.

Vu l'intensité de l'orgasme qu'elle venait de vivre, Elizabeth ne pensait pas que son corps se réveillerait aussi vite au plaisir. Quelle ne fut donc pas sa stupéfaction quand elle le sentit répondre à l'appel de celui de Max.

— Ah, oui ! fit-il d'une voix rauque, en regardant son visage transfiguré par le plaisir. Oui ! C'est ça. Encore ! Encore ! Ah ! Oui ! Oui !

D'un dernier coup de reins, Max la pénétra encore plus profondément avant de s'immobiliser brusquement, le dos arqué et les traits déformés par l'intense plaisir qu'il venait d'éprouver.

Au même moment, Elizabeth poussa un cri tandis que, une fois de plus, le monde explosait autour d'elle.

Le corps traversé d'un dernier frisson, Max s'écroula sur le dos, aux côtés de la jeune femme.

Ils restèrent ainsi sans bouger. Les paupières closes, les bras au-dessus de la tête et le cœur battant à tout rompre, ils tentaient de reprendre leur souffle.

Au bout d'un certain temps, elle le sentit tourner la tête vers elle.

— Eh bien, on dirait que nous venons de faire notre baptême de l'air, dit-il d'une voix haletante.

Elizabeth haussa les sourcils.

— Tu veux dire, nous deux ?

— Tu ne vas peut-être pas me croire, mais tu es la première femme à monter dans cet avion avec moi. Peut-être Troy a-t-il déjà reçu des femmes ici. Pour moi, en tout cas, c'est une première.

— C'est vrai, il y a Tom ! Mon Dieu, je l'avais complètement oublié ! s'exclama Elizabeth en se redressant brusquement et en croisant les bras sur sa poitrine nue.

Elle lui jeta un regard horrifié.

— Tu crois qu'il nous a entendus ? Qu'il sait ?

Max s'esclaffa.

— On ne peut pas dire que nous ayons été vraiment discrets !

Dépitée, la jeune femme se laissa retomber sur le dos.

— Mon Dieu ! Je ne pourrai plus jamais le regarder en face !

Max roula sur le côté et l'obligea à retirer ses mains de sa poitrine.

— Ne te cache pas, murmura-t-il d'une voix douce. Tu es ma femme et j'aime te regarder.

Relevant les yeux vers elle, il sourit.

— Je te faisais marcher. Le bruit du moteur couvre tout : Tom ne peut pas nous entendre. Surtout quand il a son casque sur les oreilles.

— Tu es sûr ?

Haussant les épaules, Max fit un geste qui semblait dire *couci-couça*.

— A peu près sûr. Mais même s'il a entendu, je ne vois pas où est le problème. Nous sommes mariés.

Dépitée, Elizabeth lui donna une petite tape sur l'épaule.

— Ah, vous, les hommes !

*
* *

Si Tom s'était rendu compte de ce qui s'était passé à l'arrière de l'avion, il eut la délicatesse de n'en rien laisser paraître. Ils atterrirent, et Max transporta Elizabeth jusqu'à la voiture.

Lorsqu'ils parvinrent à River Oaks, il faisait déjà nuit, et Elizabeth frissonna en voyant la maison plongée dans l'obscurité.

— Où sont-ils tous passés ? demanda Max en allumant le lustre de l'entrée.

— Je te l'ai déjà dit. Gladys et Dooley sont chez leur fils, à Lubbock.

— Ah, oui, c'est vrai. Où dois-je mettre tout ça ? demanda-t-il en désignant leurs valises.

— Par là.

Le précédant, Elizabeth prit le grand escalier qui menait à l'étage. Sur le palier, elle tourna à droite, et il la suivit dans le couloir qui se terminait sur une porte à double battant.

— Voilà ma chambre, dit-elle en ouvrant une porte sur la droite.

Max entra.

— Elle est petite pour une chambre principale.

— Oh, mais ce n'est pas la chambre principale ! Edward préférait dormir seul. Juste après notre mariage, il a fait refaire cette aile de la maison. Autrefois, cette chambre était celle de la nourrice. La petite pièce là-bas était la nursery. Elle relie maintenant cette chambre à la chambre principale de l'autre côté et à ma salle de bains.

Max alla jusqu'à la porte et l'ouvrit.

— Bon sang, elle est immense ! Elle est beaucoup plus grande que la plupart des chambres.

Debout au milieu de la pièce, Elizabeth se balançait d'un pied sur l'autre, ne sachant trop comment aborder le sujet.

— Heu… si tu veux la prendre, n'hésite pas. Moi, je suis très bien ici.

Max lui jeta un regard en coin et secoua lentement la tête.

— Ah, non ! Ça ne marche pas comme ça avec moi. Tu es ma femme. Je dors dans ton lit, dit-il en traversant la petite pièce pour entrer dans la grande chambre.

Elizabeth lui emboîta le pas, se demandant ce qu'il avait en tête.

Il y avait là un immense lit à baldaquin de style victorien dont les colonnes sculptées à la main devaient faire trois mètres cinquante de haut. De chaque côté se trouvait une table de chevet. Il y avait également une glace murale ainsi qu'une commode. La chambre disposait d'un immense placard et d'un salon.

— Eh bien, Edward ne se refusait rien ! Une suite rénovée et équipée des derniers éléments de confort et de luxe. Et immense avec ça ! C'est cette pièce que tu devrais occuper.

— Tu… tu veux que nous nous installions ici ?

— Pas tout de suite. J'aimerais d'abord que tu la fasses refaire. Qu'elle soit à nous.

10

Le jour de Thanksgiving, Elizabeth et Max arrivèrent à Mimosa Landing peu après midi. Ils étaient à peine entrés que tante Talitha, Mimi et même Martha se précipitaient sur eux pour les assaillir de questions.

— Qu'est-ce qui s'est passé ?

— Pourquoi êtes-vous revenus plus tôt que prévu ?

— Tu n'es pas malade au moins ?

— Oh, mon Dieu, tu n'as pas l'air en forme, mon petit !

— Je vais bien, tante Talitha. Laissez-nous juste retirer nos manteaux et nous vous expliquerons tout, promit Elizabeth.

Contenant difficilement leur impatience, Mimi et tante Talitha durent attendre que tout le monde soit installé devant une belle flambée dans le salon. Seule Martha resta debout près de la porte.

La gouvernante de Mimosa Landing était à l'opposé de sa collègue de Houston. Alors que Gladys était grande et forte, avec des manières quelque peu brusques, Martha était une petite femme replète, d'une nature calme et douce, toujours réservée.

Jetant à Elizabeth un regard impérieux, tante Talitha frappa le sol de sa canne.

— Alors ? Raconte-nous !

Elizabeth aurait préféré ménager sa tante, mais elle estima

préférable de la mettre au courant plutôt que de courir le risque qu'elle découvre la vérité par hasard.

Elle leur raconta donc ce qui s'était passé en édulcorant l'histoire du mieux qu'elle put. Lorsqu'elle eut terminé son récit, les trois femmes la regardèrent, visiblement choquées.

— Mon Dieu ! s'exclama tante Talitha en portant la main à son cœur. C'est horrible ! Ce… ce monstre a essayé de… de t'écraser en pleine rue ?

— Oui. Et sans Mme Phelps, je ne serais probablement pas là aujourd'hui.

— J'espère que tu as noté son adresse, reprit la vieille dame. Il faut que je lui écrive pour lui exprimer ma reconnaissance.

— Ce voyou a dû te suivre jusqu'à l'hôtel et attendre que Max s'en aille. Tiens, j'en ai la chair de poule ! déclara Mimi en se frottant les bras.

— Il y a une chose que je ne comprends pas, poursuivit tante Talitha. Qui pourrait vouloir la mort d'Elizabeth ?

— L'inspecteur Gertski pense qu'il y a erreur sur la personne, intervint Max, qui était resté silencieux, jusque-là. Cette idée me paraît tout à fait sensée, mais j'ai quand même préféré éloigner Elizabeth de New York. Nous aurions pu continuer notre lune de miel ailleurs, mais elle préférait rentrer chez elle.

— Comme je la comprends ! Vous avez pris la bonne décision, mon garçon. Après une telle frayeur, la pauvre enfant avait besoin de se retrouver auprès des siens, déclara tante Talitha en se penchant vers Max pour lui tapoter le bras. Je suis contente qu'elle ait trouvé un homme digne de ce nom, et qu'elle ne soit plus avec une mauviette comme ce bon à rien d'Edward Culpepper. Je n'ai jamais aimé ce type ! conclut-elle en donnant un coup de canne sur le tapis oriental pour donner plus de poids à sa déclaration.

— En tout cas, beau gosse, j'espère que tu assures au lit ! ajouta Mimi de sa voix traînante. Parce que vraiment, comme lune de miel, on fait mieux !

— Mimi, enfin ! Quand vas-tu apprendre à te comporter correctement ? gronda tante Talitha sans trop de conviction.

Quelques instants plus tard, Martha annonçait que le déjeuner était prêt.

Pendant le repas, la discussion tourna autour de ce qui s'était passé à New York. Maintenant qu'elle se trouvait chez elle, Elizabeth se sentait en sécurité, si bien qu'elle n'avait plus qu'une envie : clore le sujet.

Une fois le déjeuner terminé, les trois femmes se levèrent en se plaignant d'avoir trop mangé et, accompagnées de Max, elles se retirèrent dans le salon. Cette pièce spacieuse, ajoutée en 1950 au corps de ferme principal, était devenue l'endroit de prédilection de la famille.

— Et si tu me faisais faire le tour du propriétaire ? suggéra Max sans laisser à Elizabeth le temps de s'installer confortablement. Je ne sais pas si tu es comme moi, mais après ce copieux repas, un peu d'exercice serait le bienvenu.

— Excellente idée ! répondit la jeune femme.

Rien ne lui faisait davantage plaisir que de faire visiter à Max sa ferme bien-aimée.

— Mimi, tu veux nous accompagner ? proposa-t-elle à son amie.

Celle-ci s'esclaffa.

— Tu plaisantes ? Hors de question que je traverse les champs avec ces talons de huit centimètres.

— Tu n'as qu'à les échanger contre des baskets.

Mimi eut un grognement de mépris.

— Enfin, trésor, tu penses vraiment que j'ai ça dans ma garde-robe ?

Avec un soupir théâtral, Mimi se laissa tomber sur l'un

des canapés du salon, tandis que tante Talitha s'installait dans son rocking-chair.

— Allez, filez donc ! lança Mimi avec un geste de sa main aux doigts couverts de bagues. Pour tout vous avouer, ça nous arrange, tante Talitha et moi, qu'il n'y ait pas d'homme pour nous imposer un match de foot à la télé. Pendant que vous serez tous les deux en train de vous geler, nous regarderons une chaîne de téléachat.

Elizabeth se mit à rire.

— Comme tu voudras.

Puis elle se tourna vers Max :

— Tu m'accordes une minute : le temps d'aller mettre un jean et des chaussures de marche ?

— Bien sûr, vas-y.

— Attends, je viens avec toi ! lança Mimi en se levant avec des gestes languides. Comme ça, on pourra discuter entre filles.

Bras dessous bras dessus, les deux femmes quittèrent le salon. Juste avant de sortir, Mimi tourna la tête et adressa un clin d'œil à Max par-dessus son épaule.

Les regardant s'éloigner, celui-ci secoua la tête en un geste d'incompréhension.

— Comment diable ces deux-là ont-elles pu devenir amies ?

— Oui, elles sont vraiment très différentes, n'est-ce pas ? Venez donc vous asseoir à côté de moi et je vous raconterai l'histoire de leur amitié.

Max obéit. Le regard perdu dans le vague, la vieille dame semblait transportée des années en arrière.

— Pour que vous compreniez, il va falloir que je vous décrive le contexte familial, dit-elle.

Avec quelqu'un d'autre, Max se serait impatienté, mais il se rendait bien compte que la grand-tante Talitha faisait les choses à son propre rythme.

— Le père d'Elizabeth, Ransom Patrick Stanton, était le fils de mon frère Pierce. Pierce était beaucoup plus âgé que Mariah et moi — Mariah est ma sœur jumelle. Mes parents nous avaient eues sur le tard, voyez-vous. Donc nous n'avions que cinq ans quand Ransom est né. Nous le considérions plus comme un frère que comme un neveu.

Son regard se fit lointain et un sourire attendri apparut sur ses lèvres.

— En grandissant, il est devenu un beau jeune homme doté de la force de caractère et de l'esprit pionnier des Stanton. La famille était ravie quand il a épousé Victoria Trent. C'était une femme adorable, dit Talitha avec un soupir nostalgique. La douceur et la féminité incarnées. Victoria et Ransom formaient un couple idéal. Tout le monde le disait. Lui avec sa force et son assurance, la beauté de ses traits rudes et le charme de sa personnalité. Elle avec sa douceur, son bon cœur, son élégance et sa beauté. Elizabeth a hérité de ses deux parents. Elle les adorait, d'ailleurs. En particulier sa mère. Mais Victoria est morte d'un cancer du sein alors qu'Elizabeth n'avait que neuf ans, et la pauvre enfant était complètement anéantie. Non pas qu'elle se soit mise à pleurer ou à faire des choses incohérentes. Non, elle est devenue plus sombre et encore plus calme. Elle s'est renfermée sur elle-même ; elle a refoulé son chagrin. Notre voisin à Houston, Horace Whittington, avait épousé Mimi quelques jours avant le décès de Victoria. Mimi avait à peine dix-neuf ans, à l'époque, et Horace, cinquante-deux. Il était veuf.

« Je comprends mieux, se dit Max. Une chercheuse d'or qui a réussi à ferrer un vieux riche et qui a ensuite mené la belle vie. » Il s'en était toujours douté. En dépit des vêtements de haute couture et des bijoux qu'elle portait, Mimi n'avait tout simplement pas le vernis de ceux qui sont nés riches. Il était bien placé pour le savoir. Il venait du même milieu qu'elle.

Bien sûr, Elizabeth aussi l'avait épousé pour son argent, songea-t-il alors en fronçant les sourcils. Mais, avec elle, c'était différent. Tout d'abord parce que l'idée du mariage venait de lui, ensuite parce que c'était une affaire qui servait leurs intérêts à tous les deux et qu'ils avaient acceptée en connaissance de cause. Il se demanda si le pauvre Horace savait que c'était son portefeuille qui intéressait Mimi.

Avec un reniflement de mépris, Max hocha la tête :

— Vous savez ce qu'on dit : il n'est pire idiot qu'un vieil idiot.

— Je comprends que vous réagissiez de cette façon, murmura Talitha. Je vous avoue que c'est ce que j'ai pensé, moi aussi. C'est ce que nous avons tous pensé. Au début. Mais attendez la suite. Mimi avait eu une enfance difficile. Après le décès de ses parents, elle a été ballottée de parent en parent, mais personne ne voulait d'elle. Au bout d'un an environ, elle a été placée en famille d'accueil. Cela a été le début d'une valse de placements jusqu'à ce qu'à l'âge de seize ans, elle décide qu'elle en avait assez. Elle s'est alors enfuie. Quand Horace et elle se sont rencontrés, elle participait à des concours de danses de salon. Je crois que Horace a été le premier à l'aimer réellement. Elle lui a rendu cet amour de tout son être. Ils ont vécu ensemble pendant vingt ans et je n'ai jamais vu un couple plus uni ni plus heureux. Elle a été complètement anéantie quand il est mort. Horace — que Dieu le bénisse — a su voir au-delà des apparences fanfaronnes de Mimi. Il savait qu'elle avait un cœur grand comme ça. Mimi est quelqu'un de généreux et de compatissant. Avec la clairvoyance qu'ont les enfants, Elizabeth a été, elle aussi, attirée par ses qualités. Quant à Mimi, elle a su percevoir la souffrance de cette petite fille qui venait de perdre sa mère. Elle y a répondu. Chaque fois que la douleur devenait insupportable, Elizabeth se glissait à travers la haie qui sépare notre propriété de celle des Whittington, et elle cherchait Mimi. Elle n'avait pas besoin de dire quoi que ce soit. Mimi comprenait tout de suite en voyant son petit visage triste. Elle laissait alors tomber ce qu'elle faisait, et elle lui ouvrait les bras.

Talitha secoua la tête, une expression attendrie sur le visage.

— Quand Elizabeth n'était pas dans les parages, je savais où la trouver. Combien de fois suis-je allée la chercher chez les Whittington ! J'entrais dans leur serre et je trouvais Mimi en train de câliner Elizabeth.

Revenant au moment présent, Talitha tourna les yeux vers Max.

— Je serai éternellement reconnaissante à Mimi d'avoir aidé Elizabeth à traverser cette période difficile. Elles sont unies depuis ce jour. Bien sûr, avec les années, Elizabeth a mûri et leur relation a changé. Ce n'est plus celle d'un maître et de son élève. C'est désormais une amitié d'égale à égale, mais le lien qui les unit est plus fort que jamais. Il ne se passe pratiquement pas un jour sans qu'elles se voient, ne serait-ce que pour les exercices de danse.

— Des exercices de danse ?

— Mimi a commencé à enseigner la danse à Elizabeth quand la petite avait neuf ans. Tous les matins, elles passent une heure à danser, soit dans le studio des Whittington, soit dans celui qu'Elizabeth a fait aménager ici au-dessus de l'ancienne remise. Elles dansent pour garder la forme, et surtout parce qu'elles adorent ça.

— Hum… j'aimerais bien voir ça.

— Ce sera difficile. Elizabeth a horreur qu'on la regarde danser. Ce que je voulais vous dire en vous racontant cette histoire, c'est que la présence de Mimi a été une véritable bénédiction au moment où Elizabeth en avait le plus besoin. Maintenant, elles sont inséparables.

— Merci de m'avoir raconté tout ça, dit Max. Je comprends mieux la situation, maintenant.

— Oui. On a souvent tendance à juger un peu trop rapidement, n'est-ce pas ?

Une lueur de perspicacité dans les yeux, Talitha soutint le regard de Max.

— Effectivement.

— Puis-je vous donner un conseil ?

— Bien sûr.

— Un homme de sagesse ne s'essaierait pas à briser une telle amitié.

Il considéra ces paroles un instant avant de hocher la tête.

— Je suis sûr que vous avez raison.

Dès qu'elles se furent éloignées, Mimi serra le bras d'Elizabeth et se pencha vers elle.

— Depuis le temps que j'ai envie de me retrouver seule avec toi pour pouvoir te poser la question... Alors, comment il est ? chuchota-t-elle.

— Qui ça ?

— Max. Tu sais... au lit.

— Mimi ! Ce ne sont pas des choses que l'on demande !

— Allez ! Ne me fais pas languir !

— Laisse tomber. Le sujet n'offre pas matière à discussion.

Elles étaient parvenues en haut des marches et Elizabeth dégagea son bras pour s'empresser d'aller dans sa chambre.

Mimi allongea le pas pour la suivre, ses talons aiguilles martelant le sol.

Une fois dans sa chambre, Elizabeth se dirigea vers le dressing, mais elle s'arrêta sur le pas de la porte et souleva la masse de ses cheveux. Aussitôt, Mimi s'approcha pour descendre la longue fermeture Eclair de sa robe.

— Allons, trésor ! Je suis ta meilleure copine. Tu peux me le dire. Je te promets que je serai muette comme une tombe. Parole de scout !

Elizabeth s'immobilisa et lui jeta un regard dubitatif. Puis elle entra dans le dressing et y accrocha sa robe. Mimi la suivit.

Elle enleva ensuite ses escarpins, puis ses collants, avant de répliquer :

— Tu n'as jamais été scout, d'abord !

— D'accord. Disons que je n'en parlerai qu'à Doreen, admit Mimi avec une moue désabusée. Mais seulement parce que nous avons fait un pari.

Les doigts serrés sur le jean qu'elle venait de choisir, Elizabeth se retourna brusquement.

— Vous avez *quoi* ?

Les poings sur les hanches, elle se planta devant Mimi :

— Tu veux dire que tu as *parié* sur ma vie sexuelle ? Honnêtement, Mimi, tu es impossible !

— Ecoute-moi avant de t'emballer. Je n'avais pas l'intention de...

Etouffant une exclamation, elle s'interrompit, et Elizabeth vit que son regard horrifié était posé sur sa hanche meurtrie.

— Mon Dieu ! Tu nous avais dit que la voiture n'avait fait que t'effleurer. C'est *horrible* ! Ça doit te faire terriblement mal !

Baissant les yeux sur l'énorme ecchymose, Elizabeth fit

la grimace. La peau violacée s'était encore assombrie et les contours de l'hématome avaient pris des teintes jaunes, rouges et bleues.

— Ce n'est pas aussi terrible que ça en a l'air, assura-t-elle. Tu sais que j'ai une peau qui marque facilement.

— Tu as vu un médecin ? demanda Mimi en s'approchant.

Se penchant vers la blessure, elle tendit un doigt à l'ongle vernis de rouge et toucha doucement la peau meurtrie de son amie.

— Bien sûr que j'ai vu un médecin ! On m'a même fait des radios à New York. Il n'y a rien de grave.

Après avoir enfilé son jean, Elizabeth prit dans la pile de pulls rangés sur l'étagère un épais col roulé couleur feuille morte.

Toujours accompagnée de Mimi, elle revint dans la chambre et s'assit sur le bord du lit pour mettre ses chaussures. Tout en s'affairant, elle glissa un regard à son amie.

— Ne t'imagine surtout pas que tu vas réussir à détourner la conversation comme ça ! lui dit-elle. J'attends des explications en ce qui concerne ce pari.

— Tu sais comment est Doreen, répondit Mimi avec un geste désinvolte de la main. Elle a encore divorcé et elle cherche un amant. Ça fait plus de un an qu'elle essaie d'attirer Max dans son lit. En vain.

Elizabeth s'immobilisa net et leva les yeux vers son amie.

— Tu en es sûre ?

— A cent pour cent. Tu connais Doreen. Si elle avait réussi à sortir avec Max, tout le monde l'aurait su !

Mimi avait raison, songea Elizabeth avec un sentiment de soulagement indicible.

— Quand Doreen a appris que tu l'épousais, elle était vexée. Elle a essayé de sauver la face en disant que Max ne l'avait jamais vraiment intéressée et que, de toute façon, il ne devait pas être terrible au lit. Je ne pouvais pas laisser passer ça, tu comprends ? Enfin, bon, de fil en aiguille, on s'est retrouvées à faire ce pari.

— Je vois. Et comment comptiez-vous obtenir une réponse à votre question ? demanda Elizabeth qui, ayant terminé de s'habiller et de se coiffer, se dirigeait vers la porte.

— On avait l'intention de te demander ton avis, tout simplement, répondit Mimi en se précipitant derrière elle. Tout le monde sait que tu dis toujours la vérité. Allons, trésor, dis-moi comment c'était !

— Non.

— S'il te plaît !

— Désolée, mais je n'ai aucune intention de discuter de ma vie sexuelle avec toi ni avec personne d'autre.

Sur ces mots, Elizabeth dévala l'escalier, bien décidée à garder son secret. Mais c'était sans compter sur la détermination de Mimi, qui n'hésita pas à retirer d'un geste preste ses talons aiguilles et à les balancer dans le hall. Pieds nus, elle se précipita derrière son amie.

— Allez, s'il te plaît, trésor ! Si ce n'est pas toi qui nous le dis, je ne vois pas qui d'autre pourra le faire.

— Ecoute-moi bien. Les prouesses de mon mari ne regardent absolument personne.

Parvenue en bas de l'escalier, Elizabeth agrippa le pilastre de la rampe et pivota en direction du salon.

— Hum. Ton *mari* ? Tu es déjà très possessive ! Y aurait-il quelque chose entre vous deux que tu aurais oublié de me raconter ?

— Non.

Mimi poussa un grognement.

— Allons, trésor ! Tu as le droit de ne pas rentrer dans les détails. Je t'assure que je comprendrais.

— Comme c'est généreux de ta part !

— Dis-moi seulement quelle note tu lui mettrais sur une échelle de dix, en sachant que dix est la note maxi.

Elizabeth poussa un soupir.

— Tu ne me laisseras pas tranquille tant que tu n'auras pas ta réponse, hein ?

— Exactement ! déclara Mimi avec un grand sourire.

Elles entrèrent dans le salon et Max se leva.

— Prête ? demanda-t-il.

— Oui. Il y a des manteaux dans la buanderie. Nous pouvons les utiliser.

Elizabeth se pencha et déposa un baiser sur la joue diaphane de sa tante.

— Nous serons de retour dans environ une heure, lui dit-elle.

— Oui, oui. Je sais. Allez, filez. Et amusez-vous bien.

Juste au moment de sortir, Elizabeth se tourna vers son amie :

— Au fait, Mimi. Ce nombre que tu voulais…

Le visage de Mimi s'illumina.

— Oui ?

— Douze, annonça Elizabeth avec un sourire satisfait.

Mimi eut un hoquet de surprise et ouvrit des yeux larges comme des soucoupes.

Max suivit l'échange d'un air perplexe.

— De quoi parliez-vous ? demanda-t-il quand ils furent dans la buanderie.

— Oh, rien d'important. Encore une lubie de Mimi.

Ils sortirent dans le froid.

— C'est un sacré personnage, n'est-ce pas ?

— C'est le moins qu'on puisse dire, répondit Elizabeth avec un sourire attendri.

Un coup de vent glacial les heurta de plein fouet. Frissonnant, ils remontèrent le col de leur manteau. Bien qu'il ne fît que

4 °C, le taux d'humidité était élevé et on avait l'impression qu'il faisait - 6 °C.

— Si nous marchions en direction du fleuve ?

— Comme tu veux. Je te suis.

Regardant par-dessus son épaule, Max s'aperçut que la ferme se trouvait au sommet d'une petite colline, à un peu moins de deux kilomètres de la route. Le terrain derrière le domaine descendait en pente douce jusque sur les berges du fleuve Brazos.

— La ferme est un long rectangle irrégulier qui s'étend à égale distance vers le nord et le sud le long de la rive est du Brazos, expliqua Elizabeth. Tu n'as peut-être pas envie de marcher autant en un seul jour. Mon régisseur et les autres employés utilisent des 4x4 pour se déplacer. Nous pouvons en prendre un si tu veux.

— Non, je préfère marcher.

— Moi aussi.

Ils marchèrent en silence en direction du fleuve : lui, les mains dans les poches d'une veste en jean doublée de laine de mouton qu'il avait trouvée accrochée à une patère près de la porte ; elle, dans une vieille vareuse, le nez en l'air et un sourire de satisfaction sur les lèvres. Contrairement à beaucoup de femmes, elle ne semblait pas se soucier du vent qui la décoiffait. C'était à peine si elle s'en rendait compte, se dit Max.

— Je comprends pourquoi tu aimes cet endroit, fit-il tandis que, du regard, il embrassait les collines parsemées de chênes anciens, de pacaniers, de noyers et de mimosas. C'est magnifique.

— Mmm, acquiesça-t-elle d'un air distrait.

Ils atteignirent le fleuve et s'arrêtèrent près d'une cabane de bois délabrée au toit en tôle ondulée qui avait été construite au bord d'une falaise descendant à pic sur près de cinq ou six mètres jusqu'aux eaux boueuses du Brazos.

— C'est l'égreneuse à coton qu'Asa a construite, dit la jeune femme en indiquant la vieille cabane qui tombait en ruine. Autrefois, tous les fermiers des alentours apportaient leur coton ici pour qu'il soit égrené et mis en balles avant d'être transporté pour être vendu. Au début du XIXe siècle, les bateaux à aubes montaient et descendaient le fleuve pour vendre des produits ou venir chercher la récolte. Dans les premiers temps, les pionniers faisaient le commerce des noix de pécan et de la potasse. Par la suite, ils se sont enrichis grâce au coton, à l'indigo et à la canne à sucre. Récemment, nous avons commencé à alterner les cultures afin de ne pas épuiser le sol. Bien sûr, c'était bien avant que le gouvernement ne construise un barrage en amont, près de Mineral Wells. Quand le niveau de l'eau a baissé, les gros bateaux ne pouvaient plus naviguer. Avant, le Brazos était un fleuve profond et rapide, et ses eaux étaient claires. Ses berges étaient bordées de mimosas. Il en reste encore aujourd'hui. C'est pourquoi la ferme a été appelée Mimosa Landing. Regarde un peu plus bas et tu verras les restes du vieux quai.

Se penchant, Max repéra une construction de bois branlante, accrochée à la berge, à mi-chemin de l'eau.

— On peut dire que cet endroit a une histoire, fit-il. Tout comme ta famille.

— Oui, répondit-elle avec une certaine fierté.

— Combien d'hectares possédez-vous en tout ?

— Un peu plus de mille cinq cents. Le terrain d'origine en faisait trois cents. Mon arrière-arrière-grand-père, Asa Pierce Stanton, a fait construire peu de temps après son arrivée au Texas en compagnie de Steven F. Austin, au début du XIXe siècle. Il a peu à peu agrandi le domaine en achetant les terres de colons qui n'arrivaient pas à s'en sortir. Quand la révolution texane contre le Mexique a éclaté, il avait plus que triplé sa concession initiale. A son arrivée ici, il a d'abord construit une cabane de bois qui comportait deux pièces, puis il a mis en route cette égreneuse à coton avant de faire venir la femme qu'il aimait, Talitha Camille Brown.

Elizabeth s'avança vers un énorme mimosa et s'arrêta sous ses branchages.

— Ils ont été mariés ici même, au printemps 1830, par un pasteur itinérant. Les mimosas et les fleurs des champs étaient en pleine floraison.

— C'est vrai ? dit Max en regardant autour de lui. Cet endroit doit être magnifique au printemps.

— Oui.

Elle revint vers lui et, les mains dans les poches, porta son regard sur le fleuve.

— De 1833 à avril 1836, Asa a servi dans l'armée texane. Il a été blessé à San Jacinto.

— La dernière bataille de la guerre ?

En voyant Elizabeth hocher la tête, il ajouta :

— C'est vraiment dommage.

— Mais il a survécu, Dieu merci. Pour services rendus, on lui a accordé cinq cents hectares de terre supplémentaires, adjacents à sa propriété.

Max émit un sifflement.

— C'est énorme ! Vous les possédez encore ?

— Oui. Aucun Stanton n'a jamais vendu une once de cette terre.

— Je suppose que tu ne le ferais pas, toi non plus.

— Non. Même si je devais aller faire des ménages.

Max faillit éclater de rire, mais il se retint juste à temps. Elle parlait sérieusement. Tournant la tête, il examina son profil déterminé. Oui, elle était prête à tout. Même à l'épouser, songea-t-il. Cette pensée lui déplut sans qu'il sût vraiment pourquoi.

En silence, ils longèrent la rive du fleuve pendant quelque

temps avant de faire demi-tour. Près de la maison, Elizabeth lui montra une vieille construction de bois.

— Voici la cabane qu'Asa a construite en tout premier. C'est là que Talitha Camille et lui ont commencé leur vie conjugale. Derrière se trouvent les gros chaudrons qu'ils utilisaient les jours de lessive. A l'automne, ils y fabriquaient du savon et des bougies. Ce bâtiment là-bas construit sur le cours d'eau servait de chambre froide. C'était l'équivalent de nos réfrigérateurs. On y stockait les denrées périssables. L'eau qui coule à l'intérieur permettait de maintenir une température stable.

— Et ça ? Qu'est-ce que c'est ?

— L'ancien pressoir à canne à sucre. Il était tiré par des bœufs ou des mules. Tu vois la grande barre qui pointe ? Elle était accrochée au harnais de l'animal qui tournait autour de la presse. Les travailleurs mettaient la canne à sucre dans la hotte et on extrayait ainsi le jus dans le pressoir. Le passage continu des animaux sur le même chemin a fini par créer cette ornière, au fil des années.

— Fascinant ! murmura Max en inspectant la machine de plus près.

— Et cette bâtisse là-bas, juste après la chambre froide, poursuivit Elizabeth, c'est le fumoir.

— Et là-bas, ça doit être la remise à chariots. C'est là que tu as ton studio de danse, n'est-ce pas ?

— C'est tante Talitha qui t'en a parlé ?

— Oui. J'aimerais vous voir danser, un jour, Mimi et toi.

Elizabeth commença à secouer la tête avant même qu'il n'ait terminé sa phrase.

— Oh, non ! Nous sommes les deux seules personnes à avoir accès au studio.

— Nous en reparlerons, dit Max avant de changer de sujet.

Ils firent ensuite le tour de la grange à animaux, puis de celle de l'équipement. Max s'approcha d'une énorme machine pour la regarder de plus près.

— Elle semble neuve, fit-il remarquer en glissant ses doigts sur la peinture jaune vif. Qu'est-ce que c'est ?

— Une moissonneuse-batteuse. Et tu as raison, elle est toute neuve. On nous l'a livrée lundi dernier. Truman a hâte de l'utiliser. On dirait qu'il aime cette machine autant que ses propres enfants, dit Elizabeth en riant.

Au fond de la grange, elle lui montra un *picker*[1], une presse-balle et d'autres machines qu'il ne connaissait pas. Elle grimpa ensuite sur le tracteur le plus grand que Max ait jamais vu.

— Ce tracteur aussi est tout neuf, expliqua-t-elle en sautant sur le siège. Tu vois où va ton argent.

Il acquiesça de façon neutre avant de monter la rejoindre.

— On dirait vraiment du matériel de première classe, dit-il. Tant mieux. Il vaut toujours mieux acheter de la qualité.

— Truman va t'adorer ! dit Elizabeth en riant.

— Ah, oui ? Tu crois qu'il me laissera conduire ce petit bijou ?

— Je ne sais pas, répondit-elle en lui jetant un regard dubitatif. Truman est très protecteur à l'égard de son matériel agricole.

— Il faudra que je le séduise.

— Ce ne sera pas chose facile. Tu devras d'abord faire tes preuves. Une fois qu'il t'aura accepté, tu auras un ami fidèle à vie.

1. Machine à récolter le coton.

— J'avais deviné.

En quittant la remise, ils firent halte devant le corral pour regarder un poulain qui ruait et galopait au vent. Elizabeth grimpa sur la barre inférieure de la clôture de façon à être à la même hauteur que Max.

— Je comprends que tu aimes cet endroit, dit-il. Moi aussi, il me plaît beaucoup, mais les déplacements jusqu'à Houston vont prendre du temps. Cela t'ennuierait-il que je fasse construire une piste d'atterrissage ici ? Comme ça, je pourrais prendre un hélicoptère depuis l'aéroport et être rentré en quelques minutes.

— Je n'y vois pas d'inconvénient, mais à ta place je discuterais de l'emplacement avec Truman.

— Bonne idée.

— Est-ce que Tom a un permis hélicoptère ?

— Tom, non, mais moi, oui. Je pourrai faire les allers-retours entre ici et Houston.

— Toi ? Mais… ça me paraît dangereux.

— Pas de panique. J'ai conduit des hélicoptères quand j'étais avec les marines. J'ai toujours réactualisé mon permis.

— D'accord. Si c'est ce que tu as envie de faire. Mais ne compte pas sur moi pour monter dedans.

Sur le chemin du retour, Max ne cessa de jeter à Elizabeth des regards à la dérobée. Elle était différente, ici. Plus heureuse. Plus vivante.

Les joues rosies par le froid, les cheveux ébouriffés et une lueur de satisfaction dans les yeux, elle respirait la plénitude. Il y avait sur ses lèvres l'ombre d'un sourire qui lui donnait un air de Joconde, comme si elle avait accédé à l'une des vérités essentielles de la vie.

— Tu aimes vraiment cet endroit, n'est-ce pas ?

— Mmm. Je ne l'échangerais contre aucun autre.

— Eh bien alors, pourquoi ne vendrais-tu pas la maison de Houston pour t'installer ici définitivement ?

— Parce que j'aime aussi Houston. En plus, c'est près de chez Mimi.

Elle se baissa pour cueillir une feuille et se mit à jouer avec.

— Et puis il y a Gladys et Dooley, ajouta-t-elle.

Contemplant son profil délicat tandis qu'ils approchaient de la maison, Max se dit qu'il s'était vraiment trompé à son sujet. Il l'avait demandée en mariage parce qu'il savait qu'elle se trouvait dans une situation financière difficile. A l'époque, il avait cru qu'elle ne s'accrochait à Mimosa Landing que pour sauver les apparences. Parce que la ferme avait toujours été le symbole de la richesse des Stanton et de leur place dans la société. Pas une seconde il n'avait pensé qu'elle pourrait refuser sa proposition. En effet, il était persuadé que, étant née dans un milieu aisé, jamais elle ne pourrait renoncer aux privilèges que procure l'argent.

Il s'était trompé. Et ça l'ennuyait.

A voir la passion contenue dans ces yeux bleu-vert, il était évident que la richesse ne signifiait pas grand-chose pour Elizabeth. C'était cette ferme, cette terre qui lui importaient. Et les gens qu'elle aimait.

Il semblait que, par un coup de chance extraordinaire, il était tombé sur une femme extraordinaire, elle aussi.

11

L'une des premières questions que tante Talitha se posait quand elle rencontrait quelqu'un pour la première fois, c'était de savoir si cette personne jouait au bridge. C'était une passionnée, et, pour elle, tout le monde aurait dû s'adonner à cette pratique exaltante. Cependant, elle prit sur elle pour éviter de poser la question à Max le jour de son mariage. Mais elle ne pouvait se retenir plus longtemps. Aussi, quand les jeunes gens revinrent de leur promenade, elle se lança.

— Oui, répondit Max, je joue au bridge. Mes parents m'ont appris les règles. Quand on vit sur une plate-forme pétrolière, il faut trouver des moyens de meubler le temps. J'y ai également un peu joué quand j'étais étudiant.

— Je le savais ! Je le savais ! s'exclama Talitha en donnant un coup de canne ravi sur le sol. Quelqu'un d'aussi intelligent que vous ne pouvait pas ne pas jouer au bridge. C'est un jeu de logique et de stratégie, qui est fait pour les gens qui savent réfléchir. Vous serez mon partenaire. Elizabeth, coupe les cartes !

— Etes-vous sûre d'avoir envie de jouer avec moi ? demanda Max. Je n'ai pas pratiqué depuis plus de dix ans. Je me sens tout rouillé.

— Des absurdités tout ça ! Le bridge, c'est comme le vélo : ça ne s'oublie pas.

Comme toujours, tante Talitha avait raison.

Il était plus de 22 heures lorsqu'ils arrêtèrent de jouer. Talitha et Max avaient battu Elizabeth et Mimi à plates coutures.

Quand ils furent enfin seuls dans leur chambre, la jeune femme remercia son mari de s'être si gentiment plié aux caprices de tante Talitha.

— C'était très gentil de ta part, dit-elle tout en se démaquillant devant le miroir de la coiffeuse.

— Ce n'était rien, dit-il avec un sourire.

Il se baissa pour prendre ses chaussettes et ses chaussures qu'il venait d'enlever, et disparut dans le dressing. Comme celui de Houston, celui-ci était plus grand que la plupart des chambres à coucher. Quelques minutes plus tard, il passa la tête par la porte. Il avait ôté son pantalon et se débattait avec les boutons de sa chemise.

— De toute façon, j'aime beaucoup ta tante. Et je me suis bien amusé. J'avais oublié à quel point j'aimais ce jeu. Je n'ai pas consacré de temps aux distractions depuis dix ans.

— Ce n'est pas bien. Tu sais ce que l'on dit sur les gens qui travaillent trop… Et en plus, tu es un excellent joueur.

— Toi aussi. Quant à Mimi… En fait, j'ai été vraiment surpris de voir qu'elle savait si bien jouer au bridge. Jamais je n'aurais pensé qu'elle en connaissait même les règles.

— Tante Talitha nous les a apprises, il y a plusieurs années. Ne te fie pas aux apparences avec Mimi. Sous ses airs de tentatrice sulfureuse, c'est une femme très intelligente.

— Oui, je commence à m'en rendre compte.

Il enleva sa chemise et la déposa dans une corbeille doublée de satin qui se trouvait dans le dressing.

— De plus, je ne suis pas idiot. J'ai tout de suite compris que j'avais intérêt à bien m'entendre avec la tante si je voulais avoir une chance de rendre la nièce heureuse.

— C'est vrai, reconnut Elizabeth en croisant son regard dans le miroir. Mais je tiens quand même à te remercier.

Avec un haussement d'épaules, Max changea de sujet.

— J'ai remarqué que, contrairement à la maison de Houston, il n'y avait qu'une seule chambre principale ici. Donc pas de chambres séparées ?

— Non, ça ne s'est pas avéré nécessaire. Edward a horreur de la campagne et il ne venait ici que très rarement.

Max secoua la tête et murmura comme pour lui-même :

— Quel crétin, cet Edward !

Regardant son mari approcher dans le miroir, avec pour tout vêtement un minuscule slip rouge, Elizabeth sentit son cœur s'emballer.

Dieu, qu'il était beau ! songea-t-elle en regardant, hébétée, ses épaules puissantes, son torse musclé, son ventre aussi plat qu'une planche à repasser et les muscles de ses cuisses qui ondulaient à chacun de ses mouvements.

Se plaçant derrière elle, il mit ses mains sur ses épaules et commença à la masser doucement.

Puis, d'une pression très légère, il la fit se lever et la tourna vers lui pour la prendre dans ses bras. Le bas de leurs corps se touchait. Ce contact rapproché ne laissait aucun doute quant aux intentions de Max. Ni la lueur qui brillait dans ses yeux, d'ailleurs.

La faisant lentement tournoyer, comme s'ils étaient en train de danser, il la rapprocha du lit. Elle sentit le matelas derrière ses genoux et poussa un petit cri quand ils basculèrent tous les deux sur le lit.

— Tu veux me remercier ? chuchota Max contre son cou, tout en couvrant sa peau douce de baisers.

— Mmm…, répondit Elizabeth en se laissant aller aux délicieuses sensations qui la traversaient.

— Alors, touche-moi, chuchota-t-il d'une voix rauque. Je veux sentir tes mains sur moi.

En s'exécutant, elle eut la satisfaction de le sentir tressaillir. Il sembla reprendre son souffle et un violent frisson secoua tout son corps.

— Oh, oui ! fit-il. C'est bon !

Il lui rendit ses caresses et, tandis que ses mains glissaient sur elle, elle se remémora ce qu'elle avait dit à Mimi. Décidément, elle s'était trompée. Max méritait au moins quinze sur une échelle de dix.

Pendant le reste des vacances, ils jouèrent au bridge tous les soirs. Et chaque soir, après leur partie, Max faisait l'amour à Elizabeth. Elle s'aperçut ainsi qu'il possédait un grand appétit sexuel. Et il avait l'art et la finesse de réveiller chez elle la même frénésie.

Au début, elle s'était sentie embarrassée, voire quelque peu coupable, de répondre avec un tel abandon aux caresses de cet homme qu'elle connaissait à peine, et d'éprouver un plaisir d'une telle intensité quand ils faisaient l'amour.

Après quelque temps, cependant, elle changea d'avis. Pourquoi pas, après tout ? se dit-elle. Oui, pourquoi ne pas en profiter ? Les ébats qu'elle avait connus avec Edward avaient toujours manqué de piment. Ils avaient d'ailleurs été assez rares, et il lui faisait l'amour d'une façon mécanique... Donc pourquoi ne pas se détendre et profiter de ce que ce mariage avec Max lui apportait ?

Elle était arrivée à cette conclusion lorsque le week-end prolongé de Thanksgiving s'acheva.

— C'est vraiment dommage que tu doives partir, dit-elle en étreignant Mimi dans le hall, le lundi matin.

— Je sais, mais j'ai une tonne de rendez-vous cette semaine. J'ai besoin d'une manucure, d'une pédicure, d'un nettoyage de peau et d'un massage. Sans parler d'une séance chez le coiffeur avant la réception des Van Cleaves.

— Tu veux que Max et moi passions te chercher pour aller au Country Club ?

— Non. Dexter Campbell doit m'accompagner. Il vient tout juste de divorcer pour la troisième fois et il est en manque sexuellement. Il faudra probablement que je l'éloigne de moi avec un fusil quand il me ramènera chez moi, mais au moins, je serai accompagnée.

Elizabeth se mit à rire.

— Appelle-nous s'il te cause des ennuis.

La porte s'ouvrit et Truman entra, apportant avec lui une bouffée d'air froid. Sans un mot ni presque un regard à l'adresse des deux femmes, le régisseur saisit les dernières valises de Mimi et les porta jusqu'à la voiture.

— Que dis-tu d'un homme calme et tranquille ? fit Mimi avec un grand sourire.

— Laissez tomber. Il n'est pas votre genre, intervint soudain une voix derrière elles.

Les deux femmes se retournèrent et virent Troy entrer dans le hall et refermer la porte derrière lui. Très élégant, un attaché-case à la main, il était l'image même du parfait homme d'affaires. Il salua les deux femmes très froidement.

Mimi n'était pas du genre à reculer devant une provocation. Les mains sur les hanches, elle regarda Troy de la tête aux pieds.

— Et peut-on savoir quel est mon genre, monsieur Ellerbee ?

— Vieux et riche.

Elizabeth étouffa une exclamation, mais Mimi ne se laissa pas démonter.

— Eh bien, cela montre juste à quel point vous pouvez vous tromper. Grâce à Big Daddy, j'ai tout l'argent que je veux. Pour la prochaine fois, je veux un homme jeune avec des abdos en béton et suffisamment de pêche pour soutenir mon rythme.

D'une démarche désinvolte, elle s'approcha de la porte. Parvenue à hauteur de Troy, elle lui donna une petite tape sur la joue.

— Prenez garde, trésor. Je risque de jeter mon dévolu sur vous.

Sur ce, elle sortit majestueusement.

Quand la porte se fut refermée, Elizabeth se tourna vers Troy.

— Monsieur Ellerbee, vous êtes libre de vos opinions, mais je vous prie de les garder pour vous quand vous vous trouvez chez moi. Je ne vous laisserai pas insulter mes invités, et en particulier ma meilleure amie. Me suis-je bien fait comprendre ?

— Parfaitement. Maintenant, si vous en avez terminé avec votre réprimande de châtelaine, j'aimerais voir Max.

— Il ne doit pas s'attendre à votre visite. Il est dehors. Mais asseyez-vous, fit-elle en indiquant d'un geste le boudoir. Je vais envoyer Truman le chercher.

Sans plus attendre, elle traversa à grands pas la vaste entrée, puis la cuisine et le vestiaire, et sortit sous le porche derrière la maison juste à temps pour voir le régisseur qui revenait. L'interpellant, elle lui demanda de prévenir Max de la présence de Troy, puis elle rentra dans la cuisine.

Tante Talitha s'y trouvait déjà. Assise en robe de chambre, elle buvait son café, comme tous les matins, tout en lisant le journal.

Arrivée au milieu de la pièce, Elizabeth marqua une pause et regarda avec envie l'escalier qui menait à l'étage. Grande était la tentation de les utiliser pour rejoindre sa chambre et laisser ce goujat seul dans le boudoir. Mais la jeune femme était elle-même trop bien élevée pour manquer à ses devoirs d'hôtesse.

Tout en pestant à voix basse et en claquant les portes des

placards, elle sortit un plateau sur lequel elle posa rageusement des tasses à café et une assiette de cookies.

Tante Talitha abaissa un coin de son journal pour regarder sa nièce par-dessus ses lunettes.

— Puis-je vous aider, madame Elizabeth ? demanda Martha.

— Non, merci, Martha. Je vais me débrouiller.

La gouvernante regarda Talitha, qui secouait la tête silencieusement. Martha battit en retraite et alla s'occuper du linge dans la buanderie.

Quand Elizabeth entra dans le boudoir avec le plateau, Troy eut au moins la décence de se lever.

— Truman est parti chercher Max. Il ne devrait pas tarder.

Elle s'assit sur le canapé, et Troy reprit sa place dans l'un des fauteuils qui se trouvaient en face.

— Comment prendrez-vous votre café ?

— Noir. Mais il ne fallait pas vous donner cette peine.

— Je sais, répondit-elle en lui tendant une tasse.

Après un long moment de silence pendant lequel ils évitèrent de se regarder, Elizabeth n'y tint plus.

— Vous ne m'aimez guère, n'est-ce pas, Troy ?

— C'est vrai, répondit-il sans chercher à se dérober ni à y mettre les formes.

— Mmm, fit Elizabeth en buvant une gorgée de café. Et peut-on savoir pourquoi ? Je veux dire, vous me connaissez à peine. Qu'est-ce que vous n'aimez pas en moi ?

— Pour commencer, vous avez épousé Max pour son argent. Il mérite mieux que ça.

— Je vois.

Pinçant les lèvres, elle passa le bout de son index sur le bord de sa tasse, tout en méditant les paroles de Troy.

— Vous avez certainement raison, mais laissez-moi vous

rappeler que ce mariage était l'idée de Max. Et qu'il m'a épousée pour ma position sociale.

Elle ne mentionna pas l'aspect sexuel. Il valait mieux garder certains sujets pour soi.

— Moi aussi, je mérite mieux que ça, vous ne croyez pas ? ajouta-t-elle.

— Peut-être. L'autre problème, c'est que vous accaparez trop Max. En ce moment, par exemple, je parie qu'il nettoie une grange. Une *grange*, vous vous rendez compte ? Alors qu'il devrait être à son bureau de Houston ou en train d'assister à une réunion avec des investisseurs. Je doute qu'avant son mariage Max ait jamais mis les pieds dans une grange.

Elizabeth s'apprêtait à répondre quand un bruit de pas se fit entendre dans le hall. Quelques secondes plus tard, Max entrait dans la pièce, les joues rougies par le froid et une expression de vitalité et de bonheur sur le visage.

— Troy ! Quelle surprise ! Qu'est-ce qui t'amène ici ?

— Je t'ai apporté quelques documents que tu dois signer, et j'ai besoin qu'on discute ensemble de deux ou trois choses.

— D'accord. Je prends une tasse de café et on va dans le bureau, dit-il en se servant.

Puis il fit signe à Troy de le suivre. A la porte, il marqua une pause et se tourna vers Elizabeth :

— L'un des ouvriers est en train d'utiliser le chien de Truman pour emmener le bétail dans un autre pâturage. C'est un sacré spectacle : tu devrais aller voir !

Elizabeth avait déjà vu le chien mener le bétail des centaines de fois, mais son enthousiasme la fit sourire.

— Je n'y manquerai pas.

Les deux hommes passèrent le reste de la matinée enfermés dans le bureau. De temps à autre, on entendait des éclats de voix, mais il était impossible de distinguer leurs paroles clairement. Quand finalement Max et Troy sortirent du bureau, ce dernier avait l'air mécontent.

Par politesse, Elizabeth lui proposa de déjeuner avec eux, mais à son grand soulagement il refusa.

Elizabeth et Max restèrent à Mimosa Landing pendant neuf jours. Le premier samedi de décembre, ils se mirent en route pour Houston afin de se rendre à la réception des Van Cleaves.

Tante Talitha, elle, avait décliné l'invitation. A quatre-vingts ans, elle n'avait plus l'énergie et l'endurance de la jeunesse.

— Je ne suis pas d'humeur à bouger mes vieux os. Je préfère rester ici avec Martha. Nous serons très bien, avait-elle déclaré lorsque Elizabeth avait tenté de la persuader de les accompagner. De plus, je n'ai jamais pu sentir les Van Cleaves.

Tandis que Max engageait la voiture dans l'allée, Elizabeth ne cessait de regarder par-dessus son épaule.

— Es-tu inquiète à l'idée de la laisser seule, ou bien est-ce parce qu'elle va te manquer ?

— Il y a un peu des deux, je pense, reconnut la jeune femme en se calant dans son siège. La plupart du temps, elle m'accompagne si je dois être partie pour plus d'un jour ou deux.

— Ne t'en fais pas. Elle sera bien. Je me suis assuré que Martha et Truman avaient bien nos numéros de téléphone. S'il se passe quelque chose, ils nous appelleront.

— Je sais, tu as raison. C'est simplement qu'elle compte beaucoup pour moi. Et avec les années qui passent, sa santé devient de plus en plus fragile.

Max eut un petit rire.

— J'éviterais de dire ce genre de choses devant elle.

Elizabeth se mit à rire, elle aussi, et ils restèrent silencieux pendant un moment.

— Tu es moins angoissée, maintenant ? demanda Max

un peu plus tard, en lui jetant un regard attentif. Ça fait dix jours que nous avons quitté New York et tu n'as pas subi d'autre agression.

— Pour tout t'avouer, je n'y ai plus pensé à partir du moment où nous avons mis les pieds à la ferme. Maintenant que tu en parles, je me dis que Gertski devait avoir raison en suggérant qu'il y avait erreur sur la personne.

— Oui, ça m'en a tout l'air.

— Il y a juste une chose qui me dérange, c'est le fait de savoir que, quelque part dans New York, une femme qui me ressemble court sans le savoir un danger mortel.

— Mmm... peut-être.

Le trajet depuis Mimosa Landing jusqu'à River Oaks dura un peu plus d'une heure. Ils étaient en train de traverser la petite ville de Hempstead, à l'ouest de Houston, quand la sonnerie du téléphone interrompit leur conversation.

— Est-ce le tien ou le mien ? demanda Max.

— Je pense que c'est le mien, dit-elle en sortant son portable de son sac.

Elle ouvrit le volet d'un geste sec, et appuya sur la touche verte.

— Oui ?

— Salut, trésor ! fit la voix de Mimi. Désolée de te déranger, mais j'ai des nouvelles qui ne peuvent pas attendre.

— Oh ? Qu'est-ce que c'est ?

— Je viens de déjeuner avec Bethany. Tiens-toi bien, trésor. Elle m'a dit que Nathalie était revenue.

Aussitôt, Elizabeth se raidit.

— Quoi ? Tu es sûre ?

— Je crains que oui, trésor. Bethany l'a vue, hier.

— Elle est seule ?

— Oui. Il semble qu'elle et Edward se soient séparés. J'ai pensé que je devais t'avertir de sa présence à la bamboula des Van Cleaves ce soir. Du coup, tu vas peut-être décider de ne plus y aller.

— Non. Il n'est pas question de changer d'avis.

— Bravo ! Tu arriveras la tête haute, au bras de ton beau mari, et tu feras comme si elle n'avait pas plus d'importance qu'un cafard.

L'image fit rire Elizabeth.

— A ce soir.

— De quoi s'agissait-il ? demanda Max aussitôt qu'elle eut coupé la communication.

— C'était Mimi. Elle voulait me prévenir que Nathalie était de retour. Sans Edward.

Du coin de l'œil, elle vit Max tourner brusquement la tête. Il fronçait les sourcils. Elle sentait son regard la transpercer.

— Ecoute, si tu ne te sens pas d'attaque pour l'affronter, nous pouvons toujours faire demi-tour et repartir à Mimosa Landing. Mes affaires attendront.

— Non, non. Nous allons y aller. De toute façon, nos chemins devaient se croiser un jour ou l'autre. Et puis il n'est pas question que je laisse cette femme diriger ma vie.

Détournant la tête, elle regarda par la vitre et tenta de calmer l'orage qui faisait tumulte en elle.

— O.K., dit Max. Comme tu voudras.

Huit heures plus tard, dans la maison de Houston, Max sortit du dressing et entra dans la chambre en pestant.

— Bon sang ! Je n'ai jamais aimé ces horribles cravates que l'on porte avec les smokings.

Elizabeth vit dans le miroir qu'il avait complètement raté le nœud de sa cravate noire. Elle planta une ultime pince dans son chignon, et se leva.

— Laisse-moi t'aider, lui dit-elle.

Le souffle coupé, Max la regarda approcher. Elle portait une longue robe du soir qui épousait étroitement les courbes de son corps. La jupe de soie bleu nuit était fendue sur le côté jusqu'à mi-cuisse, révélant le galbe parfait de sa jambe à chacun de ses mouvements. Les larges bandes de tissu qui se croisaient sur ses seins mettaient en valeur la finesse de sa taille et sa poitrine pleine.

Elle s'arrêta devant lui, défit le nœud qu'il avait fait et le recommença depuis le début. Les larges mains de Max se refermèrent sur ses hanches.

— Bon sang, comme tu es belle ! murmura-t-il, tandis qu'avec dextérité elle renouait sa cravate.

Les traits de son visage étaient tellement exquis. Elle avait un nez fin et délicat, légèrement retroussé et des yeux bleu-vert magnifiques, frangés de cils sombres et épais. Ses pommettes étaient hautes, la ligne de sa mâchoire et de son menton, ferme et délicate. Sa beauté élégante et classique le laissait sans voix.

— Merci, dit-elle sans lever les yeux.

— Et tu sens bon.

Comme à l'accoutumée, ses cheveux sentaient les fleurs des champs. A cela venaient se mêler d'autres fragrances : celle du savon, celle du dentifrice... Il reconnaissait également les notes subtiles et légères de ce parfum fleuri qu'elle portait toujours et qui lui allait si bien. Il n'avait pas encore trouvé son nom et nota mentalement qu'il devait le faire.

Sa proximité l'attirait comme un puissant aimant auquel il ne pouvait résister. Auquel il ne voulait pas résister. Se penchant, il l'embrassa derrière l'oreille.

— Tu sais, on pourrait oublier cette réception et rester à la maison, murmura-t-il, les lèvres contre sa peau. Que dirais-tu de faire la fête ici ?

— Il n'en est pas question ! Nous allons à cette soirée.

Elle lissa les extrémités de la cravate et ajusta le col de sa chemise. Quand elle eut terminé, elle leva les yeux vers lui et prit un air faussement grondeur.

— Il y aura plusieurs personnes que tu dois rencontrer. Alors, efface cette expression d'amoureux transi sur ton visage, et tiens-toi bien.

— Zut ! Je me doutais que tu allais dire ça.

Elizabeth retourna s'asseoir devant la coiffeuse pour finir de se maquiller et de se coiffer. Max pencha la tête sur le côté. Fasciné, il fixait le petit derrière ferme d'Elizabeth. Le muscle tendu que l'on voyait sous la soie bleue était comme une invite.

— Tu portes des sous-vêtements ? demanda-t-il.

— Max ! Quelle question ! Bien sûr que je porte des sous-vêtements.

— On ne dirait pas.

Puis, fronçant les sourcils, il regarda plus attentivement.

— Bon sang ! Tu portes un string ?

Elizabeth s'empourpra, mais redressa vaillamment son petit menton :

— Avec une robe aussi moulante, c'est la seule façon de ne pas avoir les marques du slip.

— Je m'en doutais ! Laisse-moi voir !

Franchissant la distance qui les séparait, il tendit les mains pour remonter sa jupe, mais elle l'en empêcha d'une petite tape.

— Non, arrête ! Max, pour l'amour du ciel ! Ce n'est pas le moment de se laisser distraire. Nous sommes déjà en retard. De toute façon, ce n'est rien de plus qu'un string. Tu pourras le voir quand nous rentrerons à la maison.

Max poussa un petit grognement.

— Comment diable vais-je pouvoir parler affaires ? Je vais être incapable de me concentrer en sachant que tu portes un string sous cette robe.

Elizabeth se rassit devant sa coiffeuse et croisa son regard dans le miroir.

— Pauvre bébé, je suis sûre que tu t'en sortiras ! De toute façon, ce n'est pas d'affaires que tu vas parler ce soir.

— Comment ça ? Je croyais que c'était la raison pour laquelle nous nous rendions à cette soirée.

— Non. Ce soir, nous allons simplement appâter le client.

Elle sentit le changement dans son humeur. Il était presque en colère, maintenant.

— Je croyais que nous avions conclu un marché ?

— Bien sûr.

Faisant pivoter le tabouret de la coiffeuse, Elizabeth le regarda droit dans les yeux.

— Tu veux mettre ces gens-là dans ta poche, oui ou non ?

— Tu sais bien que oui, mais…

— Il faudra donc que tu me fasses confiance. Je sais que le but est de trouver des investisseurs pour ton projet de Dallas, mais il y a des règles à suivre. Sinon, ça ne marchera pas. Crois-moi, je connais ces gens. Ce soir, nous devons rester ensemble et circuler parmi les invités. J'en profiterai pour faire quelques sous-entendus de façon à éveiller la curiosité des personnes les plus importantes pour toi. Il se peut même que j'invite quelques couples, disons… pour mardi soir. Mais ce soir, il s'agit juste d'éveiller leur intérêt. D'accord ?

— Comme tu veux, répondit Max d'un air dubitatif.

— Max, tu dois comprendre que ces gens-là n'aiment pas les manières directes. Si tu cherches d'emblée à leur vendre quelque chose, ils se contenteront de te répondre avec un charmant sourire texan avant de te claquer la porte au nez.

Il eut une grimace désabusée.

— C'est le traitement que je reçois depuis près d'un an, dit-il.

— La plupart sont des descendants de pionniers. Peut-être n'ont-ils pas tous la perspicacité qu'il faut en affaires et le goût du travail qui ont permis à leurs ancêtres d'accumuler des richesses, mais ils aiment à croire que oui. De même qu'ils aiment à penser qu'ils sont à l'origine d'un investissement, que c'était leur idée. Et une idée brillante, par-dessus le marché.

— Mmm, je vois ce que tu veux dire.

Il médita quelques instants avant de hocher la tête.

— O.K., essayons ta méthode.

Elizabeth se retourna vers le miroir et se poudra le nez. Elle replaça une mèche de cheveux et se mit à fouiller dans sa boîte à bijoux.

— Je ne sais pas ce que je vais porter avec cette robe. J'ai vendu tous mes beaux bijoux.

— Attends, fit Max en se dirigeant vers le dressing.

Quelques secondes plus tard, il revenait dans la chambre, un étui plat à la main.

— Je voulais te les offrir à Noël, mais je crois que tu en as besoin ce soir.

— Qu'est-ce que c'est ?

— Ferme les yeux.

Elle obtempéra, et il lui passa le collier autour du cou.

— C'est bon, tu peux regarder.

Elle ouvrit les yeux et eut une exclamation étouffée.

— Oh, mon Dieu ! Les diamants Stanton ! murmura-t-elle, abasourdie. Oh, Max ! Comment... Quand... ?

— J'ai demandé à l'un de mes hommes de remettre la main dessus le jour où tu m'as dit que tu les avais vendus.

— Tu as dû payer une fortune pour les récupérer.

Il haussa les épaules.

— L'important, c'était qu'ils reviennent à leur propriétaire légitime.

— Oh, Max !

Elle sentit les larmes lui monter aux yeux. Bientôt, le reflet de Max dans le miroir se brouilla. Se redressant d'un bond, elle se jeta à son cou.

— Merci ! Merci ! Merci ! Merci mille fois ! Tu ne peux pas savoir ce que ça représente pour moi.

— Hé ! Il ne faut pas pleurer ! Arrête ! Ce n'est pas le moment d'abîmer ton maquillage alors que nous avons une soirée.

12

Angelo Delvechio était assis le dos au mur dans l'arrière-salle d'un bar de quartier. Son regard glacial fixé sur la porte, il sirotait un soda.

Il n'avait pas bougé de son siège ni prononcé un mot depuis plus d'une heure. Tout le monde l'évitait soigneusement. Les New-Yorkais, et en particulier ceux de ce district, savent reconnaître les ennuis quand ils les aperçoivent.

Ses acolytes et tous ceux qui le connaissaient l'appelaient l'Ange de la mort. Sa corpulence suffisait à impressionner la plupart des gens. Avec son mètre quatre-vingt-dix et ses cent vingt kilos, c'était une véritable montagne humaine. Ses traits grossiers, ses petits yeux porcins et son visage dénué de toute expression lui donnaient un air menaçant qui en terrifiait plus d'un.

Angelo avait grandi dans le quartier. Toute sa vie, il avait été une brute et un fauteur de troubles. Aussi, personne ne fut surpris lorsqu'il devint l'homme de main du gang Voltura.

Angelo jeta un coup d'œil à l'horloge derrière le bar. Nom de nom, où était Tony Minelli ? Sa source lui avait assuré que le type venait en douce tous les soirs dans ce bar pour s'enfiler du whisky.

Un sourire froid étira les lèvres d'Angelo. Autrefois, Tony n'était absolument pas porté sur la bouteille, mais le bruit courait qu'il s'était mis à boire sérieusement depuis quelque temps. Il devait savoir qu'un tueur avait été engagé pour le descendre, et il était mort de trouille. Angelo avait entendu dire que sa cible se terrait depuis une semaine. Depuis que son copain Lorenzo La Chance s'était fait buter. Les lèvres d'Angelo frémirent de nouveau. Lorenzo avait été abandonné par sa bonne étoile. Grâce à lui, Angelo.

C'était Leo Vittoli, l'un des meilleurs potes de Tony, qui l'avait balancé. On laisse facilement tomber ses amis quand on a le canon d'un Glock 9 mm dans la bouche.

Le regard d'Angelo alla de l'horloge à la porte. Au même moment, l'homme qu'il attendait entra. Il faillit ne pas le reconnaître. Le Tony aux tenues vestimentaires voyantes et aux manières impudentes qu'il avait toujours connu avait disparu. Il avait maintenant les cheveux longs, hirsutes, et une barbe d'une semaine. Ses vêtements étaient sales et froissés, comme s'il avait dormi avec.

Debout sur le pas de la porte, l'homme à la tenue débraillée eut un instant d'hésitation pendant lequel son regard fit le tour du bar. Comme un de ces satanés furets ! songea Angelo avec dégoût. Il se pencha sur son verre, faisant mine d'être éméché, mais sans cesser d'observer sa cible à la dérobée.

Jetant des regards apeurés autour de lui, Tony s'avança vers le bar et fit un signe au barman. Sans dire un mot, ce dernier prit l'argent que Tony lui tendait et lui donna une bouteille en échange. Tenant le sac de papier marron contre sa poitrine, Minelli se hâta de quitter le bar.

Dès que la porte se fut refermée, Angelo se leva et jeta quelques billets sur la table. Les autres clients cessèrent toute conversation et firent mine de regarder leur verre ou l'écran de télévision qui se trouvait fixé derrière le bar. Certains se signèrent discrètement, mais personne n'osa croiser le regard glacial du mastodonte qui quittait le bar.

Veillant à rester dans l'ombre des bâtiments qu'il longeait, Angelo gardait sa proie bien en vue en attendant le moment opportun. Il savait que l'occasion finirait par se présenter. Il devait juste se montrer patient.

Au bout de quelques mètres, Angelo se rendit compte que Tony faisait un détour. Il bifurqua une première fois, puis une seconde avant de prendre un raccourci qui le mena jusqu'à Times Square, où il se mêla à la foule.

Le stratagème amusa Angelo. Mais ce n'était pas difficile de suivre Tony. Il était facilement repérable, même dans la foule. Les doigts agrippés à sa bouteille, il trottinait comme un rat dans un labyrinthe, avec des mouvements saccadés et frénétiques. Même à cette distance, Angelo percevait les ondes de peur qui émanaient de lui.

Après quelques mètres, Tony jeta un autre regard désespéré par-dessus son épaule avant de se précipiter entre deux bâtiments. Angelo se mit à courir aussi vite que le lui permettait sa corpulence. Une fois dans la ruelle que Tony avait empruntée, Angelo se plaqua contre le mur d'une bâtisse et se pencha pour épier sa proie, laquelle venait de se faire aborder par un clochard qui s'approchait de lui en titubant.

— Qu'est-ce que tu as là, mon vieux ? Ça m'a tout l'air d'être une bouteille. Et si on partageait ?

— Fous le camp, connard ! lança Tony en le repoussant d'un geste brusque pour poursuivre son chemin d'un pas toujours aussi rapide.

Marmonnant des obscénités, le vieil SDF remonta sur le trottoir d'une démarche chancelante et passa devant Angelo sans le voir.

Ce dernier se glissa dans la ruelle. Il fut aussitôt assailli par une odeur d'ordures en décomposition, de vomis et d'autres déchets.

Aussi silencieux qu'un chat, il suivit Tony dans l'obscurité. Sans quitter un instant sa cible des yeux, il sortit son pistolet de la main droite tandis que sa main gauche allait chercher dans sa poche un silencieux. Réduisant inexorablement la distance qui le séparait de sa proie, il vissa le silencieux.

Angelo aurait préféré ne pas avoir à utiliser le Glock. Il n'avait jamais été très bon avec un pistolet, et depuis quelque temps ses problèmes de vue l'empêchaient d'atteindre sa cible si celle-ci n'était pas à bout portant. Une faiblesse qu'il comptait bien garder secrète s'il voulait continuer à travailler pour M. Voltura.

L'arme de prédilection d'Angelo était le garrot. C'était silencieux et invisible. Il aimait utiliser sa force physique pour étouffer toute vie chez sa victime. Ça provoquait toujours chez lui une poussée d'adrénaline. Mais vu la nervosité de Tony, il était peu probable qu'il puisse s'approcher suffisamment de lui pour utiliser le garrot qui se trouvait soigneusement plié dans la poche de son pardessus.

Avec un calme effrayant, le tueur suivit sa victime dans l'obscurité, se rapprochant peu à peu de lui.

Tony ne devait plus être très loin du trou où il se terrait, se dit Angelo. En effet, il devenait de plus en plus négligent et ne vérifiait plus les alentours aussi souvent. Ou peut-être se sentait-il tout simplement en sécurité dans la ruelle obscure.

Angelo se trouvait maintenant à un peu moins de six cents mètres de sa cible. Il s'arrêta alors, leva l'arme et visa.

Ses doigts avaient à peine commencé à presser la détente lorsqu'une sonnerie aiguë brisa le silence.

— Merde ! s'exclama Angelo.

Jetant un regard affolé par-dessus son épaule, Tony détala.

Angelo tira deux coups silencieux. Il manqua sa cible les deux fois.

Tony accéléra et disparut à l'angle du bâtiment qui se trouvait sur sa gauche. Ignorant la sonnerie incessante qui provenait du portable rangé dans sa poche, Angelo se lança à sa suite, mais l'autre était beaucoup trop rapide pour lui. Lorsque le tueur arriva au croisement de deux ruelles, sa cible s'était volatilisée.

Egrenant un chapelet de jurons, Angelo donna un grand coup de pied dans une poubelle. Le bruit métallique effraya trois chats qui déguerpirent en poussant des hurlements à faire dresser les cheveux sur la tête, tandis qu'un rat, moustaches frémissantes, filait en couinant.

Complètement essoufflé, Angelo se pencha en avant et, les mains sur les genoux, tenta de reprendre son souffle.

« Bon sang ! Tu deviens vraiment négligent ! », se dit-il.

Il avait complètement oublié que le portable se trouvait dans sa poche. Il aurait dû l'éteindre avant de se mettre au travail ou, mieux, laisser le satané engin dans son appartement !

Tout à sa colère, il mit quelques secondes à se rendre compte que son téléphone continuait à sonner avec entêtement. Se redressant, il sortit l'appareil de sa poche et pressa la touche « marche ».

— Mais merde ! Qu'est-ce que vous voulez ?

A l'autre bout du fil, il y eut un silence surpris, puis la personne s'éclaircit la voix.

— Ça fait presque deux semaines. J'appelle pour savoir quand vous allez honorer le contrat Stanton.

— Merde ! Je vous ai dit que j'avais deux autres affaires à régler avant. La première est faite et je m'apprêtais à régler la seconde quand vous avez fait sonner ce satané téléphone. J'aurais pu prendre l'avion demain pour Houston, mais grâce à vous, il s'en est tiré ! Maintenant, je n'ai plus qu'à tout recommencer !

— Je voulais juste…

— Je me fous de ce que vous vouliez ! Ne vous avisez pas de me rappeler. C'est moi qui vous téléphonerai quand ce sera fait.

***

Dès qu'Elizabeth et Max entrèrent dans le salon du Country Club, Carter et Helen Van Cleaves, leurs hôtes, se précipitèrent à leur rencontre.

— Elizabeth, ma chérie ! Je suis ravie que tu aies pu venir.

Prenant les mains d'Elizabeth entre les siennes, Helen l'attira vers elle et embrassa le vide de chaque côté de ses joues.

— Que *vous* ayez pu venir, ajouta-t-elle en jetant un regard inquisiteur à Max. Quand nous avons appris que vous vous étiez mariés tous les deux, je me suis dit que vous ne seriez certainement pas rentrés de votre lune de miel pour la réception.

— En fait, nous l'avons abrégée pour plusieurs raisons, dont l'une était précisément votre soirée. Il n'était pas pensable de manquer LE rendez-vous social de la saison, dit Elizabeth.

Légèrement amusé, Max vit Helen se rengorger sous la flatterie.

— Oh, c'est tellement gentil ! s'exclama-t-elle avant de glisser un regard vers Max. J'espère que vous vous rendez compte que vous êtes tombé là sur une femme extraordinaire.

— Je sais. Je suis un homme chanceux.

— Ah, ça, oui !

Un autre couple entra. S'excusant auprès de Max et d'Elizabeth, les Van Cleaves allèrent les accueillir. Tout en circulant dans le salon, Elizabeth guettait Nathalie. Max ne la quittait pas et l'observait en silence tandis qu'elle conversait avec chaque groupe.

Il était clair qu'elle était née dans ce milieu. Elle était à l'aise, sympathique et chaleureuse, et semblait toujours avoir le mot ou le ton juste. A certains moments, elle lui glissait des regards affectueux ou lui pressait le bras en disant à ses interlocuteurs à quel point elle avait de la chance d'avoir Max pour la conseiller dans ses investissements.

— C'est un véritable magicien de la finance, dit-elle devant un groupe où se trouvaient deux hommes d'affaires.

Le bras passé sous celui de son époux, elle lui sourit avec fierté et ajouta à l'attention de son auditoire :

— J'ai tellement de chance d'être aux premières loges pour vivre son nouveau projet.

— Un nouveau projet ? De quoi s'agit-il ? fit l'un des deux hommes avec un scepticisme évident.

— Oh, mon Dieu ! s'exclama Elizabeth en portant une main à sa bouche.

Elle regarda Max d'un air contrit.

— Oh, je suis désolée, chéri ! Je n'étais pas censée en parler, n'est-ce pas ?

— Non, effectivement, répondit Max en entrant dans son jeu.

Elle se tourna vers l'homme avec un regard d'excuse.

— Je suis désolée, Warren, mais je ne peux pas parler du projet pour le moment.

— Allons, très chère !

— Non, désolée. Vraiment. Oubliez ce que j'ai dit. Ça m'a juste échappé. Maintenant, si vous voulez bien nous excuser… nous devons aller parler aux Martins.

— Tu es formidable ! lui glissa Max à l'oreille, tandis qu'ils approchaient d'un autre groupe.

Elle leva le visage vers lui en souriant.

— C'est parce que je fréquente ces gens depuis toujours. Je connais leur personnalité, leurs forces et leurs faiblesses. Tout est une question de diplomatie. Par exemple, le juge Felton, Blake Armour et quelques autres aiment à se poser comme les sages de la communauté. La bonne approche avec eux, c'est de leur demander conseil. D'un autre côté, comme tu as pu le voir, ni Warren ni Simon ne supportent d'être laissés de côté. Ils veulent toujours être parmi les premiers. Par ailleurs, il existe une certaine rivalité entre eux. Je te parie que, d'ici à demain, Warren demandera à sa femme de nous inviter à dîner. Et je serais surprise si Simon ne faisait pas la même chose.

— Nous dirons oui ?

— Nous verrons, répondit-elle en lui jetant un regard faussement innocent. Mais je pense que notre calendrier va être très chargé la semaine prochaine. Nous les inviterons chez nous la semaine d'après. Laissons Warren et Simon mariner pendant quelques jours et ils seront prêts à signer dès qu'ils mettront les pieds chez nous.

— Quelle petite futée tu fais ! dit Max en éclatant de rire.

C'était un rire sincère aux sonorités pleines et franches qui leur valut plus d'un regard curieux et qui fit frissonner Elizabeth de plaisir. Quand il retrouva son sérieux, il lui adressa un grand sourire et secoua la tête.

— Eh bien ! Qui aurait pensé que derrière ce joli minois se cachait une vraie stratège ? Sincèrement, je commence à me rendre compte que j'ai beaucoup de chance. Je ne m'attendais pas à tant de cadeaux quand je t'ai épousée.

— Tu es sûr ?

— Absolument. Surtout, ne change rien.

Elle plongea son regard dans le sien, cherchant à y lire la vérité. Finalement, elle hocha la tête d'un air entendu.

Ils continuèrent à circuler parmi les invités, acceptant les félicitations et les vœux de bonheur, et faisant de temps en temps allusion au projet de Max. Ils venaient juste de terminer leur tour de salle lorsqu'ils tombèrent sur Mimi qui buvait du champagne, debout au bord de la piste de danse.

— Salut, vous deux !

Elle embrassa Elizabeth, puis l'observa avec stupéfaction.

— Les diamants Stanton ? Je croyais que…

— Max les a rachetés. C'est mon cadeau de Noël, un peu en avance.

— Quelle excellente idée ! fit Mimi en le dévisageant de la tête aux pieds. Dites donc, mon vieux, vous êtes vraiment très classe en smoking !

— Merci, répondit-il sèchement.

Il prit deux flûtes de champagne sur un plateau qu'un serveur faisait circuler, et en tendit une à Elizabeth.

— Je suis content que ce soit terminé, dit-il.

Mimi se mit à rire.

— Je sais ce que vous voulez dire. C'est comme de descendre dans l'arène, hein ? Je me suis bien amusée à regarder les autres vous observer. Ils sont tous curieux de voir comment vous vous entendez tous les deux. Mais ne vous inquiétez pas : maintenant que vous êtes devenus copains avec tout le monde, vous pouvez profiter de la soirée.

— Où est ton cavalier ? demanda Elizabeth en regardant autour d'elle.

— J'ai plaqué Dexter il y a quelques heures, répondit Mimi avec un geste dédaigneux de la main. Il s'est enfilé quatre Martini en une demi-heure et il n'a pas l'air de vouloir ralentir. Au fait, j'aurai besoin que vous me rameniez chez moi tout à l'heure, quand j'aurai mis cet alcoolo dans un taxi.

— O.K., pas de problème, répondit Max.

Quelque chose par-dessus l'épaule de Max attira l'attention de Mimi, dont le sourire s'évanouit aussitôt.

— Attention, alerte rouge. Traînée à bâbord. Elle vient par ici.

— Quoi ?

A peine eut-elle formulé sa question qu'Elizabeth aperçut

Nathalie Brussard qui s'avançait vers eux. Les conversations cessèrent aussitôt et tous les regards convergèrent vers eux.

— Bon sang ! Je n'arrive pas à croire que cette fille a le toupet de venir te parler, murmura Mimi.

— Bonsoir, Elizabeth.

Il y avait quelque chose de provocant dans le sourire de Nathalie.

— Bonsoir. Comment était la Riviera ?

Le visage de Nathalie marqua la surprise. Elle ne s'attendait pas à une attaque frontale de la part d'Elizabeth.

— Eh bien, on dirait que tu t'es laissé pousser des griffes depuis la dernière fois.

Ignorant la remarque, Elizabeth se contenta de soutenir son regard. Au bout d'un certain temps, Nathalie commença à s'agiter.

— Pour répondre à ta question de tout à l'heure, c'était bien au début. Mais ensuite, Edward s'est mis à être casse-pieds. Il est tellement difficile à propos de tout… mais je n'ai pas besoin de te le dire : tu le connais mieux que moi, n'est-ce pas ?

— Qu'est-ce que tu veux, Nathalie ? Je sais que tu n'es pas venue ici pour échanger des plaisanteries ni tes impressions concernant Edward.

— C'est vrai. Je voulais qu'on se débarrasse de cette première rencontre afin de pouvoir tourner la page. Après tout, nous sommes adultes toutes les deux. Et nous allons être amenées à nous croiser assez souvent.

— Pas si je peux l'éviter, répliqua Elizabeth abruptement.

Ce fut au tour de Nathalie d'ignorer sa remarque.

— J'ai été surprise d'apprendre que Max et toi vous étiez mariés.

Elle tourna vers ce dernier un regard voluptueux.

— Je dois reconnaître que tes goûts en matière d'hommes se sont améliorés.

Elizabeth ne prit pas la peine de répondre, ce qui ne sembla pas troubler Nathalie outre mesure.

— Vous savez, Max, si j'avais pu deviner, il y a un an, que vous cherchiez une femme, je me serais portée candidate.

— Ça n'aurait rien changé. Vous n'êtes pas mon genre.

— Eh bien ! Si ce n'est pas un défi, ça ! s'exclama Nathalie avant de s'adresser de nouveau à Elizabeth : Je peux te voler ton mari, n'est-ce pas ?

Autour d'eux, il y eut des exclamations étouffées.

— Juste pour une danse, précisa Nathalie.

Elizabeth savait qu'elle avait volontairement utilisé le mot « voler ». Elle dévisagea son ennemie. Celle-ci souriait d'un air ingénu, mais il ne fallait pas s'y tromper : son regard était empreint de haine.

— Ça, alors ! Au moins, cette fois-ci, elle a eu la délicatesse de demander, fit Mimi de sa voix traînante.

Nathalie lui jeta un regard agacé.

— Faut-il toujours que tu sois aussi grossière ?

— *Grossière ?* Parle pour toi, espèce d'intrigante !

— Ne faites pas attention à elle, dit Nathalie à Max en le tirant par le bras. Venez danser avec moi.

— Non.

C'était un refus net et catégorique. Max n'avait même pas cherché à y mettre les formes.

Nathalie, à qui il ne serait jamais venu à l'idée que Max puisse refuser, s'était déjà avancée vers la piste de danse. Elle s'arrêta donc net et le dévisagea d'un air stupéfait.

— Comment ?

— J'ai dit non, répéta-t-il en dégageant son bras du sien. Ce serait insulter ma femme.

— Oh, voyons ! bredouilla Nathalie avec un regard embarrassé autour d'elle. Ce qui s'est passé avec Edward est de l'histoire ancienne. Et puis qu'est-ce qu'une petite danse ?

— Désolé, mais mon carnet de bal est déjà plein.

Avec des mouvements délibérés, il retira la flûte des mains d'Elizabeth pour la poser avec la sienne sur une table à proximité. Puis il enlaça sa femme.

— Allons-y, chérie. Ils passent notre danse.

Elizabeth se laissa guider jusqu'à la piste. Elle avait l'impression que ses pieds ne touchaient pas terre. L'étreinte de Max était comme du velours. Ils se laissèrent entraîner par la musique.

— Merci, murmura-t-elle en levant vers lui un regard plein de gratitude.

— Tu n'as pas à me remercier, Elizabeth. Tu es ma femme. Je ferai toujours de mon mieux pour te protéger.

— Oh, je vois !

Ce n'était pas par tendresse qu'il avait pris sa défense, mais par sens du devoir, et cette constatation la rendit très triste.

Non pas qu'elle voulait être aimée de lui. Cela aurait été embarrassant puisqu'elle n'aurait pas partagé ses sentiments. Elle devait reconnaître, cependant, que les semaines passées en sa compagnie lui avaient appris à le respecter et à l'admirer. Et, fallait-il l'avouer, elle commençait à éprouver de l'affection pour lui, même s'il manquait parfois de délicatesse. C'était quelqu'un sur qui elle pouvait compter. Avec qui elle se sentait en sécurité. Quelqu'un à qui elle pouvait faire confiance.

Et c'était énorme au vu de la trahison d'Edward. Jamais elle n'aurait cru pouvoir redonner sa confiance à quelqu'un.

Elizabeth poussa un soupir. Et lui, de son côté, éprouvait-il pour elle tendresse, amitié et confiance ?

— Que dirais-tu d'oublier les affaires pour le reste de la soirée ? lui proposa-t-il soudain.

— Oublier les affaires ? Quoi ? Tu es malade ? lui demanda-t-elle en posant la main sur le front comme pour juger de sa température.

— Très drôle, rétorqua-t-il en l'entraînant dans une valse étourdissante. Je te le ferai payer quand nous serons à la maison, lui chuchota-t-il à l'oreille. Ne crois pas que j'aie oublié cette histoire de string !

Riant de bon cœur, Elizabeth posa la tête sur son torse. Elle se sentait tout excitée à l'idée de la nuit qui les attendait.

Auparavant, elle découvrit en Max un fabuleux danseur. Son sens du rythme était parfait. Pendant les danses rapides, il la guida sur des pas compliqués, la fit virevolter et plonger. Lorsque l'orchestre entonna un slow, il l'enveloppa de ses bras. Comme dans un rêve, ils se laissèrent emporter par la musique, elle la joue contre son torse, lui le menton sur sa tête.

Quant à Max, sa surprise était égale à celle d'Elizabeth. Il lui avait proposé de danser afin de l'aider à oublier les fantômes du passé. Plus la soirée avançait, cependant, plus il y prenait plaisir.

Ils dansèrent comme s'ils s'entraînaient ensemble depuis des années, comme s'ils ne faisaient qu'un. Il l'aurait volontiers gardée comme unique partenaire si elle ne l'avait pas poussé à inviter Mimi.

— Tu sais, beau gosse, je te dois des excuses, lui dit Mimi en passant au tutoiement dès qu'ils commencèrent à bouger au rythme de la musique.

— Ah, bon ? Pourquoi ?

— J'étais assez sceptique à ton sujet, au début. Je t'avoue que j'ai essayé de dissuader Elizabeth de t'épouser. Mais j'ai changé d'avis.

— Ah, oui ? Et pourquoi ?

— Oh, pour plusieurs raisons. La façon dont tu la protèges, les attentions dont tu l'entoures, comme le fait de racheter les diamants Stanton. Tu ne peux pas imaginer à quel point ils sont importants pour elle et comme ça lui a été difficile de s'en séparer. Mais l'élément déterminant a été la façon dont tu as envoyé Nathalie paître. J'ai failli me jeter à ton cou pour t'embrasser !

Penchant la tête de côté, elle l'observa, les pupilles rétrécies.

— Je pense que tu feras un bon mari pour elle. Et crois-moi, elle te le rendra.

Le slow se termina, et alors qu'ils s'apprêtaient à quitter la piste, l'orchestre entama un jitterbug entraînant. Avec un grand sourire, Mimi prit la main de Max.

— Viens, beau gosse. Montrons-leur comment ça se danse. Mettons le feu.

— D'accord !

Elizabeth et le couple avec lequel elle était en train de converser se retournèrent pour les regarder.

— Regardez-moi ça ! On peut faire confiance à Mimi pour se donner en spectacle, murmura Nell Drexler avec une moue de dégoût, avant de se rappeler que Mimi était la meilleure amie d'Elizabeth. Ce n'est pas une critique, tu sais ? s'empressa-t-elle d'ajouter pour rattraper sa gaffe. C'est juste qu'elle est tellement… exubérante. Il faut reconnaître, toutefois, qu'elle et ton nouveau mari dansent particulièrement bien.

— Oui, répondit Elizabeth en adressant un grand sourire aux deux protagonistes. Mimi était danseuse professionnelle dans sa jeunesse.

Parfaitement synchronisés, Max et Mimi ne manquaient pas une mesure. Au bout de quelques minutes, les autres couples cessèrent de danser pour dégager la piste. Max et Mimi s'en donnèrent alors à cœur joie. La jeune femme dansait avec une jubilation évidente. Ses pieds bougeaient avec une telle rapidité qu'ils en devenaient presque invisibles.

La fente de sa robe qui montait jusqu'à mi-cuisse révélait, à chaque déhanchement, une jambe sublime.

— Elle ne pouvait pas ne pas se donner en spectacle, glissa soudain quelqu'un à la droite d'Elizabeth.

Tournant la tête, celle-ci aperçut Wyatt Lassiter, qui se tenait à ses côtés.

— Arrête d'être aussi collet monté, Wyatt ! Ils ne font que s'amuser. Les fêtes servent à cela, n'est-ce pas ?

Sans répondre, Wyatt salua Nell et Ethan Drexler, puis il prit Elizabeth par le coude.

— Vous voudrez bien nous excuser, mais Elizabeth et moi avons à parler.

— Je vous en prie. Nous nous apprêtions à partir, de toute façon, dit Ethan.

— Appelle-moi dans la semaine, Elizabeth ! lança Nell, tandis que son mari la guidait vers la sortie.

De nouveau, Wyatt jeta un regard mauvais vers la piste de danse.

— A eux deux, ils font la paire. Elle n'a pas plus sa place ici que lui.

— Je te signale que tu es en train de parler de mon mari et de ma meilleure amie.

Il reporta son regard sur elle, les traits déformés par la colère.

— Oh, je t'en prie ! Nous savons, toi et moi, pourquoi tu as épousé Riordan. Quant à elle… Edward aurait dû insister pour que tu mettes un terme à cette stupide amitié. A sa place, en tout cas, c'est ce que j'aurais fait.

— Vraiment ?

— Laisse tomber. Je ne suis pas venu ici pour parler de Mimi Whittington.

Il glissa un regard vers la piste de danse. La musique venait de s'arrêter et la foule des invités s'était mise à applaudir.

— Nous n'avons pas le temps maintenant. Ils arrivent. Mais nous devons absolument parler, Elizabeth.

— Wyatt, je ne pense pas que…

— Je te passerai un coup de fil, dit-il avant de tourner les talons, tandis que Mimi et Max approchaient.

— Eh bien ! On peut dire que ton homme sait danser ! s'exclama Mimi en s'éventant d'une main. Avec un peu d'entraînement et de travail, tu pourrais faire des concours de professionnels, Max.

— Merci, je m'en souviendrai si jamais je dois me recycler, répondit-il d'un ton traînant. Que voulait Wassiter ? demanda-t-il alors à Elizabeth en regardant l'intéressé s'en aller.

— Oh, rien de bien particulier. Il voulait juste prendre de mes nouvelles.

Elle mit une main sur le bras de son mari et reprit :

— Avant que je n'oublie. Pendant que vous étiez en train de danser, les Drexler nous ont invités à dîner vendredi prochain. Il semble qu'ils aient entendu parler d'un projet intéressant dont tu t'occuperais, et il aimerait en discuter avec toi.

— Je croyais qu'on ne parlait plus affaires ce soir, gronda Max.

Mais la lueur d'approbation qu'elle lut dans ses yeux lui mit du baume au cœur.

— On dirait que les gens commencent à partir, dit Mimi en regardant autour d'elle.

Max glissa le bras autour de la taille d'Elizabeth.

— Une dernière danse avec ma femme et nous pourrons partir quand vous voudrez, mesdames.

C'était drôle, songea Elizabeth. C'était la première soirée où ils dansaient ensemble. Et pourtant, elle avait l'impression que sa place avait toujours été entre ses bras. Les mains autour du cou de Max, la joue contre son torse, elle se laissa aller au gré de la musique, avec l'impression de flotter comme dans un rêve. Elle n'avait pas besoin de se concentrer sur la danse. Comme doués d'une vie indépendante, ses pieds suivaient ceux de son cavalier.

Le morceau s'acheva. Max baissa la tête et lui déposa un baiser léger sur les lèvres :

— Prête ?

Incapable de prononcer un mot, elle se contenta de hocher la tête.

Dix minutes plus tard, ils prirent congé de leurs hôtes et montèrent dans la BMW de Max.

— Mmm, je suis exténuée, dit Elizabeth en se renversant dans son siège et en s'étirant. Ça faisait longtemps que je n'avais pas autant dansé et que je ne m'étais pas autant amusée à une soirée.

— Oui, c'était sympa, renchérit Mimi qui était montée à l'arrière. Mais je suis bien contente que ce soit terminé. Au fait, je ne sais pas si vous vous en rendez compte, mais vous formez un sacré couple… Si, si, c'est vrai. Vous êtes stupéfiants ensemble.

Elizabeth fit la moue et Max ne répondit pas.

— Tu joues au golf, Max ? demanda Elizabeth.

— Mon Dieu, non ! Je n'ai jamais compris comment on pouvait trouver amusant de mettre une petite balle dans un trou.

— Dommage !

Elizabeth tourna la tête et observa son profil qui se détachait dans la semi-obscurité.

— Tu n'as pas idée du nombre de marchés qui se concluent sur un terrain de golf.

— Elle a raison, déclara Mimi. Je connais trois fusions de multinationales qui ont été signées entre le neuvième et le dixième trou.

— Tant pis. Il n'est pas question que je me mette au

golf. C'est un jeu trop lent pour moi. J'exploserais dès le troisième trou.

— Je vois.

Après quelques instants de silence, Elizabeth demanda :

— Et le tennis ? C'est un jeu rapide. Bon, d'accord, tu ne peux pas parler en même temps que tu joues, contrairement au golf, mais beaucoup d'hommes, en particulier les moins de soixante ans, jouent au tennis. Après la partie, ils déjeunent ensemble au club et en profitent pour discuter affaires.

— Hum... Cela me conviendrait davantage au niveau rythme. Le seul hic, c'est que je n'ai jamais pratiqué.

— Bon, alors quel est ton sport de prédilection ? intervint Mimi.

— Quand j'ai le temps, je joue au racquetball.

— C'est vrai que c'est un jeu rapide, fit remarquer Mimi.

Sans crier gare, Elizabeth se redressa sur son siège et hurla :

— Stop, Max ! Stop !

— Qu'est-ce que...

Max freina si brusquement que Mimi fut projetée en avant. Heureusement, la ceinture la retint.

— Que se passe-t-il ? Il y a un problème ? demanda Max.

Mais Elizabeth était déjà sortie de la voiture avant même que celle-ci ne soit complètement arrêtée. Elle brava la pluie glaciale et courut vers l'arrière du véhicule.

— Mais que fait-elle ? maugréa Max en essayant de voir par la lunette arrière. Elle va être complètement trempée.

— Laisse-moi deviner ! Je dirais qu'elle a vu un chat ou un chien égaré, et qu'elle est en train de le ramener.

— Quoi ?

Se penchant en avant, la jeune femme tapota l'épaule de Max.

— Autant t'y habituer. Il n'y a pas plus généreux que ta femme. Elle a un cœur gros comme ça.

Quelques secondes plus tard, Elizabeth remontait dans la voiture en serrant quelque chose contre sa poitrine. Quelque chose qui ne cessait de s'agiter et de miauler.

— Qu'est-ce que c'est que ça ? demanda Max, le regard rivé sur une petite boule de poils humides et frémissants.

— Un chaton.

— Qu'est-ce que je t'avais dit ! lança Mimi.

— Un chaton ? On dirait plutôt un rat.

— Pauvre chérie ! murmura Elizabeth d'une voix douce. Elle tremble de froid. Elle est trempée.

Plaçant le chaton contre son cou, elle se mit à le bercer.

— Ne t'en fais pas, mon bébé. Je vais prendre soin de toi. Tu es en sécurité maintenant.

— Génial ! s'exclama Max en roulant des yeux. Le pauvre bébé est en train d'abîmer ta robe.

— Ce n'est pas grave. Une robe peut toujours être remplacée, alors que ce pauvre chaton est complètement perdu.

— Que vas-tu faire de lui ? La SPA n'ouvre pas avant lundi.

Elizabeth le foudroya du regard.

— Je ne vais certainement pas le laisser à la SPA !

— Tu as l'intention de le garder ?

— Oui, si je ne trouve personne pour l'adopter.

Max passa une vitesse et démarra.

— Il y a une pharmacie de nuit sur le boulevard San Felipe, reprit Elizabeth. Tu veux bien faire un détour par là pour que je puisse acheter de la nourriture pour chats, s'il te plaît ?

— Bien sûr ! Au point où on en est !

Quand il se gara devant la pharmacie de nuit, Elizabeth lui mit le chaton dans les bras.

— Tiens, prends-la pendant que je cours lui chercher à manger.

— Hé, attends !

Mais Elizabeth avait déjà filé.

— Bon sang ! Que suis-je censé faire de cet animal ? s'exclama Max en tenant à bout de bras le chaton qui ne cessait de se tortiller et de miauler.

— Prie pour qu'il ne pisse pas sur tes sièges ! répondit Mimi. Je t'avais prévenu. Ça fait partie de son charme. Je te conseille de prendre ton mal en patience.

Ils virent bientôt Elizabeth sortir du magasin, un grand sac à la main. Elle revint vers la voiture en courant sous la pluie.

Dès qu'elle fut assise, Max lui remit le chat sur les genoux.

— Qu'est-ce qu'il y a là-dedans ? demanda-t-il avec un geste de la tête vers le sac.

— De la nourriture et une litière.

Résigné, Max prit la direction de la maison.

Pendant le court trajet, Elizabeth câlina le chaton et lui parla d'une voix douce. Après avoir déposé Mimi devant chez elle, Max fit demi-tour et prit l'allée en forme de U qui menait jusqu'au porche d'Elizabeth.

A peine la voiture se fut-elle arrêtée que la jeune femme se précipita à l'extérieur. Le chaton toujours dans les bras, elle courut vers la maison, sans se préoccuper de son manteau ni de son sac de provisions. Secouant la tête avec un air de désapprobation, Max ramassa ses affaires avant de lui emboîter le pas.

Il la trouva dans la cuisine en train de sécher le chaton avec une serviette.

— Bon sang ! C'est le chat le plus laid que j'aie jamais vu ! fit-il en regardant l'animal aux poils hirsutes.

Il déposa le sac sur le comptoir et étudia l'animal plus attentivement.

— Je n'ai jamais vu un chat avec des rayures comme celles-ci. On dirait un zèbre.

— Ne fais pas attention à ce qu'il dit, mon bébé, murmura Elizabeth d'une voix douce. Tu verras, dès que tu auras un peu grossi et que je t'aurai nettoyée, tu seras toute belle !

S'appuyant contre le comptoir, Max croisa les bras sur sa poitrine et observa sa femme en train de câliner le chaton abandonné. Il lui vint soudain à l'esprit qu'elle ferait une très bonne mère.

Elizabeth se releva et ôta ses chaussures. Puis elle s'affaira dans la cuisine, le chat sur ses talons. En quelques secondes, elle avait préparé une écuelle d'eau et une autre de nourriture. La petite chatte se jeta dessus comme si elle n'avait pas mangé depuis des jours.

— Oh, mon pauvre bébé ! Tu avais faim, n'est-ce pas ?

— Si tu décides de garder ce chat, comment vas-tu l'appeler ?

— Je pensais à Code-Barres.

Max éclata de rire.

— Tu me surprendras toujours ! Quand je t'ai demandée en mariage, j'étais loin de m'imaginer que tu avais un tel sens de l'humour.

Elle lui jeta un regard agacé.

— Qu'est-ce que tu croyais ? Que j'étais une bonne femme froide et vide, égocentrique au point de ne pas voir l'humour d'une situation ?

— Quelque chose comme ça, reconnut-il.

Les yeux d'Elizabeth se rétrécirent, mais son attention fut détournée par Code-Barres qui venait de terminer de manger. Elle prit une vieille corbeille qu'elle tapissa de serviettes pour en faire un lit, et mit un peu de litière dans une poêle peu profonde avant de placer le tout dans le débarras. La petite chatte avait tellement mangé que son ventre était tout gonflé. Elle suivit Elizabeth d'une démarche peu assurée, comme si elle était ivre. La jeune femme la souleva du sol pour la placer dans la litière et la félicita ensuite lorsqu'elle y fit ses besoins. Code-Barres répondit à ses compliments en venant se frotter contre ses jambes. Finalement, Elizabeth plaça la petite boule de poils blancs et noirs dans la corbeille où l'animal finit par s'endormir.

— Oh, regarde-moi ça ! Elle n'est pas mignonne ?

Max s'approcha de sa femme et jeta un coup d'œil pardessus son épaule.

— Oui, très mignonne.

La prenant ensuite par la taille, il se pencha et lui murmura à l'oreille :

— Occupons-nous maintenant de ce string.

13

— Elizabeth !

La porte d'entrée claqua avec une violence qui fit vibrer le lustre.

— Elizabeth, bon sang ! Où es-tu ?

Assise dans le salon, Mimi jeta un coup d'œil à son amie et haussa les sourcils.

— Eh bien, il n'a pas l'air content ! dit-elle avant d'avaler le reste de son café et de se lever. Je crois que tu ferais mieux d'aller calmer la bête sauvage. Moi, je file.

— Espèce de lâche ! lui lança Elizabeth d'une voix taquine.

— Oui, c'est ça ! Appelle-moi plus tard.

Après avoir pris son manteau, Mimi disparut par la porte arrière.

Reposant sa tasse, Elizabeth déplaça le chaton endormi sur ses genoux et se leva pour aller rejoindre Max. Elle faillit le heurter dans le hall. Le visage sombre, il semblait hors de lui. Troy le suivait de près, une expression de suffisance sur le visage.

— Je dois te parler, déclara Max d'un air glacial.

— Très bien. Peut-être pourrions-nous le faire dans un endroit un peu plus approprié. Gladys et Dooley sont dans la cuisine.

Sans attendre sa réponse, elle entra dans le bureau et prit place dans l'un des fauteuils qui se trouvaient près de la cheminée. En dépit de son calme apparent, elle se sentait pleine d'appréhension, et elle ne comprenait pas pourquoi son estomac était ainsi noué. Elle n'avait rien fait, après tout, pour déclencher un tel courroux.

Les deux hommes ne prirent pas la peine de s'asseoir. Silencieux, Troy resta debout près de la cheminée tandis que Max faisait les cent pas.

— Je viens d'être contacté par mon agent de Dallas. Il paraît que quelqu'un essaie d'acheter le reste du bien immobilier que je comptais inclure dans mon projet.

— Mais… ton offre était suffisamment élevée, et vous avez signé un compromis, non ?

— Oui, mais cela n'empêche pas les vendeurs d'essayer de casser le compromis pour un acheteur qui offre davantage. Et il y a pire : si je renonce à cette partie du domaine, je serai obligé de revoir mon projet et de faire quelque chose de plus petit, à la mesure de ce que j'ai acheté. C'est une catastrophe. Tu sais pourquoi ?

Elizabeth fit non de la tête.

— Parce que la propriété en question entoure le terrain que je possède déjà. Selon les vendeurs, les gens qui cherchent à me griller ont l'intention d'installer dans les anciens bâtiments les commerces les plus détestables : une scierie avec des machines qui tourneront vingt-quatre heures sur vingt-quatre, un entrepôt d'engrais, un atelier de réparation de tondeuses, une usine de matelas et d'oreillers en duvet. A toute heure, il y aura le bruit des camions qui entreront et sortiront, celui des machines, sans compter l'odeur des plumes d'oie humides et de l'essence. Et comme si ça ne suffisait pas, on aura une vue horrible, alors qu'au départ il devait s'agir d'appartements de haut standing.

— Mais c'est… c'est terrible ! s'exclama Elizabeth. Tu ne peux pas obliger les vendeurs à honorer leur part du contrat ?

— Tout va dépendre de leur détermination. Peut-être ont-ils le soutien financier des nouveaux offrants.

— Qui est-ce ? Tu peux peut-être leur parler.

— Un consortium d'hommes d'affaires de Houston, répondit Max en foudroyant sa femme du regard. Et j'ai déjà essayé de parlementer avec eux. Leur porte-parole refuse de donner leur nom. Par contre, il a été très clair : ils n'ont nulle intention de faire marche arrière. Après avoir discuté avec lui, j'ai eu la nette impression que le principal but de ce consortium était de me nuire financièrement.

— Ils peuvent le faire ?

— Et comment ! Dans le meilleur des cas, nous en serons quittes pour des mois, voire des années de batailles juridiques.

— Oh, mais c'est épouvantable ! Je suis désolée, Max. Sincèrement. Mais pourquoi es-tu si en colère contre moi ?

— En dehors de moi-même et de Troy, il n'y a que quatre personnes qui sont au courant de ce projet : ma secrétaire, qui a tapé tous les papiers, Lloyd Baxter, l'homme que nous avons rencontré à New York, toi et ton homme de loi. Troy et Carly travaillent pour moi depuis des années et je leur fais confiance. Lloyd Baxter n'aurait aucune raison de torpiller un projet dans lequel il a tellement investi…

Max marqua une pause. Son regard se fit transperçant.

— Il n'y a plus que toi et John Fossbinder.

— John est tenu par le secret professionnel. C'est un homme intègre.

— C'est l'impression que j'ai eue, en effet, dit Max.

Elizabeth écarquilla les yeux.

— Tu penses que c'est *moi* qui ai vendu la mèche ? Que j'essaie de te ruiner ?

— Vous avouerez que c'est l'impression que cela donne, intervint Troy.

Elizabeth tourna vivement la tête vers lui et le foudroya du regard.

— Je n'ai rien à avouer. Et surtout pas à vous ! Ni à toi, d'ailleurs ! ajouta-t-elle en jetant à son mari un regard noir.

Puis, la tête haute, elle se leva et se dirigea vers la porte aussi dignement que possible.

— Où vas-tu ? lui demanda Max d'un ton impérieux. Reviens ici immédiatement ! Nous n'avons pas fini de discuter.

— Toi peut-être, mais moi, je n'ai plus rien à te dire !

Elle ouvrit la porte d'un geste sec et la claqua derrière elle.

Gladys, qui faisait le ménage dans le salon, passa la tête par la porte.

— Par mes aïeux ! Je n'ai jamais entendu autant de portes claquer ni autant de cris de toute ma vie !

L'ignorant, Elizabeth monta précipitamment l'escalier, mais à mi-chemin elle sembla se raviser et redescendit en courant. Elle prit un manteau dans le placard de l'entrée.

— Je serai chez Mimi si vous avez besoin de moi, dit-elle à Gladys avant de se diriger vers la porte d'entrée.

— Hum... Comme si je ne pouvais pas le deviner toute seule ! marmonna la gouvernante.

Le portable d'Elizabeth sonna alors qu'elle était sur le point de jouer ses trois dernières lettres et de terminer ainsi la partie de Scrabble. Elle plaça le *K*, le *I* et le *V* perpendiculairement au *A* qui se trouvait déjà sur le plateau et s'écria fièrement :

— KIVA !

— Kiva ? Qu'est-ce que c'est ?

— C'est une chambre funéraire souterraine qu'utilisaient

les anciens Indiens, expliqua la jeune femme à sa tante. C'est moi qui gagne ! C'est moi qui gagne !

— D'accord, d'accord ! C'est toi qui as gagné. Réponds donc à ce téléphone, maintenant. Ça me tape sur les nerfs.

— Tu es une mauvaise perdante, la taquina Elizabeth avant de sortir son appareil de son sac à main.

— Allô ?

— Madame Riordan ?

— Oui.

— Je suis désolée de vous déranger chez vous. C'est Carly à l'appareil, la secrétaire de votre mari. Je voulais savoir si vous aviez vu Max aujourd'hui.

— Non.

En fait, elle n'avait pas de nouvelles de Max depuis qu'elle avait quitté le bureau en colère, deux jours auparavant. Quand elle était rentrée de chez Mimi, ce soir-là, il n'était plus là. Il lui avait laissé un message lui précisant qu'il prenait l'avion pour Dallas afin de régler une affaire urgente et qu'il ne savait pas quand il rentrerait. Elizabeth avait senti la colère la submerger.

Non seulement il l'accusait d'être déloyale, mais il quittait la maison sans même lui dire au revoir ! Juste au moment où elle commençait à penser que leur mariage avait une chance de marcher, il lui faisait un coup comme ça. Quel idiot !

— Mon Dieu ! gémit Carly, j'ai un gros problème. J'ai reçu un coup de fil de la compagnie de croisières, ce matin, et ils m'ont informée que la mère de Max avait fait une chute et qu'elle s'était cassé la jambe sur le bateau.

— Oh, non ! C'est grave ? demanda Elizabeth, aussitôt alarmée.

Le ton de sa voix inquiéta sa tante qui tendit l'oreille.

— Apparemment, c'est une mauvaise fracture, expliqua Carly. Le médecin du navire a mis un plâtre temporaire, mais il pense qu'elle devrait consulter un chirurgien orthopédiste le plus tôt possible.

— Oui, bien sûr.

— Je suis tellement contente que vous soyez d'accord ! s'exclama Carly, soulagée. Dès qu'on m'a prévenue, j'ai réservé un jet privé afin qu'elle puisse rentrer chez elle. Je pensais pouvoir joindre Max pour qu'il aille la chercher à l'aéroport. J'ai essayé de le joindre toute la matinée, mais ni lui ni Troy ne répondent.

— Ne vous en faites pas : j'irai la chercher et je l'emmènerai voir un chirurgien orthopédiste, puis je la ramènerai à la maison avec moi. A quelle heure doit-elle arriver ?

Dès qu'Elizabeth eut raccroché, sa tante voulut savoir ce qui se passait.

— Apparemment, c'est une mauvaise fracture, expliqua la jeune femme. La compagnie de croisières a contacté Carly, qui a réservé un jet privé pour la faire ramener.

— C'est bien, approuva tante Talitha. Sa place est auprès de sa famille.

— Oui. Max est la seule famille qu'il lui reste. Il va falloir que j'aille la chercher à Houston. Son avion arrive dans deux heures.

Prenant appui sur sa canne, Talitha se leva.

— Je t'accompagne. Tu risques d'avoir besoin d'aide.

Elizabeth en doutait. La présence de Gladys et celle de Dooley suffiraient amplement. Mais elle était tout de même heureuse d'avoir la compagnie de Talitha.

Les deux femmes arrivèrent dans le salon VIP de l'aéroport de Houston peu avant l'atterrissage du petit jet. Deux stewards transportèrent Iona jusqu'au bas de la passerelle où Elizabeth les attendait avec un fauteuil roulant qu'elle avait loué.

— Oh, mais je ne m'attendais pas que vous veniez me chercher ! dit Iona en regardant autour d'elle. Où est mon fils ?

— Il est en voyage d'affaires, et je n'ai pas pu le joindre. Donc c'est moi qui suis venue vous chercher.

Iona aperçut Talitha qui se trouvait dans le salon VIP.

— Oh, mais votre tante est là également ! Je suis désolée de vous causer tant de soucis.

Accordant son pas à celui de sa tante, Elizabeth poussa le fauteuil jusqu'à sa voiture.

— Belle-maman, vous faites désormais partie de la famille. La famille n'est jamais une charge. Nous sommes heureuses de nous occuper de vous.

— Voilà qui est bien parlé ! approuva Talitha en pressant l'épaule de Iona. Elizabeth a déjà pris rendez-vous auprès du Dr Ron Watson. Il nous attend à l'hôpital. C'est un ami de la famille, et l'un des meilleurs chirurgiens orthopédistes de la région. Il m'a opérée de la hanche il y a quelques années, alors je peux vous en parler.

— C'est très gentil à vous, mais je suis quand même gênée.

— Il n'y a pas de quoi, je vous assure ! affirma Talitha en frappant le sol de sa canne, tandis qu'Elizabeth installait sa belle-mère dans la voiture.

Comme promis, le Dr Watson les attendait. Laissant Elizabeth et Talitha dans la salle d'attente, il poussa le fauteuil de la vieille dame jusque dans son cabinet. D'où elles se trouvaient, la nièce et la tante pouvaient voir les membres du personnel entrer et sortir.

Au bout d'un moment, le médecin vint les informer qu'il allait devoir opérer Iona afin de réduire la fracture.

— On va lui mettre des broches. Elle restera en salle de

réveil et, si tout va bien, elle pourra sortir dès qu'elle aura recouvré ses esprits.

Pendant qu'elles attendaient, Elizabeth appela plusieurs fois Max sur son portable, sans succès. Elle finit par renoncer et contacta Carly afin qu'elle essaie de son côté.

Il était plus de 18 heures lorsqu'elles arrivèrent finalement à River Oaks. Gladys et Dooley les aidèrent à transporter Iona à l'intérieur.

— Vous auriez dû me déposer à mon appartement. Nous avons un ascenseur, là-bas.

Encore sous l'effet de l'anesthésie, Iona parlait d'une voix pâteuse.

— Il y a également un ascenseur ici, lui dit Elizabeth d'un ton rassurant. Nous en avons aussi un à Mimosa Landing. Ce qui veut dire que vous serez bien partout où je vous emmènerai. Maintenant, cessez de vous excuser et de vous tracasser pour rien. Nous sommes ravies de vous avoir et de nous occuper de vous.

La maison de Houston disposait de plusieurs chambres d'invités dont une équipée d'un téléviseur. C'est là qu'ils décidèrent d'installer la mère de Max. Après un dîner léger, Iona jura qu'elle n'avait pas sommeil, et Talitha resta à ses côtés pour lui tenir compagnie. Les deux femmes firent une partie de gin-rummy[1]. Vingt minutes s'étaient à peine écoulées lorsque Elizabeth entendit l'ascenseur redescendre.

— Elle dort, annonça Talitha en entrant dans le salon. Nous étions en train de jouer quand elle s'est brusquement assoupie. Je l'ai couverte et je l'ai laissée se reposer.

— La pauvre ! dit Elizabeth. La journée a été dure pour elle.

Se levant, elle s'étira de tous ses membres.

— En parlant de dure journée… je suis complètement

1. Variété de rami qui se joue à deux joueurs.

vannée ! Je crois que je ne vais pas tarder à aller me coucher.

— Moi aussi, déclara Talitha.

Elizabeth avait l'habitude d'utiliser l'escalier, mais voyant que sa tante prenait l'ascenseur, elle l'accompagna. Arrivée à l'étage, elle embrassa la vieille dame pour lui souhaiter bonne nuit, avant d'aller sur la pointe des pieds vérifier que Iona allait bien.

Elle entra ensuite dans sa propre chambre, mit sa chemise de nuit et se glissa entre les draps.

Peu de temps après, la sonnerie stridente du téléphone la tira de son sommeil.

Se redressant à moitié, Elizabeth jeta un regard endormi autour d'elle. Puis, ayant quelque peu recouvré ses esprits, elle décrocha.

— Oui ?

— Comment va ma mère ? Où est-elle ? fit la voix cassante de Max. Je viens de rentrer à l'hôtel et j'ai trouvé le message de Carly disant que ma mère avait été blessée et que tu t'occupais d'elle.

Un coup d'œil au réveil qui se trouvait sur la table de chevet indiqua à la jeune femme qu'il était plus de minuit. Elle eut envie de demander à Max où il avait traîné jusqu'à une heure pareille, mais elle se retint.

— Ta mère va bien. Elle s'est cassé la jambe sur le bateau. La compagnie de croisières l'a transportée jusqu'à Saint Thomas à bord d'un avion. Ensuite, Carly a loué un jet qui l'a amenée de Saint Thomas jusqu'à Houston, où nous sommes allées la chercher, tante Talitha et moi. Nous l'avons conduite directement à l'hôpital pour consulter le Dr Ron Watson, qui a réduit la fracture et mis des broches. C'est un très bon chirurgien en plus d'être un ami de la famille.

— Elle va bien ?

— Maintenant, oui.

— Je peux lui parler ?

— Elle dort. Elle doit être encore sous l'effet de l'anesthésie. Il vaudrait mieux que tu rappelles demain matin.

— Tu crois que je devrais rentrer ?

— C'est à toi de voir, répondit Elizabeth en prenant son ton le plus froid. Peut-être que tu ne me fais pas suffisamment confiance pour me laisser prendre soin d'elle ?

Il y eut un long silence.

— Je te fais confiance, Elizabeth.

— Ah, bon ? C'est nouveau, ça !

— Ecoute, je n'ai pas envie d'en parler au téléphone.

— Très bien. Comme tu veux.

— Je voulais juste te dire que je te suis reconnaissant de t'occuper de ma mère. Je suis désolé que tu te retrouves avec ce fardeau sur les bras. Si tu veux, Carly peut venir la chercher pour la conduire à son appartement, et une infirmière s'occupera d'elle à domicile.

Elizabeth serra les dents. Cet homme était vraiment impossible ! Il pouvait se montrer charmant et tout gâcher aussitôt après.

— As-tu vraiment besoin d'être aussi insultant ? Crois-tu vraiment que je laisserais des étrangers s'occuper de ta mère ? Ou que cela m'ennuie de prendre soin d'elle ? Sache que Iona n'est pas un fardeau ! C'est une adorable vieille dame, et ma tante et moi aimons beaucoup sa compagnie. Elle peut rester ici autant qu'elle le veut. Maintenant, si tu n'y vois pas d'inconvénient, j'aimerais pouvoir dormir !

Sans lui laisser le temps de répondre, elle raccrocha et se laissa retomber sur les oreillers. En ce qui la concernait, Max pouvait aller au diable !

Le lendemain matin, Iona allait déjà mieux et pouvait se déplacer à l'aide de béquilles. Elizabeth venait juste de se doucher et elle descendait l'escalier lorsque le téléphone sonna. Quelques secondes plus tard, elle entendit Gladys informer Iona que son fils souhaitait lui parler.

N'ayant nullement envie de discuter avec Max, la jeune femme ralentit le pas. La voix de la vieille dame révélait à quel point elle était contente de pouvoir parler à son fils et que son appel lui remontait le moral. Elizabeth s'en réjouit pour elle.

D'un pas délibérément lent, elle traversa l'entrée et s'arrêta devant la porte du salon. Elle savait que Iona lui passerait Max si elle la voyait.

Pour le moment, elle racontait dans le menu ce qui lui était arrivé, non sans oublier de vanter la gentillesse de ceux qui s'étaient occupés d'elle. Elle informa également son fils qu'après sa visite chez le Dr Watson, le vendredi suivant, elle accompagnerait Elizabeth à Mimosa Landing.

— Donc, si tu appelles et que ça ne répond pas, sache que nous serons là-bas. Ta femme est adorable : elle insiste pour que je reste chez vous le temps de ma convalescence. Quand comptes-tu revenir ? Tu n'en as aucune idée, même approximative ? Je comprends. Tu es en pleine négociation ? Eh bien, dans ce cas, à bientôt !

Après que Iona eut raccroché, Elizabeth attendit quelques secondes avant d'entrer dans le salon.

— Oh, mon Dieu ! Vous avez manqué Max d'une seconde !

— C'est vrai ? Ce n'est pas grave. Je lui ai parlé hier soir.

— Il dit qu'il ne sait pas quand il rentrera. Il rencontre de sérieux problèmes qu'il doit absolument régler.

— Quel dommage ! Mais je suis sûre qu'il s'en sortira très bien.

— Oui, je ne me fais pas de soucis pour ça : mon fils

est un excellent homme d'affaires, dit Iona avec un grand sourire.

Après un solide petit déjeuner, les trois femmes se retirèrent dans le salon. Confortablement installées dans leur fauteuil devant un jeu télévisé, les deux vieilles dames discutèrent à bâtons rompus tout en faisant du crochet.

Au bout d'un moment, elles s'assoupirent. Le regard d'Elizabeth alla de l'une à l'autre, et un sourire attendri se dessina sur ses lèvres. Sa belle-mère et sa tante dormaient toutes les deux et ronflaient légèrement.

Le carillon de la porte résonna et la jeune femme s'empressa d'aller ouvrir avant que la sonnette ne les réveille.

— Wyatt ! Que fais-tu ici ? Je pensais que tu appellerais d'abord.

— Je passais en voiture et je me suis dit que tu étais peut-être chez toi.

— Je vois. Eh bien… entre, lui dit Elizabeth avec un léger sentiment de malaise.

Elle le guida jusqu'au grand salon.

Wyatt jeta un coup d'œil autour de lui.

— Je suppose que Gladys est allée chez l'épicier, comme tous les mercredis ?

— Oui. Oui, c'est bien ça, répondit la jeune femme en se demandant comment il savait cela. Tu veux boire quelque chose ? ajouta-t-elle, brisant le silence tendu qui s'était installé entre eux. Peut-être du café ? Le mien n'est pas aussi bon que celui de Gladys, mais il est tout de même buvable.

— Non, merci. Je suis venu parce que nous devons parler, Elizabeth.

— Très bien, dit la jeune femme en prenant place dans son fauteuil préféré et en lui indiquant le canapé.

Mais Wyatt préféra l'ignorer et se mit à faire les cent pas dans la pièce. Finalement, il s'immobilisa et se planta devant elle, le regard noir de colère.

— Comment as-tu pu ? murmura-t-il entre ses dents serrées. Comment as-tu pu épouser cet homme ?

— Wyatt, je…

— La dernière fois que nous nous sommes vus, il me semblait que tu devais réfléchir à ma proposition. Et qu'est-ce que j'apprends, juste après ? Madame a épousé ce voyou de Riordan et elle est partie en lune de miel à New York.

— Wyatt, j'ai effectivement réfléchi à ta proposition. Elle ne me convenait pas, et je te l'ai dit, ce jour-là, avant que tu ne partes, mais tu ne voulais pas l'entendre. Rien, jamais rien ne me fera remettre les rênes de Mimosa Landing à quelqu'un d'autre. Ni à toi ni à personne. Je crois que tu peux comprendre ça.

— Nous savons très bien, toi et moi, que tu as épousé Riordan pour son argent.

Elizabeth ne sut que répondre. Il n'avait pas tort, mais un mariage de raison semblait plus acceptable avec Max qu'avec Wyatt.

— Wyatt, s'il te plaît…

— J'étais furieux de te voir avec lui à la réception des Van Cleaves. Bon sang, Elizabeth, c'est moi que tu aurais dû épouser !

— Je… je suis désolée, Wyatt.

Elle le regarda d'un air désespéré. Elle n'avait pas voulu le blesser.

— Il est clair que j'ai fait une erreur en n'acceptant pas tes conditions, dit-il en arpentant la pièce.

Les mains dans les poches, il faisait nerveusement cliqueter ses pièces de monnaie. Il croisa le regard d'Elizabeth.

— Mais il n'est pas trop tard pour nous deux. Nous pouvons très bien avoir une liaison, et ce rustre te laissera tomber comme une vieille chaussette. Tu auras alors Mimosa Landing et le trust qu'il a établi à ton nom, et tu seras débarrassée de lui. Et si nous réussissons à faire annuler certaines clauses du contrat de mariage, tu pourras mettre la main sur une bonne partie de sa fortune.

Bouche bée, Elizabeth le dévisagea.

— Tu as lu notre contrat de mariage ?

— Heu…

— C'est évident, sinon comment aurais-tu connaissance de cette clause ?

Devant la culpabilité qui se lisait sur son visage, elle ajouta :

— Mon Dieu, tu as lu tout mon dossier !

— Et bien…

— Tu l'as lu ou tu ne l'as pas lu ?

— Le contrat se trouvait sur la table de John. Je m'étais rendu dans son bureau afin de le consulter sur un point, mais il était absent. Bien sûr, quand j'ai vu ton nom sur le dossier, je me suis permis de le lire parce que j'étais inquiet à ton sujet.

— Comment as-tu osé ?

Bien que paniqué au début, Wyatt retrouva rapidement son aplomb, et déclara avec un regard de défi :

— Je n'ai nullement l'intention de m'excuser pour ce que j'ai fait. J'avais l'intention de t'épouser. Tout ce qui te concerne me concerne également. De plus, je travaille pour Fossbinder, Lassiter et Drummond. J'ai le droit de consulter les dossiers. Bon sang ! Mon père est associé dans cette étude !

— Ce n'est pas une excuse, rétorqua Elizabeth d'un ton sec. Ni toi ni ton père n'êtes mon avocat, et je n'apprécie pas du tout que tu fourres ton nez dans mes affaires. Ton comportement est contraire à la déontologie.

— Tu ne comprends donc rien ? Tout ce que j'ai fait, je l'ai fait pour toi ! Pour *nous* ! hurla-t-il.

Elizabeth fronça les sourcils d'un air inquiet en observant son expression agitée.

— Mon Dieu ! C'est toi qui es en train d'essayer de saboter le projet de Max, n'est-ce pas ?

— Oui.

Elle en eut le souffle coupé. Elle s'attendait qu'il nie farouchement, mais il était si arrogant qu'il semblait presque fier de lui-même.

— Je fais partie d'un consortium. Ça n'a pas été difficile de persuader mes associés. Pour eux, ce n'était qu'un investissement parmi d'autres, mais mon plan était de couler Riordan. Je l'ai fait pour t…

— Arrête ! Ne t'avise surtout pas de dire que tu l'as fait pour moi ! D'ailleurs, je ne crois pas un instant que tu m'aimes. Reconnais que la seule raison qui te pousse à vouloir m'épouser, c'est l'envie de mettre la main sur Mimosa Landing.

— Et alors ? Il y a belle lurette que Mimosa Landing aurait dû faire partie du holding Lassiter.

— Quoi ?

Elizabeth était tellement surprise qu'elle ne sut que dire. Avant qu'elle n'ait pu réagir, Wyatt la saisit par les deux bras et, l'obligeant à se mettre debout, il écrasa sa bouche sur la sienne.

Les cris étouffés d'Elizabeth s'avérèrent inutiles. Elle eut beau se tortiller et frapper le torse de Wyatt à deux mains, il continua à l'embrasser. C'était un baiser dur et désagréable, qui lui souleva le cœur. Elle se cabra et lui assena un coup de pied, essayant de toutes ses forces de se dégager de son étreinte. En vain. Il lui ouvrit la bouche de force et y glissa sa langue. Elle le mordit.

— Aïe !

Profitant de cette diversion, Elizabeth le repoussa. Elle recula et s'essuya la bouche du revers de la main.

— Quand je t'ai dit d'arrêter, je ne plaisantais pas ! cria-t-elle.

— Je saigne. Espèce de petite salope ! gronda-t-il.

En deux pas rapides, il franchit la distance qui les séparait et lui assena un violent coup du revers de la main. Elle sentit la douleur exploser sur sa joue gauche. La force du coup la fit chanceler. Elle se cogna à une table et fit tomber une lampe qui s'écrasa sur le sol avec fracas. Basculant par-dessus le bras du canapé, elle s'affaissa sur les coussins.

Elle resta un instant paralysée sous le choc. Jamais elle n'avait été frappée, auparavant. Puis elle sentit une douleur lancinante au niveau de la joue. Le visage furieux de Wyatt emplit soudain son champ de vison. Il s'accroupit au-dessus d'elle, glissa une main dans le décolleté en V de son corsage de satin, et tira d'un geste sec. Le tissu se déchira et les boutons volèrent dans la pièce.

— Non ! Arrête ! Arrête ! cria Elizabeth en tentant de le frapper.

— Tu crois que tu vas t'en tirer comme ça ? murmura Wyatt. Que tu vas pouvoir me rouler ? Quand j'en aurai fini avec toi, même ce loubard de Riordan ne voudra plus te toucher !

— Arrête ! Non ! Non !

Elizabeth se débattit comme elle put, mais il était beaucoup plus fort qu'elle. En désespoir de cause, elle le griffa sur les deux joues.

La douleur le fit hurler. Il toucha sa joue d'une main. La vue du sang sur ses doigts lui fit perdre tout contrôle.

— Espèce de…

Il leva la main pour la frapper de nouveau, mais en fut empêché par un coup sur la tête qui le fit hurler.

— Laisse-la tranquille, sale bête ! hurla tante Talitha.

— C'est ça, fiche le camp ! ajouta Iona en le frappant à l'aide d'une de ses béquilles. Déguerpis ! Déguerpis avant qu'on n'appelle la police.

Les deux femmes le rouèrent de coups : tante Talitha avec sa canne et Iona avec sa béquille.

— D'accord, d'accord ! cria Wyatt en battant en retraite. Je m'en vais. Je m'en vais, arrêtez ! Aïe ! Aïe ! Mais arrêtez, bon sang !

Mais les coups continuèrent à pleuvoir. Les deux femmes le firent ainsi reculer jusqu'à la porte qu'il ouvrit d'une main tremblante. D'un bond, il fut en bas des marches du porche et se hâta de monter dans sa voiture.

— Et ne t'avise pas de revenir ! lança Talitha en agitant sa canne tandis qu'il démarrait en trombe.

Refermant la porte, les deux femmes échangèrent un regard triomphant. Mais leur victoire fut rapidement oubliée lorsqu'elles entendirent un gémissement en provenance du grand salon. Elles se hâtèrent de revenir vers Elizabeth. Assise sur le canapé, la jeune femme tenait d'une main les lambeaux de son corsage serrés sur sa poitrine, tandis que son autre main était sur sa joue.

— Oh, ma pauvre chérie ! lui dit Talitha. Tu vas bien ? Allons, allons, ne pleure pas ! Il est parti. Il ne te fera plus de mal.

— Si vous n'aviez pas été là…

— Chut ! fit Talitha en lui caressant les cheveux d'un geste tendre. N'y pense plus. Nous étions là, Dieu merci, et nous lui avons mis la raclée qu'il méritait, n'est-ce pas, Iona ?

— Et comment ! Quel monstre ! Qui est-ce, au fait ?

— Il s'appelle Wyatt Lassiter. C'est le rejeton d'une vieille famille de Houston, expliqua Talitha avec une moue dédaigneuse. Des vauriens. Les hommes, je veux dire. Ce sale chien de Wyatt n'arrête pas de tourner autour d'Elizabeth depuis qu'elle a vu son premier mari partir avec une autre femme. On peut dire que c'est un mauvais perdant. Hum ! J'aimerais presque qu'il revienne pour qu'on lui mette une seconde raclée !

— Moi aussi, tiens ! Attendez juste que mon fils apprenne ça ! Je n'aimerais pas être à la place de ce jeune homme à ce moment-là.

— Oh, non ! Je ne veux pas que Max l'apprenne ! dit Elizabeth.

— Mais c'est ridicule ! Ton mari a le droit d'être au courant, déclara tante Talitha. Je pense que nous devrions l'appeler immédiatement et lui demander de rentrer à la maison. Tu as besoin de lui.

Après la dispute qu'ils avaient eue le dimanche soir, il était peu probable que Max se préoccupe de ce qu'il lui était arrivé, songea la jeune femme. Il pensait qu'elle l'avait trahi. Pourquoi se soucierait-il de son sort ? Oui, ils étaient mari et femme, mais pas au sens où Talitha et Iona l'entendaient. Si les deux vieilles dames apprenaient que leur mariage n'était pas un mariage d'amour fondé sur la confiance, elles seraient anéanties.

— Talitha a raison, intervint Iona. De plus, je ne vois pas comment tu vas pouvoir cacher cette blessure à Max. Ton visage est déjà enflé. D'ici à une heure, tu ne seras pas belle à voir.

— Laisse-moi voir ça ! ordonna tante Talitha.

Examinant l'hématome qui avait commencé à se former, elle secoua la tête avec une exclamation désapprobatrice.

— Je crois que vous avez raison, Iona.

— Oh, non ! fit Elizabeth en touchant précautionneusement sa joue.

La douleur la fit grimacer.

— Je ne pense pas qu'il y ait quoi que ce soit de cassé, ajouta-t-elle, mais ma joue me fait horriblement mal.

Elle ferma les yeux.

— Je me doutais bien que Wyatt serait déçu que j'aie choisi d'épouser Max plutôt que lui, mais je ne m'attendais certainement pas à ce qu'il se comporte ainsi. On aurait dit un fou. Il a dit des choses qui n'avaient aucun sens. Par deux fois, il a répété que Mimosa Landing aurait dû appartenir à sa famille depuis bien longtemps.

Tante Talitha poussa un soupir.

— Je sais pourquoi il a dit ça. Je ne t'en ai jamais parlé parce que je voulais oublier cet épisode désagréable de ma vie. Et puis aussi parce que je n'étais pas très fière d'avoir été aussi aveugle. Il y a une quarantaine d'années, j'ai été brièvement fiancée au père de Wyatt, Henry.

— Quoi ?

Elizabeth eut l'impression de recevoir un coup sur la tête. Elle qui pensait connaître l'histoire de sa famille…

— C'était après le décès de mon pauvre Martin. J'aimais bien Henry Lassiter, mais je n'étais pas amoureuse de lui. Comme j'avais perdu Martin, je me suis dit : pourquoi pas ? Je pensais que nous pourrions avoir des enfants et que je reporterais mon affection sur eux. Heureusement pour moi, j'ai découvert juste à temps que Henry, comme son père, était un homme violent. Aussi bien sur le plan physique qu'émotionnel.

— Vraiment ? Comment l'as-tu appris ?

— Par la propre mère de Henry, Mary Beth Lassiter. C'était une femme timide et effacée. On aurait dit un fantôme tellement elle rasait les murs, comme si elle cherchait à se rendre invisible. Elle avait toujours quelque chose : une blessure, un hématome, une lèvre coupée… La pauvre ! Elle a vécu toute sa vie dans la crainte de Clive Lassiter, le père de Henry. Elle s'efforçait toujours de l'éviter. Quand ça n'était pas possible, elle faisait tout pour essayer de lui faire plaisir. Mais il est impossible de satisfaire des hommes comme ça. Elle a donc mené une existence malheureuse au cours de laquelle elle était constamment battue. A cette époque, il n'y avait pas de refuges pour les femmes maltraitées. La police n'intervenait jamais dans les affaires domestiques. Les femmes n'avaient aucun soutien de nulle part.

Voilà donc pourquoi sa tante était aussi généreuse dans ses dons aux refuges de femmes battues, songea Elizabeth.

— La pauvre ! dit Iona.

— Oui. Je remercie le ciel de lui avoir donné suffisamment de courage pour me prévenir que la seule raison qui poussait son fils à vouloir m'épouser, c'était son envie de posséder Mimosa Landing, qui, comme tu le sais, est mitoyenne au domaine des Lassiter. Mary Beth m'a également avoué que Clive Lassiter l'avait épousée pour ses terres et que son fils avait l'intention de faire la même chose avec moi. Mais elle ne voulait pas que j'endure ce qu'elle avait enduré. Bien entendu, j'ai rompu nos fiançailles le jour même. Henry est entré dans une rage folle, et si ton père n'avait pas été avec moi ce jour-là, je suis sûre qu'il m'aurait violentée. Depuis, j'ai toujours cherché à l'éviter. Mais je sais qu'il me reproche encore la perte de Mimosa Landing. Apparemment, il a empoisonné son fils avec les mêmes idées.

— Je vois, murmura Elizabeth.

Cela expliquait bien des choses. Elle savait depuis longtemps que sa tante n'appréciait guère les Lassiter, en particulier Henry. Chaque fois qu'elle le croisait, elle faisait comme s'il n'existait pas et refusait de lui parler. Elizabeth l'avait souvent interrogée à ce sujet, mais sa tante s'était chaque fois contentée de lui dire qu'elle ne pouvait pas le supporter. Maintenant, Elizabeth comprenait pourquoi.

Elle comprit également que si sa tante avait accepté que l'associé de Henry s'occupe des affaires de la famille, c'était parce que John Fossbinder était le meilleur dans ce domaine.

Iona regarda la joue d'Elizabeth.

— Il faudrait mettre des glaçons dessus. Tu peux marcher ?

— Tu devrais peut-être aller aux urgences ? suggéra Talitha.

— Non, non, c'est inutile.

Si elle se rendait à l'hôpital, le médecin de garde lui demanderait des explications, et elle était presque sûre qu'il serait légalement tenu de prévenir la police. Or, elle ne voulait surtout pas de publicité.

— D'accord. Alors, laisse-nous t'emmener dans la cuisine. Gladys garde toujours une trousse de premiers secours sous l'évier.

Encadrée par les deux vieilles dames, Elizabeth alla jusqu'à la cuisine d'une démarche mal assurée et s'assit sur une chaise devant la table.

Iona et Talitha étaient en train de discuter de la meilleure façon de traiter la blessure lorsque Gladys et Dooley firent leur entrée, les bras chargés de courses.

— Mon Dieu ! Mais qu'est-ce qui s'est passé ? s'exclama Gladys.

S'empressant de déposer les sacs sur la table, elle prit le menton d'Elizabeth entre ses doigts et lui souleva le visage pour examiner la blessure.

— C'est Wyatt Lassiter, expliqua Talitha.

— M. Lassiter l'a frappée ?

— Non seulement il l'a frappée mais il a également essayé de la violer. Ici même, sous notre toit ! ajouta la vieille dame d'un ton indigné.

— C'est vrai, confirma Iona. Talitha et moi avons dû le rouer de coups pour le faire partir.

— Mon Dieu ! Dooley ! Viens voir !

En découvrant la joue enflée d'Elizabeth, Dooley fronça les sourcils.

— Ça n'est pas une gifle, dit-il. Pour laisser une marque comme ça, il a dû frapper fort. Vous avez appelé la police ?

— Je…

— Elle ne veut pas, expliqua Iona.

— Comment ça ? fit Dooley avec un regard sévère. C'est stupide, jeune fille. Cet homme vous a agressée et il a essayé de vous violer. C'est sérieux.

— Je veux juste oublier ce qui s'est passé. Je ne veux pas que la police ou quelqu'un d'autre s'en mêle. C'est clair ?

— Ohé ! Il y a quelqu'un ? appela soudain la voix de Mimi.

Oh, non ! songea Elizabeth. Il allait encore falloir donner des explications.

Comme à l'accoutumée, Mimi était entrée dans le bureau par la porte-fenêtre.

— Où êtes-vous passés ? cria-t-elle.

Le bruit de ses talons résonna dans l'entrée, tandis qu'elle inspectait le grand salon, la salle à manger et le petit salon. Finalement, elle poussa la porte de la cuisine.

— Ah, vous êtes là ! Qu'est-ce que… Bon sang ! Qu'est-ce qui t'est arrivé ? s'exclama-t-elle, interloquée, en dévisageant Elizabeth.

Avant même d'obtenir une réponse, Mimi demanda, les sourcils froncés :

— C'est Max qui t'a battue ?

— Non ! Ce n'était pas…

— Bien sûr que non, ce n'est pas Max ! lança Iona avec indignation.

— Oh ! là, là ! Désolée, madame Riordan. Je ne vous avais pas vue.

— Je me souviens de vous, dit Iona. Vous étiez là le jour du mariage. Mona… Minnie… Mamie ?

— Mimi. J'étais la demoiselle d'honneur.

— Sachez, Mimi, que mon fils ne lèverait jamais la main sur une femme. Je l'ai quand même élevé mieux que ça !

— Bien sûr, vous avez raison. Je suis désolée.

— Vous pouvez l'être ! répliqua Iona avec une moue de dédain.

— C'est Wyatt Lassiter qui l'a frappée, dit tante Talitha à l'adresse de Mimi.

— Quoi ? Ce bon à rien de…

Tante Talitha s'éclaircit la voix, et les deux vieilles dames recommencèrent le récit de ce qui s'était passé, pendant que Gladys nettoyait la blessure d'Elizabeth.

— On dirait que vous avez une coupure au coin de l'œil et le reste est bien éraflé, murmura Gladys en tapotant un coton imbibé d'alcool et en soufflant sur la blessure quand Elizabeth grimaçait de douleur.

Alors que tout le monde était occupé à parler, Dooley, sans rien dire, sortit un appareil photo d'un placard et prit un cliché d'Elizabeth.

— Dooley ! Que faites-vous ? fit-elle d'un ton plaintif.

— Il nous faut des preuves.

Il prit deux autres clichés par mesure de précaution, et ajouta :

— Mon petit doigt me dit que votre mari ne risque pas de pardonner ça aussi vite que vous.

— Bien pensé, Dooley, approuva Mimi. Max va certainement montrer à Wyatt de quel bois il se chauffe. Et j'aimerais bien pouvoir assister au spectacle.

— Rien de tel ne va se passer ! Je voudrais que vous me promettiez tous de ne rien dire à Max.

— Allons, trésor ! Wyatt mérite une bonne raclée, et tu le sais.

— Et à quoi cela servirait-il ? Max se retrouvera derrière les barreaux pour agression. S'il vous plaît, promettez-moi de ne rien dire.

— Et comment comptez-vous camoufler cette ecchymose et cet œil au beurre noir ? demanda Gladys. Avec du maquillage ? N'y comptez pas trop.

— Max est très occupé en ce moment. Je ne l'attends pas avant au moins une semaine.

« Et encore, il n'est pas dit qu'il rentrera ! » ajouta-t-elle en son for intérieur.

— Hum. A mon avis, il faudra plus d'une semaine pour que ces marques aient totalement disparu, déclara Dooley. Mais si vous préférez qu'on se taise, on se taira.

Les autres s'engagèrent également à tenir leur langue, mais il était clair que cette décision ne leur plaisait guère.

— Bien. Puisque cette affaire est réglée, je propose, Elizabeth, que vous preniez un cachet d'aspirine et que vous alliez vous allonger avec ce paquet de glace appliqué sur votre joue, dit Gladys.

— C'est une bonne idée, déclara Mimi. Encore mieux, tu devrais prendre l'un des antalgiques que ce toubib à New York t'a prescrits. Tu en as encore ?

— Oui, il m'en reste. Je n'en ai pris que quelques-uns.

— Bon, eh bien montons dans ta chambre, dit alors Mimi en prenant le bloc de glace des mains de Gladys.

Une fois dans sa chambre, Elizabeth dut courir jusqu'à la salle de bains car elle était prise de nausées.

— Je m'y attendais, dit Mimi en mouillant une serviette qu'elle tendit à son amie. Depuis que je te connais, tu as toujours réagi de cette façon aux chocs émotionnels.

— Je sais, dit Elizabeth d'un ton las.

Elle s'empara de la serviette et se la passa sur le visage et la nuque avant de rapidement se brosser les dents.

— Bon, où sont ces antalgiques ? demanda Mimi en ouvrant et refermant les tiroirs.

— Donne-moi juste deux aspirines. Je... je ne veux pas prendre un médicament fort maintenant.

Mimi fronça les sourcils.

— Et pourquoi ?

Puis, penchant la tête sur le côté, elle jeta à son amie un regard pénétrant.

— Tu me caches quelque chose ? lui demanda-t-elle en écarquillant les yeux. Mon Dieu ! Tu es enceinte ?

— Non. Heu… peut-être. Je ne sais pas encore. Je ne veux pas prendre de risques, c'est tout.

— Tu as un retard dans ton cycle ?

— Oui, mais ça m'est déjà arrivé. Il se peut très bien que ce soit une réaction à tous les changements qui viennent de survenir dans ma vie.

— Tu veux dire, comme d'avoir un beau gars dans ton lit toutes les nuits ?

— Mimi Whittington ! Tu ne penses qu'au sexe !

Mimi fronça le nez.

— Je sais. Mais c'est marrant, non ?

La remarque de Mimi eut l'effet escompté, et Elizabeth se mit à rire, mais c'était un rire bien faible.

— Bon, par mesure de sécurité, nous allons nous contenter de l'aspirine. Tiens, prends ça, dit alors Mimi en lui tendant le tube de comprimés.

Lorsque Elizabeth eut pris ses cachets, les deux femmes retournèrent dans la chambre, et Mimi ouvrit l'un des tiroirs pour en sortir une chemise de nuit propre.

— Pas la peine, protesta Elizabeth faiblement. Je vais juste m'allonger sur le dessus-de-lit avec une couverture.

— Mais non ! Crois-moi, tu dormiras mieux en chemise de nuit.

Mimi aida alors Elizabeth à retirer son pantalon et ce qui restait de son corsage. Trop lasse pour protester, la jeune femme laissa son amie lui dégrafer son soutien-gorge et lui passer la chemise de nuit de soie couleur prune.

— Je ne vois pas comment je vais pouvoir dormir. J'ai tellement mal à la joue !

— Ne t'en fais pas. L'aspirine va bientôt faire son effet.

Quand Elizabeth fut allongée, Mimi s'assit au bord du lit et lui prit la main.

— Tu veux en parler ?

Devant tant de tendresse, Elizabeth céda.

— Oh, Mimi ! C'était tellement horrible ! gémit-elle avant de laisser libre cours à ses larmes.

— Je sais, trésor, je sais, murmura Mimi en la prenant dans ses bras pour la bercer comme elle l'avait fait plus de vingt ans auparavant, quand la petite fille avait perdu sa mère. Laisse-toi aller, mon chou. Tu as le droit de pleurer. Et tu as également le droit d'être en colère. Laisse-toi aller, tu te sentiras mieux après.

Elizabeth pleura tout son soûl. C'étaient de gros sanglots déchirants qui lui secouaient le corps. Ses larmes chaudes coulèrent sur l'épaule de son amie sans que ni l'une ni l'autre ne s'en soucie.

Si Mimi se rendit compte que les larmes d'Elizabeth n'étaient pas simplement dues à l'agression de Wyatt, mais aussi au manque de confiance de Max et à tout ce qui lui était arrivé depuis plus de un an, et en particulier le mois dernier, elle n'en laissa rien paraître et l'encouragea à exprimer son chagrin, tout en la berçant doucement.

Au bout de quelque temps, les sanglots d'Elizabeth se tarirent peu à peu, se transformant en reniflements humides et en hoquets. Enfin apaisée, la jeune femme se dégagea de l'étreinte de son amie. Sans dire un mot, Mimi prit la boîte de Kleenex posée sur la table de nuit et la lui tendit.

Elizabeth se moucha, puis se blottit sous les couvertures.

— Je crois que j'avais besoin de pleurer un bon coup, murmura-t-elle.

— Je sais, fit Mimi en lui replaçant une mèche de cheveux derrière l'oreille. Tu en avais besoin depuis longtemps.

— Mer… merci d'être là, Mimi.

— Mais où veux-tu que je sois ?

Avec un sourire, Mimi vit les paupières de son amie se faire plus lourdes. Elle resta près d'elle encore quelques instants, puis, quand sa respiration fut plus régulière, elle se leva tout doucement, lui remonta les couvertures jusqu'au menton, et sortit sur la pointe des pieds.

14

Max entra dans la suite qu'il occupait à l'hôtel et jeta son attaché-case et son pardessus sur le premier fauteuil qu'il trouva.

— Je crois que nous avons bien avancé aujourd'hui, dit-il.

Il retira sa veste et la lança sur la pile avec ses autres affaires avant de se laisser tomber sur le canapé, jambes tendues et pieds croisés, les deux bras allongés de part et d'autre sur le dossier.

Derrière lui, Troy ferma la porte et tira le verrou de la suite qu'il partageait avec son patron. Devant son expression satisfaite, il eut un large sourire.

— Oui, nous avons bien travaillé. Il n'y a plus qu'un seul propriétaire à convaincre et nous pourrons lancer le projet.

Après s'être débarrassé de ses affaires, Troy alla jusqu'au bar et se versa un verre.

— Je t'en sers un ?

— Non, merci.

— J'ai envie de fêter ça, dit Troy. Que dirais-tu d'une petite sortie ce soir avec deux jolies demoiselles de ma connaissance ? On pourrait aller dîner quelque part, danser, et après… on verra bien où ça nous mène. Je connais une blonde — une certaine Monique — qui serait prête à tout plaquer pour te revoir.

Max le dévisagea longuement, d'un regard appuyé.

— Tu n'oublies rien ? Je suis marié, maintenant.

— Oh, allons ! Tu plaisantes, j'espère ! Ce n'est pas comme si c'était un vrai mariage. Ce n'est rien d'autre qu'un arrangement.

— Si mes souvenirs sont bons, nous avons fait nos analyses de sang, le mariage a été célébré par un pasteur devant témoins, nous avons échangé nos alliances et prêté serment. Pour moi, c'est un vrai mariage.

— Tu sais bien ce que je veux dire. Ce n'est pas comme si tu avais des sentiments pour elle ou *vice versa*. Je pensais qu'une fois mariés, vous feriez votre vie chacun de votre côté.

— Hum..., se contenta de marmonner Max en regardant ses chaussures soigneusement cirées.

C'était ce qu'il avait cru, lui aussi, au début. Mais même si cela avait été le cas, il n'aurait jamais trompé Elizabeth. L'infidélité était un acte qui allait à l'encontre de tout ce à quoi il croyait — l'honneur, l'engagement, le devoir...

Cependant, il ne pouvait en vouloir à son ami de faire si peu de cas de leur union. Il était vrai que, vu de l'extérieur, leur mariage semblait être une union de convenance plutôt qu'autre chose.

Mais alors, qu'est-ce qui avait changé en cours de route ? Il avait tenté de savoir comment, ou pourquoi, ou quand, ce changement s'était produit, sans y parvenir. Et s'il n'arrivait pas à y voir clair en lui-même, comment diable pourrait-il l'expliquer à son collaborateur ?

— Eh bien, tu as tort, dit-il. Même si notre mariage n'était rien d'autre qu'une formalité, je serais quand même fidèle. Je ne suis pas parjure. Par ailleurs, il vaut mieux, par les temps qui courent, se limiter à un seul partenaire sexuel. Toi aussi, tu devrais te marier, ajouta-t-il avec un grand sourire.

— Tu plaisantes ? En sachant ce que je sais ? Jamais de la vie ! En aucune façon. Je n'ai pas de temps à consacrer à ces bêtises, dit Troy avec un frisson de dégoût. Tu me vois lié en permanence à la même femme ?

Max rit. La *permanence*. Un mot très fort. Et très étrange. Chez Troy, il provoquait une réaction de crainte, mais pour lui, c'était le summum, le *nec plus ultra*.

Il avait toujours rêvé d'un « chez-lui » permanent. C'était à cet effet qu'il avait acheté son appartement. Un pied-à-terre confortable où se détendre et recharger ses batteries, un lieu accueillant où il espérait se sentir chez lui. Mais jamais cet appartement n'était devenu autre chose qu'un endroit où stocker ses affaires et où passer quelques nuits de temps en temps.

Peut-être était-ce parce qu'il ne savait pas s'y prendre. Lorsqu'il était enfant, le métier de son père l'avait obligé à déménager constamment. Et une fois adulte, il n'avait jamais vraiment éprouvé l'envie de rentrer dans son appartement de Houston. Rien ni personne ne l'attendait là-bas.

Depuis une dizaine d'années, tout ce dont il avait eu besoin à la fin d'une longue journée de travail comme celle-ci, c'était d'une douche et d'un lit confortable. Une chambre dans un hôtel luxueux faisait très bien l'affaire, que ce fût à Paris, New York, Tokyo ou n'importe quelle autre ville.

Mais, depuis qu'il avait épousé Elizabeth, il s'était souvent surpris à rentrer au plus vite pour être près d'elle.

Pire, il pensait brusquement à elle au milieu de négociations importantes ! Il revoyait ses grands yeux bleu-vert, son petit nez au dessin parfait, l'élégance de son cou, ses joues, son opulente chevelure dans laquelle il aimait tant passer la main.

Aujourd'hui, par exemple. Pendant que Troy ne cessait de répéter aux vendeurs que toute rupture du compromis de vente avec les Entreprises Riordan entraînerait des poursuites judiciaires, Max s'était surpris à penser à Elizabeth.

Comment allait-elle ? Que portait-elle ? Avait-elle du mal à trouver le sommeil sans lui, comme lui avait du mal à s'endormir sans elle ? Décidément, ce petit bout de femme avait une sacrée emprise sur lui ! Il éprouvait auprès d'elle une sérénité et une plénitude qu'il ne trouvait nulle part ailleurs. Elizabeth l'attirait avec la puissance d'un aimant.

Le regard de Max retourna vers Troy. Ce dernier était en train de se servir un second verre.

— Quel est ton problème avec Elizabeth ? demanda-t-il. Et ne me dis pas qu'il n'y en a aucun. Je ne suis pas aveugle.

Troy but une gorgée de whisky avant de préciser avec un haussement d'épaules.

— Je n'ai rien contre elle en particulier. C'est son genre en général.

— Son genre ?

— Les femmes de la haute. Le genre à t'aimer quand tu as de l'argent, à dilapider ta fortune et à te laisser tomber pour le premier crétin venu doté d'un compte en banque à sept ou huit chiffres.

— Je suppose que tu parles d'expérience ? lança Max sans le quitter des yeux.

Troy et lui s'étaient liés d'amitié en dernière année de fac, au moment où Troy avait quitté la prestigieuse université de Yale pour rejoindre l'IUT Texas Tech. A l'époque, Max avait trouvé étrange de renoncer aux privilèges qu'offre une école appartenant à l'Ivy League[1] pour un dortoir dans une université d'Etat au Texas.

1. Groupement de huit universités prestigieuses du nord-est des Etats-Unis.

Mais, au vu des allusions et des remarques faites par Troy, il n'avait pas tardé à comprendre pourquoi ce garçon était si ombrageux. Après avoir fait faillite, Ellerbee senior s'était donné la mort, laissant sa femme et ses enfants faire face aux conséquences de sa ruine.

Pour Max, qui avait tout acquis — y compris ses études — à la sueur de son front et grâce à son intelligence, les états d'âme d'un ancien fils de riche étaient difficilement supportables. Aussi, après seulement une semaine de cohabitation dans le même dortoir, Max avait-il déclaré à son nouvel ami qu'il en avait assez de ses jérémiades et de la façon dont il s'apitoyait sur son sort.

— Tu n'es ni le premier ni le dernier à en baver dans la vie. Alors, autant l'accepter et aller de l'avant.

C'était ce que Troy avait fait, et les deux garçons étaient devenus les meilleurs amis du monde.

— Oui, je parle d'expérience, admit Troy.

— Tu veux qu'on en discute ?

Troy haussa de nouveau les épaules.

— Comme tu le sais, je menais autrefois la même vie que ta femme — une vie plus qu'aisée. A l'époque, j'étais fou amoureux d'une fille. On se connaissait depuis le lycée et je pensais qu'elle partageait mes sentiments. Mais, quand la fortune des Ellerbee a fondu, notre relation a suivi le même chemin.

Détournant les yeux de la fenêtre, il regarda Max fixement.

— C'est à ce moment-là que j'ai décidé de m'enrichir le plus vite possible et de lui faire savoir ce qu'elle avait manqué.

— Mmm... Et tu as atteint ton but ?

— Non, répondit Troy avec une moue. J'ai gagné beaucoup d'argent — grâce à toi —, mais chaque fois que je pense à la contacter, je me dis que je n'en ai pas encore assez. J'ai le sentiment que ce ne sera *jamais* assez. De toute façon, je n'ai même pas le courage de me confronter à elle.

C'est alors que le portable de Max sonna. Il se leva et alla chercher l'appareil dans la poche intérieure de son veston.

— Oui ?

— Monsieur Riordan ? Dooley à l'appareil.

Aussitôt, Max fut sur le qui-vive.

— Qu'est-ce qu'il y a, Dooley ? Un problème ? Bon sang, j'espère que ce n'est pas encore ce type de New York qui cherche à agresser Elizabeth !

— Non, monsieur. Ce n'est pas ça. J'ai gardé l'œil ouvert comme vous me l'aviez demandé. Ne vous inquiétez pas.

— Alors, qu'est-ce que c'est ?

— Eh bien, monsieur, je ne peux pas vous en parler car j'ai promis de garder le silence.

— Qu'avez-vous promis et à qui ?

— A madame Elizabeth. Elle nous a fait promettre à tous de ne rien vous dire à propos de ce qui est arrivé. Donc je ne dirai rien. Mais si j'étais vous, je me dépêcherais de rentrer à la maison. Immédiatement. Et si vous pouviez être discret au sujet de ce coup de fil, je vous en serais reconnaissant.

— Très bien. Vous avez ma parole. Et merci de m'avoir prévenu, Dooley.

La douleur lancinante réveilla Elizabeth. Un coup d'œil au réveil lui indiqua qu'il était presque 18 heures. Elle se leva alors et se dirigea vers la salle de bains. Mon Dieu, quelle tête elle avait ! se dit-elle en découvrant son reflet dans le miroir. C'était comme si elle avait tenu dix rounds sur un ring de boxe. Elle avait une petite coupure à l'angle de l'œil gauche, et sa joue enflée lui donnait un air grotesque. Pour couronner le tout, ses yeux étaient rouges et gonflés après toutes les larmes qu'elle avait versées.

Après avoir pris deux autres cachets d'aspirine, elle s'aspergea le visage d'eau et se donna un coup de peigne. Il ne servirait à rien de mettre davantage de maquillage. Rien ne pourrait camoufler sa joue enflée ni l'horrible hématome qui avait pris des teintes violacées. Autant laisser tomber et aller s'habiller, se dit-elle en se dirigeant vers le grand dressing qui reliait les deux chambres à la salle de bains. Là, elle enfila une robe en laine couleur jade qui lui arrivait à mi-mollets et une paire de chaussures en daim à hauts talons et à lanières. Elle compléta le tout par des boucles d'oreilles et une chaîne en or.

— Regardez qui est là ! La Belle au bois dormant ! dit Mimi en la voyant entrer dans le petit salon. Comment tu te sens, trésor ?

— Toute courbatue et en piteux état, mais je n'ai pas encore déclaré forfait.

— Bravo ! s'exclama tante Talitha. Les femmes Stanton ont toujours été solides.

— Et comment ! murmura Mimi en regardant Elizabeth avec sollicitude.

— Mon Dieu ! Je n'arrive toujours pas à croire que ce monstre vous a frappée, dit Iona, les yeux fixés sur la blessure d'Elizabeth. Vous dites qu'il était en colère parce que vous avez préféré mon fils à lui. Hum ! Et il trouve ça surprenant ?

Gladys apparut dans l'embrasure de la porte.

— Le dîner est prêt. Ah, madame Elizabeth, vous êtes réveillée ! Comment vous sentez-vous ?

— Beaucoup mieux. Merci, Gladys.

La petite troupe se leva et se dirigea vers la salle à manger. Elizabeth s'installa à sa place habituelle, en bout de table, face à la grande porte à double battant qui ouvrait sur le hall d'entrée. Gladys commença alors à servir le repas, faisant des allées et venues entre la cuisine et la salle à manger, les bras chargés de plats appétissants.

— J'espère que vous ne nous en tiendrez pas rigueur, Iona, dit Elizabeth à sa belle-mère, mais nous mangeons simplement, sauf quand il y a des occasions spéciales.

— Vous en tenir rigueur ? Mon Dieu, non ! Je préfère les repas sans tralala. Je suis une fille de la campagne, vous savez ?

La gouvernante venait d'apporter le dernier plat quand on entendit le bruit d'une clé dans la serrure. Elizabeth étouffa une exclamation et jeta un regard affolé aux autres.

— Ça doit être Max. Surtout, pas un mot !

— Mais comment…

— S'il vous plaît, faites ce que je vous demande.

— Max !

Iona accueillit son fils avec un grand sourire.

— Je vais mettre un couvert de plus ! lança Gladys à la cantonade.

— Bonsoir, maman, dit Max en déposant son sac sur le banc dans l'entrée.

S'approchant ensuite d'elle, il l'embrassa sur la joue.

— Navré que tu aies dû interrompre ta croisière. Comment vas-tu ? Comment va ta jambe ?

— Beaucoup mieux. Ton adorable petite femme s'est très bien occupée de moi.

Pour la première fois depuis qu'il était entré dans la maison, Max se tourna vers Elizabeth.

— Merci d'avoir pris soin d'elle.

Elizabeth fit un signe de tête, attentive à ne pas montrer le côté meurtri de son visage.

Max salua alors Talitha et Mimi avant de déposer un baiser rapide sur la joue qu'Elizabeth lui présentait.

— Laissez-moi deux minutes — le temps de me laver — et je vous rejoins tout de suite.

Dès qu'ils entendirent la porte du cabinet de toilette se refermer, tout le monde se mit à chuchoter.

— Tu vois, Elizabeth, je t'avais conseillé de l'appeler ! dit tante Talitha.

— Mon Dieu ! geignit Iona, je connais mon fils. Croyez-moi, il va être fou de rage en apprenant ce qui s'est passé.

— Que comptes-tu faire, trésor ?

— Je sais que je n'ai pas d'autre solution que lui raconter ce qui s'est passé, mais je préfère le faire quand nous serons seuls. Pendant le repas, j'essaierai de ne pas lui montrer le côté gauche de mon visage. Je lui dirai tout quand nous serons dans notre chambre.

— Bonne idée, approuva Iona en hochant la tête sentencieusement. C'est ce que je faisais avec son père. Je trouvais toujours plus facile de lui annoncer les mauvaises nouvelles sur l'oreiller, si vous voyez ce que je veux dire...

En entendant cela, Mimi, qui était en train de boire de l'eau, faillit s'étrangler. Tante Talitha s'éclaircit la gorge et sembla trouver un intérêt soudain aux motifs de l'argenterie — qu'elle connaissait depuis soixante-dix ans. Quant à Elizabeth, elle se sentit rougir jusqu'à la racine des cheveux.

— Ah, ça va mieux ! déclara Max en revenant dans la pièce pour prendre place à l'autre bout de la table, en face d'Elizabeth. Alors, que se passe-t-il ?

— Rien, s'écrièrent les quatre femmes d'une même voix, avant de précipitamment baisser le nez sur leur assiette.

Max, qui était en train de se servir de la purée, s'immobilisa net. Son regard fit le tour de la table. Il fronça les sourcils en voyant que tout le monde évitait de croiser son regard.

— Je vois.

Il passa le plat de purée à Mimi et se servit une généreuse portion de steak de poulet. Que manigançaient ces femmes ?

se demanda-t-il tout en versant de la crème sur sa viande et ses pommes de terre. Elles essayaient de se comporter avec naturel, mais il était évident que quelque chose ne tournait pas rond.

Le repas se déroula dans un silence pesant, et, chaque fois que quelqu'un essayait de lancer un sujet, la conversation tournait court. Même Mimi était calme.

— Tu as un problème avec ta nuque ? demanda finalement Max à Elizabeth.

— Ma nuque ? Non.

— Alors, pourquoi gardes-tu la tête dans cette position ?

— Comment ça ? Je ne vois pas de quoi tu parles.

Max reposa son couteau et sa fourchette.

— Regarde-moi, Elizabeth.

Elle lui jeta un regard furtif.

— Je te regarde.

Max repoussa sa chaise et se leva. Elizabeth sentit son cœur s'affoler en le voyant approcher d'elle. Les autres observaient la scène dans un silence absolu. Quand il fut près d'elle, il ordonna :

— Regarde-moi, Elizabeth.

Il lui prit le menton entre le pouce et l'index et l'obligea à lever le visage vers lui.

Aussitôt, la colère flamba dans son regard.

— Qu'est-ce que… ? Qui t'a fait ça ?

— Qu'est-ce qui te fait croire que c'est quelqu'un ? Je peux très bien être tombée.

— Je me suis trop souvent retrouvé dans des bagarres de bal pour ne pas reconnaître l'effet d'un coup de poing dans la figure. Dis-moi maintenant qui t'a fait ça. Je veux un nom ! Immédiatement !

— Wyatt Lassiter.

— Tante Talitha !

— Le pot aux roses est découvert, mon enfant. Il a le droit de connaître la vérité.

— C'est Wyatt Lassiter qui a fait ça ? Ce fils de… Pourquoi diable s'en prendrait-il à ma femme ?

Talitha et Iona se mirent alors à tout lui raconter, sans omettre l'histoire des fiançailles de Talitha avec le père de Wyatt.

Lorsqu'elles eurent terminé leur récit, Max était blême. Sans un mot, il se leva et se dirigea à grandes enjambées vers le hall. D'un geste sec, il arracha son pardessus accroché à la patère.

— Max ! Max ! Où vas-tu ?

— Tu ne t'en doutes pas ? Je vais aller trouver ce Wyatt Lassiter et lui mettre une raclée qu'il n'oubliera pas de sitôt !

— Max ! Non !

Elizabeth se leva d'un bond et se précipita vers lui. Elle s'accrocha à son bras pour tenter de le retenir.

— Max, s'il te plaît ! Ne fais pas ça. Les Lassiter sont des gens très puissants, surtout dans le domaine juridique. Si tu te les mets à dos, tu pourras dire au revoir à toutes les chances que tu pouvais avoir de te faire accepter par la bonne société de Houston.

— Bon sang, Elizabeth ! Tu crois vraiment que c'est plus important que toi ? gronda-t-il.

Il bouillait intérieurement. Il avait besoin de briser quelque chose de ses mains.

Troublée, elle le regarda avant de murmurer à voix basse pour que les autres n'entendent pas :

— Bien sûr que c'est important. Après tout, tu m'as épousée pour mes relations. Ce serait dommage de tout gâcher à ce stade.

Respirant bruyamment, Max la dévisagea. Il avait envie de lui dire… Quoi ? Qu'elle comptait pour lui ? Qu'il s'était attaché à elle ? Cela la laisserait sans doute de marbre. Manifestement, elle en était restée aux termes initiaux de leur contrat.

Par ailleurs, lui-même n'arrivait pas à y voir clair dans les sentiments qu'il éprouvait pour elle. Il aurait été bien incapable de mettre des mots dessus.

Talitha et Iona les rejoignirent dans l'entrée, tandis que Mimi les observait depuis l'embrasure de la porte.

— Elizabeth a raison, mon garçon, dit tante Talitha. Les Lassiter sont des gens vicieux. Si vous vous en mettez un à dos, vous êtes sûr d'avoir un ennemi à vie.

— Et puis tu es beaucoup trop en colère pour régler ça maintenant, ajouta sa mère. Vu la rage dans laquelle tu es, tu risques fort de te faire arrêter.

— Vous pensez vraiment que je vais laisser passer ça ? Ce salopard vient chez moi et agresse ma femme, et je suis censé rester les bras croisés ?

— Non, bien au contraire, répondit Iona, je pense que tu dois aller lui demander des comptes, mais pas maintenant, pas avant de t'être un peu calmé.

— Votre mère a raison. Wyatt ne va pas quitter la région. Prenez le temps de réfléchir à un plan, lui conseilla Talitha. Oh, et voilà de quoi prouver nos dires ! ajouta-t-elle en sortant une enveloppe de sa poche. Juste au cas où Wyatt aurait le culot de proclamer son innocence.

— Qu'est-ce que c'est ?

— Des photos Polaroid prises par Dooley juste après que votre mère et moi lui avons réglé son sort. On lui a mis une belle trempe, hein, Iona ?

— Et comment ! Ce voyou a déguerpi comme un chat qui se serait fait ébouillanter.

Le regard de Max alla de sa mère à Talitha. Sa colère diminua quelque peu à l'idée de ces deux adorables vieilles femmes en train de rosser cette enflure de Wyatt Lassiter.

— D'accord, vous avez gagné, déclara-t-il à contrecœur. J'attendrai demain matin, mais j'ai bien l'intention de régler ça avec Lassiter. Par conséquent, inutile d'user de vos ruses féminines pour m'en dissuader. Compris ?

Les trois femmes échangèrent un regard. L'ultimatum ne leur plaisait guère, mais elles reconnurent tacitement qu'elles n'avaient pas le choix.

— Très bien, je ne m'en mêlerai pas, déclara Elizabeth.

— Mon non plus, fiston.

— Et moi non plus, dit tante Talitha. Pour être tout à fait sincère, j'aimerais bien être une petite souris pour assister au spectacle.

— Moi aussi, je donnerais cher pour voir ça, intervint Mimi. En fait, nous devrions vendre des billets pour ce spectacle. Je suis sûre que beaucoup de gens se précipiteraient pour voir Wyatt recevoir une bonne leçon.

— Maintenant que cette affaire est réglée, terminons notre dîner comme des gens civilisés, ordonna tante Talitha.

Le visage sombre, ils s'exécutèrent tous.

Max reprit son couteau et sa fourchette, et s'attaqua à son steak, mais son regard ne cessait de revenir au visage tuméfié d'Elizabeth.

— Il va falloir que tu passes un coup de fil aux Drexler pour annuler le dîner. Il faudra également reporter nos autres engagements, dit-il. Ces traces sur ton visage vont mettre du temps à s'effacer.

— Je sais, dit Elizabeth à voix basse, j'ai déjà tout annulé.

— C'est bien.

Un peu plus tard, lorsqu'ils furent dans leur chambre à coucher, Elizabeth décida d'aborder le sujet qui la rongeait depuis la scène qui les avait opposés, ce fameux dimanche après-midi.

— Max, nous devons parler, dit-elle tout en se dirigeant vers la coiffeuse.

— D'accord, répondit-il.

Et il disparut dans le dressing.

Elizabeth défit la chaîne en or qu'elle portait autour du cou et la déposa avec les boucles d'oreilles dans une soucoupe de verre taillé qui se trouvait sur la coiffeuse. Elle rejoignit ensuite Max dans le dressing.

— Nous devons parler de ton projet de Dallas.

— Pourquoi ?

Sans y prêter plus d'attention, il ôta sa cravate et l'accrocha sur le porte-cravates. Puis il commença à déboutonner sa chemise.

— La fuite ne provient ni de moi ni de mon avocat. C'est Wyatt le responsable.

— Oui, je sais, répondit-il en ôtant sa chemise.

Elizabeth, qui était en train de se contorsionner pour atteindre la fermeture Eclair de sa robe, s'immobilisa net et tourna la tête pour le dévisager.

— Tu es au courant ?

— Oui. Tu as besoin d'un coup de main ?

Sans attendre sa réponse, il vint se placer derrière elle.

— Tu as des cheveux pris dans la fermeture.

— Depuis quand ?

— Depuis quand tu as des cheveux pris dans ta fermeture ? Je n'en sais rien.

— Très drôle ! Je parlais de ton projet.

Max lui dégagea les cheveux et put descendre la fermeture Eclair jusqu'en bas. Elizabeth retira sa robe. Vêtue seulement d'un minuscule slip en dentelle et d'un soutien-gorge coordonné, elle se dirigea, toujours avec ses hauts talons, vers la partie du dressing qui contenait ses vêtements. Elle prit un cintre rembourré et y suspendit sa robe.

Bon sang ! se dit Max, le regard rivé sur les quelques centimètres de dentelle turquoise qui couvraient son petit derrière aux courbes fermes. Il s'imaginait qu'il n'y avait rien de plus sexy que le string qu'elle portait la dernière fois qu'ils avaient fait l'amour. Mais, en la regardant aujourd'hui, il sentit sa bouche devenir sèche.

Bien que menue, Elizabeth était parfaitement proportionnée. Elle avait un corps ferme et sensuel. Et quelles jambes sublimes ! C'était probablement dû à toutes ces heures de danse en compagnie de Mimi.

— Max ?

Elle se tenait face à lui, les mains sur les hanches.

— Depuis combien de temps sais-tu que c'est Wyatt qui essayait de saboter ton projet ?

— Oh, heu… voyons voir. Depuis lundi, je crois. Bon sang ! Tu as vraiment un don pour choisir tes sous-vêtements.

— Tu vas arrêter de regarder mes sous-vêtements et me parler ? lança-t-elle d'un ton sec.

— D'accord. Hum… depuis lundi, répondit-il en enlevant son pantalon et en cherchant un cintre pour l'accrocher.

— Quoi ? *Depuis lundi ?* Tu sais depuis tout ce temps que je ne t'ai pas trahi et tu n'as même pas pris la peine de m'appeler pour me le dire ?

Debout en face d'elle, vêtu seulement de son caleçon, il la dévisagea d'un air perplexe.

— Heu… je n'y ai pas vraiment pensé. Ça ne me semblait pas si important.

— Pas si important ? Quoi ? Oh, espèce de crétin ! Espèce de mufle sans tact ! Tu m'as laissée mariner pendant trois jours. *Trois jours !* Pendant tout ce temps, je me suis creusé la cervelle pour essayer de trouver qui pouvait essayer de saboter ton projet. Je me sentais même coupable à l'idée d'avoir pu laisser échapper quelque chose par inadvertance. Et pendant tout ce temps tu savais que ce n'était pas ma faute !

— Oui, présenté comme ça, je comprends ton point de vue.

— Ah, bon ? Tu comprends mon point de vue ?

Tout en fulminant, elle retira ses chaussures et arpenta le dressing.

— Tu m'as accusée d'être déloyale.

— Hé là ! Je n'ai jamais dit ça !

— Ça revenait au même.

Les bras croisés, Max la regarda aller et venir d'un air agité. En temps normal, elle était adorable, mais là, la colère la rendait tout simplement sublime.

— Ecoute, dimanche, je venais d'apprendre que quelqu'un était en train de saboter notre projet. J'étais énervé. Je ne me suis pas rendu compte que je t'avais blessée.

— Blessée ?

Elizabeth s'arrêta et le dévisagea intensément.

— C'est un euphémisme. Sache que je n'ai jamais été aussi humiliée de ma vie ! Tu as mis en doute mon honnêteté, ma loyauté.

Trop en colère pour continuer à parler sans fondre en larmes, elle ramassa ses chaussures et se tourna avec brusquerie pour les ranger.

— Quand je pense que mon propre mari m'a accusée de malhonnêteté et de déloyauté, sans même écouter ma version des faits !

Il s'approcha d'elle par-derrière, et l'enlaça.

— Je sais, ma chérie.

Elizabeth se raidit.

— Qu'est-ce que tu fais ?

Il enfouit son visage dans le creux de son cou.

— Tu as raison. J'ai dépassé les bornes. Je suis désolé. Mais je ne l'ai pas fait exprès.

Ses lèvres entrouvertes glissèrent sur sa peau, s'attardant sur le lobe de son oreille. Puis ses mains commencèrent leur lente exploration.

— Tu plaisantes, j'espère ?

Elle éloigna la tête d'un geste brusque.

— Si tu comptes sur une séance de rattrapage sexuel, tu te fourres le doigt dans l'œil.

— Et pourquoi pas ? Ça m'a l'air d'être un bon plan, murmura-t-il contre son cou, sans se laisser démonter.

— Tu crois qu'il te suffit de dire que tu es désolé pour que je te tombe dans les bras ?

— Allons, Elizabeth ! Ce n'était qu'un petit malentendu. C'est tout.

— Vraiment, tu es impossible !

— Tu as raison, absolument raison. Je te présente mes excuses. Je mérite le fouet.

— Ce n'est pas drôle ! Arrête ça ! s'écria-t-elle en lui donnant une tape sur les mains. Si tu crois une seconde qu'il va se passer quelque chose entre nous ce soir, tu es encore plus idiot que je ne le croyais.

Se tortillant, elle essaya de se dégager de son étreinte, mais il se contenta d'émettre un petit rire et de la tourner vers lui. Son sourire séducteur ne fit qu'attiser la colère d'Elizabeth.

— Tu veux parier ? murmura-t-il d'une voix rauque.

Elizabeth écarquilla les yeux.

— Tu… tu n'oserais pas me forcer ?

— Bien sûr que non, dit-il, fronçant les sourcils en entendant la nuance d'incertitude dans sa voix. La contrainte est inutile, nous en avons conscience tous les deux. L'alchimie entre nous est incendiaire. Tu le sais aussi bien que moi.

— Oh !

Les efforts de Max pour désamorcer la crise ne firent qu'attiser la colère d'Elizabeth. Ignorant ses protestations, il baissa la tête vers elle et commença à la couvrir de baisers. Ses lèvres descendirent le long de son cou, vers sa poitrine.

— Tu m'as manqué, murmura-t-il contre sa peau, entre deux baisers.

Il la tenait dans ses bras, mais son étreinte était lâche. Si elle l'avait voulu, elle aurait pu s'en dégager. Au lieu de cela, elle se retourna et, plaçant les mains sur son torse nu, elle le repoussa.

— Laisse-moi.

— Tout à l'heure, fit-il à voix basse, en continuant à lui caresser les seins et en la pressant contre lui pour qu'elle sente la puissance de son désir.

Chaque caresse ne faisait qu'affaiblir la résistance d'Elizabeth. Il ne lui fallut pas longtemps pour capituler. Bientôt, elle glissait ses doigts dans la toison de son torse musclé, tout en lui rendant son baiser avec une ardeur croissante.

Pantelants, ayant faim l'un de l'autre, ils s'embrassèrent et se caressèrent tandis que des gémissements de plaisir s'échappaient de leurs lèvres. Incapable de supporter cette torture plus longtemps, Max se pencha pour soulever sa femme dans ses bras. Puis, à grandes enjambées, il sortit du dressing et pénétra dans la chambre.

Un peu plus tard, leur désir assouvi, ils reposaient côte à côte, le regard tourné vers le plafond et la respiration haletante. A l'exception du rai de lumière provenant du dressing et de l'éclat tamisé de la lampe qui se trouvait sur la coiffeuse, la pièce était plongée dans l'obscurité.

— Max ?

Son murmure brisa le silence profond.

— Mmm ?

— Le sexe ne change rien. Je veux que tu saches que je suis toujours en colère contre toi.

Roulant sur le côté, il posa un bras sur le ventre de la jeune femme.

— Tu sais que je ne suis pas très bon quand il s'agit de présenter des excuses, alors écoute-moi bien. Je suis désolé d'avoir été si obtus. En particulier d'avoir douté de toi. Je savais avant même de prendre l'avion avec Troy que tu n'avais pas communiqué l'information à Wyatt.

— Comment l'as-tu su ? demanda-t-elle d'un ton toujours boudeur, en jouant d'un air distrait avec les poils de son avant-bras.

— Une fois ma colère tombée, je me suis rendu compte que jamais tu n'aurais fait ça. Ce n'est pas dans ta nature.

— Vraiment ?

— Vraiment.

Il reprit d'un air contrit :

— Je suppose que je cherchais un bouc émissaire. Mais je suis revenu à de meilleurs sentiments.

Lui prenant la main, il la porta à sa bouche et lui embrassa les doigts.

— Tu veux bien me pardonner ? fit-il d'un air implorant.

Il vit qu'il avait réussi à la convaincre, mais elle ne semblait pas vouloir abandonner les armes aussi rapidement. Prenant un air pincé, elle répondit tout en se redressant.

— Je suppose que oui.

Elle prit la robe de chambre posée à l'autre bout du lit et l'enfila.

— Où vas-tu ?

— Me brosser les dents et me laver le visage.

Elle disparut dans la salle de bains.

Se renversant contre les oreillers, Max la regarda partir et poussa un profond soupir. Il était heureux. Véritablement et profondément heureux. Et complètement satisfait de sa vie pour la première fois.

Tout ça grâce à un petit bout de femme.

Comment était-ce possible ? se demanda-t-il. Depuis le premier jour, elle n'avait été qu'une source d'ennuis. Décidément, c'était à n'y rien comprendre.

15

— Je voudrais voir Wyatt Lassiter, dit Max à la réceptionniste.

— Vous avez rendez-vous, monsieur ?

— Non.

— M. Lassiter est occupé pour le moment. Lui et M. Lassiter senior sont en réunion avec des clients.

Regardant autour de lui, Max repéra à l'autre bout du couloir une porte qui portait l'inscription « Salle de réunions ».

— Si vous voulez prendre rendez-v... Attendez ! Monsieur ! Monsieur, vous ne pouvez pas entrer dans cette salle !

Mais, en quelques jambées, Max fut devant la porte et, sans prendre la peine de frapper, il fit irruption dans la pièce. Aussitôt, huit têtes se tournèrent vers lui.

— De quoi s'agit-il ? Nous sommes en pleine réunion. Vous n'avez pas le droit d'entrer comme ça, déclara Lassiter senior d'un ton péremptoire.

— Eh bien, je le prends ! répliqua Max en se dirigeant droit sur Wyatt.

Le saisissant par le col de sa veste, il l'obligea à se mettre debout, leva le bras et lui abattit son poing sur la figure.

Wyatt poussa un hurlement. Il y eut du sang. Titubant, il fit deux pas en arrière avant de s'écrouler.

— Oh, mon Dieu, mon nez ! Vous m'avez cassé le nez !

Recroquevillé par terre, la main sur son nez cassé, il se tordait et gémissait de douleur.

Ce fut ensuite le chaos. Henry et ses clients — deux femmes et quatre hommes — se levèrent d'un bond.

— Espèce de barbare ! cria Henry. Fichez le camp immédiatement !

L'ignorant, Max attrapa Wyatt par le devant de sa chemise et le hissa contre le mur jusqu'à ce que ses pieds soient à quelques centimètres du sol. Il approcha alors son visage du sien.

— C'est la monnaie de ta pièce pour ce que tu as fait à Elizabeth, gronda-t-il.

— Je… je ne sais pas ce qu'elle vous a dit, mais c'est un mensonge !

— La ferme ! J'ai vu son visage meurtri. Tu es bon quand il s'agit de violenter une femme. Mais dès que tu as affaire à un homme, il n'y a plus personne, hein ? Alors maintenant, écoute-moi bien. Si tu t'approches de nouveau de ma femme, tu auras de mes nouvelles.

— C'est… c'est une menace ?

— Et comment !

Incapable de bouger la tête, Wyatt ne put que rouler des yeux à l'adresse des autres, qui suivaient la scène sans réagir.

— Vous avez tous entendu ? Il m'a menacé. Vous êtes témoins.

— Je vais appeler la police, dit Henry.

Repoussant Wyatt d'un air dégoûté, Max se tourna vers le père et le regarda, pupilles rétrécies.

— Faites donc. J'adorerais voir votre fils coffré pour avoir agressé ma femme.

— Vous… vous ne pourrez rien prouver ! lança Henry d'un air bravache.

— Ah, bon ? J'ai deux vieilles dames qui meurent d'envie de témoigner contre votre fils.

Lassiter père reposa le téléphone.

— Je me doutais bien que vous sauriez vous montrer raisonnable, dit Max. Et au cas où vous envisageriez de répandre des rumeurs sur moi ou de me nuire financièrement, laissez-moi vous dire que j'ai pris la précaution de photographier le visage d'Elizabeth après la visite de votre fils. J'ai aussi d'autres photos prises par le jardinier, et j'ai fait enregistrer les déclarations des témoins. Je vous laisse imaginer quel impact pourraient avoir deux gentilles vieilles dames à la barre des témoins.

Max pointa le doigt sur Wyatt, qui, le nez dans son mouchoir taché de sang, continuait à geindre.

— Tu peux t'estimer heureux de n'avoir que le nez cassé. Si jamais tu récidivais, ce ne serait pas seulement sur ton nez que tu pleurerais.

Sur ces mots, Max tourna les talons et quitta la salle de conférences. Longeant le couloir, il fit irruption dans le bureau de John Fossbinder. Ce dernier, occupé à lire des documents, leva les yeux.

— Hé, Max ! Comment allez-vous ? Je ne m'attendais pas à vous voir ici aujourd'hui.

— Je ne vous dérangerai pas longtemps, dit Max en lui serrant la main. Je me suis juste arrêté en route pour vous dire que je venais de casser la figure à Wyatt Lassiter. Il a le nez cassé.

— Quoi ? cria John en se levant. Je suppose que vous aviez une raison de le faire ?

— Et comment !

Max lui raconta alors comment Lassiter s'était permis de lire le dossier d'Elizabeth et comment, en utilisant les informations qui y étaient contenues, il avait essayé de saboter son projet. Au fur et à mesure de ses révélations, le visage de John s'assombrissait.

— Comme vous pouvez vous en douter, Elizabeth et moi envisageons de prendre un autre avocat. Si vous n'êtes pas capable de mieux contrôler les gens qui travaillent pour vous...

— Ne vous inquiétez pas, je vais régler ça, affirma John, une lueur de détermination dans les yeux. Vous avez ma parole.

Portant des lunettes noires et un pansement sur la joue, Elizabeth passa la matinée à compléter les achats de Noël en compagnie de Mimi. Elle essayait de ne pas penser à la confrontation qui devait avoir lieu dans les bureaux de l'étude Fossbinder, Drummond et Lassiter.

Lorsque les deux femmes revinrent à la maison vers 14 heures, Max n'était toujours pas rentré. Imaginant le pire, Elizabeth le voyait déjà dans une cellule de prison, mis en examen pour agression. A supposer que ce fût le cas, elle allait devoir se renseigner sur la démarche à suivre pour verser une caution et le faire libérer.

— Est-ce qu'il a appelé ? demanda-t-elle à sa tante et à sa belle-mère.

En entendant la voix d'Elizabeth, Code-Barres vint se frotter contre ses jambes, avec de petits miaulements destinés à attirer son attention. La jeune femme déposa ses achats et se baissa pour prendre la petite chatte dans ses bras. Elle se mit à la caresser d'un air absent.

— Oui, Max a téléphoné, répondit Iona. Il a dit qu'il avait deux ou trois choses à faire au bureau et qu'il rentrerait ensuite.

— Il a vu Wyatt ?

— Apparemment, oui, mais il ne m'a donné aucun détail. Il a juste dit qu'il avait la situation en main.

— Oh, quel fichu bonhomme ! Je suis désolée, Iona, je sais que c'est votre fils, mais il a le chic pour entretenir les mystères. Ça me rend folle !

— Oui, il tient ce trait de caractère de son père. Si vous saviez combien de fois j'ai eu envie de le frapper sur la tête avec ma poêle ! Son mutisme me mettait hors de moi.

— Le mutisme de qui ? demanda Max en entrant dans le petit salon.

— Max ! s'exclama Elizabeth, visiblement soulagée. Te voilà enfin ! Comment ça va ?

— Tout va bien. Pourquoi ?

— Pourquoi ? répéta-t-elle en se plantant devant lui, les poings sur les hanches. Simplement parce que tu es parti ce matin avec des envies de meurtre. Toute la journée, je n'ai fait que penser à toi et à tout ce qui risquait de t'arriver. Wyatt aurait pu te tuer, ou tu aurais pu atterrir en prison !

Le regard de Mimi alla de l'un à l'autre, et un sourire étira ses lèvres.

— La colère lui va bien, n'est-ce pas, Max ?

— Oui. D'habitude, je n'aime pas trop les femmes qui râlent, mais chez elle je trouve que c'est plutôt mignon.

— Non mais dites donc, vous deux ! Arrêtez de parler de moi comme si je n'étais pas là !

Max lui jeta un regard appréciateur.

— Tu étais inquiète pour moi ? demanda-t-il avec une pointe de surprise dans la voix. C'est gentil.

Il s'avança et les prit dans ses bras, elle et le chaton. L'animal se mit à jouer avec sa cravate. Y prenant à peine garde, Max scruta le visage d'Elizabeth. Les autres se turent, regardant la scène avec curiosité.

— Heu, bien sûr que j'étais inquiète pour toi, répondit la jeune femme. Tu es mon mari.

— C'est vrai, murmura-t-il en baissant la tête pour l'embrasser.

Sous la tendre caresse de ce baiser, Elizabeth entrouvrit les lèvres, envahie par un tourbillon de sensations qui la laissait frémissante et docile. Elle oublia qu'ils n'étaient pas seuls dans la pièce. Elle oublia même la présence du chaton, qui ronronnait, pelotonné dans le creux de son bras. D'ailleurs, elle-même se serait volontiers laissée aller à ronronner de plaisir.

Le baiser s'acheva, la laissant chancelante, et Max dut garder un bras autour de ses épaules pour la soutenir. Avec des gestes très tendres, il effleura sa joue tuméfiée.

— Chaque fois que je regarde ce qu'il t'a fait, j'ai envie de le tuer ! lança-t-il, une lueur sauvage dans les yeux.

— Ça ne m'étonne pas ! dit Iona. Si tu nous racontais ce qui s'est passé ce matin ?

— Je n'aurai pas la paix tant que je ne vous aurai pas raconté la bagarre dans ses moindres détails, n'est-ce pas ?

— Exactement !

— Vous en êtes venus aux mains, Wyatt et toi ? Pour de vrai ? Mais c'est génial ! s'exclama Mimi, ravie.

Avec un soupir, Max s'assit sur le canapé.

— J'ai trouvé Wyatt et son père dans la salle de conférences avec des clients. Je suis entré, j'ai pris Wyatt par le col et je lui ai mis mon poing dans la figure. Je suis sûr qu'il a le nez cassé.

— Oh, comme j'aurais aimé voir ça ! Wyatt est tellement fier de son physique de séducteur.

— Tais-toi, Mimi, laisse-le parler. Et ensuite, que s'est-il passé ? demanda Talitha qui regardait Max d'un air avide.

— Eh bien ! Vous avez soif de sang, on dirait ! lança-t-il en riant.

Il poursuivit son récit, sans oublier de mentionner sa conversation avec John Fossbinder.

— Après, je suis allé à mon bureau voir mes employés, et me voilà !

— Donc tu crois que les Lassiter ne porteront pas plainte contre toi ? demanda Elizabeth, qui ne semblait guère convaincue.

— Non, ils ne le feront pas. Nous avons deux témoins et aussi des photos. Et même s'ils voulaient engager des poursuites, je ne pense pas que John, en tant qu'associé principal de l'étude, les laisserait faire. Premièrement, il t'estime trop. Deuxièmement, ils ne peuvent pas se permettre une telle publicité qui ne ferait que nuire à leur image de marque et saper la confiance de leurs clients.

Cela tombait sous le sens, se dit Elizabeth. Cependant, Wyatt et Henry étaient maintenant devenus des ennemis redoutables. Le père et le fils étaient tous deux très rancuniers. Jamais ils ne pardonneraient à Max d'avoir humilié Wyatt en public, et ils chercheraient certainement à se venger d'une manière ou d'une autre.

La jeune femme vécut les jours qui suivirent dans la crainte de cette vengeance, sursautant chaque fois que la sonnerie du téléphone ou la sonnette de la porte d'entrée retentissait. Son inquiétude était telle qu'elle en oublia même son agresseur de New York. Du moins jusqu'au coup de fil de l'inspecteur Gertski, le vendredi matin.

Il demanda à parler à M. ou Mme Riordan. Max avait accompagné sa mère chez le Dr Watson pour une visite de contrôle. Gladys passa donc la communication à Elizabeth.

— Madame Riordan, heureux de vous entendre. C'est juste un appel de routine. Y a-t-il eu d'autres tentatives d'agression à votre encontre depuis que vous avez quitté New York ?

— Non. Aucune.

— Je suis bien content. Cela confirme notre théorie selon laquelle ce tueur a dû se tromper de cible.

— Oui, je crois que vous avez raison. Nous sommes rentrés depuis plus de deux semaines, et il ne s'est rien passé.

— Tant mieux. Cependant, pour plus de sûreté, j'aimerais vous envoyer quelques photos d'hommes qui correspondent à la description que vous nous avez faite de votre agresseur. Ils ont tous un casier pour des faits similaires.

— Vous voulez dire des photos de tueurs à gages connus ?

— Heu… oui.

— Inutile de prendre des gants avec moi, inspecteur. Bien sûr, je jetterai un coup d'œil à ces photos. Je serai ravie de vous aider, surtout si ça doit sauver une vie humaine.

Après avoir raccroché, Elizabeth monta à l'étage préparer les valises de Max et de Iona avant leur départ pour Mimosa Landing, car ils n'avaient rien sur place.

La veille, d'ailleurs, elle était allée faire quelques achats en compagnie de Mimi afin de constituer une garde-robe que Max pourrait laisser en permanence à la ferme. Pendant ce temps, Gladys s'était rendue à l'appartement de Iona pour chercher la plupart de ses vêtements d'hiver.

Elizabeth venait de terminer la valise de Max, et elle était en train de trier les effets de sa belle-mère lorsqu'elle vit Mimi passer la tête par la porte.

— Salut ! Gladys m'a dit que je te trouverais ici.

Mimi se laissa choir sur le lit, et s'amusa à rebondir dessus plusieurs fois. Puis son regard fit le tour de la pièce au décor bleu et blanc.

— J'ai toujours aimé cette chambre, dit-elle.

— Moi aussi, répondit Elizabeth en revenant du dressing, les bras chargés de jupes longues et de pull-overs. Iona ne peut pas porter de pantalon sur son plâtre. J'ai pensé qu'elle serait mieux en jupe, ajouta-t-elle.

— Tu en emportes, des vêtements ! s'exclama alors Mimi.

Quelque chose dans le ton de sa voix attira l'attention d'Elizabeth. Levant les yeux, elle vit que son amie avait les épaules voûtées et qu'elle semblait abattue, contrairement à son habitude.

— Si j'emporte beaucoup de vêtements, c'est parce que Iona n'a absolument rien là-bas. Cela dit, je ne pense pas que nous serons partis plus d'une semaine.

— Je sais, soupira Mimi. C'est juste que je ne supporte pas ton absence.

— Eh bien, tu n'as qu'à venir avec nous !

— C'est gentil, mais j'ai peur que Max me trouve trop envahissante.

Avant qu'Elizabeth ait pu répondre, l'intéressé cria depuis le rez-de-chaussée :

— Elizabeth ? Où es-tu ?

Avec un regard d'excuse à l'adresse de Mimi, la jeune femme répondit :

— Ici, dans la chambre de ta mère.

— Ah, te voilà ! Salut, Mimi !

Il entra dans la pièce, s'approcha d'Elizabeth et, le plus naturellement du monde, lui planta un baiser sur la bouche avant de demander :

— Qu'est-ce que tu fais ?

— Gladys est allée chercher les vêtements de ta mère à la maison de retraite et je suis en train de les trier pour en emporter certains à la ferme. Les tiens sont déjà dans le coffre de ma voiture.

— Les miens ? Mais j'ai laissé des vêtements là-bas, la dernière fois que nous y sommes allés !

— Je t'en ai acheté d'autres. Ainsi que des chaussures, des chaussettes et des sous-vêtements. Tu pourras tout laisser là-bas.

Max la regarda, abasourdi.

— Tu m'as acheté des vêtements ? Comment as-tu fait pour choisir la bonne taille ?

— Ça fait partie des choses que les épouses font pour leur mari, Max. Autant t'y habituer. Quant à la taille, je me suis basée sur les vêtements qui se trouvent dans notre placard.

— Tu vois, beau gosse, les femmes ne servent pas simplement au plaisir charnel.

— Mimi ! lança Elizabeth qui, pour masquer son embarras, se pencha au-dessus de la valise ouverte et y ajouta quelques affaires.

— Oui, répondit Max d'un ton traînant. Je commence à m'en rendre compte.

Elizabeth referma la valise d'un geste sec.

— Voilà. Nous sommes prêts à partir, à moins que tu ne veuilles d'abord te changer.

— Laisse-moi un quart d'heure, dit Max en se dirigeant vers la porte.

Avant de sortir, il jeta un regard à Mimi par-dessus son épaule.

— Tu viens avec nous ?

— Je ne sais pas. Tu veux que je vienne ?

Max haussa les épaules.

— Oui. Tu fais partie de la famille. Enfin, c'est à toi de voir. En tout cas, si tu as l'intention de nous accompagner, il faut te grouiller.

Puis il quitta la pièce, et Mimi resta quelques instants à fixer la porte d'un air songeur. Glissant un regard surpris à son amie, elle finit par déclarer :

— Tu sais, trésor, je crois que je commence à vraiment bien aimer ton homme.

Le dimanche soir, Elizabeth se retrouva devant la porte fermée du bureau à Mimosa Landing. Elle pouvait le faire, se dit-elle. Elle se devait même de le faire.

Elle leva la main pour frapper, mais n'osa pas. Plaquant l'oreille contre le battant en noyer, elle tenta de percevoir les bruits qui provenaient du bureau, mais la porte était trop épaisse pour entendre quoi que ce soit. Peut-être ferait-elle mieux d'attendre encore un peu ? Après tout, il n'y avait pas urgence. Elle secoua la tête. Non, il n'était pas question de se dégonfler.

Avant de changer d'avis, elle frappa et passa la tête par la porte. Assis à son bureau, Max travaillait. Il leva les yeux.

— Salut ! fit-il. Quoi de neuf ?

— Heu… je… il y a plusieurs choses dont j'aimerais discuter avec toi. Mais ça peut attendre que tu sois disponible, fit-elle avec un petit geste en direction des papiers étalés sur la table de travail. Je vois que tu es occupé : je reviendrai plus tard.

Elle s'apprêtait à refermer la porte quand Max l'arrêta.

— Non, attends. J'ai toujours du temps pour discuter avec toi. Viens, assieds-toi.

— Heu… je préfère rester debout.

— Eh bien, ça n'est pas très bon signe, dit-il en rassemblant ses documents.

Elizabeth s'approcha de la table de travail et croisa les mains devant elle pour les empêcher de trembler.

— J'ai quelque chose à te dire. En fait, il y a plusieurs choses dont j'aimerais discuter avec toi.

— Vas-y, je t'écoute, fit-il, toujours occupé avec sa liasse de papiers.

— Je suis enceinte.

— Mmm… *Quoi ?*

— J'ai dit…

— Je sais ce que tu as dit. Je pensais… tu m'avais dit que tu ne pouvais pas avoir d'enfant.

— Je t'ai dit que les médecins pensaient que je ne pourrais probablement jamais avoir d'enfant. On dirait qu'ils se sont trompés.

Max la dévisagea si longuement qu'elle finit par s'agiter.

— Quel effet ça te fait ? demanda-t-il finalement en la regardant avec intensité.

— Quel effet ça me fait ? Je suis très contente. Je suis folle de joie. J'ai l'impression d'être sur un petit nuage, répondit-elle avec emphase, en posant inconsciemment une main sur son ventre plat. La question, c'est plutôt : quel effet ça te fait, *à toi* ?

Max se leva et fit le tour du bureau. S'appuyant sur le rebord de la table, il lui prit les mains et l'attira vers lui. Machinalement, elle posa les mains sur son torse.

— Quel effet ça me fait ? Pour le moment, je suis stupéfait. Ça n'a pas encore fait tilt. Mais si tu es heureuse, je le suis aussi.

— Tu es sûr ? Tu n'as pas l'air particulièrement content.

— Si, je t'assure. Si je te semble aussi peu enthousiaste, c'est parce que tu m'as pris au dépourvu. Je n'avais jamais vraiment réfléchi à la question.

Max pencha légèrement la tête sur le côté.

— Tu es sûre d'être enceinte ? Après tout, nous ne sommes mariés que depuis…

Il tourna la tête pour regarder le calendrier.

— Trois semaines jour pour jour, dit Elizabeth. Oui, j'en suis sûre. De nos jours, les tests achetés en pharmacie sont très fiables. En plus, je l'ai fait trois fois. Et les trois fois, c'était positif.

— Eh bien, ce qu'il te fallait, c'était le bon mari !

— Apparemment, oui, répondit Elizabeth en sentant ses joues rosir. D'après mes calculs, le bébé a été conçu soit dans la douche à New York, soit à trois mille mètres d'altitude, quelque part au-dessus du Tennessee.

Un sourire d'autosatisfaction se dessina lentement sur les lèvres de Max.

— Pas possible !

Elle lui donna une petite tape sur l'épaule.

— Ne prends pas cet air satisfait. Je suis sûre que notre bébé n'est pas le premier à avoir été conçu à bord d'un avion.

— N'empêche que…

Il fut interrompu par le miaulement de Code-Barres.

Baissant la tête, ils aperçurent la chatte qui se frottait contre les jambes de sa maîtresse. Elle avait dû se faufiler par la porte entrebâillée. Depuis qu'Elizabeth lui avait porté secours, la petite chatte la suivait partout comme son ombre, et elle aurait volontiers passé la nuit dans le lit de la jeune femme si Max n'y avait mis bon ordre.

— Alors, demanda-t-il à sa femme, quel est l'autre sujet que tu voulais aborder ?

— Oh, ça, c'est plutôt un service.

— Tu peux me demander ce que tu veux. Comment pourrais-je refuser quoi que ce soit à une femme enceinte ?

— Attends quand même de savoir de quoi il s'agit.

— Oh, c'est si terrible que ça ? Alors, vas-y.

— Je voulais savoir si je pouvais proposer à ta mère de venir vivre avec nous.

Sidéré, Max la dévisagea, incapable de dire un mot.

— Alors ?

— Tu appelles ça te rendre un service ? Tu veux que ma mère — ta belle-mère — emménage avec nous ? De façon permanente ?

— Oui. Nous avons beaucoup de place, aussi bien ici que dans la maison de Houston.

— Eh bien, je n'ai aucune objection, répondit Max qui ne ne se remettait toujours pas de cette proposition inattendue. Si elle n'habitait pas avec moi, jusqu'ici, c'est simplement parce que je suis souvent en déplacement et qu'elle se serait sentie seule dans mon appartement. Et puis j'aurais été inquiet à l'idée qu'elle tombe malade ou qu'il lui arrive quelque chose pendant mon absence.

— Bien sûr, tu avais raison. Mais maintenant ta situation a changé. Je suis sûre que la maison de retraite où elle vit est un endroit agréable, mais je crois qu'elle serait plus heureuse en famille. Qu'en penses-tu ?

Max la dévisagea de nouveau. Plongeant son regard dans ces yeux bleu-vert qui le regardaient avec sincérité, il sentit sa poitrine se serrer. Depuis le début, il avait senti qu'Elizabeth était la gentillesse incarnée, mais il était loin de s'imaginer qu'elle pouvait être à ce point généreuse. Oui, il fallait une sacrée dose de générosité pour faire une offre pareille !

— Il ne fait aucun doute qu'elle serait beaucoup plus heureuse ici. Je suis juste sidéré que tu veuilles faire ça. Je croyais que les brus et les belles-mères ne s'entendaient jamais.

— N'importe quoi ! Ta mère est adorable. Je l'aime beaucoup. De toute façon, les Stanton ont toujours cohabité avec leurs anciens. J'ai grandi comme ça. Pour moi, c'est tout à fait normal. Depuis que mon arrière-arrière-arrière-grand-père Asa a fait construire cette maison, il y a toujours eu trois ou quatre générations sous le même toit. C'est pour ça qu'il a fait construire une maison aussi grande. De plus, ta mère et tante Talitha se tiendront compagnie. Elles s'entendent très bien.

— Tu plaisantes ? On parle bien des mêmes vieilles dames ? De celles qui, il y a à peine une demi-heure, se chamaillaient à cause d'un mot au Scrabble ? J'ai bien cru qu'elles allaient en venir aux mains.

Elizabeth se mit à rire.

— Ce n'était rien de bien méchant. Tu ne vois donc pas qu'elles trouvent ça excitant ?

— Sérieusement ? Ce n'est pas ce que j'ai cru, tout à l'heure, répondit Max en haussant un sourcil sceptique.

— Elles passent tout leur temps ensemble. Ta mère apprend à ma tante comment faire du patchwork, et Talitha lui apprend à tricoter et à faire de la broderie. Elles adorent être ensemble. Par ailleurs, je m'occuperai mieux d'elle si elle reste ici. Elle n'est plus toute jeune, tu sais ?

— Je sais.

Max avait rarement été aussi ému dans sa vie. Il était profondément touché par la générosité d'Elizabeth, par le fait qu'elle considère sa mère comme faisant partie de la famille et qu'elle ait l'intention de s'occuper d'elle comme de sa grand-tante.

Il aurait aimé pouvoir lui exprimer sa gratitude, mais parler de ses sentiments n'était pas son fort, et il ne trouvait pas les mots pour le moment.

— D'accord, si c'est ce que tu veux faire, vas-y.

Il s'en voulut aussitôt de sa maladresse, et tressaillit en voyant la lueur de déception dans les yeux d'Elizabeth.

— Je peux leur annoncer que je suis enceinte ?

— Bien sûr ! Pourquoi pas ?

Ils trouvèrent les deux vieilles dames en train de jouer au Scrabble avec Mimi dans le salon.

— Quand vous aurez fini votre partie, Max et moi aurons quelque chose à vous dire.

— Eh bien, vous avez de la chance, répondit Iona en plaçant ses trois dernières lettres sur la grille. C'est moi qui gagne !

— Hum. C'est parce que tu as eu de la chance sur le dernier tirage, grommela Talitha.

— Alors, de quoi vouliez-vous nous parler ? demanda Mimi en commençant à rassembler les diverses pièces du jeu.

Max, qui se tenait dans l'embrasure de la porte, une épaule appuyée contre le montant et les bras croisés sur sa poitrine, laissa à Elizabeth le soin d'annoncer la nouvelle.

La jeune femme tira un pouf jusque devant le siège de Iona et, après s'être assise, elle prit les mains de sa belle-mère entre les siennes.

— Iona, Max et moi en avons discuté et nous aimerions beaucoup que vous veniez habiter avec nous.

— Comment ?

Visiblement troublée par la proposition, Iona porta une main à son cœur.

— Mon Dieu ! Je ne m'y attendais absolument pas ! C'est tellement gentil de votre part, ma chère enfant, mais je ne peux pas m'imposer comme ça.

— Mais vous ne vous imposez pas du tout, Iona. Vraiment, je vous assure. Votre présence me fait plaisir et je suis sûre que c'est pareil pour tante Talitha, ajouta Elizabeth en glissant un regard en coulisse à sa tante.

— Mais bien sûr ! répondit l'intéressée en tapant le sol avec sa canne, comme pour appuyer ses mots. Je ne vois pas pourquoi tu te fais prier, Iona. Cesse de faire la difficile !

— Je ne fais pas la difficile, Talitha Stanton ! Tu sais très bien que…

— Allons, allons, arrêtez de vous chamailler ! intervint Elizabeth. Alors, qu'en dites-vous, Iona ? Ça vous plairait de vivre la moitié du temps ici et l'autre moitié à Houston ?

— Bien sûr ! Mais je ne veux pas vous déranger.

— Vous ne nous dérangerez pas, Iona.

— Etes-vous sûre que…

— Oh, pour l'amour du ciel ! Accepte et qu'on en finisse ! ordonna Talitha. Mon émission préférée est sur le point de commencer.

— Ne vous inquiétez pas, Iona, vous ne nous dérangerez pas, affirma Elizabeth. En fait, je compte sur vous et sur tante Talitha pour me donner un coup de main quand le bébé sera là.

Pendant une fraction de seconde, on n'entendit plus dans la pièce que le tic-tac de la pendule. Puis les trois femmes s'exclamèrent en même temps :

— Un bébé ?

— Oh, trésor, tu veux dire que tu es enceinte ?

Puis elle se tourna vers Max :

— Félicitations, beau gosse. Tu as fait du bon travail.

Max s'inclina.

— Tout le plaisir était pour moi.

— Je n'en doute pas...

— Mon Dieu ! Un bébé ! Nous allons de nouveau avoir un bébé dans la maison ! dit Talitha avant d'enfouir son visage dans ses mains osseuses et d'éclater en sanglots.

— Oh, il ne faut pas pleurer ! fit Elizabeth d'une voix douce en s'approchant de sa tante pour la prendre dans ses bras.

— Ce sont des larmes de joie, ma chérie. Je commençais à croire que j'allais mourir sans voir la prochaine génération des Stanton. Et voilà que...

Elle serra la main de Iona par-dessus le plateau de Scrabble.

— Oh, Iona, nous allons avoir un bébé que nous pourrons aimer et gâter. N'est-ce pas merveilleux ?

— Et comment !

— C'est vrai, dit Mimi. Tante Mimi pourra s'y mettre aussi. J'ai le cadeau tout trouvé pour ce bébé ! L'autre jour, alors que je faisais du shopping, je suis tombée sur ce minuscule manteau de vison avec une petite toque assortie et un manchon.

— Mimi ! Surtout pas !

— Quoi ? Une fille n'est jamais trop jeune pour porter de la fourrure ou des diamants.

— Et si c'est un garçon ?

— Oh !

Son air surpris montrait que cette éventualité ne lui avait pas traversé l'esprit.

— Eh bien, je lui ferai faire un petit smoking. Oh, et aussi une paire de bottes Tony Lama[1]. Et quand il sera un peu plus grand, je lui achèterai un pick-up avec batterie.

Elizabeth roula les yeux.

— Tu es impossible !

— Ce n'est pas tous les jours que je deviens tata !

— Oh ! Talitha, je viens de me rappeler que j'ai un motif au crochet pour une couverture de bébé. Je m'y mettrai dès demain.

— Très bonne idée. Et moi, je vais tricoter des bonnets et de petits chaussons. Oh, et puis il faudra que je ressorte la robe de baptême des Stanton ! Elle doit se trouver dans une malle quelque part au grenier.

Regardant les deux vieilles dames discuter, Elizabeth sentit son cœur se gonfler d'amour pour elles, et les larmes lui montèrent aux yeux.

Mimi s'approcha d'elle et lui murmura à l'oreille :

— Tu les as rendues superheureuses, trésor. Et moi aussi, par la même occasion. Félicitations, petite mère.

Elizabeth posa sa main sur la sienne et la regarda à travers ses larmes.

— Merci.

Son regard chercha ensuite celui de Max. Toujours debout près de la porte, il lui adressa un de ses rares sourires empreints de douceur, et leva son pouce en signe de bravo.

Ce soir-là, il lui fit l'amour lentement, avec des gestes doux et tendres. Et Elizabeth sut que le contrôle qu'il exerçait sur

1. Bottes de cow-boy réputées.

lui-même était dû au fait qu'elle était enceinte. Même si ces précautions étaient inutiles, une telle considération de sa part était très touchante.

La jeune femme sentit son cœur déborder d'émotion.

16

Le lendemain matin, juste après 5 heures, Elizabeth eut une violente nausée. Elle se redressa brusquement dans son lit puis, sentant son estomac se soulever, se rua dans la salle de bains.

Max se précipita derrière elle.

— Que se passe-t-il ? Tu es malade ?

Incapable de répondre, elle poussa un gémissement avant de se pencher sur le lavabo.

— Eh bien ! fit Max en lui soulevant les cheveux d'une main et en la soutenant de l'autre. Ça doit être un virus. Tu as de la fièvre ? Ou bien c'est quelque chose que tu as mangé ?

Elizabeth fut prise d'un nouvel accès de vomissements. Finalement, après s'être essuyé la bouche, elle se redressa avec précaution, s'attendant que son estomac lui joue de nouveaux tours. Puis, avec un regard ironique à l'adresse de son mari, elle lui expliqua :

— Ce n'est pas un virus, Max. Ce sont les nausées de la grossesse.

Il prit un air horrifié.

— Tu plaisantes ? On peut certainement arranger ça avec des médicaments. Tu veux que je t'emmène aux urgences ?

— Non, certainement pas. Ça va passer.

Il consulta la pendule française en porcelaine posée sur le plan de travail.

— Quand ? Dans dix minutes ? Trente minutes ?

En dépit de son état nauséeux, Elizabeth ne put s'empêcher de sourire.

— Un peu plus longtemps que ça. Trois ou quatre mois, normalement.

— Plusieurs mois ? Tu vas souffrir comme ça pendant plusieurs mois ?

Se penchant au-dessus du lavabo, elle s'aspergea le visage d'eau et se rinça la bouche.

— Chaque grossesse est différente, paraît-il. Certaines femmes n'ont pas de nausées, mais la plupart, si.

Elle déposa un peu de dentifrice sur sa brosse à dents et se brossa les dents rapidement sans quitter le miroir où elle voyait le reflet de Max, dont l'expression passait de l'inquiétude à la surprise, puis à l'indignation.

— Les médecins doivent bien pouvoir y faire quelque chose ! Bon sang, on a envoyé des gens sur la Lune ! On peut sûrement trouver un remède à ces désagréments ! Avec tout ce que vous subissez — nausées, malaises, douleurs à l'accouchement —, je m'étonne que la race humaine ne soit pas en voie d'extinction.

— C'est ce qui arriverait certainement si c'étaient les hommes qui avaient la charge de porter et de mettre au monde les enfants, répondit Elizabeth avec un sourire moqueur.

Elle mouilla un gant de toilette à l'eau froide, le plia dans le sens de la longueur et retourna à pas prudents dans la chambre, une main toujours posée sur son ventre. Max ne la quitta pas d'une semelle.

Avec un soupir de soulagement, elle s'allongea sur le dos, plaça le gant humide sur son front et ferma les yeux.

Max remonta les couvertures et la borda comme si elle était une enfant.

— Comment ça va, maintenant ? Tu te sens mieux ?

— Mmm, un peu. Je suis encore barbouillée, mais ça va mieux quand je ne bouge pas.

— Je reviens tout de suite.

Il disparut dans la salle de bains, et Elizabeth l'entendit fouiller dans les placards. Quelques secondes plus tard, il revenait avec un verre d'eau et une petite poubelle vide.

— Je la laisse juste à côté de toi, dit-il. Comme ça, si tu as de nouvelles nausées, tu n'auras pas besoin de courir jusqu'à la salle de bains.

Elle ouvrit un œil.

— Merci, murmura-t-elle, touchée par sa prévenance.

Max se glissa alors dans le lit et se mit sur le côté afin de pouvoir l'observer. Il commença à lui caresser doucement le bras.

Elizabeth sourit, laissant peu à peu le sommeil la gagner.

Lorsqu'elle se réveilla un peu plus tard, ce fut pour découvrir que Max avait quitté le lit et qu'à sa place, blottie tout contre sa tête, se trouvait une petite boule chaude et incroyablement douce. Prenant appui sur ses coudes, elle se redressa légèrement et aperçut Code-Barres qui dormait, lovée contre son cou. Contrariée d'être ainsi réveillée, la petite chatte se mit à miauler en signe de protestation.

— Qu'est-ce que tu fais là, chaton ? marmonna Elizabeth.

Tournant la tête vers la porte, elle vit que celle-ci était fermée. Manifestement, Max avait laissé la chatte entrer. Le regard de la jeune femme se porta ensuite sur le réveil.

Bon sang ! Il était presque midi ! C'était bien la première fois qu'elle dormait aussi longtemps.

Elle rejeta les couvertures, prête à se lever d'un bond, mais se ravisa. Son estomac était encore instable. Il valait donc mieux être prudente. Tout doucement, elle s'avança vers le bord du lit et mit les pieds par terre. Jusque-là, pas de problème. Avec des gestes hésitants, Elizabeth se leva et se dirigea vers la salle de bains, tandis que Code-Barres tentait de se frotter contre ses jambes.

Environ une heure plus tard, douchée et maquillée, elle descendit les escaliers, vêtue d'un jean confortable, de baskets et d'un épais pull rose. Code-Barres était toujours sur ses talons.

Un bruit de voix lui indiqua que sa tante, sa belle-mère et Mimi se trouvaient dans le salon. Elle s'y dirigea et marqua un temps d'arrêt dans le hall devant le charmant tableau qui s'offrait à elle. Un tableau qui l'emplit d'un immense sentiment de bonheur. Il y avait une belle flambée dans la cheminée. Tout en buvant du café devant les flammes qui crépitaient, sa tante et sa belle-mère passaient en revue les différents modèles de tricots qui se trouvaient dans une grande corbeille. Pelotonnée dans un fauteuil près du feu, les jambes ramenées sous elle, Mimi lisait le journal du matin. Elle leva soudain les yeux et découvrit Elizabeth.

— Oh, mais regardez qui je vois là ! C'est notre future maman ! s'exclama-t-elle. Bienvenue, Belle au bois dormant !

— Bonjour, ma chérie, dit Talitha en examinant la jeune femme d'un regard perçant.

— Bonjour. Je suis désolée d'être en retard. Pourquoi ne m'avez-vous pas réveillée ?

— Mon fils a été formel. Il ne fallait pas vous déranger. Il nous a dit que, au petit matin, vous aviez été malade comme un chien. Max n'a pas l'habitude d'exagérer, dit Iona avec une fierté toute maternelle. Nous nous sommes dit que vous deviez être très fatiguée. Allons, venez donc vous asseoir.

Attrapant ses béquilles, la vieille dame se leva et insista pour qu'Elizabeth prenne son fauteuil.

— Vous serez plus à l'aise ici, dit-elle. Vous pourrez allonger vos jambes. De toute façon, je dois rejoindre votre tante sur le canapé. Nous sommes en train de choisir des motifs pour la layette.

Elizabeth commençait à se rendre compte à quel point sa belle-mère était une femme énergique. Elle avait certainement passé sa vie à s'occuper des autres, et, pour elle, l'oisiveté devait être difficilement supportable. Au moindre prétexte, elle se levait et s'affairait çà et là, cherchant à améliorer le confort de ceux qui l'entouraient.

Regardant son amie par-dessus son journal, Mimi lui dit à voix basse :

— Laisse faire. T'embête pas à les contrarier. Elles sont excitées comme des puces.

Même si elle l'avait voulu, Elizabeth n'aurait eu ni l'énergie ni le courage de discuter. Elle se laissa donc guider jusqu'au fauteuil et posa ses jambes sur le tabouret que Iona lui glissait sous les pieds. D'un bond et avant même qu'elle ne soit complètement installée, Code-Barres sauta sur ses genoux.

Iona se mit à rire.

— Vous auriez dû l'appeler Ombre. Elle vous suit partout !

— C'est vrai, reconnut Elizabeth en caressant la petite chatte.

— Dites donc, Mimi ! Iona et moi, nous ne sommes pas excitées comme des puces ! lança Talitha.

— Que vous dites ! Je parie que ni l'une ni l'autre n'avez dormi plus de deux heures cette nuit !

— Et alors ? La dernière fois qu'il y a eu une naissance ici, c'était celle de Ian, le frère d'Elizabeth. Qu'il repose en paix. De toute façon, le temps passe tellement vite : le bébé ne tardera pas à être là. Iona et moi avons bien l'intention d'être prêtes avant.

— Oui, elle a raison, approuva son amie.

— Eh bien, trésor ! Tu ferais mieux de faire gaffe. Si ces

deux-là font bloc, tu auras autant de chance d'avoir voix au chapitre concernant l'éducation de ton enfant que Houston de subir une tempête de neige au mois d'août.

Talitha s'apprêtait à protester lorsque Martha entra dans la pièce avec un plateau chargé de thé, de café et de biscuits.

— Je me disais bien que je vous avais entendue vous lever, madame Elizabeth, dit la gouvernante en déposant le plateau sur la table basse.

Puis, se redressant, elle se tourna vers la jeune femme et ajouta avec un sourire radieux :

— Votre tante m'a annoncé la bonne nouvelle. Félicitations ! Vous ferez une bonne mère. Je suis tellement heureuse ! Ça va être formidable d'avoir de nouveau un bébé dans la maison.

— Merci, Martha, dit Elizabeth.

— Le café est pour les autres, et le thé et les biscuits salés pour vous, reprit la gouvernante. Etant célibataire, je n'ai pas d'expérience en la matière, mais j'ai entendu dire que si l'on boit du thé et que l'on grignote quelques biscuits salés, surtout avant de se lever, on peut régler le problème des nausées.

Talitha opina de la tête d'un air sentencieux.

— Je crois que vous avez raison. J'ai entendu la même chose.

— Oh, oui ! dit Iona. Et vous savez que…

Laissant les trois femmes discuter du sujet, Elizabeth but une gorgée de thé et échangea un regard amusé avec Mimi.

— Est-ce que l'une d'entre vous attend de la visite ? demanda Martha.

— Non, répondirent les autres en chœur.

— Parce je vois une voiture que je ne connais pas rouler en direction de la maison.

Un sentiment d'inquiétude s'empara d'Elizabeth, mais elle s'empressa de le chasser. Cela faisait près de trois semaines que Max et elle étaient revenus de New York et, depuis, l'homme qui avait tenté de la renverser ne s'était plus manifesté.

— Qui cela peut-il bien être ? murmura tante Talitha en tournant son regard vers la fenêtre.

Mais de là où elle se trouvait, elle ne vit pas grand-chose.

— C'est probablement Troy, répondit Elizabeth. Il devait passer aujourd'hui.

— Non, ce jeune homme est arrivé il y a un peu plus d'une heure. Sa voiture est encore garée devant la maison, répondit Talitha.

S'appuyant sur sa canne, la vieille dame se leva et s'approcha de la fenêtre.

— Assieds-toi, tantine, dit Elizabeth, je vais aller voir qui c'est.

— Certainement pas ! rétorqua Talitha en pointant sa canne vers sa nièce. Il n'est pas question que tu coures à droite et à gauche. Pas tant qu'il y a des gens qui peuvent le faire à ta place. Tu restes où tu es et tu te reposes !

— Je ne suis pas invalide, tu sais ? rétorqua la jeune femme.

Mais elle obtempéra quand même et se rassit dans le fauteuil avec le sentiment d'être une enfant que l'on aurait grondée.

Faisant mine de n'avoir rien entendu, Talitha s'avança vers la fenêtre et écarta le rideau.

— Ça, alors ! Je crois bien que c'est… Mais oui ! C'est Quinton et Camille ! Oh, comme c'est formidable !

Elizabeth et Mimi échangèrent un regard.

— Qui sont Quinton et Camille ? demanda Iona.

— Les petits-enfants de feu ma sœur jumelle et les petits-cousins d'Elizabeth, répondit Talitha.

Le visage poupin de Martha se durcit. Débarrassant la table basse avec des gestes prestes, la gouvernante se hâta de regagner la cuisine.

— On avait vraiment besoin de ça ! murmura Mimi à l'attention d'Elizabeth. Une visite de la princesse Camille. Autant Quinton est marrant, autant sa sœur est une véritable plaie. Il n'y a pas plus égocentrique ni plus maniérée que cette garce. Quelle petite morveuse !

— Eh bien, Mimi, tu te lâches ! dit Elizabeth avec un petit rire. Mais tu as raison. J'oublie toujours que Camille est également la petite-nièce de tante Talitha. Je ferais mieux d'aller à leur rencontre, sinon Camille ne s'en remettra pas.

Non sans appréhension, Elizabeth se leva, obligeant le chaton à quitter ses genoux. Elle parvint dans le hall au moment même où tante Talitha ouvrait la porte.

— Eh bien, quelle surprise ! Entrez donc : il fait si froid dehors ! Et venez dans mes bras !

— Chère tantine ! Tu ne peux imaginer à quel point le voyage a été compliqué ! Au lieu d'atterrir à Houston, notre avion a été dévié sur Dallas, et nous avons dû louer une voiture pour venir ici. Heureusement que Quinton est un bon conducteur parce qu'il y avait du verglas par endroits sur l'autoroute. Je t'assure qu'il fait plus froid ici qu'à New York !

— Je n'en doute pas.

— Bonjour, tante Talitha, dit Quinton en serrant la vieille dame dans ses bras. Comment vas-tu ?

— Hum… Tu n'aurais pas besoin de le demander si tu appelais plus souvent.

— Là, tu m'as blessé ! s'exclama Quinton en portant les mains à sa poitrine et en reculant d'un pas chancelant.

Faisant ensuite mine de retirer un poignard de son cœur, il ajouta :

— Tu as raison. Je te promets de t'appeler plus souvent à l'avenir.

— C'est ce qu'on verra.

— Bonjour, Elizabeth, fit alors Camille d'une voix beaucoup moins chaleureuse.

Elle l'étreignit brièvement.

— Désolé, cousine, lui chuchota Quinton à l'oreille lorsque ce fut son tour de l'embrasser. J'ai essayé d'empêcher Camille de débarquer ainsi à l'improviste, mais tu sais comment elle est. Quand elle s'est mis en tête de faire quelque chose, il n'y a pas moyen de la faire changer d'avis. Elle avait décidé de venir coûte que coûte. Je me suis donc dit qu'il valait mieux que je l'accompagne pour servir de tampon entre vous deux.

— Merci, murmura Elizabeth. Je suis heureuse que tu sois venu.

— Où est Léon ? demanda tante Talitha en regardant autour d'elle comme si elle s'attendait à voir surgir le mari de sa nièce d'une seconde à l'autre.

Aussitôt, les yeux de Camille s'emplirent de larmes.

— Oh ! tantine, tout est fini entre Léon et moi.

— Fini ? Ne me dis pas que tu as encore divorcé ?

— Eh bien, pas encore. Je vais demander le divorce après les vacances.

— Pour l'amour du ciel ! Tu es insensée ! Si ton mariage bat de l'aile, que fais-tu ici ?

Le menton de Camille se mit à trembler et des larmes coulèrent le long de ses joues.

— Où pouvais-je aller dans un moment pareil, si ce n'est au sein de ma famille ?

Elizabeth recula, admirant l'aisance avec laquelle Camille fondait en larmes. Pour un peu, elle n'aurait pas été étonnée de voir sa cousine porter la main à son front et s'évanouir comme une jeune fille de l'ère victorienne.

— Hum ! Je vais te dire où tu devrais être à l'heure actuelle : chez toi, auprès de ton mari, à essayer de régler vos problèmes. On ne brise pas un mariage sur un coup de tête ou simplement parce que quelque chose ne va pas dans le sens qu'on veut.

— Oh, tu es si méchante ! gémit Camille en se tapotant les yeux avec un mouchoir. Grand-mère Mariah avait raison de dire que tu es sans cœur.

Excellent, songea Elizabeth en observant le petit jeu de Camille. Elle était vraiment très douée. Elle connaissait le point faible de chacun et savait que, en comparant Talitha à sa jumelle au profit de Mariah, la vieille dame ne pourrait que se radoucir.

— C'est ce qu'elle disait ? Ah, bon ! Elle en savait des choses, mon écervelée de sœur !

Puis elle ajouta avec un soupir :

— Enfin, puisque tu es là, autant que tu entres. Eh bien ? Qu'attendez-vous encore, tous les deux ? Allons nous mettre à l'aise dans le salon.

Se tapotant encore les yeux avec son mouchoir, Camille battit des cils à l'adresse de sa tante.

— Alors, on peut rester ? demanda-t-elle avec un trémolo pathétique dans la voix.

— Bien sûr que vous pouvez rester, espèce d'idiote ! Mais il faudra que nous ayons une sérieuse discussion, toi et moi, avant ton départ. Compris ?

— Oui, tantine, répondit Camille d'une voix docile.

— Laissez-moi vous débarrasser de vos manteaux, proposa Elizabeth.

— Où est Martha ? demanda Camille, tandis que sa cousine accrochait les manteaux dans le placard de l'entrée. C'est aux domestiques de faire ça. Je t'assure, Elizabeth, que tu n'es pas assez ferme avec ton personnel. Il faut savoir garder les distances entre employeur et employé.

— Je tâcherai de m'en souvenir. Maintenant, venez : je vais vous présenter à ma belle-mère. Elle est dans le salon.

— Ah, oui, c'est vrai : tu viens de te marier ! J'avais presque oublié.

— Il ne faut pas la croire, chuchota Quinton à l'oreille d'Elizabeth. Depuis qu'elle a appris que tu t'étais remariée, elle n'a pas arrêté de me tanner pour qu'on vienne voir quelle tête a ton mari. J'ai réussi à la faire patienter en lui disant que vous étiez en lune de miel.

Elizabeth connaissait bien ses cousins. Elle imaginait aisément Camille prenant sa décision sur un coup de tête et Quinton cherchant à maîtriser son impulsivité.

— Merci encore, lui répondit-elle à voix basse, tandis qu'ils entraient dans le salon.

— Iona, j'aimerais vous présenter mes cousins : Camille Lawrence et son frère, Quinton Moseby.

Ils échangèrent des politesses, puis Elizabeth fit un geste vers sa meilleure amie :

— Et, bien sûr, vous connaissez Mimi.

— Oh, Mimi ! s'exclama Camille comme si elle venait d'être assaillie par une mauvaise odeur. Je ne m'attendais pas à vous voir ici.

Sans se laisser démonter le moins du monde, Mimi la gratifia d'un grand sourire.

— Eh oui, c'est moi. Comme vous le voyez, la mauvaise graine a la vie dure.

— C'est vous qui l'avez dit, pas moi ! répliqua Camille avec une grimace de dédain.

— Allons, ça suffit maintenant ! lança tante Talitha en donnant un coup de canne sur le sol. Vous êtes à peine arrivés que vous commencez à vous chamailler comme des gamins.

— Vous avez raison, ma chère Talitha. Je suis désolée, dit Mimi en prenant un air contrit.

La vieille dame se tourna alors vers sa petite-nièce, qui gardait les lèvres pincées.

— Quoi ? Pourquoi devrais-je m'excuser ?

Talitha continua à la fixer sans ciller.

— Bon, d'accord, je n'aurais pas dû dire ça.

— Ne fais pas attention à ma sœur, intervint Quinton en se penchant vers Mimi pour lui déposer un baiser sur les lèvres. Salut, beauté ! Tu es splendide, comme d'habitude, ajouta-t-il avec un clin d'œil coquin.

Jetant un regard noir à son frère, Camille alla prendre place sur le canapé aux côtés de Iona.

Elizabeth venait à peine de s'asseoir dans son fauteuil que Code-Barres sauta avec agilité sur ses genoux et se lova contre elle.

— Bon sang, tu as un chat, maintenant ! Franchement, Elizabeth, tu sais que je déteste les chats ! fit Camille avec une grimace. Tu l'as fait exprès, hein ? Juste pour m'embêter.

— Enfin ! Comment aurais-je pu le faire exprès alors que je ne savais même pas que vous alliez venir ?

— Eh bien, nous sommes là maintenant. Aurais-tu l'obligeance de mettre ce chat dehors ? Sa place n'est pas ici.

— Quoi ? Par ce froid ? Il n'en est pas question !

Camille tourna alors un visage implorant vers sa tante.

— Tante Talitha, tu ne peux pas l'obliger à mettre cet animal dehors ? C'est aussi ta maison, après tout.

— Non, ma chère. Je ne peux pas. Et je ne le *veux* pas. Cette petite chatte ne fait de mal à personne et c'est une charmante compagnie.

— Bon, je vois qui a tes faveurs ici.

— Ne sois pas ridicule, Camille ! gronda Talitha. Jamais je ne ferais de favoritisme entre vous. Ces insinuations sont tout simplement insultantes.

— Je suis désolée, tantine. Je ne vais pas très bien en ce moment, avec cette histoire de divorce, expliqua Camille en sortant de nouveau son mouchoir brodé pour essuyer ses larmes.

Talitha la dévisagea un long moment avant de hocher la tête.

— Très bien, mon enfant. Tu es excusée. Bon, revenons donc à cette affaire de divorce. Pourquoi as-tu pris une telle décision ? Le pauvre Léon doit avoir le cœur brisé.

— Oh, tantine, tu ne sais pas tout ce que cet homme m'a fait subir !

Profitant de son nouvel auditoire, la jeune femme leur fit part de ses doléances à l'encontre de son quatrième époux. Lorsqu'elle en eut terminé avec la longue liste des défauts du pauvre Léon, elle demanda :

— Au fait, en parlant de mari, où se trouve celui d'Elizabeth ?

— Il est dehors avec son assistant, répondit Talitha. Il voulait montrer à Troy sa piste d'atterrissage pour l'hélicoptère.

— Ah, oui, c'est vrai, dit Elizabeth. Son nouvel appareil doit normalement être livré aujourd'hui.

— Ah, les hommes et leurs joujoux ! marmonna Talitha.

Camille haussa les sourcils.

— Il a son propre hélicoptère ? Dites donc ! Il doit en avoir, du fric !

— Ne sois pas grossière, s'il te plaît ! lui dit sa tante.

Désireuse de changer de sujet, Elizabeth dit la première chose qui lui vint à l'esprit.

— Tu sais, Camille, même si tante Talitha et moi sommes heureuses de vous voir, j'aurais préféré que tu me passes un coup de fil avant de débarquer.

— Et pourquoi ça ? C'est la maison de nos ancêtres. C'est

autant la mienne que la tienne, répliqua Camille avec une moue de dédain.

— Faux. C'est peut-être la maison de tes ancêtres, mais elle ne vous appartient ni à toi ni à Quinton. Je possède deux tiers de Mimosa Landing et de cette maison. Point. Le reste appartient à tante Talitha.

— Es-tu en train de dire que je ne peux pas rendre visite à ma tante quand je le veux ?

— Absolument pas. Je suggère seulement que tu te comportes avec un minimum de courtoisie et que tu appelles avant de venir. Ne serait-ce que pour laisser le temps à Martha de préparer vos chambres.

— Ne sois pas ridicule ! Les domestiques sont là pour nous servir. Ça ne leur fait pas de mal de se dépêcher de temps en temps. De plus, je sais qu'avec Martha, cette maison est toujours nickel.

Au même moment, la gouvernante fit son apparition dans la pièce avec un nouveau plateau de thé et de café qu'elle plaça sur la table basse. Puis, d'un signe de tête, elle salua les nouveaux arrivants :

— Madame Lawrence, monsieur Moseby. Ravie de vous revoir.

Elle fit mine de partir, mais Camille l'en empêcha d'un geste :

— Oh, Martha, dites à Truman ou à quelqu'un d'autre de sortir nos bagages de la voiture. Qu'il mette les miens — l'ensemble violet et gris — dans la chambre bleue.

— Cette chambre est occupée, intervint Elizabeth. C'est celle de Iona, maintenant.

— Elle ne peut pas en prendre une autre ?

— Si cela pose problème…

— Cela ne pose aucun problème, Iona, répliqua Elizabeth. Camille, tu ne sembles pas comprendre. Iona n'est pas une invitée. Elle habite ici, maintenant. La chambre bleue est la sienne. De façon permanente. Et à Houston, elle occupe la chambre jaune et bleu.

— Mais… mais je fais partie de la famille !

— Iona aussi. Il y a quatre autres chambres d'amis qui sont libres. Tu n'as qu'à en choisir une parmi celles-là.

— Bon, d'accord. La verte fera l'affaire.

— Désolée, mais elle est déjà prise, dit Mimi d'un air malicieux. Mais si vous voulez la partager avec moi… Après tout, il y a des lits jumeaux.

— Oh, je vous en prie ! lança Camille avec un frisson théâtral. Je préférerais encore dormir sur un matelas dans la véranda. Mettez donc mes bagages où vous voulez ! ajouta-t-elle d'un ton sec.

On entendit soudain des voix d'hommes provenant de l'arrière de la maison. Quelques secondes plus tard, Max et Troy firent leur entrée dans le salon. Max se dirigea aussitôt vers Elizabeth et, lui soulevant le menton pour la regarder, il demanda :

— Tu te sens mieux ?

— Oui, merci, répondit-elle à voix basse.

Son haleine sentait le dentifrice et le café. Le froid avait rougi ses joues, et il apportait avec lui la fraîcheur du grand air. Le tout produisait un effet grisant.

Elizabeth fit les présentations et, tandis que les hommes échangeaient une poignée de main, elle vit Camille détailler son mari des pieds à la tête. Elle réprima un rire en voyant la lueur d'intérêt qui était apparue dans le regard de sa cousine. Si Max n'avait pas été marié, nul doute qu'elle se serait précipitée sur lui comme un chien sur un os.

Ils discutaient depuis quelques minutes quand Martha vint annoncer que le déjeuner était prêt.

Pendant tout le repas, Camille s'arrangea pour être au centre de la conversation, s'adressant surtout à Max et à Troy. Ses bavardages n'étaient pour l'essentiel que des ragots au sujet de la *jet-set*. De temps à autre, elle réussissait à glisser une remarque acerbe à l'attention d'Elizabeth, qui, depuis longtemps, avait appris à laisser couler ce genre de réflexions qu'elle savait être suscitées par la jalousie.

— Dites-moi, Troy, dit Camille en prenant sa voix la plus coquette, êtes-vous parent avec les Ellerbee de Boston ?

Troy opina et prit une cuillère de la délicieuse soupe au poulet et au piment vert que Martha avait préparée.

— Oh, je m'en doutais ! Vous ressemblez tellement à votre père ! J'ai eu l'occasion de rencontrer vos parents à plusieurs reprises. Martin et Joan, ce sont bien leurs prénoms, n'est-ce pas ?

— Oui.

Camille plissa le front d'un air perplexe.

— Je ne les ai pas revus depuis plusieurs années. Auraient-ils quitté le pays ?

— Non. Mon père est décédé il y a quelques années. Ma mère s'est remariée, mais elle et son nouveau mari ne sortent pas beaucoup.

— Je vois.

Troy s'en tint là, et, lorsqu'il devint clair qu'elle ne tirerait plus rien de lui, Camille décida de reprendre son passe-temps favori, c'est-à-dire d'envoyer des piques à sa cousine.

Jetant un regard désapprobateur au décor de la salle à manger, elle poussa un soupir théâtral.

— Elizabeth, ma chère, tu ne crois pas qu'il serait temps de faire refaire cette pièce ? Les autres aussi, d'ailleurs. Il faudrait enlever ce papier peint et ces boiseries pour faire quelque chose de plus moderne.

— Non. Cet endroit est un trésor historique. Pas question de le dénaturer.

— Hum ! S'il n'en tenait qu'à moi, je raserais tout et je rebâtirais quelque chose d'ultramoderne.

— Heureusement que tu n'as pas hérité de la maison !

— Non, mais dis donc !

— Camille, tais-toi ! Ce n'est pas le moment de contrarier Elizabeth. Elle est suffisamment fragile comme ça.

— Quoi ? Tu es malade ? demanda Camille avec un regard méfiant, en repoussant légèrement sa chaise. Tu aurais pu me prévenir, quand même ! Surtout si c'est quelque chose de contagieux.

Tante Talitha se mit à rire.

— Camille, trésor, tu es ta mère tout craché ! C'était la personne la plus égocentrique que Dieu ait jamais envoyée sur cette planète, et tu es exactement comme elle ! Elizabeth n'est pas malade. Du moins pas dans le sens que tu crois. C'est juste qu'elle va être maman.

— Mam… Oh, mon, Dieu, tu es *enceinte* ? A ton âge ?

Ce fut au tour d'Elizabeth de rire.

— J'aurai trente ans le mois prochain, Camille. Je ne fais pas encore partie du troisième âge.

— Eh bien, il vaut mieux que ce soit toi que moi. Jamais je n'accepterais de perdre la ligne pour ça.

— Ne l'écoute pas, cousine ! intervint Quinton. Moi, je trouve que c'est super. Félicitations, je suis heureux pour toi. Tu feras une mère du tonnerre.

— Oh, ferme-la, Quinton ! lui ordonna sa sœur d'un ton sec. Tu ne comprends pas ce que ça signifie pour toi et moi ?

Quinton la regarda d'un air perplexe.

— Que nous allons avoir un autre cousin ?

— Mais non. Cela signifie que nos chances d'hériter de la propriété seront quasiment nulles, une fois que le bébé sera là.

Son frère cilla.

— Camille, s'il te plaît !

— Et alors ? Pourquoi ne pas dire les choses telles qu'elles sont ? Tante Talitha est vieille, et si Elizabeth n'avait pas eu d'enfant, nous aurions hérité.

— Encore aurait-il fallu que vous lui surviviez ! lança Max sur un ton qu'Elizabeth avait appris à reconnaître comme étant un prélude à la colère. On pourrait prendre votre remarque comme une menace à l'encontre de ma femme.

— Ne soyez pas ridicule ! Ce n'était pas le sens de mes propos, affirma Camille d'un ton qu'elle voulait rassurant. Nous sommes parents, nous avons des prises de bec, mais je ne ferais jamais rien qui puisse nuire à Elizabeth.

Max plissa les yeux.

— Combien de temps comptez-vous rester ici ?

Elizabeth réprima un sourire. Un mois auparavant, la franchise brutale de Max l'aurait fait frémir, mais aujourd'hui elle lui était reconnaissante pour ses manières directes. Alors qu'elle en était encore à chercher un moyen subtil de diriger la conversation sur ce sujet, Max, lui, n'y allait pas par quatre chemins. Il voulait savoir, donc il posait la question directement.

Camille eut l'air déconcerté. Quinton également, mais il se reprit aussitôt.

— En fait, nous n'avons pas réfléchi à la question. D'habitude, nous séjournons ici pendant un mois.

— Je vois, dit Max.

— Mais nous ne voulons pas nous imposer…

— Ce n'est pas ça. Je voulais juste savoir. Par curiosité. De plus, c'est la maison d'Elizabeth. C'est à elle de décider qui reste et qui s'en va. Toutefois, en tant qu'époux et père de l'enfant qu'elle porte, je tiens à préciser que personne ne doit la contrarier, au risque d'avoir de mes nouvelles.

Camille n'apprécia guère cette menace à peine voilée, mais elle ne dit rien, et se contenta de serrer les lèvres.

— Je suis d'accord avec Max, dit Talitha en adressant un regard sévère à Camille. C'est un homme qui fait toujours ce qu'il dit, donc tu as tout intérêt à te tenir tranquille, jeune demoiselle. Compris ?

— Bon, ça va, marmonna sa petite-nièce en prenant un air boudeur.

— Bien. Maintenant que nous sommes d'accord sur ce point, Elizabeth, Max et moi serions ravis de vous avoir avec nous pendant les vacances, reprit Talitha en se tournant vers Elizabeth d'un air interrogateur. N'est-ce pas, ma chérie ?

— Pardon ? Oh, désolée, je rêvais. Quelle était la question ?

Perdue dans ses pensées, Elizabeth tenta de reprendre pied dans la réalité. Elle était surprise de la rapidité avec laquelle Max avait pris sa défense. Bien sûr, sa sollicitude était certainement due au fait qu'elle attendait un bébé. N'empêche que cette attitude lui faisait chaud au cœur.

— J'ai dit que j'insistais pour que Camille et Quinton passent les vacances ici. Tu es d'accord ? Ce sera formidable de se retrouver tous ensemble. L'année dernière, nous n'étions qu'Elizabeth, Mimi et moi. Et Martha, bien sûr.

— Oh… eh bien… heu… oui. Oui, bien sûr. Je vous en prie, restez.

17

— Tu veux bien me dire ce qui se passe entre toi et ta cousine ? demanda Max, ce soir-là, tandis qu'ils se préparaient pour la nuit.

Elizabeth, qui venait d'accrocher la longue jupe noire qu'elle avait portée pendant le dîner, se tourna vers son mari avec un petit rire.

— Ce n'est pas évident ?

— Non. Quel est le problème de Camille ?

— C'est une longue histoire. Tu es sûr de vouloir l'entendre ?

— Je t'écoute.

— D'accord, mais c'est toi qui l'auras voulu. Tu te rappelles ce que je t'avais dit à propos de Mariah, la grand-mère de Camille et Quinton ?

Tout en déboutonnant sa chemise, Max la regarda défaire son soutien-gorge et enfiler une chemise de nuit de soie couleur de jade.

Quelques semaines auparavant, ce regard aurait mis la jeune femme mal à l'aise, mais elle commençait à s'y faire. Max était tellement nature et si peu complexé que vivre avec lui revenait à prendre des cours intensifs de décontraction et de sexualité.

— Mariah ? C'était la sœur jumelle de Talitha, n'est-ce pas ?

— Oui, c'est ça.

Elizabeth sortit du dressing et Max la suivit, éteignant les lumières au passage. La jeune femme s'arrêta près de la coiffeuse pour se brosser rapidement les cheveux.

— Ce que je ne t'ai pas dit, c'est que, de l'avis général, Mariah était quelqu'un de têtu, dotée d'une forte personnalité. Elle avait à peine dix-huit ans quand elle s'est enfuie avec Owen Moseby, contre l'avis de son père. Les Moseby sont des gens très bien, mais Owen était une tête brûlée. C'était quelqu'un d'instable, un véritable noceur. Et, à l'époque, s'enfuir avec un garçon n'était pas très bien vu pour une jeune fille de bonne famille.

— A en juger par ta réaction quand j'ai suggéré que l'on se marie à Las Vegas, ça ne se fait toujours pas, dit Max d'un ton moqueur.

Elizabeth lui décocha un regard malicieux.

— Tu veux connaître la suite, oui ou non ?

— Excuse-moi. Continue, je t'en prie, dit-il en réprimant un sourire.

— Sous ses dehors bourrus, mon arrière-grand-père Charles aimait beaucoup sa fille. Elle lui manquait terriblement. Au bout d'une année de cette séparation, il n'y tint plus et décida d'offrir du travail à Owen, un travail très bien rémunéré, à la condition que lui et Mariah reviennent à la maison.

— Et alors, ils ont accepté ? demanda Max en regardant Elizabeth approcher du lit, pieds nus, tout en se massant les mains et les bras avec de la lotion.

Quelle sublime chevelure ! songea-t-il. Opulente et brillante, elle cascadait sur ses épaules où deux fines lanières retenaient l'ample chemise de nuit qui tombait jusqu'à ses chevilles en un nuage de soie couleur de jade. Le vêtement n'était ni transparent ni collant. Pourtant, c'était la chemise de nuit la plus sexy qu'il eût jamais vue sur une femme — et Dieu sait qu'il en avait vu !

Il adorait regarder sa femme. Chacun de ses mouvements était empreint de grâce — le balancement de ses hanches, sa démarche élégante, le tressautement subtil de ses seins à chaque pas.

Elizabeth se glissa dans le lit, rajusta sa chemise de nuit et s'allongea sur le dos à côté de Max. Il inspira profondément, savourant les effluves de jasmin et de lilas qui l'entouraient. Nom de nom, la sensation était drôlement agréable ! se dit-il.

Le regard pensif, Elizabeth fixa le plafond.

— Malheureusement, Owen n'avait pas prévu de gagner sa vie à la sueur de son front. Il a donc refusé l'offre. Ce qui a été la goutte d'eau. D'après tante Talitha, le fossé entre son père et sa sœur n'a fait que se creuser par la suite. Encore aujourd'hui, elle jure que c'est ce qui a causé sa mort. Il aurait eu le cœur brisé. Quoi qu'il en soit, il est vrai qu'après la rupture sa santé n'a fait que décliner. Et puis il a perdu complètement le goût de vivre quand son fils unique, mon grand-père Pierce, est subitement mort d'une crise cardiaque. Il l'a suivi dans la tombe neuf jours plus tard.

— Hum, fit Max, qui, allongé sur le côté, la tête appuyée dans une main, observait le profil délicat de sa femme. Je ne veux pas dire du mal de ta famille, mais je te parie que Mariah s'est empressée de rentrer au bercail à ce moment-là.

— Oh, oui ! Elle et Owen ont pris le premier avion depuis Paris jusqu'à Houston. Ils étaient sûrs que Charles avait déshérité sa fille, et ils sont venus aux obsèques avec leur avocat, prêts à engager la bataille. Tu peux imaginer la surprise de Mariah lorsqu'elle a appris qu'elle, Talitha et mon père, Ransom Patrick Stanton, héritaient à parts égales de tous les biens de mon arrière-grand-père.

— Même si ce n'était qu'un tiers de la fortune de la famille, ça devait représenter une sacrée somme. Et le pécule a dû au moins tripler, depuis. Alors, qu'est-ce qui fait râler Camille ?

Elizabeth se tourna sur le côté et, prenant appui sur son oreiller, elle regarda Max bien en face. Puis elle lui adressa un de ces sourires que les gens mariés échangent lorsqu'ils sont à l'aise l'un avec l'autre et que leur relation est fondée sur la confiance. Il se demanda si elle en était consciente.

— C'est ce qui serait arrivé si j'avais géré cet héritage, mais Mariah et Owen ont exigé de recevoir l'équivalent en liquide.

— Tu es sérieuse ? C'était la pire chose à faire.

— Je sais. Mon père a essayé de les en dissuader, mais il n'avait que vingt-deux ans, à l'époque : il venait tout juste de quitter la fac et il n'a pas réussi à leur faire entendre raison. Pour eux, il n'était qu'un jeunot qui n'y connaissait rien en finance.

— Qu'est-ce qu'il a fait, alors ?

— Il n'avait guère le choix. Il a liquidé un tiers de tout ce que nous possédions, à l'exception de Mimosa Landing. Pour payer à Mariah sa part de l'héritage, il a dû faire un emprunt qu'il a mis des années à rembourser.

— Laisse-moi deviner, dit Max. Mariah et Owen ont vécu sur un grand pied et ils ont tout dépensé.

— Ils n'en ont pas eu le temps. Quelques années plus tard, ils ont été tués dans une avalanche, alors qu'ils faisaient du ski en Suisse. Colin Moseby — le père de Camille et Quinton — a hérité de ce qui restait de la fortune de sa mère. Malheureusement pour eux, il n'était guère plus doué que ses parents pour la gestion des affaires. Il faut lui reconnaître une chose, cependant. Conscient de cette faiblesse et soucieux de l'avenir de ses enfants, Colin a pris soin de placer la totalité de ses biens — y compris la maison — dans un trust, juste avant de mourir. Camille et Quinton perçoivent une rente mensuelle considérable. La plupart des gens s'estimeraient riches avec un tel revenu. Mais ça ne suffit pas à Camille, habituée depuis l'enfance à mener une vie digne des gens de la *jet-set*.

— D'accord, je peux comprendre qu'elle soit en colère contre ses grands-parents et peut-être même contre son père, mais pourquoi n'arrête-t-elle pas de t'envoyer des piques ?

— Elle semble penser qu'elle et Quinton ont été floués parce que le montant que leur grand-mère a reçu à l'époque est très inférieur à ce qu'il serait aujourd'hui.

— Et alors ? C'est valable pour tout. Ce qui prouve que j'ai raison. S'ils avaient investi l'héritage de Mariah au lieu de le dépenser, ils en disposeraient encore aujourd'hui, et il aurait même fructifié.

— Je sais. C'est une évidence que tout le monde arrive à comprendre, à l'exception de Camille. Nous avons essayé de le lui expliquer — même Quinton —, mais elle s'est mis dans la tête qu'elle et son frère avaient été défavorisés. Elle estime que je devrais leur donner la différence entre le montant reçu à l'époque par Mariah et la valeur qu'il aurait aujourd'hui.

— Tu plaisantes ?

Comme Elizabeth hochait la tête en signe de dénégation, Max roula de gros yeux.

— Nom de nom ! Elle n'y connaît peut-être rien en affaires, mais je lui décerne un A pour son culot. C'est fou ! Tu imagines, avec une logique tordue comme ça, le nombre de gens à qui il faudrait rembourser un soi-disant dû ! Incroyable ! J'en ai entendu des raisonnements ridicules dans ma vie, mais celui-là dépasse tout ce qu'on peut imaginer.

— Je suis d'accord avec toi. Mais Camille est têtue. Elle pense qu'à force d'être harcelée je finirai par céder, juste pour avoir la paix. En attendant, la solution qu'elle a trouvée à son problème, c'est d'épouser des hommes riches, de divorcer, puis de saigner ses ex en exigeant d'eux des pensions alimentaires faramineuses. Le pauvre Léon, qui va bientôt se voir signifier son congé, est son quatrième mari.

— Seul un crétin épouserait une femme comme elle.

— Je ne sais que te répondre. Camille a tous les hommes qu'elle veut à ses pieds.

— Et Quinton ? Que dit-il de tout ça ?

— Quinton est adorable. Sous son charme débonnaire, c'est un homme posé et intelligent. Il sait que ni lui ni sa sœur n'ont aucun droit sur la fortune Stanton. En fait, il est content de la vie qu'il mène. Comme il est célibataire, hétérosexuel et issu d'une vieille famille, c'est le chouchou des femmes de la bonne société. C'est un ange : il ne se fâche jamais, même pas quand Camille revient s'installer chez lui, entre deux mariages.

— Le pauvre !

Elizabeth eut un petit rire.

— Il doit être habitué.

Max écarta une fine mèche de cheveux de la joue de sa femme.

— Est-ce que Camille t'aura finalement à l'usure ?

Elizabeth plissa les yeux.

— Aucune chance.

La lueur de détermination qui s'était allumée dans son regard le fascina. Elizabeth était une femme tellement élégante et tellement douce qu'il était facile d'oublier qu'elle avait une volonté de fer.

Il sourit et se pencha vers elle.

— Bravo, chuchota-t-il, tandis que ses lèvres se refermaient sur les siennes.

Bien qu'il ne soit à Houston que depuis moins de deux heures, Angelo Delvechio avait déjà pris l'endroit en grippe. Le Texas était censé être chaud et sec, comme dans ces vieux westerns avec John Wayne. Eh bien, pas du tout ! Il faisait un froid du diable.

Il leva les yeux vers le thermomètre au-dessus du rétroviseur intérieur. Il faisait moins cinq. Avec en plus une humidité de cent pour cent ! Pour couronner le tout, le chauffage de la voiture de location était en panne.

C'est quoi, cette saloperie de pluie ? maugréa-t-il pour lui-même. Il avait beau actionner les essuie-glaces, ça ne servait à rien. La pluie tombait avec une telle violence qu'il voyait à peine la route devant lui.

Un autre véhicule le doubla.

Foutus cow-boys ! grogna-t-il. Depuis qu'il avait quitté l'aéroport, il n'avait fait que croiser des engins immenses. Un véhicule sur trois était une sorte de *pick-up* géant, véritable monstre de la route, propulsé comme une fusée sur d'énormes pneus. Et leurs conducteurs étaient en costard-cravate, qui plus est ! A New York, sa Sedan noire se fondait très bien avec le reste des véhicules. Pas ici. Dans ce pays de porteurs de bottes, la Caddy noire qu'il conduisait était loin de passer inaperçue.

Un autre pick-up le doubla, et Angelo serra le volant plus fort.

— Hé, connard ! cria-t-il à l'adresse du conducteur, tu sais pas ce que c'est qu'un clignotant ? Ou même une ceinture de sécurité ?

Angelo était un conducteur prudent. Et même très prudent lorsqu'il était en mission, car il ne s'agissait pas d'attirer l'attention de la police.

Il y avait, en tout cas, une chose qui lui plaisait bien au Texas, c'était les Texanes. De supernanas, bien foutues, avec des seins du tonnerre et des jambes à n'en plus finir.

Et même elles, elles roulaient en pick-up !

Ils avaient une façon de conduire dans ce pays ! Ces cow-boys étaient franchement cinglés. De vrais dangers publics ! Angelo n'avait qu'une hâte : faire le boulot et rentrer dare-dare à New York.

Suivant les instructions de son ordinateur de bord, il quitta les bouchons de la voie express et s'engagea dans les rues de la ville avec précaution. Finalement, il arriva devant son hôtel.

Poussant un soupir de soulagement, il hissa ses cent vingt kilos et son mètre quatre-vingt-dix hors de son véhicule de location. Il tendit les clés et un pourboire au voiturier. Bien qu'il n'ait pas besoin de leurs services, il n'oublia pas de donner quelques billets au liftier et au portier. Un pourboire raisonnable, ni trop exagéré ni trop chiche afin de ne pas attirer l'attention.

Pour tout bagage, il avait un sac qu'il tenait d'un doigt par-dessus son épaule. Il n'avait pas l'intention de prolonger son séjour dans la région.

La réceptionniste était une belle nana.

— Je peux vous renseigner, monsieur ?

— Ouais. J'ai réservé. Au nom de Petrie. John Petrie, dit-il en lui tendant une carte de crédit et un permis de conduire falsifiés.

C'est à peine si la fille jeta un regard à ses papiers d'identité. Elle se contenta de passer la carte de crédit dans la machine. Pendant qu'elle s'affairait ainsi, Angelo plongea les yeux dans son décolleté.

— Combien de temps comptez-vous rester ici, monsieur ?

— Je ne sais pas encore. Ne mettez pas de date de départ pour le moment. Je suis venu passer les fêtes de Noël en famille, mais il se peut que j'écourte mon séjour. Vous savez comment sont les affaires…

— Pas de problème, monsieur Petrie. Voilà votre reçu.

Votre chambre est la 206. Y a-t-il autre chose que nous puissions faire pour vous, monsieur ?

— Non.

Il tourna les talons et fit mine de se rappeler quelque chose.

— Oh, j'allais oublier ! Vous avez reçu des paquets pour moi ?

— Un instant, monsieur. Je vais vérifier.

La fille disparut dans la pièce située derrière le comptoir, et revint quelques instants plus tard avec cinq petits paquets. Le papier kraft du plus grand colis était déchiré à un coin, et on apercevait un emballage de Noël brillant couleur cerise.

— Désolée, fit la réceptionniste, mais je ne pense pas que le paquet soit endommagé.

— Pas de problème, dit Angelo. C'est pour ma nièce de cinq ans. De toute façon, elle va tout déchirer en quelques secondes.

La jeune femme sourit.

— Si vous désirez autre chose, monsieur, faites-le-nous savoir. Bon séjour.

En se dirigeant vers l'ascenseur, Angelo jeta un coup d'œil au restaurant et au bar de l'hôtel. Bien qu'il ne soit que 18 heures passées de quelques minutes, il y avait déjà une blonde à la poitrine opulente assise au bar. Il se dit qu'il pourrait revenir un peu plus tard et tenter sa chance avec elle.

Une fois dans sa chambre au deuxième étage, Angelo tira le verrou, mit la chaîne et suspendit son sac dans la minuscule penderie. Puis il retira l'emballage des cinq paquets et les plaça sur le lit.

Se redressant avec un sourire, il s'étira et bâilla.

Bon sang, il était vidé. Et il avait une de ces envies de baiser !

Tout en se déshabillant, il entra dans la salle de bains et ouvrit le robinet d'eau chaude.

Vingt minutes plus tard, il en ressortit, revêtu d'un peignoir en éponge dont il noua la ceinture.

Il repensa à la blonde qu'il avait aperçue au bar. Elle était tentante mais, maintenant qu'il avait les idées plus claires, il se dit qu'il valait mieux éviter de multiplier les rencontres afin de ne pas être reconnu. Il eut un sourire glacial. De toute façon, il pourrait toujours assouvir ses besoins avec sa cible.

Demain, peut-être, si le temps était plus clément et si la chance lui souriait.

En attendant, il dînerait dans sa chambre. Il parcourut le menu et commanda une salade, des pommes de terre et un steak cuit à point de trois cent cinquante grammes.

Une heure plus tard, l'un de ses appétits étant satisfait, Angelo ressortit le chariot qui avait servi à transporter son repas dans le couloir, puis il accrocha le panneau « Ne pas déranger » sur la porte avant de la fermer à clé et d'en tirer le verrou.

Il alluma la télévision et, sans s'intéresser le moins du monde au monologue de Jay Leno[1], il s'assit sur le lit pour déballer les paquets qu'il s'était fait envoyer. Cinq minutes plus tard, il avait rassemblé les différentes parties de son Glock. Il leva le bras et braqua l'arme en direction de la fenêtre. Le petit bruit ferme qu'il entendit lorsqu'il appuya sur la détente fit naître un autre sourire froid sur ses lèvres. « Parfait », se dit-il.

Angelo chargea son arme avant de la glisser sous son oreiller. Il ramassa ensuite soigneusement tout le papier glacé rouge ainsi que les rubans, et les fourra dans le fond de son sac. Puis il alla jeter le papier kraft dans la poubelle de la salle

1. Célèbre présentateur de télévision.

de bains. Après avoir vérifié à deux reprises chaque fenêtre et chaque porte, il éteignit le téléviseur et les lumières, ôta son peignoir et se glissa nu dans le lit.

Les mains croisées derrière la tête, il s'étira de tout son long, goûtant au bien-être que lui procurait chaque muscle qui se détendait l'un après l'autre.

Il resta ainsi, le regard rivé au plafond où les lumières de l'extérieur, se glissant par l'interstice des doubles rideaux, venaient dessiner des ombres mouvantes. Demain, il irait repérer la maison de la cible. D'après les renseignements et les cartes donnés par son client, la maison de Houston était le meilleur endroit pour faire le coup. Il y avait bien sûr son autre résidence, un ranch complètement paumé auquel on accédait par un chemin d'un kilomètre et demi. Tout autour, ce n'étaient que des champs. Impossible, par conséquent, d'approcher de la maison sans être vu.

Non, vraiment, mieux valait agir à Houston. Et puis on était plus près de l'aéroport ici. Avec un peu de veine, il pourrait faire le boulot et prendre le premier vol pour New York avant même qu'on ne s'aperçoive du décès.

Oui, demain, il irait en reconnaissance. Il observerait le terrain, les allées et venues des uns et des autres, personnel et employeur.

S'imaginant Elizabeth Stanton devant lui, Angelo sourit dans l'obscurité.

A l'exception de quelques piques que Camille réussit à glisser à l'insu de sa tante, le reste de la semaine s'écoula sans heurts. Le mardi matin, Mimi se rendit à un rendez-vous à Houston et, le lendemain, Max et Troy quittèrent Mimosa Landing pour Dallas.

Quand le vendredi matin arriva, Elizabeth en avait plus qu'assez des sempiternelles jérémiades de Camille, et elle ne se sentait pas le courage de supporter sa cousine une journée de plus. Elle embrassa sa tante et sa belle-mère, fit au revoir de la main à ses cousins et à Martha, et ce fut presque en courant qu'elle quitta la maison avec Code-Barres.

En d'autres temps, Elizabeth aurait laissé la chatte à Mimosa Landing, mais elle soupçonnait Camille de lui vouloir du mal.

Une heure plus tard, lorsqu'elle entra dans la maison de Houston avec le panier de la chatte, Gladys lui lança :

— Comment veux-tu que cette pauvre bête sache où elle habite si tu la trimballes comme ça d'un endroit à l'autre ?

— Je sais, mais c'est temporaire. Je ne fais pas confiance à Camille. Elle pourrait très bien profiter de mon absence pour l'abandonner quelque part.

— Hum…

La gouvernante fit sortir Code-Barres de son panier.

Au comble de l'excitation, Elizabeth s'apprêtait à annoncer la bonne nouvelle à Gladys et à Dooley lorsque la gouvernante lui demanda si elle était souffrante. Assis à la table de la cuisine où il buvait du café, Dooley abaissa le journal qu'il était en train de lire et la regarda par-dessus ses lunettes.

— Non, je ne suis pas malade. Pourquoi posez-vous cette question ?

— La secrétaire du Dr Wright a appelé hier pour confirmer votre rendez-vous de cet après-midi. Le Dr Wright est votre gynécologue, n'est-ce pas ? Ils ont trouvé quelque chose sur votre dernière mammo ou sur votre frottis ? Quelque chose que vous ne nous dites pas ?

— Non. Bien sûr que non !

— Alors, pourquoi avez-vous rendez-vous avec votre gynécologue ?

— Parce que le Dr Wright est aussi obstétricien. Je suis enceinte, dit Elizabeth avec un sourire empreint de douceur.

— Un bébé ! s'exclama Gladys. Mon Dieu ! Un bébé !

La gouvernante se précipita vers Elizabeth et la prit dans ses bras. Comme à l'accoutumée, elle sentait le café, le pain fraîchement cuit et la vanille, une odeur qui rappela à Elizabeth l'époque où, enfant, elle venait se faire consoler pour un genou éraflé ou un chagrin. Souriant à ces souvenirs, la jeune femme lui rendit son étreinte.

Depuis des années, Gladys et Dooley ne rêvaient que d'être grands-parents, mais jusqu'à présent leurs fils ne semblaient pas décidés à faire des enfants.

— Oh, ma chérie, dit la gouvernante en s'essuyant les yeux et les joues avec son tablier, je suis tellement contente pour vous ! C'est merveilleux ! Oh, Dooley, tu as entendu ça ? Il va de nouveau y avoir un bébé dans la maison !

— Bien sûr que j'ai entendu. Tu crois que je suis sourd ? répliqua le vieil homme d'un ton acerbe.

Mais quand il se tourna vers Elizabeth, son ton et l'expression de son visage se radoucirent.

— Oui, c'est merveilleux, lui dit-il avec un grand sourire. On est vraiment contents pour vous, mademoiselle Elizabeth. Vraiment contents. Tiens, il me semble que c'était hier que votre mère était assise à cette même table et qu'elle nous annonçait à Gladys et moi qu'elle était enceinte de vous. Nous n'aurions pas été plus heureux si vous aviez été notre propre fille.

Dooley marqua une pause, ôta ses lunettes et se frotta les yeux comme s'ils étaient fatigués, mais Elizabeth et Gladys virent les larmes qu'il essayait de cacher. Il renifla et d'une voix bourrue, ajouta :

— Le fait est que nous vous avons toujours considérée comme notre fille, de toute façon.

— Merci, Dooley. Moi aussi je vous aime.

Elizabeth ne put en dire plus tant sa gorge était serrée par l'émotion.

— En parlant de bébé, vous feriez mieux de vous activer, jeune fille, sinon vous allez rater ce rendez-vous, dit Gladys.

— Oh, je ne m'étais pas rendu compte de l'heure ! s'exclama Elizabeth en se levant d'un bond.

Elle prit son sac et se dirigea vers la porte.

— Non, Code-Barres, tu ne peux pas venir avec moi, cette fois, ajouta-t-elle en se penchant pour prendre le chaton dans ses bras et le donner à Gladys.

— Passez un coup de fil à votre amie Mimi, ajouta la gouvernante. Je lui ai promis que vous l'appelleriez dès que vous seriez là.

— D'accord, je n'y manquerai pas.

Une fois dans la voiture, Elizabeth appela Mimi de son portable. Quand son amie décrocha, elle appuya sur la touche mains libres afin de pouvoir conduire plus confortablement.

— Salut, trésor. Tu leur as annoncé la nouvelle ?

— Oui. Ils sont fous de joie, comme tout le monde à Mimosa Landing.

— Enfin ! Maintenant, je peux arrêter de faire semblant. Tu n'imagines pas comme c'était difficile pour moi de faire comme si je ne savais rien, alors que Gladys se faisait un sang d'encre en imaginant le pire. Faut que je te dise : j'ai failli craquer.

Elizabeth éclata de rire. Pour la première fois depuis longtemps, c'était un rire euphorique et joyeux dont la chaleur lui procura un sentiment profond de bonheur. Submergée d'émotions exquises, presque douloureuses, elle posa une main sur son ventre encore plat. Le miracle de la vie l'emplissait d'effroi et d'admiration.

Un rideau à la fenêtre du troisième étage juste en face de la maison d'Elizabeth bougea de quelques millimètres.

— Eh bien, eh bien, murmura Angel comme pour lui-même. Regardez qui est là. Où tu vas comme ça, ma jolie ?

Observant la maison d'Elizabeth à travers ses jumelles, Angelo avait vu la jeune femme arriver quelques instants plus tôt, avec un chaton dans un panier. C'était bon signe : ça voulait dire qu'elle comptait rester plus d'une journée.

Il vit Elizabeth ressortir et grimper dans sa voiture pour reprendre la longue allée qui menait au boulevard. Là, elle s'arrêta, mit son clignotant à gauche et redémarra lorsque la voie fut libre.

— C'est bien, ma jolie, approuva Angel.

Il appréciait la prudence au volant.

Abaissant ses jumelles, il décida qu'il avait le temps d'aller manger un morceau avant le retour de sa cible.

Il avait eu de la chance de trouver cet endroit. Une maison vide, qui était à vendre. Crocheter la serrure du garage avait été vraiment facile. Il avait préféré rentrer sa voiture, juste au cas où un flic un peu trop curieux serait venu fourrer son nez. Désactiver le système d'alarme — un modèle ancien — avait également été un jeu d'enfant. A croire que les propriétaires ne demandaient qu'à se faire cambrioler.

Il avait eu une alerte, le matin, quand un agent immobilier était venu faire visiter la maison à des clients. Mais, dans son domaine, Angel était le meilleur. Il connaissait son métier. Méticuleux et ordonné, il ne laissait jamais de traces derrière lui. Rien n'était déplacé sans être aussitôt remis en place. Toute porte ou fenêtre qu'il ouvrait était refermée. Il avait même réactivé le semblant d'alarme dont la maison était équipée.

Non, Angel ne laissait jamais traîner ses affaires. Bien sûr, il y avait la voiture, mais il était sûr que des gens prêts à payer le prix fort pour une maison comme celle-là ne s'embêteraient pas à jeter un coup d'œil au garage. Même s'ils trouvaient la voiture, il y avait fort à parier qu'ils penseraient qu'elle appartenait au vendeur. Convaincu que rien ne pouvait le trahir, il s'était glissé dans le grenier et y était resté tapi pendant que l'agent immobilier faisait faire au couple le tour du propriétaire.

Il était encore tôt, mais l'estomac d'Angelo était toujours à l'heure de New York. La nuit n'allait pas tarder à tomber. Il n'y aurait certainement pas d'autre visite aujourd'hui, se dit-il. Ce qui ne l'empêcha pas de vérifier s'il ne laissait pas d'empreintes suspectes derrière lui.

Quand il eut terminé sa tournée d'inspection, il descendit l'immense escalier et, dans la semi-obscurité, traversa la cuisine pour se rendre au garage. Il avait pris soin de rentrer la voiture en marche arrière afin d'être prêt à démarrer en cas d'urgence.

Il monta dans le véhicule et poussa un soupir. Il aurait bien aimé manger italien, faire un vrai repas, mais il devrait se contenter d'un fast-food car il voulait être revenu avant la cible.

18

Etait-il possible d'être aussi heureuse ? se demanda Elizabeth, presque six heures plus tard, en se regardant dans la glace de la salle de bains. Elle se pencha davantage vers le miroir et s'appliqua de la crème hydratante sur le visage avant d'adresser un sourire à son reflet rayonnant de joie.

Le chaton se frotta contre ses jambes en miaulant pitoyablement pour qu'elle le prenne dans ses bras, mais elle résista.

— Pas maintenant, Code-Barres. Je suis occupée. Mais si tu es gentille, tu pourras exceptionnellement dormir avec moi pendant l'absence de Max.

Comme si elle avait compris les paroles de sa maîtresse, la petite chatte sauta sur le plan de travail en marbre et commença à aller et venir d'un pas impatient, comme pour dire : « Allez, qu'est-ce que tu attends ? On y va ? »

Riant de son impudence, la jeune femme commença à fouiller dans son vanity-case. C'est alors que le chat se mit à gronder de la façon la plus étrange qu'Elizabeth ait jamais entendue. Elle avait le poil hérissé, et sa queue tendue était aussi touffue qu'un buisson. Elle semblait siffler et gronder à la fois.

— Mais qu'est-ce qu'il y a ? lui demanda Elizabeth en suivant son regard tourné vers la chambre. Mon chaton, qu'est-ce que...

C'est alors qu'elle aperçut dans le miroir comme un léger

mouvement derrière elle, un frémissement si subtil qu'elle faillit le manquer. Son cœur se mit à battre plus fort. La seule lumière qu'elle avait laissée allumée dans sa chambre était celle de la lampe de chevet.

Le mouvement se répéta. Lentement, une silhouette d'homme émergea de la pénombre. Un homme de forte corpulence qui tenait entre ses mains une corde tendue.

Dieu ! C'était son agresseur de New York !

Elizabeth se sentit gagnée par la panique. Elle devait absolument sortir d'ici !

« Réfléchis ! se dit-elle, réfléchis ! »

Faisant mine de ne pas l'avoir vu, avec des gestes aussi désinvoltes que possible, elle fit bouffer ses cheveux. Puis, sans crier gare, elle pivota sur elle-même et se rua sur la porte qu'elle claqua avant de baisser le loquet. Heureusement car, une seconde après, l'homme se jetait de tout son poids contre le battant.

Elle l'entendit pousser une exclamation de rage, et il redonna des coups d'épaule pour tenter de forcer la porte, mais celle-ci ne céda pas. Comme toutes les portes de cette vieille maison, celle-ci était en acajou massif.

Complètement affolée, pieds nus et vêtue seulement de sa longue chemise de nuit, Elizabeth se précipita dans le dressing. La petite chatte la dépassa en un éclair de poils blancs et noirs.

Elizabeth n'osa pas allumer. Les portes du dressing ne comportaient pas de loquet.

L'homme continuait à cogner avec férocité et à jurer. Chaque fois, Elizabeth sursautait, réprimant un hurlement.

A tâtons et ravalant les petits gémissements de désespoir qui se bousculaient dans sa gorge, elle longea les cintres où étaient accrochés les complets de Max. Finalement, elle repéra la porte menant à l'ancienne chambre d'Edward.

Elle l'ouvrit d'un geste si brusque qu'elle faillit s'affaler de tout son long. Elle tendit l'oreille, puis se dépêcha de traverser la pièce pour sortir dans le couloir. Il lui sembla soudain que les bruits et les jurons s'amplifiaient. Les seules lumières étaient celles des appliques dans les escaliers.

Elizabeth se mordit la lèvre inférieure. Devait-elle prendre le risque de courir ? Il pouvait sortir de la chambre d'une seconde à l'autre. Valait-il mieux qu'elle se cache ?

Un coup de feu tiré dans sa chambre l'aida à prendre sa décision. Guidée par l'instinct de survie, elle bondit hors de la pièce et dévala les escaliers à une telle vitesse que ses pieds semblaient voler au-dessus des marches.

Au lieu de se précipiter vers la porte d'entrée, elle fit demi-tour et parcourut le hall central en direction du bureau. Elle avait la main sur la poignée lorsqu'un autre coup de feu traversa le battant. Le bois vola en éclats et une écharde lui érafla la joue. Ce fut à peine si elle sentit la douleur.

Jetant un regard derrière elle, elle vit l'homme penché par-dessus la rambarde des escaliers, son revolver pointé sur elle. Oh, mon Dieu ! Il n'était plus très loin, maintenant. Elle se rua à l'intérieur du bureau, claqua la porte et la ferma à clé.

Il faisait noir dans la pièce, mais elle ne prit pas la peine d'allumer. Quelque chose frôla ses jambes. Elle sursauta et poussa un hurlement de terreur. Portant aussitôt la main à sa bouche, elle se redressa, tentant de percer l'obscurité.

Oh, mon Dieu ! Se pouvait-il qu'il ait un partenaire ? Un miaulement pathétique répondit à sa question. Elle sentit ses épaules s'affaisser. Elle ne s'était pas rendu compte que le chaton l'avait suivie.

Le pas lourd et maladroit du mastodonte résonna dans le hall. Il venait dans sa direction ! Elizabeth se mit à trembler. D'une main, elle attrapa le téléphone sans fil qui se trouvait sur le bureau, puis, se glissant à travers les doubles rideaux tirés, elle sortit dans la nuit glaciale par l'une des portes-fenêtres.

Elle pensa à aller trouver refuge chez Gladys et Dooley, qui habitaient au-dessus du garage. C'était moins loin que chez Mimi. Mais ils avaient tous les deux des problèmes de surdité, et il aurait fallu un coup de tonnerre pour les tirer de leur sommeil.

Elizabeth descendit d'un bond les marches de la terrasse et ne ralentit pas sa course. Pas même lorsqu'elle composa le numéro de la police.

— 911. Quelle est votre urgence ?

— Un homme essaie de me tuer, répondit-elle d'une voix haletante.

— De vous tuer ?

— Oui. Il est entré par effraction dans ma maison. Il… il me tire dessus. Dépêchez-vous !

Elle donna son adresse et raccrocha.

Faisant fi des dalles que Dooley avait artistiquement disposées autour et à travers les massifs de fleurs, Elizabeth coupa court en direction de l'arche creusée dans la haie. Avec l'agilité d'une athlète olympique, elle sauta par-dessus les parterres de fleurs et les haies de buis pour filer à travers la pelouse soigneusement entretenue par Dooley. Derrière elle, sa chemise de nuit flottait, telle une voile.

S'il vous plaît, mon Dieu, faites que Mimi ne soit pas encore couchée ! pria silencieusement Elizabeth. S'il vous plaît, s'il vous plaît !

Les brindilles gelées du gazon Saint-Augustin, desséchées par l'hiver, lui piquaient la plante des pieds comme autant de minuscules aiguilles. Tous ses membres étaient engourdis, mais elle n'aurait su dire si la sueur glaciale qui couvrait son corps était due aux températures très basses — - 7 °C — ou au fait qu'un tueur était à ses trousses.

Courant toujours à perdre haleine, Elizabeth se glissa sous

l'étroite voûte. Derrière elle, l'homme tira un autre coup de feu, et la balle siffla à travers les branches du lilas des Indes, passant à quelques millimètres de son oreille.

Poussant un hurlement, elle courut vers les portes-fenêtres qui, de la terrasse, donnaient sur le salon de Mimi. Elle apercevait d'ailleurs son amie qui regardait à travers les rideaux pour déterminer la cause de ce tapage.

« Merci, mon Dieu ! Merci ! », dit Elizabeth intérieurement.

Elle avait oublié que, peu après la mort de son époux, Mimi avait fait installer dans le jardin des lampes à détecteur de présence. L'une après l'autre, celles-ci s'allumèrent au passage de la jeune femme comme des projecteurs, facilitant ainsi la tâche du tueur.

Oh, non !

Une autre balle siffla à son oreille et elle poussa un hurlement long, aigu et retentissant. Un hurlement de terreur.

— Mimi ! Mimi ! Au secours !

Pour le moment, Elizabeth gardait l'avantage de la rapidité car l'homme était beaucoup plus lourd qu'elle. Elle accéléra encore. Elle courait tellement vite que c'était comme si son cœur allait exploser. Ses pieds touchaient à peine le sol.

Ne cessant de crier, elle sauta par-dessus la haie d'azalées qui entourait la terrasse en étages de Mimi. Parvenue tout en haut, elle foula les pierres glacées et, se jetant contre la porte, se mit à tambouriner des deux poings.

— Mimi ! Mimi ! Au secours ! Aide-moi !

Celle-ci ouvrit la porte d'un geste brusque, et une expression de stupéfaction se peignit sur son visage.

— Eh bien, trésor ? Mais qu'est-ce que tu fais dehors en chemise de nuit à cette heure-ci ?

Son étonnement ne fit que croître quand elle vit les pieds nus de son amie.

— Quoi ? Pas de chaussures ? Tu veux attraper la mort ou quoi ?

— Il… il arrive ! Il est entré chez moi. Il… ess… essaie de m… me tuer.

— Quoi ? Qui ça ? Qui essaie de te tuer ?

— Le type de New Y…York.

Jetant un coup d'œil par-dessus son épaule, elle vit son poursuivant se faufiler dans l'étroit passage voûté.

— Tu vois ? Tu vois ? Il arrive ! Oh, mon Dieu ! Je n'aurais jamais dû venir ici ! Maintenant, il va nous tuer toutes les deux.

— C'est ce qu'on va voir ! déclara Mimi. Entre ! ordonna-t-elle en tirant Elizabeth à l'intérieur.

— Mimi, nous devons nous enfuir. Il réussira à casser la porte. Il est énorme… Je suis vraiment désolée. Je n'aurais jamais dû te mettre dans ce pétrin.

Elle glissa un regard furtif par l'entrebâillement de la porte. Voilà que le type traversait la pelouse de Mimi, se contentant de marcher d'un pas décidé. Etait-ce parce qu'il savait qu'il finirait par la tuer ou bien était-il trop gros pour courir ? Elizabeth n'aurait su le dire. Elle savait une chose, cependant, c'est que c'était la créature la plus effrayante qu'elle ait jamais vue de sa vie.

— Seigneur ! Il approche !

— Ne t'en fais pas, trésor. J'ai de quoi le calmer.

Mimi plongea le bras dans l'énorme fourre-tout qui lui servait de sac à main.

— Ah, le voilà ! annonça-t-elle d'un air triomphant en s'emparant d'un énorme revolver. Alors, qu'en dis-tu ? C'est une beauté, non ?

— Eh bien ! murmura Elizabeth en fixant l'objet avec un mélange d'effroi et de fascination.

— Ouais, je sais ce que tu veux dire. Sacré joujou, n'est-ce pas ?

Saisissant l'arme à deux mains, Mimi la pointa vers le plafond.

— C'est un Magnum 357. Le revolver le plus gros et le plus méchant. Si tu ne me crois pas, tu n'as qu'à demander à l'inspecteur Harry[1]. Maintenant, écarte-toi. Je vais m'occuper de ce type.

Elizabeth ne put qu'obéir.

Se tenant dans l'embrasure de la porte, Mimi lança :

— Hé, gros tas !

Interloqué d'être ainsi apostrophé, l'homme s'immobilisa.

— Oui, c'est à toi que je parle, gros lard. Dégage. Tu m'entends ? Dégage de ma propriété. Tout de suite !

Mimi visa et appuya sur la détente.

Bang !

La balle toucha un pin, et une petite branche tomba sur la tête de l'homme. Poussant un cri de surprise, il se débattit avec les branches épineuses et les aiguilles comme s'il avait été attaqué par un couguar.

— Mon Dieu ! Tu l'as manqué ! s'écria Elizabeth.

— Manqué ? Mais non, trésor, j'ai touché la cible que je voulais. Je ne cherche pas à tuer cette mocheté de grosse limace. Du moins pas pour le moment. Je voulais juste lui faire peur pour qu'il s'en aille. Ne t'inquiète donc pas. Big Daddy m'a appris à tirer. Je peux toucher une tache de rousseur sur un moucheron à une centaine de mètres avec ce bébé, déclara-t-elle avec fierté.

Heureusement pour Elizabeth et Mimi, on ne pouvait en dire autant de l'homme qui s'approchait d'eux. Reprenant ses esprits, il tira deux coups. Une balle alla se planter dans le montant de la porte juste au-dessus de la tête de Mimi,

1. Héros de films américains, l'inspecteur Harry est connu pour ses méthodes brutales mais efficaces.

tandis que l'autre faisait voler en éclats l'une des deux urnes en émail bleu cobalt qui flanquaient l'entrée.

Les lumières s'allumèrent chez le voisin, ainsi que dans l'appartement de Gladys et Dooley.

— Alors là !

Furieuse, Mimi sortit sur la terrasse pour examiner les dégâts. Elle tenait l'arme à bout de bras, les deux mains sur la crosse.

— Tu as tiré sur mon urne, espèce de saligaud ! On a dû les trimballer à travers trois aéroports, Big Daddy et moi, et se farcir en France un agent de l'immigration péteux pour les apporter ici.

L'homme répondit par un autre coup de feu.

— Là, c'est trop fort !

Complètement hors d'elle, Mimi alla jusqu'au bout de la terrasse. Aussitôt, Elizabeth se précipita dehors et l'attrapa par le bras pour tenter de la tirer en arrière.

— Mimi ! Pour l'amour du ciel ! Tu vas te faire tuer.

— Pas par ce crétin ! Il ne pourrait pas toucher le dos d'un éléphant avec un pistolet, même s'il était à trois pas.

— S'il te plaît, rentre.

Mais Mimi se dégagea d'un geste et avança de nouveau vers le bord de la terrasse.

L'homme tira deux autres coups, et les balles passèrent à côté d'elle en sifflant.

— Très bien, gros tas. Je t'avais laissé une chance, mais si tu veux te battre, espèce d'ordure, on va se battre. Je vais te montrer comment fonctionne un vrai revolver.

Elle visa, arma le chien et tira.

Bang !

L'homme hurla, agrippa sa jambe des deux mains, et commença à reculer en boitant.

C'est alors qu'on entendit le bruit d'une sirène qui approchait.

— Ouais, c'est ça, tire-toi, espèce de nul! hurla Mimi tandis que, clopin-clopant, le tueur déguerpissait par le passage voûté dans la haie.

— Hé ! Qu'est-ce que c'est que ce grabuge? cria alors Dooley, depuis le haut des marches de l'escalier qui menait à leur appartement. Hé ! Vous, là ! Qu'est-ce que vous fabriquez ?

— Attrapez-le, Dooley !

Un autre coup de feu retentit.

Bang ! Le bruit distinct de l'arme de Dooley résonna dans la nuit. D'autres fenêtres s'éclairèrent dans le quartier.

Le mastodonte poussa un hurlement de douleur.

Mimi leva le poing en signe de victoire.

— Bravo, Dooley ! Mettez-en-lui une autre !

Sans quitter la haie des yeux, Mimi lança à Elizabeth :

— Tu as entendu ça, trésor ? Je crois que Dooley l'a eu. A entendre ses couinements de cochon, quelques balles ont dû lui érafler la peau. Ça va le picoter quelques jours, mais à cette distance, ce n'est pas mortel. Bien sûr, en supposant que ce gros tas soit un être humain. Pour moi, il ressemblait davantage à une grosse limace.

Mimi se mit à rire et exécuta quelques pas de danse en talons aiguilles.

— Je te parie que Dooley aura transformé son joli manteau en passoire.

Un peu tardivement, elle se rendit compte qu'Elizabeth n'avait pas encore prononcé un mot.

— Trésor ? Trésor, où… Oh, mon Dieu, non ! Noooon !

Elizabeth était allongée sur le dos, les paupières closes, tandis que, d'une entaille qu'elle avait à la tempe gauche, du sang s'écoulait pour former une petite mare sur les dalles de la terrasse. Du sang suintait également d'une blessure à l'épaule droite et s'étalait sur sa peau nue et sur sa chemise de nuit.

— Que se passe-t-il ? s'écria Gladys. Qu'est-ce qu'il y a ? Qui était cet homme ? Et pourquoi tous ces coups de feu ?

— Oh, mon Dieu, oh, mon Dieu, oh, mon Dieu ! répétait Mimi qui s'était agenouillée aux côtés d'Elizabeth. Ça va aller, trésor. Tu vas t'en sortir. Je te le promets. Reste avec moi. Tu entends ? Reste avec moi !

Rejetant la tête en arrière, elle hurla :

— Dooley ! Gladys ! Au secours ! A l'aide ! Elizabeth a été blessée !

— Je suis là, dit la gouvernante, essoufflée d'avoir couru.

Elle se laissa tomber à genoux près d'Elizabeth.

— Oh, mon bébé ! Mon pauvre, pauvre bébé !

Vaguement, Mimi entendit un crissement de pneus et le bruit d'un moteur qui s'éloignait. Le tueur avait réussi à s'enfuir, mais la seule chose qui lui importait pour le moment, c'était l'état de sa meilleure amie.

Dooley émergea de l'obscurité, son vieux fusil au bras.

— Par la grâce de Dieu, murmura-t-il. Est-elle en vie ? Vous sentez son pouls ?

Rapidement, Mimi tâta le cou d'Elizabeth.

— Oui, mais les battements sont de plus en plus faibles. Il faut arrêter l'hémorragie.

Levant les yeux vers son mari, Gladys ordonna :

— Apporte-moi deux serviettes propres et une couverture.

— Il y a des serviettes dans le sèche-linge ! précisa Mimi alors qu'il avait déjà le dos tourné.

Il ne fallut que quelques secondes à Dooley pour revenir avec le matériel demandé.

— Je vais jusqu'au portail pour diriger la police et l'ambulance ici, dit-il ensuite avant de disparaître dans l'obscurité.

Mimi plaça la couverture sur Elizabeth, tandis que Gladys pliait l'une des serviettes et la tendait à Mimi.

— Tenez, appuyez ça sur sa blessure à la tête.

Puis elle exerça elle-même un point de pression sur l'épaule de la jeune femme.

— Oh, Seigneur ! fit Mimi d'une voix tremblante. Gladys, elle saigne tellement !

— Je sais, je sais. Les blessures à la tête saignent toujours beaucoup, répondit la gouvernante.

Derrière son ton brusque, Mimi perçut une pointe d'inquiétude.

— Tenez bon, madame Elizabeth. On est avec vous. Et l'ambulance ne va pas tarder. Vous l'entendez ? Ça va aller. Tout va s'arranger. Tenez bon.

Au même moment, l'ambulance s'arrêta dans l'allée, et trois auxiliaires médicaux en descendirent précipitamment, chargés de leur matériel d'urgence. Les policiers et Dooley arrivaient juste derrière eux.

Les urgentistes commencèrent à s'affairer autour d'Elizabeth, tandis qu'un policier posait des questions.

— Je vous donnerai toutes les réponses que vous voulez, mais vous devez nous accompagner à l'hôpital, déclara Mimi. Je pars avec Elizabeth.

— Mais, madame, j'ai besoin de…

— Inutile de vous fatiguer, jeune homme, lui dit Dooley. Vous avez entendu ce qu'elle a dit ? Ça s'applique également à ma femme et à moi.

— Je vais chercher mon manteau et mon sac à main. Dooley, si vous et Gladys avez besoin de prendre quelque chose, allez-y, mais faites vite.

Se baissant, elle souleva la petite chatte, qui ne cessait de miauler autour de ses jambes, et la tendit à Gladys.

— Occupez-vous d'elle.

Sans attendre de réponse, Mimi se précipita à l'intérieur

de la maison. Il lui fallut à peine une minute pour revenir avec son sac et son long manteau de vison — le premier qui lui était tombé sous la main.

Les ambulanciers avaient déjà installé Elizabeth sur le brancard et ils étaient en train de la hisser dans le véhicule.

Mimi s'arrêta net et mit la main sur ses lèvres pour s'empêcher de pleurer. Elizabeth avait un bandage sur la tempe, un autre sur l'épaule, un masque à oxygène sur le nez et une perfusion au bras. Elle n'avait pas plus de couleur que le drap blanc sur lequel elle reposait, aussi inerte que si elle avait été morte.

— Allons, Mimi, dit Dooley en lui mettant la main sur l'épaule. Il ne s'agit pas de craquer maintenant. Elizabeth va avoir besoin de votre force de caractère.

— Il a raison, renchérit Gladys. Allons, venez avec nous. J'ai rentré le chat et j'ai fermé les trois maisons à clé, donc nous sommes prêts. Allons-y.

Mais Mimi ne semblait pas encore décidée à partir. Elle regarda d'un air implorant l'auxiliaire médical.

— Vous… vous pensez qu'elle va s'en sortir ?

L'homme lui jeta un regard qui lui glaça le sang.

— Impossible à dire, madame. Nous l'avons stabilisée. Ce sera aux médecins de la sauver.

Cédant finalement aux pressions de Gladys et de Dooley, elle recula pour laisser l'auxiliaire rejoindre son collègue à l'arrière de l'ambulance.

Quelques instants plus tard, les voitures de police, suivies de l'ambulance et de la petite auto rouge de Mimi quittaient l'allée. D'autres véhicules de police étaient garés dans la rue, gyrophares allumés. Des agents étaient en train de délimiter la scène du crime à l'aide de ruban jaune devant le regard curieux des habitants du quartier sortis en robe de chambre.

C'était Dooley qui conduisait la voiture de Mimi. Assise

dans le siège passager, celle-ci était occupée à chercher quelque chose dans son fourre-tout. Comme elle ne semblait pas le trouver, elle ne cessait de jurer à voix basse.

— Par mes aïeux, jeune fille, peut-on savoir ce que vous cherchez dans ce puits sans fond ? demanda Dooley.

— Mon portable. Je ne le trouve jamais !

— Il est là, dans la poche extérieure, dit Gladys, qui était recroquevillée à l'arrière. On ne peut pas aller plus vite ?

— On se contente de suivre la voiture de police et l'ambulance. Il va falloir vous calmer, vous deux. Ça ne sert à rien de vous mettre dans tous vos états. Ça n'aidera pas la blessée, en tout cas.

Mimi appuya sur une touche, et écouta avec impatience les sonneries à l'autre bout du fil.

— Oui ? dit finalement une voix endormie.

— Max ? C'est Mimi.

19

— Comment va-t-elle ? demanda Max en entrant en trombe dans la salle d'attente de l'unité de soins intensifs.

En un coup d'œil, il vit que toute la famille était là, y compris les cousins d'Elizabeth et le personnel des deux domaines. Tous — et même Camille — avaient les yeux rouges. Mais ce qui le terrifia le plus, ce fut de voir les vêtements tachés de sang de Gladys et de Mimi. C'était le sang d'Elizabeth.

La peur qui étreignait le cœur de Max atteignit son paroxysme. Mon Dieu. Elle n'était pas… Elle ne pouvait pas être… Non. *Non !*

— Nom d'un chien, vous ne m'avez pas entendu ? cria-t-il. Je veux savoir où se trouve ma femme et comment elle va.

Iona s'approcha de son fils et le tira par la manche.

— Elle est vivante, fiston. Mais…

— Mais quoi ? fit-il d'un ton impérieux.

— Elle… Elle n'a pas repris conscience depuis qu'on lui a tiré dessus.

— Oh, non ! fit Max en se passant une main tremblante dans les cheveux. Il faut que je la voie.

— Je sais, mon fils. Je sais. Je vais te montrer où elle se trouve, mais d'abord…

Elle tourna la tête vers Talitha avec une expression qui en disait long.

— Elle accuse vraiment le coup, chuchota-t-elle. Tu sais à quel point elle aime sa nièce.

— Oui.

Max voulait voir Elizabeth. La toucher. Sentir son odeur si douce et si féminine. Sentir son souffle contre sa peau.

Prenant une profonde inspiration, il se rappela qu'il n'était pas le seul à l'aimer.

Talitha était si abattue qu'elle ne se rendit compte de la présence de Max que lorsqu'il s'agenouilla devant la chaise où elle était assise.

— Max ! Dieu merci, vous voilà !

Ses mains frêles et anguleuses se refermèrent sur celles de Max comme s'il pouvait accomplir un miracle.

Il porta sa main marquée de taches brunes à ses lèvres et l'embrassa.

— Comment allez-vous ?

Elle croisa son regard ferme, et ses yeux s'emplirent de nouvelles larmes. La Talitha qu'il connaissait, au port altier et à la mise irréprochable, avait pour le moment le visage complètement défait. Ses yeux rougis exprimaient toute la lassitude du monde. Elle semblait avoir vieilli en l'espace de quelques heures. La crainte et l'inquiétude avaient accentué les rides de son visage et dessiné des cernes sombres sous ses paupières.

Elle agrippa la main de Max.

— Oh, Max ! Il lui a tiré dessus. Un homme étrange lui a tiré une balle dans…

Elle s'interrompit, le menton tremblant.

— Dans la tête, précisa-t-elle.

— Quoi ?

Max eut l'impression de recevoir un coup de poing au creux de l'estomac. Il savait que sa femme avait été blessée par une arme à feu, mais il ignorait tout de la nature et de la gravité de ses blessures.

Talitha était si hébétée de chagrin qu'elle ne remarqua pas à quel point Max était touché.

— Pourquoi, Max? *Pourquoi?* Qui a bien pu faire ça à notre Elizabeth? Je ne sais pas ce que je ferais si…

— Non. Ne prononcez pas ce mot. Ça n'arrivera pas. C'est impossible.

Il se redressa, et son regard fit le tour de la petite troupe.

— Les médecins se sont-ils prononcés?

Talitha se tamponna les yeux, trop submergée par le chagrin pour pouvoir parler.

Dooley regarda les autres, mais comme personne ne semblait décidé à répondre, il s'éclaircit la voix.

— Eh bien, heu… un médecin est venu tout à l'heure. Il a dit qu'ils étaient…

Se grattant l'arrière de la tête, il se tourna vers sa femme :

— Comment a-t-il dit, déjà?

— Qu'ils faisaient preuve d'un « optimisme prudent ».

— Et le bébé?

— La même chose. « Optimisme prudent ».

— Ça ne me suffit pas. Où est-elle? Je veux la voir.

— Elle se trouve juste en face, là-bas, dans la première chambre, celle qui a les stores baissés. Mais attends, mon garçon! supplia Iona en essayant de le retenir par le bras. Ecoute-moi. C'est l'unité de soins intensifs. Les visites ne sont autorisées que toutes les quatre heures, pendant dix minutes, et elles sont limitées à une personne à la fois.

— Je m'en contrefiche!

A grandes enjambées, il traversa le hall et entra dans la chambre. Les autres lui emboîtèrent le pas et se pressèrent devant la porte qu'il venait d'ouvrir.

L'infirmière qui se trouvait aux côtés d'Elizabeth leva un regard surpris.

— Je suis désolée, monsieur, mais vous devez sortir.

L'ignorant, Max s'approcha d'Elizabeth.

— Monsieur ? Vous m'avez entendue ?

Elle se leva, fit le tour du lit, et répéta avec son ton le plus autoritaire :

— Je suis désolée, monsieur, mais vous ne pouvez pas rester. Les visites ne sont pas autorisées avant deux heures. Et ça ne peut être qu'une seule personne à la f…

— Très bien. Dans ce cas, sortez car je n'ai nulle intention de m'en aller, répliqua Max en saisissant l'infirmière par le bras et en la poussant vers la porte.

Les autres s'écartèrent pour la laisser passer.

Quand il lui relâcha le bras, elle rajusta sa blouse et déclara d'un air pincé :

— Ça ne se passera pas comme ça !

Mimi en profita pour se glisser à l'intérieur de la chambre vitrée et remonter les stores afin de permettre aux autres de voir Elizabeth.

Ayant déjà chassé l'infirmière de ses pensées, Max retourna près de sa femme.

— Elizabeth ?

Se penchant au-dessus d'elle, il lui prit la main avec précaution, soucieux de ne pas lui faire de mal. Il fut frappé par sa pâleur extrême. Elle avait un énorme bandage sur l'épaule et un autre sur la tête qui remontait à partir de l'oreille. Quelle épaisseur de ses beaux cheveux avaient-ils dû raser ? Il n'aurait su le dire.

Comme à l'accoutumée, Max réagissait avec brusquerie à la crainte qui le dévorait.

— Elizabeth ? Elizabeth, réveille-toi. Tu m'entends ? C'est Max. Réveille-toi. Tout de suite, bon sang !

Debout près de la porte, les autres échangèrent des regards inquiets.

— Excusez-moi, mais vous allez tous devoir quitter cette pièce.

Un médecin entra, suivi de l'infirmière.

Il y eut d'autres regards échangés, mais personne ne bougea.

— Monsieur, je suis le Dr Alexander. Je vous demande de sortir.

— Vous pouvez demander tout ce que vous voulez. Je ne bougerai pas d'ici.

— Monsieur, j'insiste.

— Non, répondit Max sans quitter Elizabeth des yeux. C'est ma femme. Je ne la laisserai pas.

— Ah, vous êtes monsieur Riordan ! Monsieur, je comprends votre inquiétude, mais je dois quand même vous demander de quitter cette chambre, expliqua le médecin. Les visites ne sont autorisées que…

Tournant légèrement la tête, Max lança au médecin un tel regard que celui-ci laissa sa phrase en suspens.

— Je me contrefiche de votre règlement. Je ne quitterai pas cette pièce tant que je ne serai pas sûr que ma femme va bien.

— Vous voulez que j'appelle les agents de la sécurité, docteur ? demanda l'infirmière.

Max plissa les yeux.

— Croyez-moi, jeune dame, il faudra plus que des agents de sécurité pour me faire sortir d'ici, mais si vous voulez lancer une bagarre, allez-y : appelez-les.

Il reporta son attention sur Elizabeth.

Debout près de la porte avec les autres, tante Talitha redressa les épaules et frappa sa canne sur le sol carrelé. Le bruit étouffé ne réussit à attirer ni l'attention de l'infirmière ni celle du médecin. Furieuse, elle donna un petit coup de canne derrière le genou de l'infirmière.

Cette dernière poussa un cri en sentant sa jambe fléchir sous elle.

— Que… ? Oh ! Comment osez-vous ?

— Taisez-vous ! Je ne vous ai pas fait mal, dit Talitha d'un ton sec.

— Docteur, dit-elle en prenant son air le plus aristocratique.

Le ton de la vieille dame attira l'attention de Max. Elle se tenait, dressée de toute sa taille, le dos presque droit et le menton levé.

Max sourit.

— Vous connaissez l'aile Stanton de cet hôpital ?

— Oui, madame.

— Et vous, jeune fille ? fit-elle à l'adresse de l'infirmière scandalisée.

— Bien sûr.

Talitha sourit de ce sourire qui semblait dire : « Ah, je vous coince ! »

— Savez-vous que c'est grâce aux dons de la famille Stanton que l'hôpital a pu faire construire cette aile ? Savez-vous aussi que le chef de la famille Stanton se trouve être votre patiente ? Je me disais bien que vous n'aviez pas toutes ces données, continua Talitha en voyant l'infirmière changer de couleur. Maintenant, si son mari veut rester à ses côtés, il restera. Vous comprenez ?

— Oui, madame.

— Et vous, docteur ?

Devant l'expression sévère de la vieille dame et celle peu amène de Max, le médecin n'hésita pas longtemps.

— C'est très bien, dit-il à l'infirmière. M. Riordan peut rester.

Mais Max se souciait peu du médecin, de l'infirmière

ou des autres. Ils pouvaient décider ce qu'ils voulaient. Lui avait bien l'intention de rester ici.

— Réveille-toi, ma chérie, dit-il en s'adressant à Elizabeth. Tu m'entends ? J'ai dit : réveille-toi ! Bon sang, Elizabeth ! Tu n'as pas intérêt à mourir et à me laisser seul ! hurla-t-il. Tu ne vas pas oser faire ça ! Je ne pourrais pas supporter de vivre sans toi.

Il attendit quelques secondes et, comme aucune réponse ne venait, il cria :

— Mais bon sang, Elizabeth ! Je t'aime. Tu m'entends ? Je t'aime !

En entendant cela, Troy, qui venait seulement d'arriver car Max l'avait chargé de s'occuper de la police et des médias, le regarda, médusé.

— Ça, alors, murmura-t-il comme pour lui-même, il est amoureux d'elle !

Iona lui jeta un regard exaspéré par-dessus son épaule.

— Bien sûr qu'il est amoureux d'elle. Pourquoi l'aurait-il épousée, sinon ?

— Ecoute-moi, Elizabeth. Il faut que tu m'écoutes. Merde, Elizabeth ! Je t'aime !

Un minuscule pli apparut entre les sourcils de la jeune femme, et elle hocha la tête de façon presque imperceptible.

— Ne… crie pas, dit-elle dans un souffle. J'ai… com… pris.

— Vous avez entendu ça ? Vous avez entendu ça ? s'exclama Max.

— Voyons ça, fit le médecin en se mettant de l'autre côté du lit. Madame Riordan, vous m'entendez ?

— Ou-i, chuchota-t-elle.

— Bien. C'est formidable. Au fait, je suis le Dr Alexander. Vous vous trouvez à l'Hôpital méthodiste de Houston. On vous a tiré dessus.

— T-tiré… dessus ?

— Oui. Il se peut que vous ne vous le rappeliez pas tout de suite, mais la mémoire vous reviendra petit à petit.

Sortant une petite lampe de la poche de sa blouse, le médecin souleva la paupière d'Elizabeth et examina ses yeux l'un après l'autre.

— Comment vous sentez-vous ? Vous avez mal quelque part ?

— T-tête. Et… ép-aule.

— Vous avez mal à la tête ? Ce n'est guère surprenant. Et même si vous ne vous en rendez pas compte pour le moment, vous avez de la chance qu'elle vous fasse mal et que vous soyez ici pour ressentir la douleur. Maintenant, détendez-vous pendant que je vous ausculte et que je discute avec votre mari. D'accord ?

— Mmm.

Après l'avoir auscultée avec des gestes délicats, le médecin releva la tête et fit signe à Max de s'éloigner un peu du lit.

Celui-ci obtempéra et la petite troupe se rassembla autour d'eux.

— Il n'y a pas de problème. Ils font tous partie de la famille, dit Max en réponse au regard interrogateur du médecin.

Haussant les épaules, ce dernier se mit à parler à voix basse.

— J'étais sincère tout à l'heure en disant à votre femme qu'elle avait eu de la chance. La situation pourrait être bien pire. La balle a touché la tête, ici, dit-il en indiquant la tempe de Max. Juste au-dessus et derrière l'oreille gauche. A mon avis, elle a dû tourner la tête au moment de l'impact ou pivoter quand la première balle lui a touché l'épaule. Quoi qu'il en soit, elle a eu énormément de chance. Tout laisse à penser que les deux balles ont été tirées d'assez loin, ce qui a également joué en sa faveur. La balle qui a atteint la tête a pénétré la peau, mais, en raison de la distance de tir, elle n'a pas eu suffisamment de puissance pour percer l'os en dessous. Au lieu de cela, elle a éraflé la partie se trouvant entre le crâne et la peau sur environ trois centimètres avant de ressortir à l'arrière. Ce qui explique ce mal de tête carabiné. Quant à la blessure à l'épaule, elle est sans gravité. Aucun organe vital n'est touché. Elle devra peut-être faire quelques séances de kiné pour retrouver la souplesse de son bras, mais rien de plus.

— On… m'a… vraiment tiré… dessus ? demanda Elizabeth, attirant tout le monde vers son lit.

Elle essaya d'ouvrir les yeux, mais l'effort était trop important et la lumière ne faisait qu'accentuer son mal de tête.

— Oui. Vous rappelez-vous ce qui s'est passé la nuit dernière ?

— Je… Oh…

Sa respiration se fit plus rapide.

— Oui. Cet ho-mme… Celui de New… York. Il… il… Oh, mon Dieu… Dois… sortir… Vite… il arrive…

Tout en s'agitant, elle poussa des petits cris désespérés et tenta de se relever. Plusieurs des moniteurs placés au-dessus de sa tête se mirent à biper.

— Du calme ! fit Max.

— Calmez-vous, Elizabeth, dit le médecin en posant la main sur le bras de sa patiente. Vous êtes en sécurité, maintenant. Personne ne viendra vous agresser ici. Détendez-vous.

— Max. Je v-veux Max.

— Je suis là, Elizabeth. Je suis là. Tu n'as plus rien à craindre.

— Où ?

— Là.

Il lui prit la main.

— Je suis avec toi. Je ne te quitterai pas.

— Pr-promis ?

— Promis.

Elle soupira et se laissa retomber contre l'oreiller, avant de se raidir de nouveau.

— Mon bébé ? Oh, mon Dieu, Max, le *bébé*…

— Votre bébé va très bien, madame Riordan, répondit le médecin à la place de Max. Il ou elle a supporté le coup beaucoup mieux que vous. Et je ne veux pas que vous vous inquiétiez à propos de ce qui s'est passé. Vous êtes en sécurité ici. Quand vous vous sentirez mieux et que vous serez en mesure d'y faire face, tous vos souvenirs reviendront. Pour le moment, je vais vous prescrire un antalgique.

Se retournant, il donna à voix basse ses instructions à l'infirmière. Cette dernière quitta la pièce d'un pas vif.

— Elle va s'en remettre ? demanda Max.

— Nous la gardons en observation pendant les quarante-huit heures qui viennent. Toutefois, si son état continue à s'améliorer, nous pourrons la transférer dans une chambre VIP pour le reste de son séjour.

Puis, avec un clin d'œil à l'adresse de Talitha, il ajouta :

— Une chambre dans l'aile Stanton. S'il n'y a pas de complications, je pense qu'elle sera même en état de rentrer chez vous pour Noël.

— Oh, merci ! murmura la vieille dame.

— Et le bébé ? demanda Mimi.

— Je n'essayais pas d'embellir les choses, madame Whittington. Le fœtus va très bien. Il faut remercier l'équipe du SAMU qui a agi très vite. Ils ont stoppé l'hémorragie, mis Elizabeth sous oxygène et perfusion en moins de deux. J'ai cru comprendre qu'ils étaient déjà en route lorsque votre femme a été blessée.

— C'est exact, dit Mimi avec un sentiment de fierté. Elle a peut-être l'air aussi fragile que de la porcelaine de Dresde, mais notre Elizabeth a un tempérament d'acier. L'un des policiers m'a dit que c'était elle qui avait appelé les urgences. Pendant qu'elle traversait pieds nus et en chemise de nuit la pelouse gelée, elle a eu suffisamment de présence d'esprit pour appeler à l'aide. Elle a donné son nom, son adresse, et elle a expliqué qu'un homme essayait de la tuer.

— Oui, intervint Dooley en opinant de la tête. L'un des policiers a dit qu'il avait entendu les détonations avant même d'arriver à la maison. C'était comme s'ils entraient en zone de guerre. C'est ce qu'il a dit.

Max fronça les sourcils.

— Combien de personnes tiraient ?

— Eh bien, fit Dooley en se grattant la tête d'un air pensif, il y avait ce costaud qui poursuivait votre femme. Mimi l'a touché avec son Magnum 357. Elle a aussi tiré d'autres coups pour lui faire peur. Et je l'ai atteint aux fesses avec mon vieux fusil.

— Ça alors ! fit Max, dont le regard allait de Dooley à Mimi. Demain, je veux que vous me racontiez tout, mais vraiment tout. Je ne veux pas la version abrégée ou édulcorée que vous avez servie à la police.

Mimi le gratifia d'un sourire angélique.

— Moi, faire de la rétention d'informations ?

— Tu en serais capable pour aider Elizabeth.

Mimi le regarda dans les yeux.

— C'est vrai. Mais il s'avère que je leur ai dit la vérité, toute la vérité et rien que la vérité. Soit dit en passant, il faut t'attendre à la visite d'un certain inspecteur Braddock. C'est lui qui s'occupe de l'affaire.

L'infirmière revint avec une seringue, mais, quand elle commença à injecter son contenu dans la perfusion, la patiente s'agita.

— Ne vous inquiétez pas, Elizabeth, dit le médecin d'une voix apaisante. C'est juste quelque chose pour votre mal de tête. Reposez-vous et laissez votre corps guérir. Les infirmières passeront vous voir toutes les vingt minutes.

Se tournant vers Max, il ajouta :

— Elle va probablement s'endormir quand l'antalgique commencera à faire effet. Si vous voulez, vous pouvez rentrer vous reposer. Vous n'avez pas l'air en forme, vous non plus.

— Non, je reste, répondit Max avec un regard de défi.

Le Dr Alexander se contenta de sourire et de hausser les épaules.

— Comme vous voudrez. Mais vous autres, vous devez partir, dit-il en mettant tout le monde à la porte.

Tandis que la petite troupe se retirait à contrecœur, la main d'Elizabeth s'agita dans celle de son mari.

— M-Max ?

Il se pencha vers elle, écartant d'une main douce les mèches de cheveux tombées sur son visage.

— Oui, ma chérie, je suis là. Qu'est-ce qu'il y a ?

— Je... je... t'aime aussi, chuchota-t-elle avant de sombrer dans le sommeil.

Max la regarda, la poitrine tellement serrée qu'il pouvait à peine respirer.

La première personne qu'Elizabeth vit le lendemain matin lorsqu'elle ouvrit les yeux fut Max. Il était assis par terre, la tête posée sur le lit. Il dormait profondément.

Il avait le visage tourné vers elle. Le regard de la jeune femme s'attarda sur les longs cils fournis qui ombraient les pommettes de son visage buriné. Il y avait l'esquisse d'un sourire sur ses lèvres.

Une barbe naissante noircissait ses joues et son menton,

et ses cheveux étaient ébouriffés. La fatigue et l'inquiétude creusaient davantage sa balafre. Il avait ôté la veste de son complet ainsi que sa cravate, et avait remonté les manches de sa chemise dont il avait défait les deux derniers boutons. Oui, il avait l'air complètement épuisé et rongé par l'angoisse.

Elizabeth tenta de bouger le bras droit, mais son épaule lui faisait trop mal. Le regard fixé sur les cheveux noirs de son mari, elle se remémora peu à peu les événements de la veille.

La pièce dans laquelle elle se trouvait était presque entièrement vitrée, et les parois, de même que la porte, étaient munies de stores en permanence baissés. Elle se rappela que le médecin lui avait dit qu'elle était en sécurité. Mais l'était-elle réellement ? Elle vit une ombre bouger de l'autre côté de la porte, et eut un instant de panique. L'appareil au-dessus de sa tête se mit à biper.

Max releva aussitôt la tête.

— Quoi ? Qu'est-ce qu'il y a ?

Deux infirmières entrèrent précipitamment.

— Que se passe-t-il, madame Riordan ? Vous avez mal quelque part ?

— Non. Non. Il m'a juste semblé voir…

— Quoi ? fit Max.

— J'ai cru qu'il y avait quelqu'un à la porte. C'est tout. Je suppose que c'est mon imagination.

— Non, tu as raison, répondit Max en se passant une main lasse sur les yeux. Tu as certainement vu les policiers qui gardent ta chambre.

Il alla à la porte et l'ouvrit.

— Messieurs, auriez-vous l'amabilité d'entrer un moment, s'il vous plaît ? Chérie, voici les agents Murphy et Palowski.

Elizabeth échangea quelques politesses avec les jeunes

policiers en uniforme, et les remercia d'assurer sa protection.

— Ils montent la garde de 3 heures du matin à 11 heures, expliqua Max. Ensuite, deux de leurs collègues viendront les relever jusqu'à 19 heures et une autre équipe assurera la dernière partie du temps.

— Donc j'ai des vigiles vingt-quatre heures sur vingt-quatre. Pendant combien de temps ?

— Jusqu'à ce que tu n'aies plus besoin d'eux. Regarde-les bien, Elizabeth. Comme ça, personne ne pourra se glisser ici en se faisant passer pour un policier.

La jeune femme écarquilla les yeux.

— Tu crois qu'il pourrait venir ici ?

— Non. Je ne pense qu'il soit aussi imprudent ni aussi stupide. C'est juste au cas où.

— Je vois.

Les deux jeunes policiers échangèrent un regard inquiet.

— Heu, monsieur Riordan, pouvons-nous vous parler dehors ? demanda l'agent Murphy.

— Pourquoi ? fit Elizabeth. Il est arrivé quelque chose ?

— Non, madame, répondit Palowski avec un sourire sincère mais penaud. Juste un problème d'organisation à revoir avec votre mari.

Les trois hommes sortirent avant même qu'elle n'ait eu le temps de leur dire qu'ils pouvaient très bien parler devant elle.

Une fois la porte refermée, l'agent Murphy regarda autour de lui, puis commença en baissant la voix :

— Ce n'est peut-être rien, monsieur Riordan, mais je dois vous mettre au courant.

— Allez-y, j'écoute, répondit Max qui avait hâte de retourner auprès d'Elizabeth.

— Eh bien, monsieur, vers 7 heures du matin, un homme avec un énorme bouquet de fleurs est venu pour voir votre femme.

Aussitôt, Max fut sur ses gardes, et un pli se forma entre ses épais sourcils.

— Un homme ? Quel homme ? A-t-il donné son nom ?

— Il a dit qu'il s'appelait Melvin et qu'il était l'oncle de Mme Riordan.

— Ma femme n'a aucun oncle du nom de Melvin.

— Zut ! Je me disais bien qu'il y avait quelque chose qui clochait chez ce type, déclara l'agent Murphy. Tout d'abord, il manquait de classe et il parlait avec un drôle d'accent.

— Que voulez-vous dire par *drôle d'accent* ? C'était l'accent italien ? Français ? Russe ?

— Non, monsieur. Rien de ce genre. C'était plutôt l'accent d'un Yankee qui essaie de se faire passer pour un Texan.

Cela aurait pu être amusant si la situation n'avait pas été aussi grave, et Max se sentit inquiet.

— Un type costaud, dans les un mètre quatre-vingt-dix, plus de cent kilos. Brun. Les yeux marron. Un regard terriblement froid. Le genre à ne pas vous regarder dans les yeux. Oh ! Et j'ai trouvé qu'il marchait d'une drôle de façon. Mais Greg et moi, on n'est pas d'accord sur ce point, dit l'agent Murphy avec un mouvement de la tête à l'attention de son collègue.

— Drôle ? Comment ça drôle ?

— Eh bien, ce n'est pas qu'il boitait, mais j'ai eu l'impression qu'il faisait porter tout son poids sur une jambe et qu'il essayait de ne pas le montrer.

— Oui, tu as peut-être raison, dit Palowski. Je n'ai pas trop fait attention à sa façon de marcher. J'avais plutôt le regard fixé sur son pardessus en cuir. Au niveau du dos, c'était une véritable passoire. Il y avait au moins une douzaine de petits trous.

— Bon sang ! jura Max entre ses dents serrées. C'était lui. L'homme qui a essayé de tuer Elizabeth à trois reprises.

Il réfléchit un instant, puis lança :

— Vous deux, restez là. Ne laissez entrer personne. Quand je dis personne, c'est vraiment personne. Ni médecin, ni infirmière, ni commis, ni votre meilleur ami, ni la police. Personne. Je vais demander que l'on change Elizabeth de chambre.

— Mince ! On est désolés, monsieur Riordan. On…

— Ne vous en faites pas, les gars. Au moins, vous l'avez empêché de faire une quatrième tentative.

Max hocha la tête.

— Bon sang, ce type a un sacré culot. Venir ici juste après avoir essayé de tuer ma femme. En plus, il doit avoir mal à la jambe. Mlle Whittington affirme qu'elle l'a touché à la jambe.

— Vous êtes fou ! Vous n'allez pas refaire une tentative aussi vite ?

— Bien sûr que si ! répliqua Angel. Et vous allez m'aider.

— Moi ? Il ne faut absolument pas que je sois mêlé à ça ! Pourquoi croyez-vous que je vous aie engagé ?

— D'accord, d'accord. Mais c'est vraiment dommage, marmonna Angel.

Assis nu sur le bord du lit dans sa chambre d'hôtel, il était en train d'appliquer une pommade antibiotique sur la blessure qu'il avait en haut de la cuisse droite. Sans cette putain de blonde qui s'était mêlée de ce qui ne la regardait pas, il serait déjà de retour à New York avec un bon paquet de dollars dans la poche, se dit-il.

Putain de nana ! S'amener comme ça avec ses hauts talons ridicules et tirer avec ce gros flingue à six coups. Rien que le recul aurait dû la faire tomber. Elle se prenait pour qui, ma parole ? Pour Annie Oakley[1] ? Ces foutus Texans, c'étaient que des cinglés !

— Vous savez quoi ? Je vais parler avec votre patron, reprit le client à l'autre bout du fil. Il comprendra qu'il nous faut un peu plus de temps. C'est un homme raisonnable. Regardez comme il a été compréhensif avec moi.

Angel se raidit, et, bien qu'il fût seul dans cette chambre d'hôtel luxueuse, ses pupilles se rétrécirent dangereusement.

Si Tony Voltura apprenait qu'il avait raté son coup, même en s'y prenant à trois fois, voire quatre si l'on comptait la tentative de ce matin à l'hôpital, il le jugerait trop vieux pour ce boulot. Angelo n'aurait plus alors qu'à préparer son testament : il savait trop de choses pour avoir une chance de survivre, et surtout l'endroit où étaient enterrés plusieurs cadavres.

— Ecoute-moi bien, gronda Angel en passant au tutoiement. Si jamais tu parles de ça à Tony Voltura, c'est à toi que je ferai la peau. Compris ?

— Je... je...

— La seule réponse que je veux entendre, c'est oui.

— Oui.

Angel attendit quelques secondes. Il pouvait presque sentir les ondes de peur à travers son portable.

— Très bien. Cesse de t'inquiéter. Voilà ce que nous allons faire...

*
* *

1. Tireuse légendaire de l'Ouest américain.

Il ne fallut à Max que cinq minutes pour obtenir le transfert d'Elizabeth dans l'aile Stanton et pour faire effacer toute trace de son hospitalisation des registres de l'établissement. Il était étonnant de constater à quel point un peu d'argent pouvait huiler les rouages de la bureaucratie, se dit-il en retournant à grands pas vers la chambre de sa femme.

— Alors ? Qu'y avait-il de si important pour que les vigiles ne puissent pas en discuter en ma présence ? lui demanda-t-elle dès qu'elle l'aperçut.

— Nous allons te transférer dans une suite dans l'aile Stanton. Tu te rappelles ? Le Dr Alexander nous en a parlé, hier.

— Pourquoi ? Je n'ai pas besoin d'une suite. Je suis très bien ici.

— Toi oui, mais pas moi. Il n'y a pas assez de place ici pour un deuxième lit.

— Oh, Max, je suis désolée. Comme c'est égoïste de ma part de ne pas y avoir pensé !

— Ce n'est pas grave, répondit-il en réprimant un sourire.

Ce n'était pas très juste d'exploiter la générosité naturelle d'Elizabeth, mais dans le cas présent, c'était pour son bien. Il valait mieux éviter de l'inquiéter.

— Le cinquième étage de l'aile Stanton est fermé à clé et la porte est en acier, d'une épaisseur de dix centimètres. Personne ne peut entrer sans le consentement du patient, expliqua Max en faisant le tour de la chambre pour rassembler les affaires de son épouse. Qu'ont-ils fait de tes vêtements quand ils t'ont amenée ici ?

— Tu veux parler de ma chemise de nuit de soie noire qui a été déchirée par les épines de roses ? C'est tout ce que je portais quand je suis sortie de la maison à presque minuit, en courant et en hurlant. Je crois même que j'étais pieds nus.

Max s'immobilisa et la dévisagea longuement. Puis il dit avec un frisson :

— Je préfère ne pas y penser !

— S'il te plaît, assieds-toi, Max, fit Elizabeth, les paupières mi-closes. J'ai le tournis rien qu'à te regarder.

— D'accord. De toute façon, on va bientôt venir te chercher.

S'approchant du lit, il lui prit la main.

— Au fait, aurais-tu par hasard un oncle du nom de Melvin dont tu ne m'aurais pas parlé ?

— Non. Pourquoi ?

— Pas même du côté de ta mère ?

— Non. S'il te plaît, Max, dis-moi pourquoi tu me poses cette question.

Max la fixa d'un regard dur.

— D'accord. J'ai promis que je serais honnête avec toi, donc je vais tout te dire. Il y a environ deux heures, un grand type baraqué portant un pardessus en cuir noir est venu pour te voir. Il s'est mis en colère quand les policiers lui ont interdit d'entrer.

Elizabeth sentit le sang se retirer de son visage.

— Seigneur ! Il ne laissera pas tomber tant qu'il ne m'aura pas tuée, hein ?

— Ou tant que nous ne l'aurons pas pincé, dit Max en s'asseyant sur le bord du lit. Je ne le laisserai pas te faire du mal, Elizabeth. Ne t'inquiète pas.

Elle eut un petit rire sans joie.

— Facile à dire. Désolée, mais je ne peux pas m'empêcher d'y penser. O.K., il ne réussira peut-être pas son coup ici. Mais que se passera-t-il quand je rentrerai à la maison ? Ou dans une semaine ? Un mois ? Six mois ? Ce type a prouvé qu'il était tenace.

— D'abord, je n'ai pas l'intention de te laisser seule. En plus de moi, tu auras un garde du corps personnel jusqu'à ce que nous arrêtions ce gars et que nous ayons le nom de la personne qui l'a engagé.

Du bout des doigts, Max lui caressa la main, et il fut merveilleusement surpris par leur différence. Il avait de grandes mains brunes marquées par des cicatrices, souvenirs de l'époque qu'il avait passée dans les champs pétrolifères. Dieu seul savait combien de bières et de whisky bon marché il avait sifflés et à combien de bagarres il avait participé.

Les mains d'Elizabeth étaient lisses et parfaites, comme tout le reste de sa personne. Des mains menues, dont chaque mouvement ressemblait au battement gracieux des ailes d'une colombe.

Du pouce, il lui caressa le dos de la main en un mouvement incessant.

— Tu te rappelles la nuit dernière ? demanda-t-il, les yeux rivés sur ses doigts épais qui allaient et venaient sur la main de la jeune femme.

Elizabeth baissa les yeux.

— Oui, chuchota-t-elle.

— Tu te rappelles ce que je t'ai dit ?

— Oui, répondit-elle d'une voix encore plus douce.

— J'étais sincère. Je suis amoureux de toi.

Il pencha la tête de côté, cherchant à déchiffrer l'expression de son visage, cherchant son regard, mais elle se déroba.

— J'en suis heureuse, murmura-t-elle.

— Bien. Tu te rappelles ce que toi, tu as dit ?

— Oui.

— Tu le pensais vraiment ?

A ces mots, Elizabeth releva la tête et le regarda droit dans les yeux.

— Oui, je le pensais vraiment. Et toi, es-tu sûr de tes sentiments ?

— Je n'ai jamais été plus sincère de toute ma vie, jura-t-il en soutenant son regard. Je t'aimerai jusqu'à mon dernier souffle, et même au-delà. Jusqu'à la fin des temps.

— Oh, Max ! fit Elizabeth, complètement bouleversée.

Des larmes de bonheur lui emplirent les yeux, et sa lèvre inférieure se mit à trembler. Elle avait le cœur si gonflé de joie qu'elle crut qu'il allait exploser. Dégageant sa main, elle effleura les tempes de son mari. Ses doigts glissèrent le long de sa mâchoire jusqu'au coin de ses lèvres — des lèvres délicieusement masculines, au dessin ferme.

— Moi aussi, je t'aime. Je t'aimerai toujours, de tout mon cœur et de toute mon âme.

Une lueur s'alluma dans les beaux yeux bleus de Max. Il se pencha vers elle et ses lèvres frôlèrent les siennes. C'était un baiser doux, empreint de déférence. Leurs bouches frémissantes se touchèrent, leurs souffles se mêlèrent, leurs langues se rencontrèrent brièvement, tandis que leurs cœurs et leurs corps frissonnaient d'un désir difficilement contenu.

Avec une lenteur insoutenable, leurs lèvres se quittèrent avant de se rejoindre de nouveau, encore et encore.

Ils s'écartèrent l'un de l'autre à contrecœur. Elizabeth prit le visage de Max en coupe dans sa main libre.

— Quand as-tu compris que tu m'aimais ?

— Je ne sais pas exactement. Je crois que c'est venu doucement. Ça a commencé pendant notre premier séjour à Mimosa Landing, quelques jours après notre mariage, quand tu m'as fait faire le tour du propriétaire. Il y avait un tel feu dans ton regard. C'était ton héritage, le lieu où, génération après génération, les Stanton avaient plongé leurs racines dans cette terre. Tu en parlais avec une telle passion que j'ai été complètement subjugué. Il y a eu d'autres choses aussi. Je veux dire que je ne connais pas beaucoup de femmes qui exprimeraient le désir de voir leur belle-mère habiter avec elles. Pas plus que je ne connais de femme qui se précipite sous la pluie et n'hésite pas à abîmer une robe de plusieurs milliers de dollars pour sauver un chaton sale et famélique.

Elizabeth haussa les épaules.

— Une robe est une robe. Une chose inanimée qui peut être remplacée ou réparée. Un chaton est une créature vivante. Heureusement que j'ai sauvé Code-Barres, d'ailleurs, car elle m'a rendu la pareille hier.

— Comment ça ?

Elizabeth lui expliqua quel rôle la chatte avait joué dans les terribles événements de la veille.

— Merci à Code-Barres. Dorénavant, ce chaton mènera une vie de rêve, promit Max solennellement.

— Je pensais que tu…

Un coup frappé à la porte la fit sursauter, et une terreur sans nom se peignit sur son visage.

— Du calme, chérie. Je suis là.

Max alla à la porte et l'entrebâilla.

C'étaient les aides-soignantes ainsi qu'une infirmière venues chercher Elizabeth pour la transporter dans l'aile Stanton.

La suite VIP consistait en une très grande pièce qui pouvait être transformée en une chambre et un salon si le patient le souhaitait. Pensant à sa tante et à sa belle-mère, Elizabeth décida de laisser la porte coulissante ouverte afin de permettre aux deux vieilles dames de s'allonger dans les fauteuils inclinables lorsqu'elles lui rendraient visite.

Il y avait là tout l'équipement hospitalier nécessaire. Celui-ci, cependant, était adroitement dissimulé, si bien qu'on n'avait pas l'impression d'être à l'hôpital mais dans une chambre à coucher normale.

Les fenêtres étaient drapées de brocart et de soie couleur ivoire, et les meubles étaient de style XVIIIe avec quelques pièces de style Chippendale[1]. Les couleurs turquoise très clair, pêche et crème étaient reposantes, et le mobilier, élégant et confortable.

— Si je me souviens bien, il y a la touche de tante Talitha dans la décoration de ces suites, dit Elizabeth, tandis que Max et l'infirmière l'installaient dans le lit.

— Oui, ça lui ressemble bien, fit Max en embrassant la pièce du regard.

L'infirmière venait à peine de quitter la suite lorsqu'on frappa.

Max entrebâilla très légèrement la porte.

— Oui ?

— Désolé de vous déranger, monsieur Riordan, dit l'agent Palowski, mais l'inspecteur Braddock demande à vous voir.

— Vous avez vu son insigne ? Vous êtes sûr qu'il est de la police ?

— Oui, monsieur. Je le connais de vue.

Max prévint Elizabeth qu'il devait aller jusque dans l'entrée de l'aile Stanton pour laisser entrer le détective.

— Il dit qu'il veut nous voir tous les deux, mais si tu es trop fatiguée, je peux le recevoir seul.

— Non, je préfère en terminer au plus vite.

— C'est bien. Je suis fier de toi.

Il revint aussitôt en compagnie du policier. Pendant que ce dernier saluait Elizabeth, Max l'examina.

Braddock était de taille et de corpulence moyennes. Les cheveux poivre et sel, il avait un visage ordinaire qui n'était ni beau ni laid. Monsieur Tout-le-monde. Il devait avoir

1. Mobilier du XVIIIe incorporant des motifs anglais, gothiques et chinois.

quarante-trois, quarante-quatre ans, se dit Max. Il donnait l'impression d'être un policier inflexible et intelligent, doté d'une détermination tenace. Un homme en qui l'on pouvait avoir confiance aussi bien dans le domaine professionnel que dans la vie privée.

Après avoir échangé les politesses d'usage, le policier alla droit au but.

— Si vous vous sentez suffisamment bien et si vous n'y voyez pas d'inconvénient, j'aimerais prendre votre déposition.

— Sans problème. De toute façon, j'étais sur le point de tout raconter à mon mari.

— Ah, bien ! Nous ferons d'une pierre deux coups, alors. Ça vous ennuie si je vous enregistre ?

— Non, pas de problème. Allez-y.

L'homme sortit un petit magnétophone de sa poche, le plaça sur l'oreiller et appuya sur le bouton enregistrement.

— Inspecteur Paul Braddock, premier grade, quatorzième circonscription, énonça-t-il avant d'indiquer la date, l'heure, le numéro de l'affaire.

Puis il appuya sur pause.

— Quand je remettrai l'enregistrement en marche, j'aimerais que vous décliniez votre identité, que vous donniez la date et l'heure comme je l'ai fait, que vous disiez où vous vous trouvez et que vous faites cette déposition de votre plein gré.

— D'accord.

— Et quand je vous ferai un signe de la tête et que je lèverai deux doigts, vous raconterez toute l'histoire du début jusqu'à la fin, sans rien oublier, sans omettre le plus petit détail. D'accord ?

— Oui, je vais faire de mon mieux.

Elizabeth s'éclaircit la gorge, prête à commencer.

— Il se peut que j'intervienne de temps à autre, par

souci de clarté. Vous reprendrez exactement là où vous avez laissé votre récit.

— O.K.

Braddock démarra l'enregistrement, et Elizabeth suivit ses instructions.

— Je venais de rentrer chez moi dans ma maison de Houston après un dîner au restaurant avec ma meilleure amie, Mimi Whittington, qui habite la propriété voisine de la mienne. Nous étions sorties fêter un heureux événement.

— Quel événement, madame Riordan ?

— Mon médecin venait de me confirmer que j'étais enceinte.

Le policier releva la tête, une expression de surprise sur le visage.

— Je vois. Félicitations.

Son regard alla d'Elizabeth à Max, mais il ne vit que du bonheur et de l'amour sur leurs visages.

— J'avais déposé Mimi chez elle avant de rentrer chez moi. Depuis quelque temps, j'ai de moins en moins d'énergie. Ma gouvernante et son mari étaient également rentrés chez eux. Ils ont un appartement juste au-dessus de notre garage. Je me trouvais donc seule. Du moins, c'est ce que je pensais. Après avoir tout fermé à clé et mis l'alarme, je suis montée me préparer pour la nuit…

— Heu, excusez-moi, madame Riordan, mais êtes-vous sûre d'avoir mis l'alarme ? Il nous arrive à tous de l'oublier de temps à autre.

— Absolument sûre. Toutes les portes et fenêtres étaient fermées. Je suis quelqu'un de méthodique, inspecteur.

Elizabeth continua son récit d'une voix lente, en donnant chaque détail jusqu'au moment où elle avait reçu une balle.

— Mon premier souvenir après ça, c'est la voix de mon

mari qui me suppliait de me réveiller. Pour le reste de l'histoire, il faudra interroger Dooley et Mimi.

— C'est déjà fait. Leurs témoignages rejoignent le vôtre. Nous avons également fait une perquisition chez vous.

Max fronça les sourcils.

— Sans mandat ?

— Nous n'en avions pas besoin. Votre maison et celle de Mlle Whittington sont les lieux du crime. De plus, Mlle Talitha Stanton nous en a donné la permission.

— Et alors ? Qu'avez-vous découvert ?

— La porte de la salle de bains a été endommagée. L'auteur du crime a essayé de faire sauter la serrure avec son arme, mais ces vieilles portes de bois sont résistantes. Quant aux serrures, même si elles sont faciles à trafiquer, elles ne cèdent pas aisément à la force brute. Le type n'a jamais pu entrer dans la salle de bains.

— Il a dû m'entendre descendre l'escalier, dit Elizabeth.

— C'est très probable. Les seuls autres dégâts ont été décelés sur la porte du bureau. Nous avons récupéré une balle qui s'était enfoncée dans le bois.

— Oui. C'était le premier coup de feu. Il a changé d'arme. Au début, il tenait un lacet à la main.

— Vous dites que vous ne connaissez pas cet homme ?

— C'est exact. Je ne l'avais jamais vu avant notre séjour à New York.

— Hum... Nous y reviendrons plus tard. Si je vous pose cette question, c'est parce qu'il n'y a aucun signe d'effraction. Nulle part. L'homme est entré avec une clé, et il a désactivé le système d'alarme.

Braddock avait parlé avec prudence, en gardant un ton neutre. Il observa la réaction du couple. Ils avaient l'air aussi surpris l'un que l'autre.

— Vous êtes sûr ? demanda Elizabeth. J'active toujours

l'alarme. C'est la dernière chose que je fais avant de monter dans ma chambre. Je me rappelle très bien l'avoir fait hier, parce que j'étais encore sur un petit nuage après l'annonce de mon médecin. J'espérais que Max rentrerait à la maison pour pouvoir partager cette bonne nouvelle avec lui.

— Je vois, dit le policier. Soit on a donné une clé à ce type avec le code de l'alarme, soit c'est un pro. Pouvez-vous me donner le nom de tous ceux qui possèdent une clé de la maison et le code de l'alarme ?

— Mmm, c'est difficile à dire. Tante Talitha, Mimi, Gladys et Dooley, mais il y en a probablement d'autres. Les serrures n'ont pas été changées depuis… oh… cinquante ou soixante ans.

— Je vous conseille de les faire changer dans vos deux maisons.

— Je m'en suis déjà occupé. Je fais également installer de nouveaux systèmes d'alarme, déclara Max.

Surprise, Elizabeth lui adressa un regard qui semblait vouloir dire : « Nous en parlerons plus tard. »

— Gladys et Dooley ? C'est le couple qui travaille pour vous ?

Elizabeth opina de la tête.

— Y aurait-il des raisons pour qu'ils vous en veuillent ? Peut-être pensent-ils qu'ils ne sont pas assez payés ou que vous ne leur accordez pas suffisamment de vacances ?

— Ça m'étonnerait fort, répondit la jeune femme en riant. Gladys et Dooley travaillent pour ma famille depuis bien avant ma naissance. Gladys a soigné tous mes bobos d'enfant. Jamais ils ne me feraient le moindre mal.

— C'est Dooley qui a truffé le derrière du gars du plomb de sa carabine, fit remarquer Max.

— Ah, je vois !

Le policier griffonna quelque chose dans son calepin.

— Chez vous, reprit-il, mon attention a été attirée par un

fax de l'inspecteur Gertski de New York. Il vous disait qu'il vous avait fait parvenir des photos pour une identification. Comme j'étais curieux, je l'ai appelé à son bureau. Il m'a parlé des deux tentatives de meurtre dont vous aviez fait l'objet lors de votre séjour là-bas. Pensez-vous que l'homme qui est entré chez vous est le même que celui qui a essayé de vous tuer à New York ?

— Oui, j'en suis absolument certaine.

— Et vous, monsieur Riordan ?

— Je n'étais pas là, donc je n'ai pas vu le type d'hier, mais je pense que c'est lui.

— Hum… C'est aussi mon avis, dit l'inspecteur. Est-ce que vous soupçonnez quelqu'un ?

— Non, le problème est bien là, répondit Elizabeth.

— Bon. Essayons de réfléchir ensemble. Donnez-moi le nom des gens qui pourraient avoir la moindre raison de vous vouloir du mal.

— Eh bien… La première personne à laquelle je pense, c'est mon ex-mari. Mais comme il m'a pris tout mon argent et qu'il est parti avec ma pire ennemie, je dirais qu'il a déjà satisfait tout désir de vengeance.

— On ne sait jamais, dit Max. Des types avec un esprit aussi tordu que celui d'Edward ont parfois de drôles de manières de considérer les choses.

Braddock sourit.

— J'ai déjà rencontré quelques gars de ce genre.

— Il y a aussi Nathalie Brussard. Elle est partie avec Edward pour se venger de je ne sais quoi. Je crois qu'elle espérait me voir mourir de chagrin. Elle m'en veut certainement parce que sa liaison avec Edward n'a mené nulle part. Quand elle est revenue à Houston et qu'elle a découvert que je m'étais remariée et que j'étais heureuse, elle était livide.

— Et tes cousins ? suggéra Max.

Elizabeth se mit à rire.

— Camille et Quinton ? Oh, allons, Max ! Camille est toujours en train de râler et elle m'en veut pour certaines choses, mais pas au point de me vouloir du mal. Tu l'imagines engageant un tueur à gages ? Elle s'évanouirait rien qu'à sa vue.

— Mmm, c'est vrai qu'elle n'est pas très futée.

— Quant à Quinton, nous avons toujours été très proches l'un de l'autre. Toutes les jérémiades de sa sœur à propos de leur situation financière ne font que l'embarrasser. Il m'a confié un jour que lui et Camille touchaient une rente de cinq cent mille dollars par an. Et quand on dispose d'une belle maison de quatre étages complètement payée et complètement meublée, on ne peut pas vraiment se plaindre d'être pauvre. Non, poursuivit Elizabeth en secouant la tête. Je n'imagine vraiment pas Quinton cherchant à me faire du mal. C'est un type charmant et très intelligent. S'il le voulait, il pourrait se bâtir un empire.

— Alors, pourquoi ne l'a-t-il pas fait ? demanda Max.

Elizabeth eut un petit rire.

— Il reconnaît lui-même qu'il est trop paresseux pour ça. En tout cas, on peut l'exclure définitivement. Il est content de son sort. Il prétend qu'il vaut mieux faire partie de la branche pauvre d'une vieille famille respectée plutôt que d'être un riche héritier. On le voit dans toutes sortes de soirées mondaines ; il est toujours invité à des vernissages, des dégustations de vin. Au moins une fois par semaine, il va à des dîners ou bien il participe à des parties de cartes — souvent comme chevalier servant d'une jeune femme non accompagnée. Il voyage également beaucoup, à bord d'un yacht ou dans des hôtels luxueux.

— Ce genre de vie me rendrait fou en une semaine, marmonna Max.

Observant sa femme, il se décida à lui poser une question qu'il avait à l'esprit depuis l'arrivée de ses cousins.

— Quinton a-t-il jamais eu des sentiments pour toi ?

— Quinton ? Tu plaisantes ? Nous sommes cousins.

— Petits-cousins. Aucune loi n'interdit le mariage entre petits-cousins. Ça se pratique dans toutes les familles royales du monde.

— Eh bien, pas chez les Stanton, répliqua Elizabeth en riant.

— Vous voyez quelqu'un d'autre ? demanda le policier.

— Eh bien, il y a Wyatt Lassiter. Je pense qu'il est suffisamment en colère pour me vouloir du mal. Son père aussi.

— Eh bien, dis donc ! s'exclama Max. Pour un petit bout de femme comme toi, douce et gentille, tu as pas mal d'ennemis, on dirait !

Elizabeth redressa le menton.

— J'aimerais bien voir ta liste à toi.

— L'inspecteur Braddock en aurait une crampe à la main.

— C'est bien ce que je me disais.

Le policier continua à écrire avant de relever la tête.

— Personne d'autre ?

— Si… il y a encore quelqu'un.

Regardant tour à tour Max et Braddock, Elizabeth se mordilla la lèvre inférieure.

— Il y a Troy, dit-elle.

— Troy ? Mon bras droit ?

— Oui. L'inspecteur m'a demandé de lui donner la liste de tous ceux qui ne m'aiment pas. Troy ne m'aime pas.

— Qu'est-ce qui te fait penser ça ?

— Il me l'a dit lui-même.

— Quoi ?

— Tu as dû remarquer, Max, que ma seule présence suffit à le hérisser. C'est à peine s'il dit un mot quand je suis là.

Il ne m'aime pas et il serait heureux de me voir disparaître de la surface de la Terre.

— Peut-être, mais crois-tu vraiment que Troy est le genre d'homme à engager un tueur à gages pour t'éliminer ?

Elizabeth dévisagea Max longuement, sans répondre.

— Je ne sais pas, dit-elle finalement. Et je ne pense pas que tu le saches, toi non plus.

20

— Voilà. Qu'en penses-tu, Mimi ? fit Talitha en se reculant légèrement pour juger de son travail.

— Mmm, ça m'a l'air bien. Et toi, trésor, qu'en dis-tu ?

— C'est très joli.

Allongée sur un canapé, Elizabeth supervisait la décoration du salon à Mimosa Landing. Elle était heureuse de se retrouver chez elle. Et surtout d'être vivante.

D'habitude, la famille se réunissait environ une semaine avant le réveillon pour décorer le salon. Mais cette année, tante Talitha avait voulu attendre qu'Elizabeth soit sortie de l'hôpital.

— Si vous voulez mon avis, je crois que ce n'est pas tant l'emplacement des décorations qui pose problème que la taille du sapin.

— Je crois que tu as raison, Camille, dit Iona.

— Oh, des sottises que tout ça ! Cet arbre est parfait, affirma Talitha.

Comme à l'accoutumée, la tante d'Elizabeth et Truman n'avaient pas réussi à se mettre d'accord sur la taille du sapin qu'elle avait choisi. Quand le contremaître avait apporté l'épicéa dans la pièce, quelques instants plus tôt, il avait dû en couper un bon morceau pour le faire entrer.

— Quelle idiote ! avait-il marmonné. Elle me dit qu'elle veut un grand arbre parce que le salon est grand. Peuh !

Comme si je ne le savais pas ! Je travaille ici depuis trente-quatre ans, non ?

Max entra et se dirigea droit vers Elizabeth.

— Pousse un peu tes jambes, lui demanda-t-il après l'avoir embrassée.

La jeune femme s'exécuta, et il se laissa tomber sur le canapé, avant de lui prendre les jambes pour les placer sur ses genoux. Elle était emmitouflée sous des couvertures et des jetés de lit.

— Où sont tes pieds ? grommela-t-il. Tu es couverte comme une momie.

— C'est vrai, mais ne vous avisez pas de la découvrir pour pouvoir la tripoter ! lança Talitha. Ça fait à peine trois heures qu'elle a quitté l'hôpital.

— Vous croyez que je ferais une chose pareille ?

— Et comment, jeune voyou ! Et inutile de m'impressionner avec votre regard d'homme viril, Maxwell Riordan. Ne vous fatiguez pas non plus à me faire du charme.

Iona se mit à rire.

— Elle t'a cloué le bec, fiston.

— Vous êtes une vieille sorcière autoritaire, Talitha Stanton ! déclara Max.

— C'est vrai, et veillez à vous en souvenir, espèce de chenapan !

Il ne se départit pas de son expression sévère. Seul un petit frémissement au coin de ses lèvres trahissait son amusement.

Il reporta son attention sur sa femme.

— Troy ne va pas tarder à descendre.

— Mmm, se contenta-t-elle de dire en suivant des yeux les autres qui s'affairaient autour du sapin.

Elle savourait le bien-être que lui procuraient les caresses de Max, qui, du pouce, lui massait le pied.

— Je sais que nous en avons déjà parlé, mais j'espère que

tu es d'accord pour qu'il passe les vacances avec nous. Je pense qu'un séjour ici lui fera du bien. Il est à cran depuis plusieurs semaines. J'espère qu'il se rendra compte à quel point cet endroit est spécial, à quel point ce domaine est chargé d'histoire. Peut-être qu'il attrapera le virus, comme moi ?

De plus, se dit Max, à supposer que Troy soit vraiment derrière ces tentatives de meurtre, il préférait l'avoir ici afin de garder un œil sur lui.

— Ce serait formidable, Max, mais tu dois accepter l'idée que tout le monde n'aime pas la vie à la campagne. Mimi, par exemple, ne supporte ça qu'à petites doses.

— Je sais, mais avant de savoir si tu aimes quelque chose ou non, il faut l'essayer.

— Bien. Ne sois pas trop déçu, cependant, s'il ne partage pas notre enthousiasme. Et ne t'avise surtout pas de me laisser seule avec lui.

Inclinant la tête de côté, Max la dévisagea.

— Tu as vraiment peur de lui, n'est-ce pas ?

— Pour le moment, à l'exception de toi, de Dooley et de Truman, j'ai peur de tous les hommes. Même de l'inspecteur Gertski. Je l'ai trouvé particulièrement intrusif. Il nous a même accompagnés jusqu'à l'aéroport. Ce n'est pas ce que font normalement les policiers de New York.

— Bon sang, Elizabeth ! Tu es en train de devenir parano ! Il a fait un peu plus que son devoir, et alors ? Moi, je lui suis reconnaissant de nous avoir aidés.

Elle agita la main.

— Je sais, je sais, j'en arrive à avoir peur de mon ombre.

— Détends-toi. Tu n'as rien à craindre ici. Pour venir jusqu'à la maison sans prendre la route, il faudrait sauter par-dessus plusieurs clôtures de barbelés, puis traverser sur près d'un kilomètre des champs pleins de bouse de vache et gardés par un taureau pas très sympathique et un troupeau de vaches. Honnêtement, fit Max avec un sourire, je ne vois aucun New-Yorkais capable de faire ça, même pas un tueur à gages. Surtout avec tous les écriteaux que Truman a installés.

— Quels écriteaux ?

— Il a écrit : « Défense d'entrer à moins de pouvoir traverser le champ en huit secondes. Le taureau met neuf secondes. »

Elizabeth se mit à rire.

— Tu plaisantes ! Il a vraiment mis ça ?

— Oh, que oui ! Et puis, les gardes à l'entrée ont le portrait du type. Même si ce gars est suffisamment fou pour passer par les champs, il n'aura aucun moyen de se mettre à couvert. Il sera repéré aussitôt. Pour utiliser la route ou tout autre chemin de ferme, il devrait passer devant les gardiens. Il y a deux patrouilles de police à chaque entrée et nous sommes en contact avec eux par talkie-walkie. Que ce soit pour entrer ou pour sortir de la propriété, personne ne passe devant eux sans être fouillé. Enfin, presque personne, ajouta Max avec un regard sévère à l'adresse de Talitha. Ta tante a passé un de ces savons aux gardes parce qu'ils voulaient fouiller sa voiture.

— Et j'ai bien fait ! répliqua la vieille dame en prenant un air froissé. Quelle idée, enfin ! Croient-ils vraiment que je vais faire monter un tueur à gages dans mon véhicule pour qu'il assassine ma petite-nièce que j'aime comme ma propre fille ? Je ne me suis jamais sentie autant insultée de ma vie !

— Après avoir vu la manière dont elle conduit, ils ont dû se dire que personne ne serait suffisamment fou pour accepter de monter avec elle, chuchota Max à l'oreille d'Elizabeth. Elle leur a fait une de ces peurs. Ce matin, comme je cherchais ma mère, Martha m'a dit qu'elle et ta tante étaient allées à l'institut de beauté. J'ignorais que ta tante conduisait encore. Est-ce vraiment prudent à son âge ?

— Qu'elle ne t'entende surtout jamais dire ça ! répondit Elizabeth à voix basse. De toute façon, elle ne conduit qu'ici. Pour aller jusqu'au salon de beauté ou à son club de bridge. Et elle prend toujours des routes peu fréquentées.

— Tu plaisantes ou quoi ? Je l'ai vue au volant d'un de ces 4x4 que vous conduisez par ici. Crois-moi, c'est un vrai danger public. Ce matin, quand elle est revenue, elle a arraché le pare-chocs d'une voiture de police. Elle ne s'est même pas arrêtée. Je ne pense pas qu'elle s'en soit rendu compte.

Max frissonna.

— Bon sang, l'idée de la savoir au volant avec ma mère comme passager me fiche carrément la trouille ! Je les entends d'ici se chamailler à propos de tout et de rien, tout en cahotant sur ces routes de campagne comme si elles faisaient une tournée électorale pour le troisième âge.

Tout en riant, Elizabeth dit à voix basse :

— Je sais que c'est un problème, mais je n'ai pas encore eu le courage de lui en parler.

— Bonsoir, tout le monde !

C'était Troy qui venait de faire son apparition. Elizabeth se raidit. Sous les couvertures, Max lui tapota la jambe en un geste rassurant.

— Salut, Troy. Tu as fini de défaire tes bagages ? Viens te joindre à nous, lui dit Max.

Elizabeth se redressa sur le canapé.

— Faites comme chez vous, Troy.

Par égard pour Max, elle avait fait un effort afin de conserver un ton poli, mais elle ne pouvait s'empêcher d'avoir peur. C'était plus fort qu'elle. Cet homme ne l'aimait pas. De là à la haïr, il n'y avait peut-être qu'un pas.

Troy avait troqué sa veste de costume contre un cardigan

bleu marine qu'il avait passé par-dessus sa chemise et sa cravate. Elizabeth se dit que ce devait être là sa conception d'une tenue décontractée. Il avait dans les mains une montagne de paquets cadeaux qui lui arrivaient jusqu'au menton.

— Déposez-les par terre, lui dit Iona, nous les mettrons sous le sapin quand nous aurons fini de le décorer.

Troy s'exécuta puis, à la plus grande consternation d'Elizabeth, il s'assit dans le fauteuil près du canapé où elle se trouvait. Se penchant vers elle, il murmura :

— Elizabeth, j'aimerais vous parler en privé.

— Non !

Elle secoua la tête si brusquement que sa douleur se réveilla. Elle porta la main au bandage qui enveloppait son crâne. Du coin de l'œil, elle vit Max, qui la regardait, le visage sombre.

— Je veux dire… nous sommes en vacances. Je ne veux pas entendre parler d'affaires, ajouta-t-elle vivement.

— Je me suis mal exprimé. Je ne veux pas parler affaires. C'est personnel.

— Oh, je vois ! Dans ce cas… peut-être un peu plus tard.

— Eh bien, beau gosse. Si vous cherchez quelqu'un avec qui parler, je suis tout à fait disponible, dit Camille avec ce regard qu'Elizabeth lui avait déjà vu quand elle essayait de séduire un homme.

« Tu mériterais de tomber dans ses filets », pensa-t-elle avec une malveillance tout à fait inhabituelle chez elle, et qu'elle regretta aussitôt.

— Il ne faut pas compter là-dessus, intervint Talitha d'une voix cassante en donnant un coup de canne sur le sol. Retourne à ton poste, jeune fille. Tu t'es portée volontaire pour aider à décorer le sapin, et une fois dans ta vie, tu vas finir ce que tu as commencé, Camille Moseby. C'est vraiment un problème chez toi. Tu ne mènes rien jusqu'au bout. A la moindre petite distraction ou contrariété, tu es prête à jeter le torchon.

— Mais, tantine…

Avec un regard impérieux à sa nièce, Talitha pointa sa canne sur les guirlandes qui n'étaient pas encore suspendues.

— Bon, d'accord.

A contrecœur, Camille retourna vers la boîte et prit une autre décoration.

— J'aurais mieux fait d'aller me balader avec Quinton, marmonna-t-elle à voix basse.

Mimi recula comme pour mieux voir la décoration qu'elle venait de suspendre. Parvenue à hauteur de Troy, elle se percha sur le bras de son fauteuil et chuchota :

— Vous êtes vert de peur, trésor. Si vous voulez, je peux faire en sorte qu'elle ne s'approche plus de vous.

— Ah, bon ? Et comment ça ?

— Facile. Je peux dire que vous et moi, nous sortons ensemble.

— Hum. Ce serait encore pire !

— Vraiment ? murmura Mimi d'une voix suave en lui effleurant la nuque.

— Je vous signale, déclara Elizabeth d'un ton sec, qu'une invitation à passer vos vacances ici ne vous autorise pas à insulter mon amie.

— Je ne voulais pas être insultant.

— Bien sûr que si ! répliqua Mimi avant de se tourner vers Elizabeth. Mais ne t'en fais pas pour moi, trésor : je sais me défendre.

Puis, avec un regard méprisant à l'adresse de Troy et un haussement de ses jolies épaules, elle ajouta :

— Crois-moi, je peux gérer un minus comme M. Ellerbee sans problème.

— Minus ? Non mais attendez… !

— Oh, regardez ça ! s'écria Camille depuis l'autre bout de la pièce, en leur montrant une décoration qui semblait avoir connu de meilleurs jours.

— Elle m'a l'air en piteux état, dit Max. Autant la jeter !

— Non ! Surtout pas ! s'écria Elizabeth. C'est une figurine qui a plus de cent ans ! Il vaudrait mieux la mettre en hauteur pour éviter de l'abîmer.

— Tu as raison, concéda Max.

— Eh bien alors, que faites-vous encore assis, jeune homme ? Venez donc ici vous rendre utile !

Max plissa les yeux.

— C'est bien ce que je disais : une vieille sorcière autoritaire, déclara-t-il en se levant quand même pour faire ce que Talitha lui demandait.

Peut-être que, aux yeux des autres, il avait toujours l'air dur et intimidant, songea Elizabeth. Mais elle commençait à le connaître, et elle savait que cette petite lueur qui s'allumait parfois dans ses yeux signifiait qu'il appréciait d'être considéré comme un membre de la famille.

En un mois, il avait énormément changé. Il n'était plus aussi obsédé par son travail et parvenait à s'intéresser à d'autres sujets. Il apprenait à se laisser aller, à apprécier les joies de la vie — sa famille et ses amis, le sentiment de permanence qu'un endroit comme Mimosa Landing peut vous donner.

Cette terre se trouvait là bien avant que les Stanton n'en prennent la charge, et elle serait encore là quand Max et elle auraient quitté ce monde. Avec un peu de chance, leurs enfants, petits-enfants et d'autres générations perpétueraient cet héritage et ce privilège. Un héritage qui vous donnait la fierté du travail de la terre, le sentiment des choses accomplies et le doux plaisir d'avoir trouvé une place dans l'univers.

Max avait également appris à ouvrir son cœur à l'amour. Et à rendre cet amour avec une égale mesure.

Elizabeth était convaincue qu'il n'avait pas prévu ça lorsqu'il était venu lui faire cette demande en mariage si saugrenue.

En tout cas, il semblait réellement heureux. Elle l'était aussi.

— Bon, revenons à notre discussion, murmura-t-il en reprenant sa place sur le canapé. Il me semble que tu souris beaucoup pour quelqu'un qui sort de l'hôpital. A quoi pensais-tu, madame Riordan ?

— J'étais juste en train de me dire que sans cet homme qui essaie de me tuer, ce serait le plus beau Noël de ma vie. Je suis entourée de tous les gens que j'aime. Je suis folle amoureuse de mon mari et je vais avoir mon premier bébé.

— Premier ?

— Oui. J'en veux plusieurs. Pas toi ?

— Avec toi comme mère ? Tu penses bien que j'en veux plusieurs ! fit-il en l'enveloppant d'un regard qui, six semaines plus tôt, l'aurait terrifiée, mais qui maintenant lui procurait un frisson d'excitation des plus agréables.

— J'apprécie tout particulièrement l'expression « folle amoureuse » que tu viens d'employer.

— Ça ne m'étonne pas.

Comme pour le punir, elle appuya son pied sur un endroit de son anatomie, et fut récompensée de le voir retenir son souffle.

La prenant par la nuque, il l'attira à lui et chuchota à son oreille :

— Bébé, tu me paieras ça plus tard.

— Plus tard quand ?

Se reculant légèrement, Max vit la lueur coquine dans ses yeux assombris par le désir.

— Tu sais ce que le médecin a dit : pas de fatigue pendant les semaines qui viennent.

— Oh, mais, Max…

— N'utilise pas tes charmes sur moi. Je…

Il fut interrompu par Martha, qui venait annoncer que le dîner serait bientôt prêt.

— Si M. Quinton n'est toujours pas rentré d'ici là, dois-je repousser l'heure du repas ?

— Mais où est ce garçon ?

Talitha reposa la guirlande qu'elle était sur le point d'accrocher, et alla jeter un coup d'œil par la fenêtre.

— Ah, le voilà ! Mais pourquoi court-il ainsi ? Oh, mon Dieu ! La grange est en feu ! Il y a de la fumée qui sort de partout.

— Quoi ?

— Oh, non !

Se mettant tous à parler en même temps, ils se précipitèrent vers les fenêtres au fond du salon.

Elizabeth agrippa la main de Max tandis qu'il se levait d'un bond.

— Va les aider à éteindre le feu, s'il te plaît, Max. Truman et ses ouvriers n'y arriveront pas tout seuls.

— J'aimerais bien, bébé, mais je ne peux pas te laisser seule ici.

— S'il te plaît, Max ! C'est toi qui l'as dit : je suis en sécurité ici. Vas-y, s'il te plaît ! Et emmène-le avec toi, ajouta-t-elle avec un signe de tête en direction de Troy.

Max regarda par la fenêtre la grange d'où la fumée s'échappait, de plus en plus épaisse.

— O.K., j'y vais. Mais reste bien tranquille, d'accord ? Ne bouge surtout pas de ce canapé.

— Ne t'en fais pas pour moi. Vas-y.

— Viens, Troy.

— *Moi* ? Que puis-je faire ? Je ne sais même pas comment on éteint un feu.

— Moi non plus, mais on apprendra. Allez, viens !

Les deux hommes sortirent en courant du salon, et, comme ils traversaient l'office, ils saisirent chacun un manteau accroché aux patères. Dévalant les marches de l'escalier, Max fila vers la grange, Troy sur ses talons.

— Au feu ! La grange est en feu ! hurlait Quinton. Je venais vous chercher. Je crois qu'on peut encore faire quelque chose si on se dépêche.

Les femmes sortirent sous le porche arrière, laissant la porte ouverte pour qu'Elizabeth puisse entendre ce qui se passait. L'un des 4x4 se trouvait près des marches.

— Allez, montez ! lança Mimi. On peut les aider, nous aussi.

— Pas question de laisser Elizabeth toute seule, répondit Talitha.

Mais, au ton de sa voix, on comprenait à quel point elle avait envie de participer au sauvetage de la grange. Cette chère vieille tante, se dit Elizabeth, adorait être au cœur de l'action.

— Attendez ! lança Mimi.

Retournant dans la maison, elle passa la tête par la porte du salon et demanda à Elizabeth :

— Tu penses qu'on peut te laisser quelques minutes avec Martha ?

— Bien sûr ! Allez-y. Ils n'auront jamais assez de bras.

Pour se donner bonne conscience, Mimi fit un détour par la cuisine.

— Martha, vous restez avec Elizabeth, n'est-ce pas ?

— Bien sûr ! Ne vous occupez pas de nous.

Le 4x4 démarra. Lorsque le bruit du moteur s'éloigna, Elizabeth désobéit à l'ordre de Max et se leva pour aller à la fenêtre. Elle écarta le rideau et eut une exclamation étouffée.

— Mon Dieu !

En regardant de plus près, cependant, elle s'aperçut avec soulagement que ce n'était pas la grange qui était en feu, mais une meule de foin à l'extérieur. L'origine de l'incendie était probablement une allumette ou une cigarette jetée imprudemment, se dit-elle. Mais il fallait faire vite car le feu était sur le point de gagner la grange elle-même. Les flammes commençaient d'ailleurs à lécher l'une de ses portes, et d'épais nuages de fumée montaient en tourbillonnant tandis qu'à l'horizon le soleil se couchait dans une apothéose de couleurs.

Cette grange était l'un des bâtiments les plus anciens de la ferme, et Elizabeth était malade à l'idée de la perdre.

— Regarde-la bien, ma belle, car c'est la dernière fois que tu la vois.

La voix à l'accent new-yorkais transperça Elizabeth comme une flèche. Elle fit volte-face et dut s'agripper au rebord de la fenêtre derrière elle pour ne pas perdre l'équilibre. L'espace d'une seconde, la pièce tangua. Les yeux écarquillés, Elizabeth fixa le mastodonte au manteau de cuir noir qui se tenait sous l'arche de la porte.

La première chose qui lui vint à l'esprit fut que cet homme correspondait en tout point à la description de Mimi : un monstre répugnant qui ressemblait à une énorme limace visqueuse.

— Vous ! Comment êtes-vous entré ici ?

— Tu veux dire : comment j'ai réussi à passer devant ces péquenauds de flics cons comme leurs pieds ? Facile. Le fait d'avoir un double de la clé de ta tante m'a aidé, bien sûr. Mais j'étais quand même un peu à l'étroit dans ce coffre.

— Vous vous êtes caché dans le coffre de tante Talitha ?

Comment… comment saviez-vous qu'ils ne fouilleraient pas sa voiture ?

— J'ai mes sources. T'es drôlement chanceuse comme nana. Le fait est que tu es devenue gênante. Mais ta chance tourne. J'en ai marre du Texas et de ses bonnes femmes cinglées qui jouent avec des flingues.

— Pourquoi ? Pourquoi vous en prenez-vous à moi ?

— C'est mon boulot. On me paie pour tuer des gens.

— Qui vous paie ? Je suis prête à vous offrir plus. S'il vous plaît, ne faites pas ça ! Pour l'amour du ciel ! Je vais avoir un bébé.

— C'est vrai ? Comme c'est dommage ! Mais c'est devenu une affaire personnelle, maintenant. Je n'aime pas qu'on me fasse passer pour un con, dit-il en levant son arme munie d'un silencieux. Dépêche-toi de faire tes prières.

L'homme tira.

Elizabeth hurla et plongea à terre derrière un fauteuil au dossier très haut, tandis qu'une lampe explosait à quelques centimètres de sa hanche.

La balle creva le dossier du siège juste au-dessus de la tête de la jeune femme, et des touffes de coton et des lambeaux de tissu en jaillirent.

— Mais qu'est-ce que c'est que tout ce raffut, à la fin ?

Martha sortit de la cuisine, une tasse à la main.

L'homme pivota et tira de nouveau.

— Martha, baissez-vous ! A terre !

Jetant la tasse en porcelaine en l'air, la gouvernante, dans sa panique, se mit à tournoyer en agitant les mains de façon hystérique et en poussant des cris.

— Ah ! Ah !

— Martha ! Couchez-vous !

— La ferme !

Le tueur ponctua son ordre d'un autre coup de feu.

Les cris de Martha se firent plus aigus.

Continuant à s'agiter de façon hystérique, la gouvernante se retrouva, sans trop savoir comment, dehors sous le porche.

— Vieille folle ! grommela le tueur.

Allongée par terre, la joue pressée contre le parquet froid, la tête douloureuse et le cœur battant à tout rompre, Elizabeth avait l'impression que ses poumons allaient exploser. Tandis que les cris de Martha s'éloignaient, elle cherchait désespérément un moyen de s'en sortir.

« Réfléchis, réfléchis, bon sang ! se dit-elle. Tu dois *faire* quelque chose. Tu ne vas pas rester allongée ici comme un agneau qui attendrait de se faire égorger. Réfléchis ! »

Elle jeta un coup d'œil en direction de l'homme. De dessous le fauteuil, elle aperçut ses chaussures impeccablement cirées qui s'approchaient d'elle. Oh, mon Dieu !

C'est alors qu'elle le vit, juste devant elle : l'énorme fourre-tout de Mimi, posé par terre à côté du siège. Un autre regard vers les chaussures lui apprit qu'elle n'avait plus une seconde à perdre. La respiration haletante, elle attrapa le sac et le tira vers elle d'un geste brusque.

— Qu'est-ce que tu vas faire ? Me frapper avec ton sac à main ? demanda l'homme avec un petit rire sec qui la fit frissonner.

Sans se soucier de la douleur qui lui transperçait l'épaule, Elizabeth plongea les deux mains dans le fourre-tout et eut un gémissement de gratitude en sentant ses doigts se refermer sur le Magnum 357. Roulant ensuite sur le dos, elle leva les bras, entraînant le sac avec elle. Lorsque la silhouette vêtue de noir surgit de derrière le fauteuil, elle appuya sur la détente.

Bang !

Le fond du sac explosa. La puissance du recul était telle que les bras d'Elizabeth furent projetés en arrière au-dessus de sa tête. Si l'arme ne s'était pas encore trouvée dans le fourre-tout, elle lui aurait probablement échappé des mains.

L'homme poussa une exclamation et recula en chancelant, les deux mains sur son ventre, une expression de stupéfaction sur le visage. Il bascula sur l'un des canapés, l'entraînant dans sa chute.

Tandis qu'il s'écroulait ainsi, il tira deux coups au hasard avant de s'effondrer sur le dos. La première balle emporta un vase vieux de deux cents ans posé sur le manteau de la cheminée, tandis que la seconde allait se loger dans le plafond qui était d'époque.

Sans cesser de sangloter, Elizabeth se redressa sur les genoux et tint le revolver à bout de bras.

Bang !

— Ah ! Ne tire pas ! Ne tire pas ! Je laisse tomber ! S'il te plaît, arrête de me tirer dessus !

Il y eut alors des cris et des hurlements, dehors. Max ne cessait de l'appeler. Les bruits se rapprochèrent. Mais Elizabeth n'y prêta pas attention. Prenant appui sur le bras du fauteuil au dossier éventré, elle se releva. Les jambes flageolantes et une lueur de détermination dans les yeux, elle s'approcha de l'homme. Elle avait toujours les bras dans ce qui restait du sac de Mimi, et tenait à deux mains le Magnum dont le canon était visible à travers le fond béant du sac.

La voyant approcher, l'homme leva son arme, mais c'était à peine s'il pouvait la tenir tant sa main tremblait.

— Tu fais… trop confiance, sale conne, dit-il de sa voix glaciale. C'est un Glock que j'ai là. Il peut tirer neuf coups. Il… il me reste une balle.

— Moi, j'en ai plus d'une, répondit Elizabeth entre ses dents serrés.

Elle tremblait et ses larmes coulaient sans discontinuer, mais elle ne bougea pas.

— T'oseras pas me tuer. T'en as pas le courage.

— Vous croyez ça ? Vous avez voulu me supprimer, et mon bébé avec moi. Essayez donc de bouger d'un pouce et vous verrez : je vous ferai sauter la cervelle. Je veux savoir qui vous a engagé.

Il secoua la tête.

— Non.

Il émit un grognement et appuya sa main libre sur son ventre.

— Je suis blessé. Appelle les urgences, bon sang !

— Non. Pas tant que vous ne m'aurez pas dit qui vous paie pour me tuer.

— Allez, j'ai trop mal !

— Je n'ai plus une once de compassion. Je me contrefiche que vous vous vidiez de votre sang. Je n'appellerai pas les secours tant que vous ne m'aurez pas donné le nom de votre client. A voir tout le sang que vous avez déjà perdu, vous feriez mieux de vous dépêcher.

Le Glock lui glissa entre les doigts et tomba sur le parquet avec un bruit métallique.

Elizabeth l'écarta d'un coup de pied.

— Très bien... Je vais... Je vais te le dire..., chuchota-t-il. Penche-toi.

— Oh, non ! Je ne m'approcherai pas davantage. Dites le nom.

N'ayant plus la force de parler, il forma le nom sur sa bouche de façon muette.

Elizabeth écarquilla les yeux.

— Non ! Vous mentez. C'est impossible.

— Elizabeth ! hurla Max, tandis que des bruits de pas résonnaient lourdement sous le porche.

L'homme tenta faiblement de secouer la tête.

— N-non. Je... ne... mens... pas. S'il vous p-plaît !

Ses yeux commencèrent à se révulser.

— Elizabeth !

Sans le quitter des yeux, elle retira une main de son sac, prit le téléphone qui se trouvait sur une table non loin, et composa le numéro des secours. Au même moment, Max fit irruption dans la pièce.

Il avait le visage rouge et semblait fou d'inquiétude.

— Elizabeth ! Dieu soit loué !

Traversant la pièce en deux enjambées, il la prit violemment dans ses bras.

— Tu vas bien ? Il t'a fait du mal ?

Soudain, la jeune femme sentit ses jambes se dérober sous elle. En sanglotant, elle se jeta contre la poitrine de Max et y enfouit le visage.

— Quelle est votre urgence ? demanda une voix distante dans le combiné. Madame ? Madame ? Vous êtes toujours là ? S'il vous plaît, quelle est votre urgence ?

Max prit le combiné.

— Je suis Max Riordan et j'habite à Mimosa Landing. Nous avons un homme blessé par balle. Envoyez une ambulance et la police, s'il vous plaît.

— Vous avez dit qu'un homme a été blessé par balle ?

— Envoyez-nous vite quelqu'un !

— Ne raccrochez pas, monsieur. Ne raccrochez…

Max laissa tomber le combiné et prit Elizabeth dans ses bras.

D'autres pas résonnèrent sous le porche. Bientôt, tout le monde fut dans la pièce, à l'exception de Truman et des ouvriers agricoles. Ils se mirent tous à parler en même temps. Ils faisaient tant de bruit qu'il leur fallut plusieurs minutes avant de s'apercevoir que le talkie-walkie posé sur la table basse grésillait.

— Shérif adjoint Peters, au portail principal. Etaient-ce bien des coups de feu que nous avons entendus ?

— Que quelqu'un réponde ! cria Max.

Il palpait le corps d'Elizabeth afin de s'assurer qu'elle n'était pas blessée.

— Monsieur ? Monsieur ? Vous êtes toujours là ? reprit le standardiste.

Troy prit le combiné. Au bord de la crise d'hystérie, Elizabeth faillit éclater de rire. Lui qui était toujours impeccablement vêtu, comme s'il posait pour la couverture d'un magazine, avait le visage et les vêtements maculés de suie. Max était dans le même état.

— Vous avez entendu ce qu'on vous a dit ? fit Troy sèchement. Envoyez une ambulance ainsi qu'une voiture de police à Mimosa Landing.

Après avoir raccroché, il prit le talkie-walkie.

— Affirmatif, shérif. Des coups de feu ont été tirés. Un homme a été blessé.

— Nous arrivons tout de suite.

Quinton s'empara du Glock.

— Je vais emmener cet individu dans une autre pièce, et je garderai un œil sur lui jusqu'à l'arrivée de la police.

— *Non !* cria Elizabeth en se tournant vers lui. Repose ce pistolet, Quinton !

Elle pointa le Magnum sur lui.

— Repose-le tout de suite, sinon je tire !

— Elizabeth ! Tu as perdu la tête ? lança Camille, indignée.

— Non. C'est Quinton qui a engagé cet homme pour me tuer.

— Qu-quoi ?

— Oh, allons, cousine ! fit Quinton d'un ton enjôleur. Tu me connais. Jamais je ne ferais une chose pareille. Je t'aime. On a toujours été bons copains, toi et moi. Depuis l'enfance.

— C'est trop tard, Quinton. Cette fois, tu ne t'en sortiras pas en faisant du charme ou du bluff. Avant de perdre conscience, cet individu m'a révélé l'identité de son client.

Quinton prit un air offensé.

— Et tu préfères croire un tueur à gages plutôt que moi ?

On entendit des véhicules s'arrêter dans l'allée avec des crissements de pneus. Une seconde plus tard, le shérif et ses hommes frappaient violemment à la porte.

— Police ! Ouvrez !

Martha s'apprêtait à aller ouvrir lorsque Quinton la mit en joue.

— Restez où vous êtes !

— Oh, Quinton ! gémit Camille. C'est vraiment toi qui l'as engagé. Même après avoir appris qu'Elizabeth était enceinte, tu n'y as pas renoncé.

L'ignorant, il braqua l'arme sur sa cousine.

— Vous allez tous rester ici. Moi, je m'en vais.

— Tu n'iras nulle part, dit Elizabeth en levant le Magnum. Moi aussi, j'ai une arme. Il me reste quatre balles. Ton tueur à gages a déjà tiré ses neuf coups. Tu n'as donc pas compté ?

L'espace d'un instant, le doute se lut sur le visage de Quinton, mais il décida qu'elle était en train de le bluffer.

— Je ne te crois pas. Je ne crois pas qu'il ait été aussi stupide. De toute façon, tu ne me tireras pas dessus. Je doute que tu en aies la force, même si tu le voulais.

— Ouvrez ! Ouvrez !

Profitant de ce que Quinton avait le regard rivé sur Elizabeth, Max glissa subrepticement la main dans le fourre-tout. Ses mains se refermèrent sur celles de la jeune femme et il l'aida à redresser l'arme.

— Si ce n'est pas elle qui tire, c'est moi qui le ferai, déclara-t-il. Et, à cette distance, je ne vous raterai pas.

Tante Talitha s'avança. Ce mouvement subtil la plaça entre son neveu et le couple.

— Quinton Moseby, repose ce revolver immédiatement.

Aussitôt, il tourna l'arme sur la vieille dame.

— Désolé, tante Talitha. Je ne suis plus un petit garçon. Inutile de prendre ce ton avec moi : ça ne me fait plus peur. Je t'aime, tantine. Vraiment. De même que j'aime Elizabeth. Ce n'est pas que je veuille vous tuer, mais je vais y être obligé.

— Tu ne feras rien de tel ! lança Camille. Je ne te laisserai pas commettre un acte aussi méprisable.

— Pousse-toi de là, Camille. Je ne vois pas pourquoi tu prends la défense d'Elizabeth. Tu la détestes.

— Pour l'amour du ciel, Quinton ! Je ne déteste pas Elizabeth. Oh, je reconnais que je l'ai toujours enviée. Qui peut m'en vouloir ? Elle est belle, intelligente, parfaite. Tout le monde l'aime. Ce que je lui envie surtout, c'est qu'elle a grandi ici. Mais ça ne m'empêche pas de l'aimer. Elle fait partie de la famille. D'accord, je n'ai pas cessé de me plaindre, mais c'était juste pour l'embêter un peu. Vous pouvez penser ce que vous voulez de moi, je ne suis pas stupide. Je sais qu'Elizabeth ne nous a pas floués. Notre famille a reçu sa part de la fortune Stanton. Toi et moi avons juste eu la malchance d'avoir la plus écervelée des deux sœurs pour grand-mère, c'est tout. Je te jure qu'à aucun moment je n'ai vraiment pensé toutes ces méchancetés que j'ai pu dire à Elizabeth.

— Qu'importe. Il fallait que je fasse ce que j'ai fait. Comme tu l'as si bien fait remarquer, si elle a cet enfant, il ou elle héritera de tout. C'était simple : elle, l'enfant et tante Talitha hors course, nous aurions pu hériter de tout.

— Donc j'étais la prochaine sur la liste ? fit remarquer Talitha d'un ton sec, la tête bien droite, l'air majestueux.

— Non. Je pensais juste prendre la place d'Elizabeth et diriger tout jusqu'à ton décès. Je jure que je n'ai jamais pensé à te tuer, tantine.

— Hum. Quelle consolation !

— Je ne comprends pas, Quinton, dit Elizabeth. Pourquoi un besoin d'argent aussi désespéré et aussi soudain ? Tu as un revenu que beaucoup de gens t'envieraient, et on a toujours eu l'impression que tu étais content de la vie que tu mènes.

— C'est vrai, mais j'ai d'énormes problèmes, cousine. Je dois beaucoup d'argent à des personnes très méchantes et très dangereuses. S'ils ne m'ont pas encore réglé mon compte, c'est parce qu'ils attendaient que j'hérite de la fortune Stanton. Mais pour ça, il aurait fallu que j'arrive à me débarrasser de toi.

— Laissez-moi deviner, dit Max. Tu es dépendant du jeu, n'est-ce pas ?

— Oui. Lui, c'est l'homme de main du type à qui je dois de l'argent, expliqua Quinton en indiquant de la tête le tueur à gages.

— Oh, Quinton ! gémit Camille. Pose ce revolver et parlons de tout ça. Nous finirons bien par trouver un moyen de rembourser ton créancier.

— Tu ne comprends pas, Camille. C'est trop tard. Et je ne veux pas aller en prison. Je ne veux pas.

— Peut-être que ça n'ira pas jusque-là.

Camille tourna vers Elizabeth un visage implorant.

— S'il te plaît, Elizabeth. Ne porte pas plainte. Il est malade. Tu ne vois pas ? Il doit être bien malade pour avoir fait une chose pareille. Pembrook Manor a la réputation d'être une excellente clinique. Il pourrait aller se faire soigner là-bas.

Elle se tourna vers son frère.

— Il n'y a pas de honte à se faire soigner pour addiction.

Plusieurs de nos amis l'ont déjà fait. C'est courant de nos jours.

— Camille, mon enfant. J'admire l'amour que tu portes à ton frère, mais on ne peut pas toujours s'en tirer aussi facilement, dit Talitha avec une douceur inhabituelle. Tu ne comprends donc pas ? Ce n'est plus du ressort d'Elizabeth, maintenant. Même si le plan de Quinton a échoué, il a commis un crime rien qu'en engageant cet homme pour la tuer.

— Mais, tantine…

— Je suis désolée, mon enfant. Pour toi et ton frère. Vraiment désolée. Cependant, il arrive toujours un moment dans la vie où il faut assumer ses actes. C'est quelque chose que ni toi ni ton frère n'avez eu à faire, jusqu'à présent. Je pense que ce sont vos parents les grands responsables de cette situation. Si Mariah ne vous avait pas tant gâtés, vous n'auriez pas grandi avec ce sentiment ridicule que tout vous était dû. Mariah vous a toujours couverts quand vous étiez adolescents et que vous faisiez des bêtises. Mais ce qui vient de se passer est beaucoup plus grave que de faire feu sur quelques panneaux de circulation ou de dessiner des graffitis sur un viaduc. Aujourd'hui, Quinton est allé trop loin. Il faut qu'il paie le prix de ses erreurs. Nous lui trouverons un bon avocat, mais c'est tout ce que nous pourrons faire.

— Non. Non, pas ça ! cria Quinton en mettant le canon du Glock sur sa tempe.

Secouant la tête, il commença à reculer, avec dans les yeux une lueur de démence.

— Je ne peux pas courir le risque d'aller en prison. Je ne peux pas ! Je ne supporterais pas de passer une journée dans un endroit pareil. Je préfère mourir !

— Quinton, non ! le supplia Camille en s'avançant vers lui.

Mais il l'arrêta d'un geste et déplaça le canon de l'arme dans sa bouche.

Profitant de ce que Quinton avait le regard fixé sur sa sœur et sa tante, Max prit le Magnum des mains d'Elizabeth et la fit passer derrière lui.

Pendant ce temps, Quinton continuait à reculer.

C'est alors que Truman apparut derrière lui dans l'embrasure de la porte. Plaçant son index sur ses lèvres, il fit signe aux autres de ne rien dire. Le vieux contremaître était plus petit et plus mince que Quinton, mais il avait un corps ferme et noueux. Nul doute qu'il aurait le dessus, songea Elizabeth. Glissant un regard furtif par-dessus l'épaule de Max, elle retint son souffle en voyant Truman faire un pas en avant. Puis ce ne fut que confusion et agitation. D'un geste brusque, le contremaître se lança sur Quinton, lui fit lâcher l'arme et l'encercla de ses bras par-derrière. Les hommes s'empressèrent ensuite de lui porter main-forte, tandis que Martha courait ouvrir au shérif et aux auxiliaires médicaux. Tout le monde se mit à parler en même temps.

— Ma-Max…

Elizabeth tira sur la chemise de Max pour attirer son attention. Celui-ci se retourna au moment où elle s'effondrait.

— Elizabeth !

Il la rattrapa juste à temps.

— Elizabeth ! Que se passe-t-il ? Tu as été touchée ? demanda-t-il en voyant une tache rouge s'élargir sur son pull. Non, c'est sa blessure qui s'est rouverte !

— Il y a deux ambulances dehors, déclara l'un des urgentistes. Je peux monter avec vous et essayer d'arrêter l'hémorragie.

— J'ai une meilleure idée. Je vais la conduire à Houston en hélicoptère et vous allez nous accompagner.

L'homme jeta un coup d'œil au visage dur de Max.

— C'est-à-dire que… j'aurais aimé venir avec vous, mais je fais partie du personnel de l'hôpital Brenham. Je crains de ne pas être autorisé à travailler dans le comté de Harris. L'état de votre femme nécessite des soins urgents.

— Je me contrefiche de savoir si vous êtes autorisé ou non. Vous venez avec nous, point ! Allez, dépêchez-vous ! Quant à vous autres, je vous laisse régler l'affaire avec la police, rugit-il en se dirigeant vers la sortie. Quand vous aurez fini, rejoignez-nous à l'Hôpital méthodiste. Troy, occupe-toi de tout. Appelle l'hôpital et demande-leur l'autorisation d'atterrir chez eux. Et occupe-toi des femmes.

— J'y vais tout de suite, patron.

Troy toucha le bras d'Elizabeth.

— Vous êtes une sacrée femme, Elizabeth Stanton Riordan !

Il croisa le regard de Max.

— Bonne chance.

Truman les avait précédés, et il faisait le plein quand ils le rejoignirent devant l'hélicoptère.

— Je me suis dit que vous en auriez besoin.

Il replaça le couvercle du réservoir et aida Max et les secouristes à hisser Elizabeth dans l'appareil.

— Merci, Truman.

— Heu, monsieur Riordan ? Deux choses avant que vous ne partiez. On a éteint le feu avec les ouvriers. Et j'ai pensé que vous deviez être mis au courant : j'ai vu M. Quinton l'allumer. Ce n'était pas un accident. Je venais vous en parler quand je l'ai découvert avec ce revolver braqué sur vous.

Max marqua une pause, et une expression meurtrière traversa son visage.

— Merci, Truman. Merci beaucoup.

Il grimpa à bord de l'hélicoptère, fit les vérifications nécessaires avant de lancer le moteur.

— Vous êtes attachés, derrière ? cria-t-il.

— Oui, monsieur.

— Eh bien, alors, fermez cette satanée porte et mettez votre casque pour pouvoir me tenir informé de ce qui se passe.

— Heu, oui, monsieur.

Le secouriste était un peu pâle, mais il se tourna et claqua la porte.

— Nous sommes prêts.

Max se tourna à demi et tendit le bras pour toucher le pied de sa femme.

— Tiens bon, ma chérie. Tiens bon. Tu m'entends ?

Le pied d'Elizabeth bougea, et Max prit cela pour une réponse affirmative.

— O.K., on y va ! hurla-t-il pour couvrir le bruit des pales.

L'hélicoptère or et bleu s'éleva alors lentement dans les feux du couchant, et fit un arc avant de prendre la direction de Houston.

Épilogue

Debout devant la porte de la suite VIP de l'hôpital, Max regardait Elizabeth à travers la paroi vitrée. Tout son corps vibrait de bonheur. Jamais il ne se serait douté qu'on pouvait être aussi heureux ni qu'on pouvait aimer quelqu'un autant qu'il aimait Elizabeth.

Huit mois s'étaient écoulés depuis qu'il avait amené sa femme par hélicoptère dans ce même hôpital, sans savoir s'il allait la perdre, sans savoir s'il pourrait continuer de vivre sans elle. Huit mois de bonheur et de satisfaction à la regarder s'épanouir, à regarder grossir son ventre qui portait leur enfant. Jamais il n'aurait pensé qu'il pourrait l'aimer et l'admirer autant.

La veille, pendant toute la journée et jusqu'au milieu de la nuit, il lui avait tenu la main pendant qu'elle endurait les douleurs de l'accouchement. Son cœur s'était empli de tant d'amour qu'il s'était demandé s'il n'allait pas exploser.

Hochant la tête, il murmura comme pour lui-même :

— Tu es un sacré veinard, Max Riordan.

Il avait épousé une femme vitrine pour qu'elle lui ouvre les portes de la bonne société de Houston ainsi que de leurs coffres-forts, mais le véritable trophée avait été la femme elle-même.

— Que faites-vous ici dans le couloir ? demanda tante Talitha.

Max tourna la tête et sourit en voyant le petit cortège qui

avançait vers lui : sa mère, Mimi, Martha, Truman, Gladys, Dooley et Troy. Ils avaient tous les bras chargés de ballons, d'énormes peluches, de fleurs, de confiseries et de magazines. Ils avaient quitté l'hôpital vers 2 heures du matin, épuisés mais heureux. Maintenant qu'ils étaient frais et dispos, ils n'avaient qu'une seule hâte : prendre dans leurs bras le nouveau-né.

— Chut ! fit Max en plaçant un doigt sur ses lèvres. Avant que vous n'entriez dans la chambre, j'aimerais vous montrer quelque chose.

Ils se pressèrent tous contre la paroi vitrée.

— Regardez comme ils sont beaux.

Assise dans le lit, le bébé dans le creux de son bras, Elizabeth contemplait son petit visage endormi. Pour Max, elle incarnait la féminité ; elle était la mère aimante, nourricière, forte et douce à la fois. Elle était si belle qu'il en eut le souffle coupé. Il savait que, jusqu'à la fin de ses jours, il se rappellerait ce moment.

— Oh, mon Dieu, comme elle est belle !

Les yeux embués, Talitha se tourna vers Max et posa la main sur sa joue.

— Merci de partager ce moment avec nous.

Elle s'essuya les yeux à l'aide d'un mouchoir. Les autres femmes firent de même. Même Dooley et Truman essuyèrent furtivement une larme.

— J'ai déjà pris contact avec un portraitiste, dit Max. Je veux qu'il fasse leur portrait avant que le bébé ne grandisse.

— Vous êtes un homme intelligent, dit Talitha en lui tapotant le bras. Et vous êtes également un homme bon. Je ne vous l'ai peut-être pas encore dit, mais nous sommes tous heureux que vous fassiez partie de la famille.

— Merci. Cela me touche énormément.

Son regard fit le tour de la petite troupe. Avec un grand sourire, il demanda :

— Maintenant, qui veut prendre dans ses bras Molly Elizabeth Stanton-Riordan ? La plus belle petite fille qui soit jamais née ?

DANS LA MÊME COLLECTION

Par ordre alphabétique d'auteur

LISA JACKSON	*Noël à deux***
RONA JAFFE	*Le destin de Rose Smith Carson*
PENNY JORDAN	*Silver*
PENNY JORDAN	*L'amour blessé*
PENNY JORDAN	*L'honneur des Crighton*
PENNY JORDAN	*L'héritage*
PENNY JORDAN	*Le choix d'une vie*
PENNY JORDAN	*Maintenant ou jamais*
PENNY JORDAN	*Les secrets de Brighton House*
PENNY JORDAN	*La femme bafouée*
PENNY JORDAN	*De mémoire de femme*
MARGARET KAINE	*Des roses pour Rebecca*
HELEN KIRKMAN	*Esclave et prince*
ELAINE KNIGHTON	*La citadelle des brumes*
ELIZABETH LANE	*Une passion africaine*
CATHERINE LANIGAN	*Parfum de jasmin*
RACHEL LEE	*Neige de septembre*
RACHEL LEE	*La brûlure du passé*
LYNN LESLIE	*Le choix de vivre*
MERLINE LOVELACE	*La maîtresse du capitaine*
JULIANNE MACLEAN	*La passagère du destin*
DEBBIE MACOMBER	*Rencontre en Alaska*****
MARGO MAGUIRE	*Seigneur et maître*
ANN MAJOR	*La brûlure du mensonge*
ANN MAJOR	*Le prix du scandale**
KAT MARTIN	*Lady Mystère*
ANNE MATHER	*L'île aux amants****
CURTISS ANN MATLOCK	*Sur la route de Houston*
CURTISS ANN MATLOCK	*Une nouvelle vie*
CURTISS ANN MATLOCK	*Une femme entre deux rives*
MARY ALICE MONROE	*Le masque des apparences*
CAROLE MORTIMER	*L'ange du réveillon*****
DIANA PALMER	*D'amour et d'orgueil****
DIANA PALMER	*Les chemins du désir*
DIANA PALMER	*Les fiancés de l'hiver*****
PATRICIA POTTER	*Noces pourpres*

… / …

DANS LA MÊME COLLECTION

Par ordre alphabétique d'auteur

MARCIA PRESTON	*Sur les rives du destin*
EMILIE RICHARDS	*Mémoires de Louisiane*
EMILIE RICHARDS	*Le testament des Gerritsen*
EMILIE RICHARDS	*La promesse de Noël***
EMILIE RICHARDS	*L'écho du passé*
EMILIE RICHARDS	*L'écho de la rivière*
NORA ROBERTS	*Retour au Maryland*
NORA ROBERTS	*La saga des Stanislaski*
NORA ROBERTS	*Le destin des Stanislaski*
NORA ROBERTS	*L'héritage des Cordina*
NORA ROBERTS	*Love*
NORA ROBERTS	*La saga des MacGregor*
NORA ROBERTS	*L'orgueil des MacGregor*
NORA ROBERTS	*L'héritage des MacGregor*
NORA ROBERTS	*La vallée des promesses*
NORA ROBERTS	*Le clan des MacGregor*
NORA ROBERTS	*Le secret des émeraudes*
NORA ROBERTS	*Un homme à aimer**
NORA ROBERTS	*Sur les rives de la passion*
NORA ROBERTS	*La saga des O'Hurley*
NORA ROBERTS	*Le destin des O'Hurley*
NORA ROBERTS	*Un cadeau très spécial***
NORA ROBERTS	*Le rivage des brumes*
NORA ROBERTS	*Les ombres du lac*
NORA ROBERTS	*Un château en Irlande*
NORA ROBERTS	*Filles d'Irlande*
NORA ROBERTS	*Pages d'amour*
NORA ROBERTS	*Rencontres*
NORA ROBERTS	*Une famille pour Noël*****
ROSEMARY ROGERS	*Le sabre et la soie*
ROSEMARY ROGERS	*Le masque et l'éventail*
JOANN ROSS	*Magnolia*
JOANN ROSS	*Cœur d'Irlande*
MALLORY RUSH	*Ce que durent les roses*
EVA RUTLAND	*Tourments d'ébène*
PATRICIA RYAN	*L'escort-girl****
DALLAS SCHULZE	*Un amour interdit*
DALLAS SCHULZE	*Les vendanges du cœur*
JUNE FLAUM SINGER	*Une mystérieuse passagère*
ERICA SPINDLER	*L'ombre pourpre*
ERICA SPINDLER	*Le fruit défendu*
ERICA SPINDLER	*Trahison*

... / ...

DANS LA MÊME COLLECTION

Par ordre alphabétique d'auteur

ERICA SPINDLER	*Parfum de Louisiane*
ERICA SPINDLER	*Un parfum de magnolia*
LYN STONE	*La dame de Fernstowe*
CHARLOTTE VALE ALLEN	*Le destin d'une autre*
CHARLOTTE VALE ALLEN	*L'enfance volée*
SOPHIE WESTON	*Romance à l'orientale****
SUSAN WIGGS	*Un printemps en Virginie*
SUSAN WIGGS	*Les amants de l'été*
SUSAN WIGGS	*L'inconnu du réveillon***
SUSAN WIGGS	*La promesse d'un été*
SUSAN WIGGS	*Un été à Willow Lake*
SUSAN WIGGS	*Le pavillon d'hiver*
LYNNE WILDING	*L'héritière australienne*
BRONWYN WILLIAMS	*L'île aux tempêtes*
REBECCA WINTERS	*Magie d'hiver***
REBECCA WINTERS	*Un baiser sous le gui*****
SHERRYL WOODS	*Refuge à Trinity*
SHERRYL WOODS	*Le testament du cœur*
LAURA VAN WORMER	*Intimes révélations*
KAREN YOUNG	*Le passé meurtri*
KAREN YOUNG	*Le fils du destin*
KAREN YOUNG	*Un vœu secret***
KAREN YOUNG	*L'innocence bafouée*

* *titres réunis dans un volume double*

** *titres réunis dans le volume intitulé :* Magie d'hiver 2007

*** *titres réunis dans le volume intitulé :* Passions d'été

**** *titres réunis dans le volume intitulé :* Magie d'hiver 2008

7 TITRES À PARAÎTRE EN FÉVRIER 2009

Composé et édité par les
éditions Harlequin
Achevé d'imprimer en novembre 2008

par

LIBERDÚPLEX

Dépôt légal : décembre 2008
N° d'éditeur : 13984

Imprimé en Espagne